Weitere Romane von Catherine Cookson

Die einzige Tochter
Ein Freund fürs Leben
Nur eine Frau
Die Chronik
Der Spieler
Die Fremde

Catherine Cookson

Der erste Sohn

Roman

Schneekluth

CIP-Kurztitelaufnahme der Deutschen Bibliothek

Cookson, Catherine
Der erste Sohn: Roman. – 1. Auflage
Aus dem Englischen übersetzt
von Erni Friedmann
München: Schneekluth, 1979
Einheitssacht.: The Invisible Cord ⟨dt.⟩
ISBN 3-7951-0487-4

Aus dem Englischen übersetzt von Erni Friedmann
Die Originalausgabe erschien unter dem Titel
THE INVISIBLE CORD

ISBN 3-7951-0487-4

Gesamtherstellung: May & Co., Darmstadt
Printed in Germany 1979

ERSTER TEIL

Hochzeit in Weiß

1

»Wer hat gesagt, daß ich nicht in Weiß heiraten soll?«
»Niemand, Annie, niemand.«
»Sag nicht niemand. Von allein würdest du niemals mit einer solchen Frechheit herausrücken, Mona Broadbent. Also versuch nicht, mir einzureden, daß man dich nicht dazu angestiftet hat.«
»Kein Mensch hat mich angestiftet, wenn ich es dir doch... Ach, Annie, stell doch kein solches Verhör mit mir an.«
»Ich will wissen, wer hinter diesen Andeutungen steckt – also: Wer hat es gesagt?«
Mona Broadbent biß sich auf die dünne Unterlippe, schob das glatte blonde Haar erst über das eine, dann über das andere Ohr und schüttelte schließlich über ihre beste Freundin Annie Cooper melancholisch den Kopf, als wolle sie ihr zu verstehen geben, daß sie doch mit ihrer Freundin, ihrer einzigen wahren Freundin spräche. Eigentlich hätte man sagen können, daß sie mehr wie Schwestern waren, wo sie doch gemeinsam bei St. Peter und Paul in Tyne Dock zur Schule gegangen und gemeinsam mit ihren Eltern dann nach High Shields übersiedelt waren; 1940 hatten sie gemeinsam die Schule verlassen und ihre erste Stelle in Culberts Keksfabrik angetreten. Auch den nächsten Schritt unternahmen sie – ein Jahr darauf – gemeinsam, als sie in den Rüstungsbetrieb eintraten, wo sie doppelt so viel verdienten, jedoch zum erstenmal getrennt wurden: man steckte sie nämlich in verschiedene Abteilungen.
Es war drei Wochen her, als Mona, wie sie es ausdrückte,

den Schock ihres Lebens versetzt bekam: quasi aus heiterem Himmel teilte Annie ihr plötzlich mit, daß sie heiraten werde – und noch dazu wen? *George McCabe*. Georgie McCabe, diesen unbeholfenen Lulatsch, den sie ihr Leben lang kannten... zumindest seit dem Zeitpunkt, wo sie in die Weldon Street 114 übersiedelt waren, um genau zu sein.

Mona konnte es einfach nicht fassen: Annie und Georgie McCabe! Wo er doch nur Koch bei der R. A. F. und noch dazu in einem gottverlassenen Nest mit dem Namen Madley stationiert war. Der und Koch! Wo er doch sicher selbst Wasser anbrennen ließ... Von Beruf war er Lastkraftwagenfahrer. Und da machten sie ihn mir nichts, dir nichts zum Koch. Wie ihr Pa sagte, konnte man diesen Regimentstrottel glatt als Hitlers besten Freund bezeichnen. Sicher rottete er die halbe Kompanie aus, wenn er bloß Spiegeleier briet, garantiert mit Schmieröl, doof, wie er war.

Auch ihre Ma hatte gesagt, Annie müsse den Verstand verloren haben, wo sie sich doch aussuchen hätte können, wen sie nur wollte, diese Annie. Ihre Ma hatte Annie sehr gern; alle hatten Annie gern, weil sie gutherzig, lieb und hübsch war. In Annies Gegenwart konnte man nicht lange schlechter Laune sein. Und nun ging sie hin und heiratete den ärgsten Leimsieder der ganzen Straße.

Was war bloß los mit ihr? Diese Frage hatte sie Annie bereits vor drei Wochen gestellt. »Was ist nur los mit dir, Annie Cooper?« hatte sie gesagt. »Du hast doch ganz andere Verehrer: Peter Riley, zum Beispiel, den Ersten Steuermann... der hat dir doch weiß Gott schöne Augen gemacht, als er auf Urlaub daheim war. Oder John McIntyre, der heute schon Hauptfeldwebel ist. Und dabei bleibt es garantiert nicht.«

Da war Annie auf sie losgegangen wie noch nie zuvor und hatte gefaucht, sie solle gefälligst den Mund halten: sie heirate Georgie McCabe, weil sie Georgie McCabe heiraten wolle, und wenn ihr das nicht passe, wisse sie ja, was

sie tun könne. Damit hatte sie Mona die Tür vor der Nase zugeworfen.
Und jetzt fragte sie allen Ernstes, weshalb sie nicht in Weiß heiraten solle – als ob ihr das nicht selbst klargewesen wäre. Mona nahm kein Blatt vor den Mund.
»Du weißt genau, Annie, was Katie Newton gesagt hat, und ich wollte es dir nur in aller Freundschaft beibringen. Aber wie ich sehe, hast du wieder eine deiner Stimmungen, und da will ich nicht länger wie die Katze um den heißen Brei herumgehen. Ich habe sie selbst zu Florrie Turnbull sagen hören, daß es wenig Zweck habe, einen angebrannten Brotlaib mit einer blütenweißen Serviette aus dem Ofen zu holen.«
»Einen angebrannten Brotlaib! Warte nur, bis ich sie zu sehen kriege, der kleb' ich eine. Auf der Stelle. Ja, ich werde schnurstracks zu ihr gehen und...«
Annie brach unvermittelt ab, ließ das Kinn auf die Brust sinken, setzte sich schwerfällig auf den nächstbesten Stuhl, hob schließlich den Kopf, sah Mona flehend an und fragte: »Sieht man es?«
»Nein, nein, Annie, überhaupt nicht. Du bist noch immer genauso flach wie ein Pfannkuchen«, erwiderte Mona mit sanfter Stimme.
Annie kniff die Augenbrauen zusammen, sprang auf, ging zum Fenster und sagte: »Lügen war nie deine Stärke.«
Als sie so dastand und durch die schmale Öffnung der Luftschutzrollos auf die Straße blickte, hörte sie die Sprungfedern krachen; Mona hatte sich aufs Bett gesetzt. Nur einmal vorher war ihr zu Bewußtsein gekommen, daß Sprungfedern krachten: das war in jener Nacht gewesen, als Georgie McCabe sich neben sie gelegt hatte. Sie hatte versucht, ihn beiseite zu stoßen, aber nicht allzu heftig; nein, sie mußte fairerweise zugeben, nicht allzu heftig.
Sie hatten sich heimlich von Hilda Tressels Hochzeitsfeier davongemacht. Die halbe Straße war bei Hilda Tressels Hochzeit dabeigewesen. Und Annies Pa hatte sie zum Whiskytrinken animiert, und nach dem Sherry war

sie schließlich völlig verdreht. Sie hatten die Möbel an die Wand geschoben, und dann hatte sie ganz allein einen schottischen Tanz nach dem andern aufs Parkett gelegt, bis Georgie mitgemacht hatte und alle in schallendes Gelächter ausgebrochen waren.
Georgie hatte ihr noch einen Whisky eingeschenkt, und Annie hatte noch einen Sherry hinuntergekippt, und als ihr ein bißchen übel wurde, begleitete er sie nach draußen.
Annie konnte sich nicht mehr erinnern, weshalb sie sich auf den Heimweg gemacht hatten oder wer von ihnen beiden das vorgeschlagen hatte. Aber wie sie sich über die Straße geschlichen und nach oben gegangen waren, daran konnte sie sich erinnern. Und an das Krachen der Sprungfedern, als er sich neben sie gelegt hatte.
Es war das erstemal in ihrem Leben gewesen, und sie hatte geweint und dann war ihr wahrhaftig übel geworden. Am nächsten Morgen hatte sie sich, als das elende Gefühl noch immer nicht weichen wollte, neben das Bett gekniet und zur heiligen Jungfrau Maria gefleht, ihr möge doch nichts passiert sein. Sie war zur Spätmesse gegangen und Georgie war auch dort. Er hatte ein bißchen verlegen dreingesehen, aber trotzig gesagt: »Bestimmt hast du gedacht, daß ich mich vor dem verdammten Kirchbesuch drücken werde, wie?«
Sie erinnerte sich, gedacht zu haben, daß er, obwohl er soeben aus der Messe kam, fluchte; aber Georgies Flucherei war genauso, wie wenn ein anderer ›Gott segne dich‹ sagte. Er konnte kaum einen Satz von sich geben, in dem nicht das Wort ›verdammt‹ vorgekommen wäre. In dem Punkt glich er seinen Eltern aufs Haar. Aber fluchen war für Annie nichts Ungewohntes, ihr Vater konnte jederzeit mit Georgie mithalten, wenn's darum ging, besonders wenn er über irgend etwas aus dem Häuschen geriet. Nur so wie die McCabes fluchte er nicht. Und ihre Mutter fluchte überhaupt nicht. Ihre Mutter war immer irgendwie förmlich, ausgenommen, wenn sie etwas getrunken hatte. Da gingen ihr die Haare auf. Bei ihr war es

dasselbe. Nicht das Förmlichsein, sondern daß ihr die Haare aufgingen, wenn sie ein, zwei Glas geleert hatte.
Als Annie ihrer Mutter gesagt hatte, daß sie Georgie heiraten werde, hatte sie sie nur angestarrt, lange Zeit. Ohne den Mund aufzumachen und zu fragen, weshalb. Wenn diese Frage auch in ihrem Blick zu lesen war. Genauso wie die Antwort hierauf. Es hatte gute fünf Minuten gedauert, ehe die Mutter eine einzige Frage gestellt hatte, nämlich: »Wann?« Worauf Annie geantwortet hatte: »Bald. Er bekommt achtundvierzig Stunden Urlaub.« Und das war's.
Ihre Mutter benahm sich nicht natürlich. Sie hätte sie aushorchen, ja losschimpfen können. Ihr Vater war da völlig ungekünstelt. Wenn er etwas wissen wollte, dann fragte er, ja er setzte einem richtig zu. Als er alles aus ihr herausgequetscht hatte, waren Tränen in seine Augen getreten. Aber sein Kommentar darauf hatte nur gelautet: »Mein Gott, Kind! Daß du dir dein Leben auf diese Art zerstören mußt...« Dann hatte er jedoch hinzugefügt: »Nun, es ist einmal geschehen und kann nicht mehr ungeschehen gemacht werden. Aber soweit es von mir abhängt, werde ich jedenfalls dafür sorgen, daß alles seinen Gang nimmt und du eine ordentliche Hochzeit hast.«
Annie blickte auf die Straße hinunter. Die Häuser auf der gegenüberliegenden, keine zehn Meter entfernten Seite sahen trübe aus, nicht nur, weil November, sondern auch weil Sonntag war. Selbst in Kriegszeiten hatten Sonntage die Macht, das Leben völlig lahmzulegen. Abgesehen von den Heereskantinen und den Kirchen war die Stadt sonntags wie tot. Und die Kirchen waren nur deshalb voll, sagte ihr Pa, weil die Menschen Angst hatten. Vielleicht hatte er recht, denn auch sie betete immer, daß sie nicht von einer Bombe getroffen werden möge, und wenn, daß sie dann auf der Stelle tot sei, nur nicht verletzt oder gar blind. Sie hatte eine grauenhafte Angst davor, blind zu werden, weil sie einmal nach einer Infektion zwei Wochen lang mit verbundenen Augen dagelegen hatte.

Annies Blicke hefteten sich nun auf die drei Kinder, die vor der Haustür spielten. Es waren die Ratcliffes. Sonntag bedeutete für sie keinen Unterschied, sie wurden immer auf die Straße geschickt. Die beiden älteren gehörten Betty Ratcliffe, die war verheiratet; aber der dreijährige Junge gehörte Jane. Sie hatte ihn im ersten Kriegsjahr zur Welt gebracht, als sie kaum sechzehn gewesen war. Und sie hatte mit ihrer Mutter darum gekämpft, ihn behalten zu können. Annies Pa hatte gesagt, daß das sehr löblich von Jane sei. Ihre Ma hatte, wie immer, wenn sie mit solchen Dingen konfrontiert wurde, bloß die Lippen zusammengepreßt – weder verdammend noch mitfühlend. Aber Jane mußte für ihren Fehltritt bezahlen. Ihr Name wurde in der ganzen Straße in den Schmutz gezerrt. Es hieß, daß sie bereits zwei Fehlgeburten gehabt hätte und nicht wählerisch sei, ob es sich nun um Marine oder Luftwaffe handle. Aber egal, was man über sie redete, sie schien ihr Leben zu genießen und war immer schick angezogen, trotz der Kleiderkarte. Dennoch legte sie eine herausfordernde Miene an den Tag und sprach mit keinem der Nachbarn.

Als Annie sich klar darüber war, daß sie in anderen Umständen sei, fragte sie sich, ob es ihr gelingen würde, ebenso herausfordernd dreinzusehen wie Jane. Insgeheim wußte sie jedoch genau, daß sie das nicht vermochte: sie würde die Schande nicht ertragen können.

Mona sagte nun: »Wie wirst du mit den Kleiderabschnitten zurechtkommen?«

Annie drehte sich um, lehnte sich mit dem Rücken ans Fenster und erwiderte: »Ma und Pa geben mir von ihren was ab.«

»Hast du vor, dir dein Hochzeitskleid selbst zu machen?«

»Nein – ich würde es ja doch nur verpatzen. Ich werde Mrs. Tyler bitten, es mir zu nähen.«

Abermals herrschte Schweigen zwischen ihnen, während sie sich ansahen, dann sagte Mona: »Besteht eine Chance, daß sie ihn nach Übersee schicken?«

»Was meinst du mit Chance?« Annie richtete sich hoch auf und wiederholte: »Was meinst du mit Chance? Willst du damit etwa andeuten, daß man ihn hinüberschicken soll, damit sie ihn dort erledigen?«
»Nein, nein, natürlich nicht. Das weißt du doch.«
Diese Antwort klang wenig überzeugend, aber Annies Gehaben zeigte an, daß sie eine Art Entschuldigung herausgehört hatte, denn sie ließ sich auf den Rohrstuhl neben dem Bett plumpsen.
Wie seltsam! Genau dieselbe Frage hatte sie sich insgeheim seit Tagen gestellt, voller Gewissensbisse natürlich. Nicht daß sie ihm etwa den Tod wünschte... nur, daß er irgendwie aus dem Weg käme, bis sie sich – wie sie es nannte – wieder gefangen hatte.
Es war nicht so, daß sie George nicht mochte, wirklich nicht. Er war eigentlich ein lieber Kerl. Andererseits war sie sich nur allzugut dessen bewußt, mit ihm keineswegs das Große Los gezogen zu haben, und sie spürte, daß sie im Grunde genommen jemand besseren als ihn verdient hätte, einen Mann mit mehr Grips. Annie hatte immer davon geträumt, jemanden zu heiraten, der besser gestellt war als sie selbst – jedenfalls bestimmt nicht jemanden aus dieser Gegend.
Nach ihrem Abgang von der Schule hatte sie oft wach im Bett gelegen und darüber nachgedacht, wie wunderbar es sein würde, wenn ein Junge aus Westoe sich in sie verlieben könnte, einer, der im Rathaus angestellt war oder so. Seit die Amerikaner gekommen waren, hatten sich diese Wünsche verstärkt, sie hatten sich weit über Westoe und das Rathaus hinaus erstreckt.
Was wäre, wenn ein amerikanischer Offizier sich in sie verlieben würde? Oder ein Hauptfeldwebel, ja auch nur ein Korporal, einerlei – alle Amerikaner waren reich; die meisten jedenfalls.
Aber nun schrieb man bereits das Jahr 1943, und noch immer hatte sie kein Wort mit einem Amerikaner gewechselt, nicht einmal mit dem allerschäbigsten Kommisknopf – ja sie hatte auch noch nie die Blicke eines

englischen Armeeangehörigen auf sich gezogen, egal ob es sich um Marine oder Luftwaffe handelte. Alles, was sie erwischt hatte, war ein dicker Bauch, den ihr ein Koch der R.A.F. angehängt hatte.
Sie schüttelte leicht den Kopf, als wolle sie derart vulgäre Gedanken zurückweisen. Ihre Mutter würde sie jedenfalls als vulgär bezeichnen, das stand fest. Früher hatte sie sich vorgestellt, daß sie ihre Lage, wenn schon nicht durch Heirat, so doch durch eine aussichtsreichere Anstellung verbessern könne. Sie hatte beabsichtigt, Stenographie und Maschinenschreiben zu lernen und Sekretärin zu werden, eine von jenen, auf die der Chef sich hundertprozentig verlassen konnte – wie man es in den Illustrierten eben las, wo der Boß letzten Endes diese Perle heiratete.
Aber nun war es mit all diesem Unsinn ein für allemal vorbei: je eher sie sich mit den Tatsachen abfand, um so besser für sie.
Sie war schwanger und würde George McCabe heiraten.
Sie würde ein Kind nach dem andern bekommen, bis sie dem schließlich ein Ende setzte. Sie würden eine Dreizimmerwohnung haben und sich glücklich schätzen müssen, wenn die Räume ausreichten.
Mit der Zeit würde sie ihre gute Figur einbüßen, und die Leute würden vergessen, daß sie jemals hübsch gewesen war, ja sie selbst würde vergessen, daß sie sich je etwas besseres gewünscht hatte...
Nein, bei Gott, dazu durfte es nicht kommen! Annie stand auf und schüttelte heftig den Kopf. Sofort änderte Mona ihre Stellung, starrte sie an und fragte eindringlich: »Du wirst ihn also nicht heiraten?«
»Ach, du!« Annie beugte sich vor und stützte beide Hände flach auf die Mitte des Bettes. »Du bist mir eine feine Freundin. Erst machst du dich lustig darüber, daß ich in Weiß heirate, dann wünschst du, daß er tot wäre, und jetzt möchtest du, daß ich ihn nicht heirate und das Kind wie das von Jane Ratcliffe aufwachsen lasse. Wahr-

haftig, du bist mir eine feine Freundin! Nun, ich werde ihn heiraten, und das Kind wird einen ehrlichen Namen haben. Und was das Wichtigste ist: Ich werde was aus ihm machen. Aus Georgie, meine ich. Und ich werde nicht in der Weldon Street bleiben – das gebe ich dir schriftlich.«

»Schön, deshalb brauchst du ja nicht gleich auf mich loszugehen.«

»Du magst ihn nicht, stimmt's?«

»Ich mochte ihn ganz gern, bis er... nun, bis er dich in Schwierigkeiten brachte. Ich hab' mich immer ein bißchen lustig über ihn gemacht, weil ich ihn für völlig harmlos hielt. Aber gar so harmlos ist er gar nicht, was?«

»Hör auf damit.«

»Du hast ja angefangen.«

Annie ging zum Spiegel, beugte sich ganz nahe und forschte nach Mitessern. Dann nickte sie ihrer Freundin im Spiegel zu und sagte: »Du wirst noch deine Überraschungen erleben, glaub mir. Ich mach' was aus ihm, und wenn's mich umbringt.«

»Das wär' schon möglich.«

Langsam drehte sich Annie um und fragte: »Weshalb bist du so verärgert?«

Mona senkte die Lider, ehe sie antwortete: »Weil ich... weil ich besorgt um dich bin. Und, um die Wahrheit zu sagen, weil ich eifersüchtig auf ihn bin.« Nun blickte sie auf und grinste Annie an, und Annie meinte leise: »Das bist du doch gar nicht, oder?«

»Doch. Weil alles anders zwischen uns sein wird, wenn du erst einmal verheiratet bist.«

»Nichts wird anders sein, gar nichts. Wir zwei bleiben immer Freundinnen.«

Sie fühlte sich jetzt besser, seit sie um Monas Eifersucht auf Georgie wußte.

»Komm.« Annie zupfte ihre Freundin am Ärmel. »Der Tee ist bestimmt fertig. Gehen wir nach unten.«

An der Tür blieb sie noch einmal stehen, sah Mona an

und sagte ruhig: »Wenn Katie Newton sich noch mal in dieser Art äußert – stehst du mir dann bei?«
»Ja, natürlich.«
»Danke... Wenn es dann zur Welt kommt, kann ich ja immer noch sagen, daß es eine Frühgeburt ist.«
»Tja, das kannst du.«
»Manchmal kommen die Kinder doch vor der Zeit, nicht?«
»O ja, durchaus.«
Sie lächelten einander zu. Dann sagte Annie abermals: »Danke, Mona.«
Mona senkte den Kopf und ging hinaus.

2

Die Behauptung, daß es regne, wäre eine Untertreibung gewesen. Es goß wie aus Eimern. So hatte es bereits Freitag morgen begonnen, und dann war es pausenlos bis Mitternacht weitergegangen. Worauf Dennis Cooper seiner Tochter einzureden versuchte, daß das gut wäre, dann würde da droben nicht mehr viel übrigbleiben, und es würde bestimmt bald auftrocknen. Aber als es Samstag gegen elf noch immer schüttete, hatte er sich hinter der Behauptung verschanzt, es sei ein Jammer, daß die da droben anscheinend nichts von Rationierung verstünden; dieser Regen sei die reinste Bosheit. Er redete derart lang und breit über das Wetter, daß Annie ihn anfuhr: »Oh, Pa, hör auf! Es ist zwecklos, noch länger auf diesem Thema herumzukauen. Kein Mensch hat Einfluß darauf. Also hör auf damit, ja?«

Annie wußte natürlich, daß sich ihr Pa nur ihretwegen so anstellte, weil er dachte, ihre weiße Hochzeit könne ins Wasser fallen. Nun, wenn sie auch den Regen nicht stoppen konnte, so konnte sie doch seine Auswirkungen aufheben, indem sie die ganze Hochzeit abblies. Die Macht dazu hatte sie, oder? Es waren immerhin noch drei Stunden bis dahin. Sie konnte ins Kostüm schlüpfen, eine Reisetasche packen, ihr bißchen Erspartes einstecken, Georgie ein paar Zeilen hinterlassen, zum Bahnhof laufen und eine Karte lösen. Einfach nach... Wohin? Das war die Frage. Wohin...?

Dieselbe Frage hatte sie sich bereits in der Nacht gestellt, als sie sich schlaflos herumgewälzt hatte, weil sie an die Zukunft denken mußte. Nicht an die vor ihr liegenden

Jahre, sondern an die vor ihr liegenden vierundzwanzig Stunden.
Es war schon komisch, daß sie ihre erste Nacht in diesem Haus zubringen sollten. Und noch komischer: dieser Vorschlag war von ihrer Mutter gekommen! Es hätte keinen Sinn, Geld fürs Hotel auszugeben, hatte sie gesagt, wo Georgie doch Sonntag bereits um zwölf wieder abreisen müsse. Annie hatte diesen Vorschlag irgendwie unschicklich gefunden. Ihr Pa anscheinend auch, weil er weder ja noch nein dazu gesagt hatte.
Ihre Mutter war ihr ein Rätsel – sie konnte sie einfach nicht verstehen. Jedoch hatte sie in den letzten paar Wochen erkannt, daß ihre Mutter sie nicht verlieren wollte. »Solange der Krieg dauert«, hatte sie zu ihr gesagt, »kannst du doch hierbleiben. Er wird den größten Teil der Zeit fort sein, und du wirst jemanden brauchen, der für dich sorgt.« Sie hatte nicht hinzugefügt: Wenn das Kind kommt.
Manchmal wünschte sich Annie, die Mutter würde die Arme um sie legen, sie an sich drücken und sagen: »Na komm, Kleines, sorg dich nicht. Du hast schließlich Pa und mich, wir werden schon darauf sehen, daß alles klappt.« In gewisser Hinsicht hatte sie es ihr ja zu verstehen gegeben, aber ohne ein zärtliches Wort. Und gerade Zärtlichkeit hätte Annie in den vergangenen Tagen am dringendsten gebraucht.
Und jetzt war sie abermals bei dem Hirngespinst gelandet, sich eine Fahrkarte zu lösen. Irgendwohin. Aber man brauchte jemanden, der in diesem Irgendwo auf einen wartete, und Tatsache war nun mal, daß sie außerhalb der Stadt weder Verwandte noch Bekannte hatte.
Sie warf einen Blick zur Spülküche, in der ihre Mutter gerade einen Stoß belegter Brote in eine befeuchtete Serviette einwickelte. Annie trat hinzu und sagte: »Der Tisch sieht wunderbar aus, Ma.«
»Nun, ich habe mein Bestes getan.«
»Das weiß ich.«
Es sah so aus, als bedeute es eine Anstrengung für Mary

Cooper, die Hände von dem Brotpaket zu lösen und ihre Tochter anzusehen, und als sie es schließlich doch tat, war alles, was sie sagte: »Tja...«
Annie schluckte, biß sich auf die Lippen, ließ den Kopf hängen und stammelte: »Ich möchte dir bloß für alles, was du getan hast, danken, Ma.«
Ihr wurde ganz sonderbar zumute, als ihre Mutter hierauf hastig die Tür schloß, ihr ins Gesicht sah und einfach meinte: »Ich bin doch deine Mutter. Was hast du erwartet? Daß ich dich auf die Straße setze?«
»Nein, Ma, natürlich nicht. Aber... aber du bist wirklich lieb gewesen, das wollte ich damit ausdrücken.«
»War ich nicht immer lieb zu dir?«
Annies Lider flatterten sekundenlang, ehe sie nickte. »Doch... wirklich, das warst du. Du hast mich bestimmt gut aufgezogen, ich sage ja nichts. Ich hab' nur gemeint, unter diesen Umständen –« Sie ließ den Kopf auf die Brust sinken, und ihre Stimme wurde brüchig, als sie fortfuhr: »Oh, Ma...!« Sie schwankte, und es kam ihr endlos lange vor, bis Mary die Arme um sie schlang, sie festhielt, richtig fest, ja sie beinahe erdrückte. Nun weinten sie beide, bis Annie sagte: »Oh, Ma – oh, Ma!«, und Mary murmelte: »Kind, Kind, weshalb mußtest du das tun? Weshalb nur?«
Das Geräusch des heftig betätigten Türklopfers und Dennis' Ruf: »Mary, es ist jemand an der Haustür!« riß sie auseinander.
Sie wischten sich die tränenfeuchten Wangen ab, Mary putzte sich mit dem Schürzenzipfel die Nase und strich sich das kohlrabenschwarze Haar aus der Stirn. Dann drehte sie sich rasch um und meinte resolut: »Hinauf mit dir jetzt. Du mußt dich fertig machen.« Da öffnete sich die Tür und ihr Vater trat ein; ihm folgten Mrs. McCabe und die beiden vierzehnjährigen Zwillinge Archie und Mike auf dem Fuße. Einer der beiden trug ein großes Bündel, der andere einen Wäschesack.
»Hallo, Kind.« Mollie McCabe zwängte sich breit lachend zwischen Sofa und Tisch hindurch und sagte zu

Annie: »Ich hab' seine Klamotten 'rübergebracht. Mit dem ist ja nichts anzufangen. Der war gestern so was von blau, fürchterlich! Aber ich sorg' schon dafür, daß er zur Trauung stocknüchtern ist, keine Angst, Kind!« Sie knuffte Annie verschmitzt und fuhr fort: »Habt ihr schon jemals ein solches Sauwetter gesehen? Nun ja, dann werden wir eben von außen genauso naß, wie wir's abends innen sein werden. Was meinst du, Dennis?« Sie drehte sich um und bohrte Dennis den Zeigefinger in die Brust. Gleich darauf schwang ihr fülliger Körper wieder herum, und sie rief aus: »Wo ist deine Mutter, Mädel? Oh, da bist du ja, Mary.«
»Hallo, Mrs. McCabe«, sagte Annies Mutter, die eben aus der Spülküche trat.
»Oh!« Mollie schüttelte energisch den Kopf. »Wie oft muß ich dich noch darum bitten, mich nicht Mrs. McCabe zu nennen! Mollie heiße ich. Jedermann ruft mich so, sogar diejenigen, die mich nicht ausstehen können.« Damit wandte sie sich wieder an Dennis. »Tja, mein Lieber, auch solche gibt es, eine ganze Menge sogar... Legt das Zeugs hierher, ihr beiden«, befahl sie ihren Söhnen. Diese schoben das Mitgebrachte unter Zuhilfenahme der Knie in die Mitte der Küche.
Mollie deutete auf Wäschesack und Kleiderbündel und rief: »Das sind seine Siebensachen. Ich dachte mir, ich bring's 'rüber, bevor der Wirbel losgeht. Da kannst du noch alles einräumen. Ich hatte ohnehin vor, bei euch vorbeizusehen und mich dafür zu bedanken, daß ihr euch von nun am um Georgie kümmern wollt.« Sie drehte sich wieder um und nickte Mary zu.
Mollie wartete sichtlich auf Antwort; als jedoch keine erfolgte, packte sie Bündel und Wäschesack und sagte zu Annie: »Komm, Kind, bringen wir's nach oben.« Resolut ging sie zur Treppe voran, und Annie folgte ihr, nachdem sie mit ihren Eltern einen leicht bestürzten Blick gewechselt hatte.
Im Schlafzimmer angelangt, warf Mollie McCabe die Habe ihres Sohns in die Ecke, drehte sich um und be-

trachtete Annie. Das Lächeln war aus ihren Zügen gewichen, und einen Moment lang wirkte ihr Gesicht schlaff, ja alt; Annie mußte unwillkürlich denken, daß ihre Mutter im Vergleich mit ihrer zukünftigen Schwiegermutter geradezu jung aussah. Natürlich war sie nicht so alt, erst sechsunddreißig, während Mrs. McCabe an die fünfzig sein mußte. Jedenfalls wirkte sie so.

»Nun, bald ist es soweit, Kind.«

Annie blickte sie an und sagte: »Ja, Mrs. McCabe.«

»Also, meine Kleine, zumindest du wirst dich schon daran gewöhnen müssen, mich Mollie zu nennen. Egal, wie halsstarrig sich deine Ma auch gebärden mag. Das heißt, falls du nicht Ma oder Mama oder am Ende gar Mutter zu mir sagen willst, wie's die ganz feinen Leute im Film tun.« Abermals glitt ein Lächeln über ihr Gesicht, wenn auch nur für einen Moment. Dann sagte sie: »Ich möchte dir bloß eines sagen – und das wird ziemlich verschieden von dem sein, was andere dir sagen werden, weil ich weiß, wieviel es geschlagen hat. Mit dem Entschluß, meinen Georgie zu nehmen, hast du dir nicht gerade eine rosige Zukunft bereitet, heißt es – weil er nicht viel Grips im Kopf hat, wie angeblich alle McCabes. Nun laß mich etwas zu Georgies Gunsten sagen, Kind. Er ist ein guter Mensch. Er würde sein letztes Hemd hergeben, mitten im Winter, tjawohl. Und noch was: Sicher könntest du eine bessere Partie machen, das will ich gar nicht bestreiten. So, wie du aussiehst. Aber es gibt etwas, das du meiner Meinung nach gar nicht wissen dürftest, weil Georgie ein wortkarger Typ ist. Es ist nämlich keineswegs so, daß er sich etwa von heute auf morgen in dich vergafft hat. Nein, er mochte dich schon von klein auf. Und an seinem einundzwanzigsten Geburtstag hat er mich, als er ein bißchen was getrunken hatte, auf die Seite genommen und gesagt: ›Ich wollte, die kleine Cooper wäre ein bißchen älter, dann hätte ich sie eingeladen.‹ Ich erinnere mich gut, wie ich gelacht und gesagt habe: ›Was? Wo ihr doch miteinander groß geworden seid und du zigmal den Babysitter bei ihr gespielt und sie gefüttert hast und so weiter.‹ Aber ich verstand sehr wohl, wie ihm zumute war, denn du warst sehr reif für deine vierzehn Jahre. Du siehst auch jetzt viel älter als siebzehn aus, Kind: man könnte dich glatt für zwanzig halten. Das soll keine Beleidigung sein, ganz im Gegenteil. Was ich dir mit dieser Geschichte klarmachen möchte: Georgie hat schon immer auf dich gestanden, und da das nun einmal der Fall ist, wird er Wachs in deinen Händen sein. Mag sein, daß meine polterige direkte Art dich bisher das Gegenteil annehmen ließ – aber du kannst mir glauben, daß ich mir um meine Kinder stets Sorgen mache. Und weißt du, um wen ich mir die größten Sorgen gemacht habe? Um Georgie. Weil ich mich immer gefragt habe, welche Art von Frau er einmal bekommen würde. Sicher wird es irgendein leichtfertiges Ding sein, dachte ich mir, das nicht mal imstande sein wird, die Rotznasen ihrer Kleinen sauberzuhalten. So leichtsinnig ich auch sein mag, eines muß mir selbst mein ärgster Feind lassen: Meine Kinder waren stets blitzsauber, und Hunger haben sie keinen einzigen Tag gelitten. Also« – sie stellte sich richtig in Positur – »was ich damit eigentlich ausdrücken will, Kind, ist, daß ich dir in gewisser Hinsicht dankbar bin, daß du ihn nimmst. Nicht, daß ich nicht wüßte« – sie bohrte Annie den Zeigefinger eindringlich in die Brust –, »daß du dazu gezwungen worden bist. Tjaja, keine von uns springt freiwillig ins kalte Wasser. Aber es ist so, wie ich noch gestern abend zu meinem Mann gesagt habe: ›Wenn ein Mädchen etwas aus unserem Georgie machen kann, dann ist es Annie!‹« Sie trat einen Schritt zurück, ehe sie fortfuhr. »Nun habe ich mir alles von der Seele geredet, Kleines. Leicht wirst du es mit ihm bestimmt nicht haben, aber der Kern ist gut, verlaß dich drauf. – So, und jetzt geh ich wieder nach unten, bin lustig und guter Dinge und lass' mich von deiner Ma mit ihrem überhöflichen ›Wiedersehen, Mrs. McCabe‹ verabschieden, während sie denkt: Dieses Weib, du meine Güte. So was Gewöhnliches... Tschüs, Kind.«

»Tschüs – Mollie.«

Mollie nickte ihr verständnisinnig zu, dann ging sie zufrieden aus dem Zimmer. Eine Minute später scholl ihr helles Lachen durchs ganze Haus, und Annie starrte ihr Spiegelbild an und wiederholte halblaut: »Wenn ein Mädchen etwas aus unserem Georgie machen kann, dann ist es Annie...«
Ihr Spiegelbild bewegte heftig den Kopf und plötzlich bemerkte Annie die Tränen, die ihr über die Wangen liefen. Sie war erst siebzehn. Es war nicht fair! Im Spiegel sah sie das weiße Hochzeitskleid aus Seide auf dem Bett ausgebreitet daliegen... O Gott, was für eine Farce. Das Leben war wirklich eine Farce. Alles, was sich heute zugetragen hatte, war eine Farce. Das einzig Gute, woran sie sich in Zusammenhang mit diesem Tag erinnern würde, war, daß ihre Mutter sie zum erstenmal seit Jahren in den Armen gehalten hatte.

3

Es war vorbei.

Beschützt von zwei Schirmen, waren sie vom Kirchentor zum Wagen gelaufen. Wenigstens hatte es keine Schaulustigen gegeben, dachte Annie dankbar. Wenn Katie Newton und Florrie Turnbull und all die übrigen vor der Kirche auf sie gewartet hätten, wäre sie gestorben. Also hatte das gräßliche Wetter doch etwas Gutes gehabt.

Father Carey hatte die übliche Zeremonie in größter Eile abgewickelt; anscheinend wollte er es so rasch wie möglich hinter sich bringen. Da hatte sie also gestanden, in ihrem weißen Kleid mit dem Schleier, der von einem Kranz himmelblauer Vergißmeinnicht zusammengehalten wurde. Mona hatte das Gesteck gemacht und sich sogar der Mühe unterzogen, den Schleier am Vortag in die Kirche zu tragen, um ihn mit Weihwasser zu besprengen, was eine Art Segen war und Glück bringen sollte. Mona war wirklich nett. Annie blickte durch die verregneten Scheiben, ehe der Wagen losfuhr, und sah Mona mit Arthur Bailey, dem Trauzeugen, unter dem Kirchenportal stehen. Er schien ein netter Kerl zu sein, dieser Arthur, so ruhig und überlegen. Sie hatte ihn erst am Abend vorher kennengelernt. Georgie hatte ihn aus Madley mitgebracht. Er war in Hereford zu Hause und unterschied sich im Wesen völlig von ihrem Mann. Annie wunderte sich darüber, daß die zwei Freunde waren; vielleicht lag es daran, daß sie beide in der Kantine arbeiteten.

»Nun, Liebling…« Georgie umarmte sie fest, und sie sah ihm ins Gesicht. Es war nicht uneben, im Gegenteil, irgendwie anheimelnd. Er hatte den großen, stets zum Lachen bereiten Mund seiner Mutter und dunkelbraune Augen, viel dunklere als sie selbst. Die Augen waren das Beste an ihm. Sie strahlten die Güte aus, von der seine Mutter zu ihr gesprochen hatte. Er war nicht sehr groß, überragte sie kaum. Dabei war sie, wie alle behaupteten, noch nicht ganz ausgewachsen. Aber aufgrund seiner breiten Statur wirkte er größer.

»Nun, es ist vorbei.«

Es war, als wiederhole er ihre Worte, und sie sprach sie gleichfalls laut aus: »Ja, es ist vorbei.«

»Glücklich?«

»Ich... ich weiß es noch nicht.« Oh, du lieber Gott! Das war falsch! Sie hätte einfach mit einem Ja antworten müssen, das hätte ihn zufriedengestellt. Komisch, wenn eine Frau ihrem Mann am Hochzeitstag sagte, sie wisse nicht, ob sie glücklich sei oder nicht. Sie sah, daß seine Stirn sich umwölkt hatte.

Er meinte ernüchtert: »Dann werde ich versuchen müssen, dir zum Glück zu verhelfen, nicht? Es liegt also an mir, oder?«

Sie antwortete nicht darauf, sondern sah ihn bloß an. Dann schwankten sie beide zur Seite, als der Wagen um die Ecke brauste. Er schlang die Arme noch fester um sie, blickte in ihr Gesicht und murmelte: »Ich liebe dich, Annie. Ich kann es nicht so ausdrücken, wie ich sollte, ich versteh' mich nicht besonders aufs Wortemachen, hab's noch nie mit dem verdammten Süßholzraspeln gehalten.« Er verzog den Mund zu einem breiten Grinsen, ehe er fortfuhr: »Aber etwas will ich dir auf alle Fälle klarmachen. Ich werde mir alle erdenkliche Mühe geben. Ich werde versuchen, mich zu beherrschen, ich meine, was das Trinken und so weiter anlangt. Und wir werden gemeinsam ein Heim für das Kind schaffen und... Weißt du, was meine Ma gesagt hat, knapp bevor wir herauskamen?«

»Nein.« Sie schüttelte den Kopf.

»Sie sagte, sie würde mir meinen verdammten Hals glatt umdrehen, wenn ich es nicht richtig mit dir anstellte.

Wie findest du das für eine Schwiegermutter? Ich hab' sie gefragt, auf wessen Seite sie eigentlich stehe. Sie sagte, auf Hitlers Seite. Das ist meine Ma. Ein echtes Unikum... aber – aber sie ist schon in Ordnung. Ohne sie hätten wir mehr als einmal lausige Zeiten durchstehen müssen, denn Pa ist nicht gerade der Tüchtigste, war es nie. Er und Arbeit waren nie auf einen Nenner zu bringen – er ist schon krank geworden, wenn er nur davon gehört hat. Aber sie hat ihn stets in Schutz genommen, wenn andere ihn als faul bezeichneten. Jeden hat sie angeschnauzt, der so was behauptet hat... He, du! Du weinst doch nicht am Ende, oder?«
»Nein, nein – nun, ich weiß nicht, was ich tue, lachen oder weinen... Du bist wirklich komisch, Georgie.«
»Findest du?«
»Nicht, was du denkst: amüsant – das meine ich.«
»Ach, amüsant bin ich? Nun, das spricht auf alle Fälle zu meinen Gunsten und ist für den Anfang nicht schlecht, nicht?«
»Georgie...«
»Ja?«
»Willst du mir was versprechen?«
»Alles, was du nur willst.«
»Be... betrink dich heute abend nicht.«
Er starrte sie an, dann lächelte er; es war ein liebevoll-friedliches Lächeln. Zärtlich beugte er sich über sie, küßte sie auf den Mund und sagte: »So. Das war ein Versprechen.«
Als der Wagen gegenüber dem Haus Nr. 114 anhielt, fragte sich Annie insgeheim, weshalb sie ihm ein solches Versprechen abgenommen hatte. Wenn er nämlich einmal anfing zu trinken, dann hörte er nicht so leicht auf, und dann hätte sie eine Wiederholung jenes Ereignisses abwenden können, das ihr damals nach der Hochzeitsfeier bei Hilda Tressel widerfahren war.

Einundzwanzig Personen waren eingekeilt im Wohnzimmer versammelt. Annie und Georgie residierten am oberen Ende der Tafel, fünf Personen saßen rechter Hand und fünf zur Linken von ihnen. Die übrigen hatten kaum genügend Platz, ihre Stühle zurückzuschieben. Mary, Mollie McCabe und Mrs. Rankin von nebenan, die einzige Nachbarin, die mit ihrem Mann zur Hochzeit eingeladen worden war, sorgten für das Nachfüllen der Teekannen und dafür, daß kein Teller leer blieb.

Die reichbestückte Tafel hatte allgemeinen Beifall hervorgerufen. Wie war Mary das bloß gelungen? Hühnerbrüstchen, Schweinskeulen, Schinken, Lachs. Wo, um alles in der Welt, hatte sie nur den Lachs her? So was war doch seit Jahren schon kaum mehr zu beschaffen.

Die diesbezügliche Antwort erteilte Dennis, indem er sämtlichen Fragern zuzwinkerte und zum oberen Ende der Tafel deutete. Und die Gäste blickten zum Bräutigam hin und sagten: »Ach so!« Georgie war schließlich Koch in einer R.A.F.-Kantine. Die wußten sich schon zu helfen.

Annie hatte Georgie nicht angesehen, nur ihre Mutter, die, obwohl sie ihren Schwiegersohn nicht mochte, ganz begeistert davon war, all die Herrlichkeiten auftischen zu können, die er beiseite geschafft hatte. Aber nein! Sie durfte nichts Nachteiliges über ihre Mutter denken, sagte sich Annie. Sie sollte sich vielmehr daran erinnern, was sich heute in der Spülküche zugetragen hatte. Ihre Mutter verfügte sehr wohl über Gefühle, nur zeigte sie sie eben nicht.

Ihr Pa war aufgestanden, um eine Rede zu halten: O ja, der wußte, wie man alles passend abwickelte.

Dennis sah seine Tochter und seinen frischgebackenen Schwiegersohn nachdenklich an, bis das Geplapper verebbte und sich Schweigen im Raum ausbreitete. »Es obliegt mir«, fing er an, »zu diesem glückverheißenden Anlaß ein paar Worte zu sagen. Denn es ist ein glückverheißender Anlaß, meine Lieben.« Er nickte zweimal. »Meine Tochter hat heute nicht nur ihren Namen von Cooper in McCabe geändert, sondern sie hat diesen Namen auch auf eine neue Seite ihres Lebens geschrieben.«

Abermals bekräftigendes Nicken. »Es ist ein unbeschriebenes Blatt, und es liegt an ihr, was sie darauf einträgt.« Sein Blick schweifte nun von Annie zu Mary am unteren Ende der Tafel, die auf ihre im Schoß ruhenden Hände niedersah. Sie blickte auch nicht auf, als er die folgenden Worte an sie richtete: »Da unten sitzt ihre Mutter. Sie war an ihrem Hochzeitstag nur um ein Jahr älter, als Annie es heute ist, und von dem Tag an, an dem Annie zur Welt kam, hat sie für sie gesorgt, wie eine Mutter nur für ihr Kind sorgen kann. Alles, was Annie heute ist und kann, den guten Ruf, den sie genießt, verdankt sie ihr.« Es entstand eine lange Pause, während er nachdenklich das gesenkte Haupt seiner Frau betrachtete. Dann wanderte sein Blick wieder zum oberen Ende der Tafel, und er fuhr fort: »Ich will mich kurz fassen, Kind, und nur so viel sagen: Wenn du so für Georgie und euer Heim sorgen wirst, wie deine Mutter es für uns getan hat, dann wirst du bestimmt nicht viel falsch machen. Also –« er überflog die ihm zugewandten Gesichter und befahl: »– steht auf, erhebt eure Gläser und trinkt mit mir auf… Annie und Georgie.«

»Auf Annie und Georgie! Auf Annie und Georgie…!«

Als die Gesellschaft wieder Platz genommen hatte, sprachen alle so lange durcheinander, bis der Fremde, der Trauzeuge, aufstand; dann richtete sich die Aufmerksamkeit der Anwesenden auf ihn. Selbst die Zwillinge hörten auf, sich den Mund vollzustopfen, und lauschten interessiert. Arthur Bailey sprach langsam und sanft; in Stimme und Wortwahl unterschied er sich deutlich von den Anwesenden: »Wenn es jemanden gibt, der Georgie und seiner Braut Gesundheit und Glück wünscht, dann bin ich es. Wir beide sind seit achtzehn Monaten Kameraden, und ich möchte ausdrücklich festhalten, daß ich nie einen bessern finden werde. Gerade deshalb weiß ich, daß Annie ein glückliches Leben führen wird, solange sie ihn zur Seite hat. Ich wünsche euch Glück und Zufriedenheit.«

Die Ansprache des Trauzeugen wurde mit noch mehr

Applaus bedacht als Dennis' Rede, und Georgie, der ganz rot geworden war, sah Annie an und fragte scherzend: »Nun, was hältst du von einer derartigen Empfehlung, wie?« Dann beugte er sich über sie hinweg und knuffte den andern freundschaftlich.
Gleich darauf lenkte jedoch seine Mutter seine Aufmerksamkeit ab, indem sie, lautstark wie gewöhnlich, ausrief: »Wenn das nicht für dich spricht, Jungchen! Wie nett von Ihnen, das über den guten Kameraden zu sagen!« Mollie nickte Arthur Bailey eifrig zu. »Danke, mein Junge. Damit haben Sie für alle Zeiten einen Stein bei mir im Brett. Sie werden in unserm Haus stets willkommen sein.« Damit wandte sie sich an ihren Mann und schrie, als befände er sich am untersten Straßenende: »Hast du das gehört – hast du das gehört?« Und als er erwiderte: »Natürlich hab' ich's gehört, bin ja nicht taub, oder?«, stieß sie ihn beinahe vom Stuhl und setzte hinzu: »Nun, dann merk dir's gefälligst, du Döskopp.« Da lachten die Zwillinge und ihre verheiratete Tochter Daisy und deren Gatte Frank Stewart sowie ihre sechzehnjährige Tochter Winnie, die ihr wie aus dem Gesicht geschnitten war, Tränen, als hätte Mollie einen Riesenspaß gemacht. Mary und Mrs. Rankin wechselten einen Blick, standen auf, packten je eine Teekanne und marschierte in die Küche.
»Diese Frau!« schnaubte Mrs. Rankin und spitzte die Lippen. »Das reinste Fischweib, wirklich. Gut, daß Sie Annie weiterhin unter Ihren Fittichen haben werden.«
Mary sagte nichts darauf, sondern goß den Tee auf, stellte die beiden Kannen nebeneinander auf den Herd, blickte in die rasch einsetzende Dämmerung des verregneten Tages hinaus und meinte dann: »Ich glaube, wir lassen lieber die Verdunkelungsrollos herunter und machen Licht.« Sie sah auf die Uhr: Viertel vor vier.

Die Luftschutzsirenen heulten knapp vor neun Uhr auf.
Der Tisch war abgedeckt, das Geschirr stand zu Stößen

aufgerichtet auf dem Küchentisch, die meisten Stühle hatte man gleichfalls hinausgetragen, weil die Jugend beschlossen hatte, das Wohnzimmer als Tanzsaal zu benützen. Mona und Arthur Bailey sowie Daisy und Frank Stewart führten ihre eigene Version von hypermodernen Tänzen vor, während Winni und ihre Mutter sich vor Lachen den Bauch hielten, als sie vergeblich versuchten, Dennis auf die Knie zu zwingen, wie einer dieser Tänze es vorschrieb.

Ringsum bildeten Annies Großeltern sowie Monas Mutter und Vater einen Kreis, in dem Georgie sozusagen residierte. Sein übermütig-leutseliges Getue deutete darauf hin, daß er sich mittels einiger Schoppen Bier und ein paar Gläschen Schnaps so richtig aufgewärmt hatte. Das hieß keineswegs, daß er das Annie gegebene Versprechen gebrochen hatte, weil er, wie er behauptete, einfach nicht den richtigen Durchblick hätte, ehe er nicht mindestens ein halbes Dutzend Doppelte intus habe, egal, worum es sich handelte, vom Port- bis zum Apfelwein.

Georgie warf Annie einen Blick zu, die in der Spülküche mit ihrer Mutter Gläser wusch und trocknete, und hielt nur deshalb im Sprechen inne, weil Mrs. Broadbent ungläubig sagte: »Du schwindelst doch bloß, Georgie, nicht? Jeder kriegt Speck und Eier, wann und so viel er will?«

Georgie wandte sich der kleinen, rundlichen Frau zu. »Stimmt, Mrs. Broadbent. So wahr ich da sitze. Wenn man sich auf die Karre setzt und in Hereford herumkutschiert, kann man haltmachen, wo immer man will, ob sich's nun um ein Landhaus oder einen Bauernhof handelt, und schon bekommt man ein Essen vorgesetzt wie ein König. Butter und Eier geben sie einem außerdem mit. Unsere Jungs machen das alle. Du meine Güte, Sie sollten mal sehen, was die so heimschleppen. Ich habe mich einmal geweigert, einem Wachtposten eine Extraportion Butter auszugeben, weil ich seine verdammte Visage nicht riechen konnte und er ein richtiges Großmaul war. Was glauben Sie, was passiert, als er von seinem

Heimaturlaub zurückkommt? Er schiebt mir einen riesigen Brocken Landbutter unter die Nase, deren bloße Farbe einem schon das Wasser im Munde zusammenlaufen läßt, und sagt: ›Hier, McCabe. Jetzt wissen Sie, was Sie mit Ihrer Butter meinetwegen tun können!‹« Georgie schloß die Augen und hob die Hände abwehrend in die Höhe. »Besser, ich sag's nicht, was er mir angeschafft hat. Wo doch Damen anwesend sind!«

Als das Gelächter am ausgelassensten war, ertönte die Sirene.

Sekundenlang herrschte erschrockenes Schweigen. Dann schossen alle wie eine aufgescheuchte Herde zur Tür – das heißt mit Ausnahme Georgies, Arthur Baileys und Dennis, der ihnen zurief: »Spielt jetzt nicht verrückt, Kinder! Immer mit der Ruhe.«

»Geh gleich hinunter!« Mary schob Annie zu den Stufen, die zum Luftschutzkeller führten. Doch Annie blieb plötzlich stehen, wandte sich um und sagte: »Nein, Ma. Es ist nicht recht. Wir sollten sie heimbringen … alle.«

»Die können selbst auf sich aufpassen. Geh jetzt.«

Als Mary sie mit aller Gewalt vorwärtsschieben wollte, wich Annie aus und sagte barsch: »Sei vernünftig, Ma. Es hat doch eben erst Alarm gegeben, das kann noch eine Ewigkeit dauern.«

»Vorige Woche hat es aber keine Ewigkeit gedauert, stimmt's?«

Ehe Annie noch antworten konnte, erscholl Georgies Stimme aus der Dunkelheit. »Du verschwindest erst mal hübsch nach unten, Annie. Ich bringe Ma und die andern heim. Bin bald wieder da. Arthur kommt mit mir.«

»Einer von euch soll Mona und ihre Mutter heimbringen, hörst du, Georgie?«

»Seit nicht albern, Kind«, sagte Mary ungeduldig. »Als ob nicht ohnehin Mr. Broadbent da wäre.«

»Ach Ma, du weißt doch, wie schlecht seine Augen sind. Er sieht schon bei Tag kaum was, geschweige denn, wenn's finster ist … Kümmerst du dich drum, Georgie?«

»Ja, ja, ich kümmer' mich schon drum. Sieh zu, daß du nach unten kommst, sorg dich nicht. Du meine Güte, mußte das wirklich ausgerechnet heute passieren? Dieser verdammte Schweinehund. Alles haben wir nur ihm zu verdanken, diesem Schnurrbartheini...«

Als Mary die letzte Stufe hinter sich gelassen und den Luftschutzkeller betreten hatte, konnte sie noch immer Georgies Stimme aus der Spülküche hören und wie er genau beschrieb, was er mit diesem Bastard anfangen würde, wenn er ihn zwischen die Finger bekäme.

»Ein Jammer, daß er nicht den Mund aufmachen kann, ohne gleich zu fluchen!«

»Auf wen sollte er denn sonst fluchen als auf Hitler, Ma?«

Marys Schweigen verriet Annie, daß ihre Mutter eine angespannte Miene machte und die Lippen verächtlich verzog. Und als die altmodische Lampe, die auf der rohen Ziegelmauer zwischen den Schlafkojen hing, angezündet war, sah Marys Gesicht tatsächlich genauso aus, wie Annie es sich vorgestellt hatte. Leise sagte sie: »Tut... tut mir leid, Ma.«

Als keine Antwort kam, fragte Annie schließlich: »Wo ist denn Pa hin?«

»Wo wird er schon hingegangen sein? Zur Sammelstelle natürlich.«

»Heute ist er doch nicht dran.«

»Stimmt. Aber er hat genauso wie andere Leute, die ich kenne, das dringende Bedürfnis, sich umzubringen.«

»Oh, Ma!«

Sie setzten sich auf die Holzbänke, einander gegenüber. Ihre Knie berührten sich fast, und ihre Körperhaltung war beinahe dieselbe: Sie hielten die Häupter gesenkt und die verschlungenen Hände im Schoß. Nach einiger Zeit sagte Annie: »Wir haben die Thermosflasche nicht mit heruntergenommen. Soll ich sie holen gehen?«

»Du wirst nichts dergleichen tun«, sagte Mary und schüttelte energisch den Kopf. »Ich habe... ich habe heute so ein komisches Gefühl. Ich weiß nicht, warum,

aber ich spüre direkt, daß sich heute was ereignen wird.«
Annie zwang sich dazu, nicht zu erwidern: Dieses Gefühl hast du schon öfter gehabt, Ma. Du hast es jedesmal, wenn wir hier herunterkommen...
Eine Sekunde später schleuderte sie das von ihrer Mutter prophezeite Ereignis einander direkt in die Arme. Und schon lagen sie auf dem Fußboden, zogen die Köpfe zwischen die Knie und gaben gleichlautendes Gestammel von sich, als die bebende Erde sich unter ihnen fortzubewegen schien.
Als das Beben langsam verebbte, hörten sie von weitem das dumpfe Wummern der Flak. Sie sprachen kein Wort. Engumschlungen warteten sie ab. Dann erfolgte das zweite Beben, diesmal weniger heftig und weiter entfernt. Immer noch verharrten sie reglos, bis schließlich das dritte Beben kam, weit entfernt und gleichsam wie ein Echo.
Mitten in die Stille platzte zittrig Marys Stimme. Sie murmelte: »Heilige Maria, Mutter voller Gnaden, der Herr ist mir dir. Ge... gebenedeit bist du unter den Weibern, und ge... gebenedeit ist die Frucht deines Leibes, Jesu. Heilige Maria, Mutter Gottes, bitte für und jetzt und in der Stunde unseres Todes, Amen.«
»Heilige... heilige Maria, Mutter voller Gnaden, der Herr ist mit dir...« Abermals wiederholte sie dieses Gebet. Und nochmals und nochmals.
Als Annie sich aufrichten wollte, spürte sie den aus den Händen ihrer Mutter herabbaumelnden Rosenkranz, unterbrach ihr Gebet und sagte: »Ma! Ma! Komm, steh auf. Es ist vorbei.« Sie mußte Mary zweimal schütteln, ehe sie sie zum Aufstehen veranlassen konnte.
Als sie nebeneinander auf der Bank saßen, flüsterte Annie: »Ich möchte wissen, wen es getroffen hat. Ich hoffe, daß sie alle in Sicherheit sind. Ich... ich hoffe, daß sie bis nach Hause gekommen sind. Ich... ich glaube, ich werde einen Blick auf die Straße werfen.«
»Nein! Das wirst du nicht tun.« Es war, als wäre Mary

eben erst erwacht. »Du wirst nichts dergleichen tun. Du bleibst, wo du bist... bis Pa heimkommt.«
»Aber Ma! Wenn es hierherum wo niedergegangen ist, wird er bis weit nach Mitternacht ausbleiben. Hör mal, Ma.« Sie entzog sich den Händen ihrer Mutter und stand auf. »Sie sind weg. Es ist ganz still. Die Flak hat aufgehört. Ich will bloß aus der Haustür sehen...«
»Nein, nein! Kommt nicht in Frage! Du wirst...«
»Hör schon auf, Ma. Ich gehe.« Als Annie auf die Hände ihrer Mutter einschlug, starrte Mary sie an, und ihr Gesicht zuckte vor Angst und Zorn.
Annie erklomm rasch die Stufen. Im Hof blieb sie stehen. Merkwürdig, daß sie auf ihre Mutter eingeschlagen hatte... Ach, sie waren eben beide ganz durcheinander. Sie hätte sagen sollen, daß es ihr leid täte. Aber ihre Mutter würde es sie schon nicht vergessen lassen; dessen konnte sie sicher sein.
Alles war still. Sie blickte nach oben. Die Sterne schienen, der Regen hatte aufgehört, es war eine klare Nacht.
Wen es wohl getroffen hatte? Es war sehr nahe gewesen – das erstemal. Sie ging durchs Haus, öffnete die Haustür, blieb auf dem Gehsteig stehen und sah die Straße entlang. Nirgends brannte Licht, aber es gab auch kein Hin- und Hergehetze. Hier war also alles in Ordnung. Aber weiter drüben, in der Nähe der Hauptstraße, glühte der Himmel. Als sie auf der gegenüberliegenden Straßenseite Schritte höre, rief sie: »Wo ist es denn niedergegangen?«
Eine Stimme antwortete: »Armada Street, Primrose Street, dort herum.«
Annie schlug sich mit der Hand auf den Mund. Das – war ja bei Georgie! Er wohnte Armada Street. Hatten sie das Haus noch erreicht? War es ihnen gelungen, rechtzeitig in den Luftschutzkeller zu gelangen – ehe das Inferno hereinbrach? Ihr stockte der Atem. Sie konnten alle miteinander tot sein. Alle. Georgie... Georgie war vielleicht tot!

Die Welle der Erleichterung, die über ihr zusammenzuschlagen drohte, veranlaßte sie, den Kopf in der Armbeuge zu verbergen, während sie sich an den Türpfosten stützte. O Gott im Himmel! Wie konnte sie nur? Aber offensichtlich war dem so. Denn ihre Gedanken kreisten weiter um dieses Thema. Wenn er tot war, wären alle Probleme mit einem Schlag gelöst. Das Kind würde einen ehrlichen Namen haben, sie würde eine verheiratete Frau sein und eine Pension bekommen... O Gott, wie schlecht war sie. Jawohl, schlecht! Sie würde zur Beichte gehen und Father Carey eingestehen müssen, was sie soeben gedacht hatte, ohne darum herumzureden. Merkwürdig, daß sie sich Georgies Tod wünschte.
Nach wenigen Minuten trat sie abermals ins Haus, nicht ohne die Tür hinter sich zu verriegeln. Im Hausinnern sah es chaotisch aus. Sie ging in die Spülküche, bereitete frischen Tee, stellte die Kanne samt Tassen auf ein Tablett und trug es in den Luftschutzkeller.
Ihre Mutter saß noch genauso da, wie sie sie verlassen hatte. Sie blickte auf und fragte: »Nun?«
»Armada Street, Primrose Street und dort herum.«
»Armada Street?«
Der hoffnungsvolle Ton ließ Annie den Kopf senken. Ihr war so übel, daß sie sich am liebsten übergeben hätte. »Wünsch nicht, daß er tot ist, Ma!« schrie sie, so laut sie nur konnte.
»Ich und jemanden tot wünschen? Was ist los mit dir, Kind? Wen sollte ich tot wünschen?«
»Du weißt schon! Du weißt es sehr gut.«
»Du bist ja verrückt, Kind. Es war alles zuviel für dich.« Marys Stimme klang nun ganz so, als hätte sie ihre Fassung wiedergewonnen.
»Ja, ja, das ist es.« Die Tränen rannen Annie über die Wangen, ihre Stimme wurde immer schriller, als müsse sie sich durch das Geröll und den Staub des Luftschutzkellers einen Weg bahnen. »Ich wei... ich weiß. Das wäre die Befreiung, deiner Meinung nach. Eine glückliche Lösung, nicht? Eine glückliche Lösung.«

»Nimm dich zusammen, Kind.« Mary schüttelte sie bei den Schultern. »Hör auf zu schreien. Setz dich da her.« Sie drückte sie auf die Bank. Dann schenkte sie Tee ein. Als sie Annie die Tasse reichte, sagte sie: »Trink das da auf einen Zug. Du hast zuviel durcheinandergetrunken. Das ist es.«
»Hab' ich nicht, ist gar nicht wahr!« schrie Annie abermals. »Ich hab' nur ein Glas Portwein getrunken, nur ein einziges Glas.«
»Trink deinen Tee und denk, ehe du völlig hysterisch wirst, gefälligst daran, daß dein Gehaben sich auf das Kind in deinem Leib auswirkt.«
Annie wurde ruhig und starrte die Mutter an. Es war das erstemal, daß sie das Kind erwähnte. Sie senkte den Blick, hob die Tasse an den Mund und begann, langsam ihren Tee zu schlürfen.
Als Mary sich kaum wieder gesetzt hatte, erklang das Geräusch schwerer Schritte auf den Stufen. Dann wurde die Tür aufgestoßen, und Dennis stand droben. Er sah aus wie ein Mann, der Zement abgeladen hatte, denn vom Lutschutzhelm bis zu den Stiefeln war er über und über mit Staub bedeckt. Sein Gesicht war aschgrau, den einzigen Farbfleck bildeten seine dunklen Pupillen inmitten rotgeränderter Lider. Er öffnete mehrmals den Mund, brachte jedoch keinen Ton hervor.
»Was ist denn? O mein Gott, wenn du dich sehen könntest! Was ist denn geschehen?« Mary rückte zur Seite, um ihm Platz zu machen.
Er starrte sie an und murmelte: »Gib mir einen Schluck Tee. Hast du vielleicht einen Schnaps hier unten?«
»Schnaps? Nein, nein, natürlich nicht«, stieß Mary hervor. »Also, nun sag uns schon, was geschehen ist.«
Als er den Tee aus ihrer Hand entgegennahm, klapperte sie so heftig, daß er sie festhalten mußte. Er führte die Tasse zum Mund, leerte sie auf einen Zug und sagte schließlich: »Billy... Billy ist tot.«
»Billy? Doch nicht Billy McCabe?«
»Ja, Billy McCabe.« Er nickte zweimal schwer. »Er, der

sich noch vor einer Stunde schief- und krummgelacht hat, wird nie mehr lachen, der arme Teufel.« Er blickte nun zu Annie hinüber, die sich heftig auf die Lippen biß, und fuhr fort: »Sie waren beinahe daheim, bogen gerade um die Ecke der Primrose Street, wie die Leute erzählten, als eine ganze Hausfront auf ihn niederstürzte. Er war der letzte. Er sagte, daß er weder wegen Hitler noch sonst jemand dieses Kalibers rennen werde. Georgie, seine Mutter und die Kinder hat es zu Boden geschmissen, es muß meterweit im Umkreis niedergegangen sein – aber sie haben keinen einzigen Kratzer abgekriegt, sie wurden nur durcheinandergeschüttelt. Aber –« Er hob die Hände hilflos in die Höhe, dann packte er Annie am Arm und sagte: »Das ist nicht alles, Kind. Mona hat es erwischt. Und den jungen Burschen, diesen Arthur. Sie haben sich von den andern getrennt und sind unten herumgegangen, durch die Armada Street. Sie... sie hat's alle beide erwischt.«

»O nein, Pa, nein, nein, nein! Nicht Mona.«

»Sie kommen schon durch, Kind. Es ist jedenfalls nicht so arg, wie es sein könnte. Sie sind... sie sind im Spital. Aber für den armen Kerl ist es das Ende der Soldatenlaufbahn. Es hat ihm ein Bein zermalmt. Und... die arme Mona, die hat es im Gesicht erwischt.«

Annie war, als müsse sie in der nächsten Sekunde ohnmächtig werden. Sie verzog schmerzlich das Gesicht und barg es in beiden Händen. Nach einer Weile umklammerte sie ihren Hals und fragte: »Wo... wo sind sie? Wo hat man sie hingebracht?«

»Nach Ingham. Hör mal, Kind!« Er ergriff ihre Hand. »Es hat keinen Zweck, jetzt hinzulaufen. Dort sieht es zur Zeit wie auf einem Schlachtfeld aus. Warte bis morgen. Wohin du jedoch gehen kannst und sollst, und zwar auf der Stelle, ist zu den McCabes. Kümmere dich um Georgie. Er hatte alle Hände voll zu tun, als ich ihn verließ.«

»Nein, nein, die Entwarnung ist noch nicht gegeben worden!« Mary streckte die Hand nach Annie aus, aber Dennis fuhr sie an, zum erstenmal, seit er den Luft-

schutzkeller betreten hatte: »Einer von uns muß hinüber, und das ist sie. Mach es dir endlich klar, wo ihr Platz ist... Geh schön, Kind.« Er schob Annie vorwärts und sagte abermals: »Geh!«
Sie rannte über die paar Stufen in den finsteren Hinterhof. In der Küche hielt sie sekundenlang inne und stöhnte laut: »O Gott!« Mr. McCabe – tot... Ihr war, als hätte jemand ein Gewehr gepackt und losgefeuert. Und den Falschen getroffen. Als sie spürte, wie sich ihr der Magen umdrehte, stolperte sie zum Ausguß und dachte: Ich muß mich zusammenreißen... Kaum war ihr etwas besser, fuhr sie in rasender Eile in den Mantel.
Es herrschte ein großes Hin und Her auf den Straßen. Stimmen erklangen, die Leute liefen ziellos durcheinander, und Annie brauchte fünf Minuten, um das Haus der McCabes zu erreichen. Sie war erst zweimal da gewesen und war von dem, was sie zu sehen bekommen hatte, alles andere als begeistert. Die Einrichtung stellte eine Mischung zwischen kraß abgenützten Sachen und modernem, geschmacklosem Zeug dar, und alles wirkte ungepflegt und wenig anheimelnd.
Als sie anklopfte, öffnete ihr Winnie die Tür. Sie trug noch immer ihr Brautjungfernkleid, das bedeutend eher vom Standpunkt der Nützlichkeit als von jenem der Eleganz ausgesucht worden war. Ursprünglich von dunkelblauer Farbe, war es nun größtenteils grau bis schwarz. Winnie hatte ganz verweinte Augen.
Sie führte Annie in die Küche, wo um den Tisch herum Daisy, ihr Mann und die beiden Zwillinge saßen. Mollie stand beim Herd und hantierte gerade mit einer Pfanne. Sie drehte sich um und sah ihre Schwiegertochter an, und Annie ging auf sie zu, bis sie beinahe über den Herdsokkel gestolpert wäre.
»Es tut... es tut mir so leid, ich kann's dir gar nicht sagen.«
»Tjaja... es tut uns allen leid, Kind.« Mollie richtete sich auf. Ihr Mund war fest zusammengepreßt, und ihr Gesicht sah aus, als hätte es nie gelächelt. Annie nahm

überrascht wahr, daß sie weder weinte noch so aussah, als hätte sie vor kurzem Tränen vergossen. Ihre Stimme klang völlig ruhig, und ihr Verhalten war ganz anders, als man eigentlich erwartet hätte; ebenso verhielt es sich bei den übrigen Anwesenden. Annie folgte ihr mit den Blikken, als Mollie sich zum Tisch umwandte und sich vor einem Plastiktablett niederließ, das mit Karfiolrosen bemalt war und auf dem eine Teekanne aus Steingut, eine Dose Kondensmilch und ein paar Tassen standen. Mollie gab Milch und Zucker in eine der Tassen, schenkte schwarzen, brühheißen Tee ein und reichte sie Annie. Annie wollte gar keinen Tee mehr; ihr war, als könne sie nie mehr etwas essen oder trinken. Die Kehle war ihr wie zugeschnürt. Nichtsdestoweniger nahm sie Mollie die Tasse ab und sagte: »Danke. Danke, Mrs... Mollie.«
»Setz dich, Kind, setz dich... Rück 'rüber, Archie. Um die Ecke. So.«
Als Archie der Aufforderung seiner Mutter nachgekommen war, setzte sich Annie auf den freigewordenen Platz, und Mollie sah sie an und sagte: »Er hatte seine Fehler. Aber ich frage dich, Kind: Wer hat die nicht? Eins steht fest, faul war er nicht, o nein. Gut, er trank. Mehr, als ihm guttat. Aber ich sag' dir was: Er hat sich auch krumm dafür gearbeitet. Und immer dafür gesorgt, daß wir anständig zu essen hatten.« Sie blickte von einem zum andern: »Tja, das hat er getan. Ebenso, was die Kleidung betraf. Denn, wie er zu sagen pflegte: ›Solange man was im Bauch und was anzuziehen hat, kommt man auf keine dummen Gedanken.‹ Er hat eine Menge solcher Sprüche auf Lager gehabt, genau wie Georgie.« Sie starrte Annie ins Gesicht, als wolle sie die eben getroffene Feststellung näher erläutern, und fügte hinzu: »Auch er hat nicht besonders viel auf dem Kasten gehabt, aber es gab Schlimmere. Bei Gott, es gab Schlimmere. Neidisch war er nie, keiner Menschenseele, das muß zu seiner Ehre gesagt werden.«
Annie hatte vor Kälte gezittert, als sie das Haus betreten hatte; nun aber glühte sie am ganzen Körper. Sie

wünschte – oh, wie sehr –, Mollie und all die andern würden Georgie nicht immer als Schwachkopf hinstellen. Wo war er denn überhaupt? Wo war Georgie?
»Wo ist denn Georgie jetzt?« fragte sie laut.
»Im Krankenhaus, Kind. Tja, ich nehme an, daß dein Vater dir davon erzählt hat... Von der Sache mit Arthur, meine ich. Unser Georgie ist völlig fertig deshalb, er fühlt sich dafür verantwortlich, weil er doch Arthur mit hergebracht hat. Es handelt sich um sein Bein, weißt du. Georgie sagt, daß es in einem schrecklichen Zustand war, als sie ihn herausholten. Und deine Freundin Mona hat es im Gesicht getroffen... Mein Gott, das war ein Abend. Hochzeit und Tod: nur die Mitte wurde ausgelassen, jetzt fehlt wahrlich bloß eine Geburt, das ist alles... Direkt schade –« sie schwieg nachdenklich, »tja, schade, daß deine Zeit noch nicht gekommen ist, Kind. Dann hätte sich wieder mal bewahrheitet, was der Pfarrer immer sagt: ›Denn alles Fleisch, es ist wie Gras...‹ So heißt es doch in dem Requiem, nicht wahr? Ist übrigens eine hübsche Melodie...«
Annie starrte Mollie verblüfft an. Da saß sie vor ihr, trotzig und düster, ohne auch nur eine einzige Träne zu vergießen, und fabelte was von einer hübschen Melodie. Sie fühlte ein Lachen in sich hochsteigen. Wahrhaftig – sie hätte am liebsten gelacht, laut und schallend. Am Ende verlor sie den Verstand? Sie blickte die andern an. Keiner von ihnen hatte etwas gesagt. Kein Wort. Sie sahen allesamt richtig verschlafen aus, als wären sie betäubt. Träumte sie?
Das jähe Aufreißen der Tür bewies ihr, daß sie nicht träumte. Annie drehte sich mit den andern um und sah Georgie hereinkommen. Er sah sie an, kam auf den Tisch zu, blieb neben ihr stehen und sagte nur: »Hallo.« So war sie gezwungen, gleichfalls »Hallo« zu sagen.
»Du hättest daheim bleiben sollen«, meinte er.
»Ich bin schon in Ordnung«, antwortete sie.
»Wie... wie hast du die beiden vorgefunden?« fragte Mollie und sah zu ihm auf.

Er drehte sich zu ihr um. »Sie wollten mich nicht hineinlassen. Sie lassen niemanden hinein.«
»Möchtest du eine Tasse Tee?« fragte Mollie.
»Nein, danke.«
»Oder was zu essen?«
»Nein, nein, ich möchte nichts essen. Wie spät ist es denn? Meine Uhr ist stehengeblieben.« Er blickte auf seine Armbanduhr; Mollie drehte sich zum Kaminsims um, starrte die dort stehende Uhr sekundenlang an und sagte dann: »Da drauf ist es zehn Minuten vor elf, aber sie geht entweder vor oder nach, das weiß man nie so genau.«
Es folgte ein längeres Schweigen, während welchem Georgie die Hand auf Annies Schulter legte. Dann sagte er: »Komm, ich bring dich heim.«
Als Annie aufgestanden war, wandte er sich an seine Mutter: »Ich bin bald wieder da.«
»Nicht nötig, Junge.« Auch sie hatte sich erhoben. »Wirklich nicht nötig.«
»Ich komme trotzdem zurück.«
Annie verabschiedete sich nicht, sondern ging auf die Tür zu, und Georgie folgte ihr, während Mollie wiederholte: »Ich sag' dir doch, Junge, das ist nicht nötig.« Worauf er richtig wütend wurde und schrie: »Ich komme zurück, ob's dir paßt oder nicht, verdammt noch mal.«
Nun standen sie alle drei auf der Stufe. Mollie zog die Haustür hinter sich zu, damit kein Licht herausfiel, und fragte ruhig: »Wohin hast du Pa gebracht?«
»In die Leichenhalle.«
»Glaubst du, daß sie mich ihn sehen lassen?«
Es entstand eine kleine Pause in der Dunkelheit; dann antwortete er: »Es wäre nicht besonders gut.«
Nach einer abermaligen Pause sagte sie: »So schlimm ist es?«
»Ja, so schlimm.«
Annie hörte Mollie nachdenklich schnalzen. Dann sagte sie: »Hör mal, Junge, ich meine, was ich rede. Frank und Daisy bleiben heute über Nacht hier, du hättest also gar

keinen Platz zum Schlafen. Also, geh schön mit Annie hinüber und schlaf dort, wo es sich ab jetzt für dich gehört. Komm lieber gleich frühmorgens herüber, dann werden wir alles besprechen. Vielleicht kannst du ein paar Tage Sonderurlaub bekommen. Aus familiären Gründen oder wie das heißt.«

»Tja, das werde ich versuchen... Bist du sicher, daß du klarkommst, wenn ich...?«

»Völlig sicher, Junge. Auch kommt es im Grunde genommen kaum darauf an, so oder so.«

Abermals entstand ein Schweigen, bis Georgie schließlich sagte: »Also, dann bis morgen, Ma.«

»Bis morgen, mein Junge. Und...« An Annie gewandt, fügte sie hinzu: »Es tut mir leid wegen all dieser Dinge, Kindchen.«

Annie brachte einen Moment lang kein Wort hervor. Es war, als nähme Mollie damit alles auf ihre Kappe: den Luftangriff an ihrem Hochzeitsabend, die gestörte Hochzeitsnacht, alles. Sie seufzte leise: »Ach, Mollie...«, dann wandte sie sich ab.

Erst als sie die dritte Straße erreicht hatten, ergriff Georgie das Wort. »Ich werde es mir nie verzeihen«, sagte er.

»Was?«

»Daß es Arthur erwischt hat. Er ist nur mitgekommen, um mir einen Gefallen zu erweisen. Und da muß es ihn so verdammt arg treffen. Solch einen einmaligen Jungen.« Er hatte ihr das Gesicht zugewandt, und Annie spähte durch die Dunkelheit zu ihm empor; es hätte sie nicht überrascht, feststellen zu müssen, daß er weinte, so gebrochen klang seine Stimme. »Der beste Freund, den ich je hatte. Hab' noch nie so einen patenten Kerl getroffen. Dabei ist er aus einem sehr guten Haus, gebildet, wohlhabend und so weiter... Nicht wie wir, nicht wie ich. Keine solche Null. Seine Leute haben ein wunderschönes Haus in Hereford, zehn riesige Räume und einen verdammt großen Garten. Beinahe ein Park, zwei Morgen Land. Er hat eine Schwester, die mit einem Anwalt verheiratet ist, und zwei Brüder. Einer ist Wirtschaftsprüfer. Er selbst bezeichnet sich als das schwarze Schaf der Familie, weil er, wie er meint, zuwenig Hirn hat. Dabei hat er mehr davon als die gesamte Mannschaft in Madley. Arthur untertreibt eben. Immer. Das ist so eine Grille von ihm. So zu tun, als wisse er nichts. Seine Leute sind knorke, richtig knorke, Annie. Als er mich zum erstenmal mit heimnahm, kam ich mir wie eine Katze auf brennheißen Ziegeln vor. Du meine Güte, so ein Haus hast du in deinem ganzen Leben noch nicht gesehen! Zwischen dem und unserm Haus ist ein Unterschied wie zwischen dem Buckingham-Palast und einer Marktbude. Und noch etwas: Seine Mutter hat mich beim zweiten- und beim drittenmal genauso herzlich willkommen geheißen wie beim erstenmal. Ich hab' mich natürlich benommen wie immer. Es hätte keinen Sinn gehabt, denen was vorzumachen. Aber weder sie noch sein Pa haben mich spüren lassen: Ach, da kommt Georgie, dieser Schwachkopf oder so... Weißt du was, Annie? Ich will dir mal was sagen. Man ist genau das, wofür einen die Leute halten. Das habe ich gelernt. Genau das, wofür sie dich halten. Sag ihnen, du bist eine Null, dann bist du eine Null, basta. O ja, ich hab' bei Gott eine Menge gelernt, seit ich von daheim fort bin. Heute könnte ich die Leute am unteren Ende der Straße kaufen und am oberen verkaufen – glatt. Und soll ich dir noch was verraten? Arthur ist nur deshalb beim Kantinendienst geblieben, weil er mit mir zusammensein wollte. Er hätte jederzeit aufrükken können, der verdammte Narr. Aber er hat sich einfach stur gestellt, total stur. Ich sag' dir ja, er spinnt. Beinahe wäre er zum Kriegsdienstverweigerer geworden, so wahr ich hier stehe. Er sagte, er würde das glatt machen, wenn sie ihn vom Kantinendienst abzögen. Verlangt von mir, einen Menschen umzubringen, und ihr werdet es erleben. Da schmeiß ich glatt die Knarre hin. Und ich glaub' ihm aufs Wort. Es gibt nicht viele wie ihn, bei Gott! Ihn von so weit herzuschleppen, um ihn in ein derartiges Schlamassel zu bringen! In Hereford wissen sie gar nicht, daß wir Krieg haben. Achtzehn Monate bin ich jetzt dort, und ein einziges Mal hat es eine verdammte Luftwarnung gegeben, ein einziger, winziger Angriff, und die Kerle dort haben schon geglaubt, es sei das Ende der Welt. Und da muß es ausgerechnet Arthur erwischen, noch dazu am Bein« – seine Stimme war zu einem erstickten Gemurmel geworden –, »vielleicht sogar an beiden. Wo er so ein begeisterter Wanderer ist. Was wollte er noch für Touren machen, wenn der Dreckskrieg erst mal zu Ende sein würde. Allmächtiger! Ich weiß genau, das werd' ich mir bis zu meinem letzten Atemzug nicht verzeihen.«

«Laß doch, Georgie, es ist nicht deine Schuld.« Sie packte ihn am Arm. »Du darfst die Sache nicht so betrachten. Vielleicht ist es zu seinem Besten – wo er doch um keinen Preis kämpfen wollte...«

Sie wäre beinahe ausgeglitten, so heftig riß er sich von ihr los, als er schrie: »Himmel, deshalb wollte er doch nicht seine Beine verlieren! Als Kriegsdienstverweigerer wäre er eben auf einem Bauernhof eingesetzt worden oder in einem Krankenhaus. Deshalb braucht einer doch nicht seine Beine zu verlieren!«

»Tut mir leid, Georgie – ich wollte damit eigentlich nur sagen...«

Nach einer Weile erwiderte er: »Ist schon in Ordnung. Ich weiß schon, daß du nichts derartiges gemeint hast.« Abermals ergriff er ihren Arm und sagte mit undeutlicher Stimme: »Ach, Annie, und das sollte unsere Nacht der Nächte sein. Ich wollte dir beweisen, was für ein verläßlicher Bursche ich sein kann, indem ich mich auf keinen Fall betrinke. Nun, ich habe mich nicht betrunken, aber das, was ich tun wollte, kann ich nun doch nicht tun: Dich so behandeln, wie ich weiß, daß du behandelt werden möchtest. Weil du, genau wie Arthur, anders bist als die andern. Ich weiß, daß du anders bist. Und daß ich verdammt Glück habe, dich zu kriegen. Das habe ich mir den ganzen Tag über gedacht, in der Kirche und dann an der Tafel. Da sagte ich mir: Georgie McCabe, du bist schon ein verdammt glücklicher Kerl. Du hast einen Freund wie Arthur und eine Frau wie Annie... Und nun dies... Es tut mir leid.«

Am liebsten hätte auch sie gesagt, wie leid ihr das alles täte. Und sie war einen Moment lang nahe daran, ihn zu lieben. Aber da waren sie bereits vor der Haustür angelangt, und er hatte sie geöffnet. Und als sie eintraten, kam ihr erst zu Bewußtsein, daß er kein einziges Mal seinen Vater erwähnt hatte.

Ihre Mutter war in der Küche und eifrig damit beschäftigt, alles wieder in Ordnung zu bringen. Sie hielt in der Arbeit inne und sah sie an. Und dann blieb ihr Blick auf Georgie haften. Seine Kleider waren besudelt und sein Gesicht war schmutzig. Aber er machte eine so todtraurige Miene, daß sie trotz ihrer Gefühle für ihn freundlich sagte: »Setz dich, Junge. Wie hat deine Mutter es aufgenommen?«

»Ganz gut, danke, Mrs. Cooper. Ganz gut, in Anbetracht der Umstände.«

»Haben Sie erfahren, wie es Ihrem Freund geht?«

»Schlecht, Mrs. Cooper, recht schlecht. Und Mona gleichfalls. Aber vor morgen werden wir die näheren Details nicht erfahren, das Krankenhaus ist der reinste Hexenkessel.«

»Das kann ich mir denken. Kann ich Ihnen irgendwas zu trinken bringen oder sonstwas aufwarten?«

»Nun, ich hätte... hätte gerne ein Gläschen Schnaps, wenn noch was übrig ist, Mrs. Cooper. Danke jedenfalls.«

»Natürlich ist noch was da, Georgie. Und wie steht's mit dir, Annie? Möchtest du auch was?«

»Nein, Ma, nichts. Ich werde nach oben gehen und den Mantel ablegen und so.«

»Ja, tu das, Kind, tu das.«

Als sie auf die Treppe zuging, sagte Georgie: »Leg dich gleich hin. Ich komme später nach.«

Es war, als wären sie bereits Jahre miteinander verheiratet. Sie warf ihrer Mutter einen Blick zu. Dann wandte

sie sich um und sagte: »Ja, mach' ich. Ich bin müde. Kommst... kommst du noch auf einen Sprung hinein?«
Es entstand eine Pause, ehe Mary sagte: »Ja, ja, ich komm' in einer Minute nach oben.«
In ihrem Zimmer angelangt, zog sie sich beim gedämpften Licht ihrer mit einem rosafarbenen Schirm versehenen Lampe rasch aus, ohne die geringste Pause einzulegen, wie sie es sonst häufig machte, um einen Blick in den Spiegel zu werfen: teils um ihre Figur zu betrachten, teils um eventuelle Mitesser auszudrücken. Sie nahm sich nicht einmal Zeit, mit Hilfe der Reinigungscreme Puder- und Lippenstiftreste zu entfernen, ehe sie ihr Gesicht rein automatisch mit Nachtcreme versah, die laut Aufdruck ›Schönheit für den nächsten Morgen‹ versprach.
Hastig zog sie ihr hübschestes Nachthemd über, das sie selbst genäht und mit einem Grätenstich versehen hatte. Dann packte sie die Unterwäsche zu einem Bündel zusammen und schob es in die unterste Schublade, denn es kam ihr irgendwie unschicklich vor, die Sachen einfach über den Stuhl zu hängen. Anschließend schlüpfte Annie ins Bett.
Es war ein bißchen breiter als normal, weil ihre Mutter das für praktischer befunden hatte. Über der Daunendecke lag eine kunstseidene rosafarbene Überdecke, und selbst in ihrer gegenwärtigen Verfassung achtete Annie wie gewohnt darauf, die Decke so zurückzuschlagen, daß sie nicht zerknittert aussah. Das konnte ihre Mutter nicht leiden. Annie streckte sich der Länge nach aus, wie immer, jedoch nicht in der Mitte, wie sie es gewohnt war, sondern hübsch auf der Seite, zog die Deck bis unters Kinn und lag abwartend da. Es dauerte keine fünf Minuten, bis die Tür aufging und ihre Mutter auftauchte.
Mary war stets hereingekommen, um ihrer Tochter gute Nacht zu wünschen. Sie war ans Ende des Bettes getreten, hatte die Oberdecke geglättet und die Ecken fein säuberlich in die Matratze gesteckt. Dann pflegte sie zu

sagen: »Also, ruh dich tüchtig aus, Kind. Es ist ja alles in Ordnung, nicht?« Und Annie hatte darauf geantwortet: »Ja, Ma, danke.«

»Also dann«, hatte Mary immer gesagt: »Gute Nacht. Laß das Licht nicht brennen, denk dran. Gute Nacht.«

Aber heute abend verlief es anders. Mary betrat das Zimmer gar nicht, sondern blieb in der halboffenen Tür stehen, blickte auf ihre Tochter nieder und fragte: »Alles in Ordnung?« Und als Annie nach sekundenlangem Zögern sagte: »Ja, Ma, danke«, erwiderte sie nur: »Also, dann gute Nacht.«

»Gute Nacht, Ma.«

Kaum hatte Mary die Tür geschlossen, biß sich Annie fest auf die Lippen, um zu verhindern, daß ihr die Tränen kamen. Ihre Mutter hätte sich doch so verhalten können wie immer: eintreten, die Decke glätten, das Kopfkissen aufschütteln, ein bißchen verweilen und ein paar Worte mit ihr wechseln. Geküßt hatte sie sie nie, das erwartete Annie auch gar nicht; aber eintreten hätte sie zumindest können. Besonders an diesem Abend. Nachdem ihre Mutter sie in der Spülküche fest an sich gedrückt hatte, hatte Annie angenommen, daß die Dinge nun anders sein würden. Oh, ihre Mutter war wirklich merkwürdig!

Sie hörte Dennis, der sich in der Küche mit Georgie unterhielt, und war froh, daß ihr Vater wieder daheim war. Georgie würde sich nicht so schlecht fühlen, wenn er mit ihm reden konnte.

Als sie so dalag und den beiden polternden Männerstimmen lauschte, entspannte sie sich nach und nach. Nach einiger Zeit hörte sie ihre Mutter die Treppe heraufkommen und ins Schlafzimmer gehen. Da wußte sie, daß ihr Pa bald folgen würde.

Aber da irrte sie sich. Die Stimmen der beiden drangen weiterhin an ihr Ohr, pausenlos, immerzu, und ihr leiser werdendes, schleppendes Sprechen wurde zu einem Wiegenlied, so daß sie, trotz aller Anstrengungen, wach zu bleiben, einschlief...

Annie wußte nicht, was sie geweckt hatte. Es war weder Georgies Eintreten noch daß er sich auskleidete; denn als sie die Augen aufschlug, sah sie ihn bereits im Pyjama im Korbstuhl neben dem Bett sitzen. Sein Rücken war gebeugt, er hatte die Ellbogen auf die Knie und das Gesicht in die Hände gestützt. Sie lag da und starrte einige Zeit zu ihm hinüber. Plötzlich gab er einen erstickten Laut von sich, und sie sah, wie er die Hände auf den Mund preßte.

Langsam rutschte sie auf die andere Seite des Bettes, schlug die Decke zurück und stellte die Füße auf den Boden. Dann streckte sie die Hand aus, berührte sein Haar und flüsterte: »Georgie, Georgie!«

Er fuhr auf, und sein Kopf sank noch tiefer. Da rückte sie näher an ihn heran und sagte abermals: »Georgie!«

Nun drehte er sich ungeschickt zu ihr herum, wie ein Kind. Instinktiv schlang sie die Arme um ihn, und als er den Kopf gegen ihre Schulter drückte und sie sein nasses Gesicht auf ihrem warmen Fleisch spürte, starrte sie mit leicht offenem Mund die gegenüberliegende Wand an.

Sie hatte sich die verschiedensten Dinge ausgemalt, die in dieser Nacht passieren würden, aber darauf wäre sie in aller Welt nicht gekommen: daß sie in ihrer Hochzeitsnacht Georgie in den Armen halten würde, während er bitterlich weinte. Es war merkwürdig, aber sie hatte noch nie einen Mann weinen hören, sie hatte auch noch keinen Mann weinen sehen. Frauen bei Begräbnissen – ja; die hatten sich die Augen ausgeheult. Aber Männer – nein. Und dennoch kam ihr Georgie in dem Augenblick, wo er wie ein Kind schluchzte, mehr denn je als Mann vor.

Sie überlegte nicht lange, sondern zog ihn vom Stuhl hoch und verfrachtete ihn ins Bett. Dann deckte sie ihn zu und machte das Licht aus. Sie versuchte, sanft und beruhigend auf ihn einzusprechen, indem sie fortwährend »Na komm, Georgie« und »Ist ja schon gut« sagte. Aber ihr Zureden zeigte keinerlei Wirkung, so daß sie die Decke über sie beide hochziehen mußte, damit sein

Schluchzen nicht am Ende gar bis ins Schlafzimmer ihrer Eltern drang.
Als dieser Anfall von Kummer endlich nachließ, murmelte er mit rauher Stimme: »Tut mir leid, Annie. Entschuldige.«
»Da gibts doch nichts zu entschuldigen, Georgie.«
Er lag erschöpft, wie leblos, neben ihr. Und nach einiger Zeit sagte er aufschnupfend: »Mein Pa war gar kein so schlechter Kerl, weißt du.«
»Nein, Georgie, natürlich nicht.«
»Ich werde Arthur nie mehr ins Gesicht sehen können.«
»Das ist doch kindisch, Georgie – du bist nicht schuld daran.«
»Doch. Ich habe ihn gebeten, mein Trauzeuge zu sein.«
»Er wollte es doch.«
»Ja, ja, das hat er gesagt, aber... aber er hatte große Schwierigkeiten, fortzukommen. Er hat erst vor kurzem zwei Tage Ausgang gehabt und hätte eigentlich Dienst schieben müssen. Und aus kirchlichem Gepränge und so macht er sich ohnehin nichts.« Abermals entstand eine Pause, und dann sagte er: »Ich werde... ich werde meiner Mutter beistehen müssen, Annie. Sie wird meine Hilfe benötigen. Schließlich hat sie immer noch für drei zu sorgen. Pension wird sie keine bekommen, wo er doch nur Gelegenheitsarbeiter in den Docks war.«
»Das ist schon in Ordnung, Georgie. Wir werden alles in Ruhe besprechen. Mach dir deshalb keine Sorgen.«
»So ein Mädchen wie dich gibt es kein zweites Mal, Annie.«
Sie schwieg.
»Mein Pa hat das auch gesagt, sogar gestern vormittag noch, und da war er völlig nüchtern. Er hat gesagt: ›Du bist schon ein Glückspilz, Junge! Diese Annie ist genauso wie deine Mutter, die wird immer fest zu dir halten.‹ Tja, mein Pa war in Ordnung. Das Leben hat ihn eben so gemacht. Die verdammte Regierung, weißt du?

Ob es jetzt die Konservativen oder die Arbeiter-Partei oder die Nationalen sind, bleibt sich völlig gleich. Keine Arbeit, keine Chance, nicht mal für einen Mann mit Hirn – von den andern ganz zu schweigen. Arthur hat schon recht: Man ist das, was die Umgebung aus einem macht, Annie.«

»Ja, Georgie.«

»Es tut… es tut mir so leid, daß ich heute zu nichts tauge, Annie.«

»Oh, Georgie, sei doch still. Schlaf jetzt.«

»Danke, Annie. So ein Mädchen wie dich gibt es kein zweites Mal, Annie…«

Es stimmte. Er taugte in dieser Nacht zu nichts… Es war schon merkwürdig, wie Gebete manchmal in Erfüllung gingen; aber welcher Preis war für eine solche Erfüllung zu bezahlen.

ZWEITER TEIL

Nach Kriegsende

I

»Gib ihm keine Bonbons mehr, Ma. Seine ersten Zähne werden im Handumdrehen kaputt sein. Du verziehst ihn. Wirklich!«

»Verziehen – hör sich das einer an! Und was ist mit dir? Du hast ihn noch viel früher verzogen, als du ihn jedesmal hochgehoben hast, wenn er bloß ein bißchen geschrien hat. Wenn er mit fünf von allein gehen kann, darf man von Glück reden. Ich und ihn verziehen, so was!«

»Wollt ihr beiden wohl damit aufhören!« Dennis' Stimme klang leise und müde. »Wenn aus dem Kleinen da jemals ein brauchbarer Mensch wird, dann ist das ein Wunder. Ihr reißt ihn ja richtiggehend in zwei Teile. Übrigens hat Annie ganz recht.« Er nickte Mary zu. »Er wird nicht mal mehr Zahnstummel haben, wenn du nicht endlich damit aufhören wirst, ihn mit Süßigkeiten vollzustopfen.«

»Immer noch harmloser als Bier.«

»Ein Schluck Bier wird ihn schon nicht umbringen.«

»So? Wenn es nach dir und Mollie McCabe ginge, würde er zur Flasche greifen, noch ehe er gehen kann. Und falls ihr beiden so weitermacht, wird er überhaupt nie gerade gehen können. Das nächstemal, wenn ich sie bei so was erwische, stell ich sie zur Rede, darauf kannst du Gift nehmen.«

»Du wirst nichts dergleichen tun, Mary, hörst du?« sagte Dennis grimmig. »Zweimal hast du gesehen, wie sie das Kind einen kleinen Schluck hat machen lassen, das ist alles. Und so, wie du dich aufführst, hat Mollie ohnehin wenig Chancen, auch nur in die Nähe des Kleinen zu

kommen. Wenn es nach dir ginge, würdest du dem Jungen am liebsten einen Zettel mit der Aufschrift umhängen: ›McCabes ist der Zutritt unter keinen Umständen gestattet.‹ Nicht einmal dem Vater. So ist das.«
Dennis war aufgestanden, hatte die Zeitung auf den Tisch geschleudert und wollte zur Tür hinausstapfen, als ihm Mary kampflustig nachrief: »Du kannst ja dein Quartier gleich bei ihr drüben aufschlagen!«
Dennis drehte sich um und schrie: »Möglich, daß ich das eines Tages noch tue!« Damit verschwand er.
Mary sah ihre Tochter an, aber Annie hatte sich bereits über das Kind geneigt. Als sie ihrer Mutter endlich doch einen Blick zuwarf, meinte sie beschwichtigend: »Nimm keine Notiz davon, Ma. Du weißt, daß er dich nur damit aufziehen will.«
»Weit haben wir's gebracht«, sagte Mary mit zuckenden Lippen. »Und an allem ist nur dieses Weib schuld.«
»Sie meint es nicht bös, Ma.«
»So ist's recht, ergreif du auch noch ihre Partei.«
»Nun, es stimmt doch. Was hat sie dir jemals getan? Sie hat es wirklich schwer, wo sie doch arbeiten gehen und sich noch zusätzlich um die drei Kinder kümmern muß, wenn sie heimkommt. Und dabei ist Winnie richtig lästig, und die Zwillinge sind auch nicht viel besser. Ich bin auf alle Fälle froh, wenn Georgie abmustert: Dann kann er wenigstens da drüben ein bißchen nach dem Rechten sehen.«
Sie schauten einander an. Dann senkte Annie die Lider, hob den Kleinen hoch, ging in die Spülküche, machte den Waschlappen naß, wischte ihm den Mund ab und sagte: »Halt dich still – halt gefälligst still.«
Das Kind war auf den Namen Terence getauft worden, was aber sehr rasch in Rance abgekürzt worden war. Es hatte blonde Locken, ein rundes Gesichtchen und dunkle Augen. Um zum Gesicht zu passen, hätten auch die Augenhöhlen rund sein müssen, aber sie waren oval geformt und wirkten etwas orientalisch. Der Junge schmollte leicht, was sich nicht in Schreien oder Quen-

geln äußerte, sondern darin, daß er, wenn er schlecht gelaunt war, derart lange den Atem anhielt, bis er beinahe erstickte. Man mußte ihn auf den Rücken schlagen und damit zwingen, einzuatmen, worauf er ein deutlich bekümmertes Schweigen an den Tag legte, was die Erwachsenen zu der Äußerung veranlaßte: »Würde man so was für möglich halten! Er weiß genau, was er will, und legt es einfach darauf an, es zu bekommen. Na, das ist einer!«

Bereits mit seinen ersten paar Worten verstand er es, seine Umgebung zu bezaubern. Mit Ausnahme von Dennis, der immer öfter zu sagen pflegte: »Der Kleine verdient eine anständige Tracht Prügel. Und wenn es nach mir ginge, bekäme er sie auch, sowohl vor als auch nach den Mahlzeiten.«

Als Mary in die Spülküche kam, war Annie noch immer damit beschäftigt, den Kleinen zu säubern. Plötzlich begann sie: »Ma, ich... ich glaube, ich sag' es dir besser gleich: Ich bin hinter einem Haus für uns her.«

»Was?« kam es verblüfft zurück; Mary glaubte ihren Ohren nicht trauen zu können. »Hinter was bist du her? Seit wann?«

»Oh – ich seh mich schon seit längerer Zeit nach etwas Passendem um.«

»Nun, wenn du mir so kommst, mit Heimlichkeiten...«

»Also, Ma.« Annie drehte sich um, warf den Lappen in den Ausguß und sagte dann bitter: »Georgie wird nächste Woche heimkommen, und zwar auf immer. Was glaubst du wohl, was wir hier für ein Leben führen würden? Du bist ihm doch immer noch nicht grün. Er kann tun, was er will – nichts macht er dir recht.«

»Macht er es dir recht? Das frag' ich dich! Antworte mir aufrichtig, mein Kind. Macht er es dir mit allem, was er tut, recht?«

»Nicht mit allem, Ma, natürlich nicht. Aber ich werde schon Mittel und Wege finden, wenn wir allein sind.«

»Der kann doch nicht einmal den Mund aufmachen,

ohne daß Zoten herauskommen, Gemeinheiten und so.«

»Sag so was bloß nicht, Ma! Du weißt, daß ich das nicht vertragen kann. Er verwendet keine gemeinen Redensarten, er flucht bloß ein bißchen. Wenn man dir so zuhört, könnte man annehmen, daß in deiner Gegenwart noch nie ein Mensch geflucht hat. Dabei kann's Pa ganz gut mit ihm aufnehmen, wenn er in Fahrt ist. ›Verdammt‹ und ›Teufel noch mal‹ sind bei ihm dann das Harmloseste.«

»Verwende keine solchen Ausdrücke, Annie. Ach, die kommenden Ereignisse werfen ihre Schatten bereits voraus. Du wirst noch genauso arg werden wie seine Mutter, das seh ich schon kommen.«

»Falls du das glaubst, dann irrst du dich«, sagte Annie leise, aber mit fester Stimme. »Und wenn, wäre ich noch lange nicht schlecht. Mollie ist nicht schlecht, ein Rauhbein vielleicht, aber das ist auch alles. Jedenfalls ist sie weitaus besser als so manche, die sich weiß Gott was einbilden.«

»Wie kannst du es wagen! Wie kannst du es wagen, so etwas zu sagen. Meine eigene Tochter geht her und sagt mir ins Gesicht, daß...«

»Ich habe nicht dich gemeint, Ma.«

»Ach wo!«

»Hör mal, Ma, wir wollen nicht streiten. Georgie ist noch nicht daheim, und schon fahren wir aufeinander los. Wäre er hier, würde er nicht ruhig dasitzen und dir so was durchgehen lassen. Möglich, daß er nicht besonders viel Grips hat, wie du mir bei jeder sich nur bietenden Gelegenheit unter die Nase reibst. Aber so viel Verstand hat er immerhin, daß er nicht danebenstehen und bei unserem Streit zusehen würde. Das ist genau das, was ich vermeiden möchte. Folglich ziehen wir aus. Gleich nach Weihnachten.«

Annie wandte sich ab, als sie sah, wie es im Gesicht ihrer Mutter zu zucken begann. Sie sagte in sanfterem Ton: »Es ist nicht weit, Ma. Gleich hinter der Thornton Avenue.«

»Mein Gott, das ist ja beim Arabischen Viertel! Du hast dich doch hoffentlich noch nicht festgelegt, wie? Hast du es bereits gemietet?« Marys Stimme klang wie ein dünner Schrei. Annie antwortete ruhig: »Ja, Ma. Ich habe es gemietet. Und es liegt nicht beim Araberviertel.«
»Aber in der Nähe des Docks. Und hinterm Dock beginnt das...«
»Im Dockviertel liegt es, das stimmt. Es war früher einmal Hanlins Kohlenlager. Das Haus hat einen großen Hof und ist gar nicht so schlecht. Ein Glück, daß ich's bekomme. Es hat zwei Räume unten und zwei oben, genau wie hier, nur daß es größer ist. Ich meine die Räume. Und die Spülküche – also, ich sag' dir, Ma, die ist beinahe so groß wie unsere Wohnküche, tatsächlich.« Sie redete und redete, bis Mary sich umdrehte und zur Tür hinausging. Als das Kind die Händchen fest an ihre Wangen preßte, flüsterte Annie: »Oh, Rance – Rance!«

Die Stimmung, die im Haus herrschte, war um nichts besser, als Mona unerwarteterweise um sechs Uhr auftauchte.
»Hallo! Ich dachte nicht, dich vor dem Wochenende zu sehen. Wann bist zu zurückgekommen? – Ma!« rief Annie nach oben. »Mona ist da! – Setz dich. Setz dich doch. Ts, siehst du aber fein aus. Also erzähl schon, wann du zurückgekommen bist.«
Mona – eine völlig andere Mona als die, die in den Februartagen des Jahres 1943 in diesem Haus als Brautjungfer fungiert hatte – lächelte und drehte den Kopf zu Dennis herum: »›Erzähl schon‹ sagt sie, Mr. Cooper. Und läßt einen überhaupt nicht zu Wort kommen, nicht?«
»Nun, soweit solltest du sie doch kennen, Mona«, lachte Dennis. »Aber setz dich wirklich. Hast du bereits Tee getrunken?«
»Ja, ja, ich bin direkt von der Bahn heimgegangen und habe mich erst mal gestärkt.«
»Du siehst richtig hübsch aus, Mona«, sagte Annie.
Das Lächeln schwand nicht aus Monas Zügen, wie das

manchmal geschah, wenn man eine Bemerkung in bezug auf ihr Aussehen machte. Anfangs hatte sie es hart gefunden, sich an ein Glasauge und an die ausgezackte Narbe zu gewöhnen, die vom Ohrläppchen quer über den Hals bis zum Schlüsselbein reichte. Jedoch hatte der ständige Kampf, sich an die neuen Bedingungen zu gewöhnen, ihr Selbstsicherheit und Lebhaftigkeit verliehen, Eigenschaften, die sie vorher nicht besessen hatte. Vor dem Luftangriff war sie ein einfaches Ding gewesen, ein schwerfälliges, mausgraues Wesen sozusagen. Sie war noch immer einfach, aber auf andere Art; diese neue, nervöse Munterkeit hatte in gewisser Weise so etwas wie Persönlichkeit zum Vorschein gebracht.

Sie schwenkte nun den Stuhl herum, blickte der eintretenden Mary entgegen und sagte: »Hallo, Mrs. Cooper.«

»Oh, hallo, Mona. Du bist aber rasch zurückgekommen. Ich dachte, du wolltest bis zum Wochenende bleiben.«

»Wollt' ich auch, aber es hat sich inzwischen etwas ereignet.«

»Wußt' ich's doch.« Annie nickte ihrem Vater zu. »Das hab' ich auf den ersten Blick gesehen, als sie zur Tür hereinkam.« Annie zog sich nun ihren Stuhl näher heran und redete auf Mona ein. »Also los, mach's nicht so spannend. Denn wenn du den Mund absolut nicht aufmachen willst, dann sag' ich es dir einfach auf den Kopf zu. Ich kann mir schon denken, um welche Art von Neuigkeit es sich handelt.«

»Ach du!« Mona stieß Annie in die Seite, und sie lachten einander verständnisinnig an. Dann streifte sie den Handschuh ab und streckte den Arm aus.

»Nein, so was, so was!« rief Dennis in aufrichtiger Bewunderung aus. »Ts, Kind – ist der nicht fabelhaft? Ein richtiger Diamantring. Großartig, wirklich.«

»Wirklich, Mona«, pflichtete nun auch Annie bei. »Er ist ganz bezaubernd.« Nicht eine Spur von Eifersucht klang aus ihren Worten. Nur Mary sagte, als sie auf die ausgestreckte Hand niedersah, mit sauersüßer Miene: »Sehr

hübsch. Du hast aber Glück, Mona. Großes Glück sogar, das weißt du doch, nicht?«
»O ja, Mrs. Cooper – niemand weiß das besser als ich.«
Annie warf ihrer Mutter einen Blick zu, und als diese sich abwandte, hätte sie ihr am liebsten zugerufen: Du bist mir eine bittere Pille! Gut, sie hat Glück, aber mußt du es ihr unbedingt unter die Nase reiben? – Statt dessen sagte sie nun rasch: »Wie ist denn seine Familie, Mona? Ich sterbe vor Neugier, Georgie mehr darüber berichten zu hören. Er findet sie nämlich großartig.«
Mona ließ die Hand wieder in ihren Schoß sinken, legte den Kopf schräg, sah Annie mit ernster Miene in die Augen und sagte: »Für mich waren sie eine Überraschung, Annie. Vielleicht liegt es an mir. Möglich, daß ich sie anders sehe, als Georgie es tut.«
»Sind sie anmaßend?« fragte Dennis.
Mona drehte sich zu ihm um, ein Lächeln glitt über ihr Gesicht, sie nickte ihm zu und sagte: »Ja, Mr. Cooper, anmaßend ist das richtige Wort. Nicht daß sie nicht nett wären, aber eben doch – anmaßend. Was Arthur anlangt, so scheint er gar nicht zu ihnen zu gehören. Er ist überhaupt nicht wie sie, ausgenommen vielleicht seine Schwester Olive. Die ist nur ein Jahr älter als er und wirklich nett. Ich mag sie. Wir hatten einander nicht viel zu sagen, aber ich mag sie. Was ich von ihrem Mann nicht behaupten könnte. Wenn der bei uns hier auftauchen würde, würden die Leute ihn einfach einen Protz nennen, wissen Sie.«
»Ach, einer von der Sorte ist er!«
»Ja, einer von der Sorte. Aber, Annie« – nun drehte sie sich wieder zu ihrer Freundin um –, »du wirst sie ja alle zu Weihnachen selbst kennenlernen.« Sie zog die Achseln hoch. »Ihr seid über die Feiertage eingeladen. Du und Georgie.«
»Was – wir?«
»In aller Form, versteht sich...« Mona schlug nun absichtlich einen hochnäsigen Ton an. »Ja, Mrs. McCabe, Ihr Gatte wird Ihnen die Einladung der Einladungen

höchstpersönlich überbringen.« Sie brach in Lachen aus, dann warf sie einen Blick zur Spülküche, in deren Tür Mary plötzlich aufgetaucht war. Sie fragte: »Was höre ich da?«
»Ich sagte, daß Annie und Georgie über Weihnachten nach Hereford eingeladen sind, Mrs. Cooper.«
»Dann hab' ich mich also nicht verhört.«
»Nein, Ma, du hast dich nicht verhört«, sagte Annie und stand auf. »Aber erfreut siehst du nicht gerade aus.«
»Wie sollte ich auch, wenn du uns zu Weihnachten allein lassen willst!«
»Oh, mein Gott, Ma!« rief Annie ungeduldig aus und fuhr sich mit der Hand an die Stirn. Mary reagierte prompt: »So ist's recht. Fang nur an zu schreien und weck den Kleinen auf. Apropos Kleiner. Was ist mit ihm?«
»Er kommt natürlich mit.«
»Du willst mit dem Jungen mitten im Winter eine so lange Eisenbahnfahrt riskieren? Der holt sich doch glatt eine Lungenentzündung dabei. O nein, mein Kind, das kommt überhaupt nicht in Frage.«
»Ma!« sagte Annie in unheilverkündendem Tonfall. »Gestatte mir eine Frage: Wessen Kind ist er denn?«
»Das ist eine sehr gute Frage«, sagte Dennis, stand auf und sah seine Frau durchdringend an, ehe er brummend die Küche verließ. Die kurze Pause, die darauf entstand, reichte gerade aus, um Mantel und Kappe vom Haken zu nehmen. Dann schlug die Haustür zu.
Annie musterte ihre Mutter schweigend, und Mary murmelte mit zusammengekniffenen Lippen: »Du bist also fest entschlossen, mich zu kränken, wie? Nicht nur, daß du einen Freudensprung über die Aussicht machst, Weihnachten mit Fremden zu verbringen, raubst du mir auch noch das Kind.«
»Ma!« Annies Stimme klang wieder ruhig. »Eigentlich überrascht es mich – das hat es übrigens von seiner Geburt an getan! –, daß du solches Interesse für den Kleinen an den Tag legst. Da du seinen Vater so haßt, wundert es

mich, daß du ihm auch nur einen einzigen Blick zuwirfst. Denn vergiß nicht, er ist Georgie McCabes Sohn. Und es ist Georgie McCabe, der dich das deutlich fühlen lassen wird, wenn er wieder daheim ist. Was diese Weihnachtseinladung anlangt, werde ich mich ganz nach Georgie richten. Wenn er damit einverstanden ist, daß ich das Kind bei dir lasse, dann werde ich es tun. Andernfalls kommt der Junge mit.«

Mit rotem Gesicht wandte sie sich nun an Mona und sagte: »Er wird im Moment schlafen, aber möchtest du nicht trotzdem nach oben kommen und ihn dir ansehen?« Und ohne eine Antwort abzuwarten, ging sie aus der Küche. Mona folgte ihr.

Vorsichtig öffnete Annie die Schlafzimmertür; sie traten leise ein, und als sie neben dem Kinderbett standen, flüsterte ihr Mona zu: »Er ist noch hübscher geworden. Er wird immer goldiger.«

Annie antwortete nichts darauf, sondern betrachtete das Kind nachdenklich. Erst danach meinte sie: »Das Leben ist eine Hölle hier, Mona. Ich ziehe aus. Ich habe ein Haus gefunden. In keinem besonders guten Viertel, gleich hinterm Dock. Früher befand sich Hanlons Kohlenlager dort, Burton's Corner, weißt du?« Sie blickte Mona abwartend an. »Ich weiß, was du sagen willst. Matrosen, Araber und so weiter. Aber wenn ich ehrlich sein soll, Mona: Ich hätte nicht mal was dagegen, mitten zwischen den Arabern zu hausen! Alles ist besser, als hier zu wohnen, wenn Georgie wieder da ist.«

»Ja, das verstehe ich, Annie«, sagte Mona, und dann stellten die beiden sich ans Fenster, um das Kind nicht zu stören. Dort fragte Annie die Freundin leise: »Wollen die wirklich, daß wir über Weihnachten zu ihnen kommen?«

»Arthur schon.«

»Und was ist mit den andern?«

»Oh, sie führen so was wie ein gastliches Haus, da kommen immerzu Leute vorbei, alle möglichen, weißt du. Künstlerisch angehauchte – du kennst ja diesen Typ. Erinnerst du dich an Miß Burgess, bei der wir in der Schule Anstandslehre hatten? Nun, von der Sorte sind sie, nur eigenartiger, verstehst du. Während des Krieges haben sie, wie ich hörte, mit den verschiedensten Leuten verkehrt.«

»Das wird sicher der Grund dafür sein, daß sie Georgie akzeptieren«, sagte Annie ruhig.

Mona zwang sich, zu sagen: »Nein, nein, sie mögen Georgie. Und Arthur hält enorm viel von ihm, wirklich.«

»Oh, ich weiß, daß Arthur ihn gern hat, aber ich glaube, das beruht nur auf Gegenseitigkeit. Georgie war ihm immer dankbar dafür, daß er ihn überhaupt bemerkt hat.«

»Ich glaube nicht, daß es so ist.«

»Mein Gott, Mona. Wir beide brauchen doch voreinander nicht Verstecken zu spielen. Auf alle Fälle« – sie wandte sich zur Tür – »müssen sie ihn um seinetwillen irgendwie mögen, sonst hätte er sie nicht weiter besucht. Er ist nämlich keineswegs so dickhäutig, daß er nicht merkt, was Menschen tatsächlich empfinden. Ich meine, wenn sie ihn dort nur Arthurs wegen geduldet hätten, so... Sie wandte den Kopf ab und flüsterte dann: »Ich werde es ja selbst sehen, wenn ich hinfahre, nicht? Erzähl jetzt, wie es Arthur mit der Stelle ergangen ist.«

Mona lächelte trocken, machte eine ruckartige Kopfbewegung und sagte: »Er hat sie bekommen – und abgelehnt. Angeblich liegt es ihm nicht, bis an sein Lebensende auf einem Bürostuhl zu hocken. Weißt du, was er jetzt vorhat? Er möchte einen kleinen Gasthof in der Einöde erwerben. Es sind zwei alte Häuschen, meilenweit von der nächsten Siedlung entfernt, die man einfach zusammengebaut hat. Der Blick von dort ist wunderbar. Nur habe ich zu ihm gesagt: ›Kein Mensch wird hierher auf ein Glas Bier kommen.‹ Er meint jedoch, daß es besonders im Sommer dort ganz schön zugeht mit den vielen Ausflüglern. Die Geschichte kostet vierhundertfünfzig Pfund, aber er behauptet, daß die Sache gut und gern eintausendvierhundertfünfzig Pfund wert sein wird, wenn er dort einmal aufhört. Ich glaube, sein Vater ist froh darüber. Hauptsache, Arthur lebt ein gutes Stück von der Familie entfernt. Er geht ihnen auf die Nerven. Es ist eine merkwürdige Familie, du wirst es ja sehen. Jedenfalls werden wir beiden was zu lachen haben, wenn schon sonst nichts dabei herausschaut, nicht?«

»Tja, Mona«, sagte Annie und nickte der Freundin zu. »Ich könnte ein bißchen Lachen ganz gut gebrauchen, bei Gott!«

2

»Sie haben Ihren Kleinen also daheim gelassen?«
Annie vermied es, mit der neben ihr sitzenden Mona einen Blick zu wechseln. Statt dessen sah sie die Frau gegenüber an und antwortete kurz: »Ja.«
»Manchmal ist es richtig nett, die Tür zum Kinderzimmer zumachen zu können, nicht?«
»Ja«, sagte Annie wiederum.
»Es war bei Ihrer Hochzeit, wo es Arthur erwischt hat, nicht?«
»Ja...« Die wußte doch genau, daß es Arthur bei ihrer Hochzeit erwischt hatte, schließlich war sie ja seine Mutter, oder? Obwohl sie keineswegs diesen Eindruck erweckte. Sie war fünfundsechzig, benahm sich aber wie ein ausgelassener Teenager. Arthur war ihr Jüngster. Sie mußte ihn spät bekommen haben. Arthurs Bruder Peter, der auf der Couch beim Kamin saß, sah älter als ihr Pa aus. Nach dem, was sie von Mona aufgeschnappt hatte, war er jedoch erst neununddreißig, und sein Bruder David, der neben ihm saß, war achtunddreißig. Es lagen also über zehn Jahre zwischen diesen beiden und Arthur und dessen Schwester Olive, hatte Mona gesagt.
Daß sie noch so spät ein Kind bekommen hatte, mußte bei Arthurs Mutter offenbar noch einmal eine infantile Phase ausgelöst haben, dachte Annie. Sie benahm sich auch so: ständig hüpfte sie herum, keine Minute saß sie still. Und was ihre Bemerkung von vorhin anlangte, daß sie den Kleinen daheim gelassen hatte – die hatte Annie seit Betreten des Hauses mindestens ein halbes dutzendmal von ihr gehört. Es war, als achtete Mrs. Bailey

gar nicht darauf, was die andern sagten oder antworteten, ausgenommen, wenn es sich um Männer handelte. Oh, wenn sie mit Männern sprach, paßte sie ganz genau auf.
Das Haus schien ohnehin die reinste Männerwelt zu sein. Da war einmal Arthurs Vater, den jedermann nur Gerald nannte und der sich auf seine Art ebenso kindisch benahm wie seine Frau. Dann die beiden Brüder David und Peter. Und dieser Hochnäsige, Olives Gatte: James Partridge. Er stand gerade in der äußersten Ecke des Salons und unterhielt sich mit einem Mann namens Ron. Ron trug einen winzigen Schnurrbart und wirkte irgendwie komisch. Schließlich waren da noch Arthur und Georgie, die sich im Moment im Billardzimmer aufhielten und eine Partie spielten. Annie hoffte, daß sie dort bleiben würden, zumindest Georgie. Die Art, wie er jedermann begrüßt hatte, als sie eintrafen, hatte sie ziemlich aus der Fassung gebracht. Er hatte sich benommen, als käme er heim. Arthurs Mutter hatte er mit Gwen angesprochen, und sie sagte zu ihm Georgie-Boy.
Annie mußte Mona im nachhinein beipflichten. Sie hatte ziemlich unverhüllt angedeutet, daß sie durch die Bank reichlich unangenehme Typen seien, und das waren sie auch. Auch in bezug auf Olive hatte sie recht gehabt. Die war nett und die einzige, die sich natürlich benahm. Sie sah aus wie fünfunddreißig, konnte jedoch erst achtundzwanzig sein, da sie ja nur ein Jahr älter war als Arthur. Sie hatte auch einen lieben, äußerst anziehenden Jungen; der Kleine hatte erst vorhin mit ihr gesprochen. Er hatte ihre Hand ergriffen und gesagt: »Hallo... Weißt du, was ich vom Weihnachtsmann bekommen werde?« Er sprach sehr schön. Sie wünschte, Rance würde eines Tages so sprechen, aber die diesbezüglichen Chancen waren in Georgies Nähe nicht allzu groß.
Sie hatte erwidert, daß sie keine Ahnung hätte. Da hatte er ganz traurig gesagt: »Niemand scheint eine Ahnung zu haben, was ich vom Weihnachtsmann bekommen werde.«

»David«, rief die Dame des Hauses, die soeben die Beine auf die Couch hochzog, als wäre sie ein lockeres, junges Ding, »trinken wir doch noch was vor dem Essen.«
Annie blickte zu David hinüber, der seine in Pantoffeln steckenden Füße bequem vor dem offenen Feuer ausstreckte. Er gähnte, ehe er antwortete: »Wenn wir jetzt was trinken, Schätzchen, hast du nachher nichts. Vergiß nicht, daß morgen Weihnachten ist.«
»Wie könnte ich das vergessen, Liebling. Richie hat doch versprochen, vorbeizukommen.«
»Oh! Oh!«
Annie verfolgte David, der sich träge vom Sofa erhob, mit den Blicken. Er durchquerte den Salon, machte vor einer Miniaturbar halt, öffnete sie und musterte kopfschüttelnd die durch die Bank leeren Flaschen.
Annie wandte sich nun langsam zu Mona um und wechselte einen Blick mit ihr, als Mrs. Bailey ein backfischhaftes Gezeter anstimmte, aufsprang, die Hände vors Gesicht schlug und hervorsprudelte: »Ach, Peter – das wirst du mir nie verzeihen. Ich habe ja ganz vergessen, dir zu sagen, daß Liz angerufen hat, als du aus warst. Sie wollte, daß du gleich zurückrufst. Oh, Liebling, es tut mir so...«
Der Mann mit der Glatze fuhr hoch, und seine Stimme überschlug sich geradezu, als er ausrief: »Mein Gott, Mutter – das ist schon Stunden her. Sie wird die ganze Zeit über gewartet haben. Natürlich ist sie jetzt außer sich!«
Während er auf die Tür zueilte, warf er seinem Schwager James Partridge einen Blick zu und schrie: »Diese Frau ist die Höhe. Ich sage dir, sie ist wirklich die Höhe.«
Mrs. Bailey sank schmollend auf die Couch nieder und sagte mit klagender Stimme zu Annie und Mona: »Man muß an so vieles denken. Der Anruf kam, als Olive eintraf, und da wollte ich natürlich sofort den Kleinen sehen. Er ist süß, nicht? Ich meine Alan. Und so klug für seine fünf Jahre, finden Sie nicht auch? ... Ich muß mich

jetzt drum kümmern, was mit dem Essen ist, sonst geht es ja überhaupt nie los.«
Abermals sprang sie auf, drehte den beiden jungen Frauen den Rücken und bat ihren Sohn, der mit dem Inhalt einer gerade eben entdeckten Flasche einige Gläser füllte: »Bring mein Glas in die Küche, David, sei ein lieber Junge.«
»Wird gemacht.«
Annie lehnte den Kopf an die Couch an und sagte sich: Das hier ist nicht wirklich, das träume ich nur. Betrugen die sich am Ende immer so? Hatte der Krieg sie so gemacht? Nein, nein. Derlei Szenen bekam man sonst im Kino vorgesetzt. Ja, genauso war es. Wie wenn man sich einen Film ansah, wo alle Menschen größer waren als im Leben und komischer und merkwürdiger. O ja, vor allem merkwürdiger.
Diese Frau da drüben, diese Mutter dreier erwachsener Männer und einer erwachsenen Tochter, die noch dazu bereits Großmutter war, die war unwirklich. Aber eins stand fest, das wußte sie genau: Mrs. Bailey war männernärrisch. Sie gehörte zu jener Sorte von Frauen, die auch noch mit siebzig männernärrisch waren. Dieser Typ hörte nie damit auf. In gewisser Hinsicht war sie wie diese Miß Swillwell daheim, die sich nicht scheute, selbst dem jungen Priester nachzulaufen, und damit einen ziemlichen Wirbel ausgelöst hatte. Sie pflegte von Kopf bis Fuß in den aufsehenerregendsten Farben herausgeputzt zur Messe zu kommen. Sie war einfach verrückt. Es hieß, daß selbst der Gasmann niemals allein ihr Haus betrat; er nahm stets einen Kollegen mit… Aber schließlich hatte sie gewissermaßen eine Entschuldigung für ihr seltsames Betragen. Sie konnte einem richtig leid tun, denn sie war niemals verheiratet gewesen. Die da drüben hingegen war verheiratet, gut sogar. Warum hatte ihr Mann nicht schon vor Jahren ihrem Treiben ein Ende gemacht? Offensichtlich war er genau wie die übrigen: Er behandelte sie, als wäre sie ein konfuses, unreifes Ding.

Plötzlich hatte Annie den heftigen Wunsch, daheim zu sein. Aus der Entfernung strahlte das Haus in der Weldon Street nur so vor Behaglichkeit und gesundem Menschenverstand... Aber sie mußten beide Weihnachtstage hier verbringen; dabei war noch nicht einmal Heiligabend angebrochen.
Um dem allerärgsten Feiertagsbetrieb auszuweichen, waren sie bereits heute hergekommen, denn morgen würden die Züge über und über voll sein. Schon heute war es arg genug gewesen; von der acht Stunden währenden Fahrt hatten sie fünf Stunden lang auf den eisigen Gängen stehen müssen. Während der ganzen Reise hatte Georgie sich geradezu rührend bemüht, sie dadurch fröhlich zu stimmen, daß er ihr eine Menge Einzelheiten über das schöne Haus und den liebevollen Empfang, den man ihnen bereiten würde, erzählte. Und was Arthur und dessen Mutter und all die übrigen sagen würden, wenn sie ihn zum erstenmal in Zivil sahen.
Ihre Ankunft bereitete ihrer ohnehin schwachen Vorfreude jedoch ein jähes Ende. Sie hatte ihren Ohren nicht getraut, als Mrs. Bailey Georgie in die Arme geschlossen, fest an sich gedrückt und geschrien hatte: »Oh, Georgie-Boy, Sie sehen wunderbar aus!« Annies Meinung nach konnte kein Mensch, der gesunde Augen im Kopf hatte, behaupten, daß Georgie wunderbar in Zivilkleidung aussah. Sein Anzug saß, abgesehen davon, daß er von einem richtigen Arbeitshausgrau war, so schlecht, als gehörte er tatsächlich einem dieser armen Arbeitshausinsassen. Selbst ihr Pa hatte eine diesbezügliche Bemerkung gemacht, aber Georgies Antwort hatte gelautet, daß er sich, verdammt noch mal, keinen Deut darum schere. Und daß er alles tragen würde, selbst einen Weiberkittel, solange es nur keine Uniform war.
Als Annie ihre Blicke durch den langgestreckten Salon, der mit Sitzgelegenheiten aller Art vollgestopft war, schweifen ließ, kam ihr der verrückte Einfall, einfach aufzuspringen, zu sagen, daß sie einen Spaziergang machen wolle, und vom nächsten Telefonautomaten bei

Mr. Wilson daheim anzurufen, der an der Straßenecke wohnte und ihre Mutter immer ans Telefon holte, wenn es nötig war. Sie könnte sie ja bitten, hier anzurufen und unter dem Vorwand, Pa ginge es nicht besonders, ihre Tochter nach Hause zurückholen.

Ts, was einem manchmal so einfiel... Sie stand seufzend auf und sagte leise zu Mona: »Ich geh auf eine Minute nach oben.« Mona erwiderte ebenso leise und rasch: »Ich komme mit.« Und so verließen sie den Salon, ohne daß irgend jemand auch nur die Andeutung einer Bemerkung hierzu machte.

Der Salon ging auf eine große Halle hinaus. Auch sie war mit Möbeln überladen und roch muffig. Das ganze Haus, so dachte Annie, roch muffig und hätte eine Generalreinigung vertragen, besonders, was ihr Gästezimmer anlangte. Sie hatte Georgie deswegen angesprochen, aber er hatte nur gelacht und gesagt: »Die sind hier nicht wie bei uns daheim, Kind. Sie legen nicht auf dieselben Dinge Wert. Glaub mir, du wirst noch Augen machen.« Er hatte sehr informiert getan, und sie hatte noch gedacht, wie merkwürdig es war, daß ausgerechnet Georgie mit derartigen Leuten Umgang pflegte, denn trotz ihres merkwürdigen Gehabens waren sie durch die Bank das, was man gebildet nennt. O ja, das mußte sie zugeben, schon allein ihre Aussprache überzeugte einen davon.

Kaum war sie in ihrem Zimmer angelangt, ging sie zum Kleiderschrank, holte ihren Mantel heraus, hängte ihn sich um und sagte leise zu Mona: »Ich friere. Das ganze Haus ist eisig.«

»Ich weiß. Ich hätte dich warnen sollen. Ich habe unter dem Kleid da zwei Leibchen und zwei dicke Hosen an, ob du's glaubst oder nicht.«

»Mona.«

»Ja?«

Sie sahen einander an. »Mir gefällt es hier nicht.«

Es entstand eine Pause, ehe Mona antwortete: »Du wirst dich daran gewöhnen – du wirst dich an sie gewöhnen. Aber ich will dir was gestehen: Ich mag sie auch nicht besonders. Schließlich weiß ich genau, daß sie finden, Arthur hätte sich weiß Gott was vergeben, weil er sich mit mir eingelassen hat. Gleichzeitig spüre ich aber, daß sie es irgendwie von ihm erwartet haben. Du verstehst schon, nicht? Er gehört nicht zu ihnen. Er ist ein Außenseiter.«

»Was für ein Glück! Das spricht absolut zu seinen Gunsten. Ach, du meine Güte! Mona, wir werden uns hier noch den Tod holen. Sind alle Zimmer so kalt?«

»Alle – außer dem von Gwen.« Mona schnitt ein Gesicht, als sie hinzufügte: »Arthur hat mir gesagt, daß dies der einzige Punkt ist, in dem seine Mutter ihr Alter eingesteht: daß sie im Schlafzimmer ein Feuer braucht. Und deshalb veranlaßt sie sämtliche Gäste, in den Wald zu gehen und Holz zu fällen. Als ich das letztemal hier war, sagte sie zu mir: ›Oh, ich würde mir nicht im Traum einfallen lassen, Kohle zu benützen. Die braucht man für die Behaglichkeit der andern. Aber ein paar Holzscheite...!‹«

Mona imitierte ihre Gastgeberin gekonnt, daß Annie alle Mühe hatte, ein lautes Gelächter zu unterdrücken.

»Zieh eine warme Wollweste an«, sagte Mona anschließend. »Und dann gehen wir ins Billardzimmer...«

Bevor sie das Gästezimmer verließen, fragte Annie ihre Freundin: »Kommen denn keine anderen Frauen hierher? Es scheint alles voller Männer zu sein.«

»Davids Frau soll morgen kommen. Peter ist ja geschieden.«

Wer ist denn diese Liz, die angeblich nun außer sich ist?«

»Ach, seine Freizeitgestaltung.«

»Was! Die bringen die hier einfach so mit?«

Sie stießen sich an und lachten abermals...

Kaum hatten sie das Billardzimmer betreten, rief ihnen Georgie entgegen: »Hab' mich schon gefragt, wann ihr beiden auftauchen werdet. Komm, Liebling, stell dich neben mich. Du bringst mir immer Glück. Dieser Kerl da drüben hat die Absicht, mich auszuplündern.« Er grinste Arthur an, der eben dabei war, seinen Billardstock einzu-

kreiden. »Er hat mir bereits die letzten fünf Shilling abgeknöpft. Wir werden uns nicht mal einen Laib Brot kaufen können, wenn wir heimkommen.«
Annie tat Georgie nicht den gewünschten Gefallen, sondern stellte sich mit dem Rücken zum schwach brennenden Feuer, lüpfte ihren Rock hinten etwas in die Höhe, um mehr von der Wärme abzubekommen, und sagte: »Geschieht dir recht, wenn du das Geld derart aus dem Fenster wirfst.«
»Ich werde mich eben zu dir gesellen, Georgie.« Als Mona um den Tisch herumging, drehte sich Arthur zu Annie um, sah sie einen Moment lang an und fragte dann: »Kalt?«
»Ein bißchen. Es friert draußen.«
»Und drinnen. Tut mir leid.«
»Laß nur – mir ist immer kalt.«
Arthur kam nun mit ruckartigen Schritten, die sein künstliches Bein nur leicht andeuteten, auf Annie zu, bearbeitete den Billardstock dabei weiter, und sagte: »Ich möchte, daß Sie sich gut unterhalten, Annie.«
»Wie?«
Er sah sie an und fügte mit sanfter Stimme hinzu: »Sie müssen meine Familie reichlich sonderbar finden – ihr Betragen, meine ich. Mir geht es von Zeit zu Zeit genauso, ja, um ehrlich zu sein, sogar meistens. Aber wir sind nun mal so, wie Gott uns geschaffen hat.« Er brach ab, starrte sie an, und sie wußte, daß er damit nicht die Familie, sondern seine Mutter meinte.
Sie erwiderte rasch: »Machen Sie sich meinetwegen keine Sorgen, Arthur. Ich werde mich schon unterhalten. Es ist Weihnachten, der Krieg ist aus, und ich finde es wunderbar, daß jeder von uns ein neues Leben anfangen kann.«
Sie blickte zu Georgie hinüber, der neben Mona stand und ihr das Spiel zu erklären versuchte, wobei er mehrmals sein unvermeidliches ›Verdammt noch mal‹ einflocht. Annie warf Arthur einen Blick zu, senkte den Kopf und meinte leicht aufseufzend: »Georgie und sein

Gefluche... Haben Ihre Leute denn nichts dagegen einzuwenden?«

»Einzuwenden... gegen ›Verdammt noch mal‹? Nein, natürlich nicht. Bei Georgie klingt es schlicht so, als sage jemand anderer ›Gott segne dich‹. Ist es das, was Ihnen Sorgen macht?« Sein langes, schmales, blasses Gesicht überzog ein Lächeln. »Nun seien Sie bloß nicht albern, Annie.«

»Ich kann mir nicht helfen, aber da bin ich anderer Ansicht. Manchmal übertreibt er ein bißchen.«

»Georgie ist schon in Ordnung, nur keine Sorge.«

Sie betrachtete ihr Gegenüber ernst und fragte sich zum x-ten Mal, was dieser junge Mann in Georgie sehen mochte. Denn die beiden waren in jeder Hinsicht völlig verschieden voneinander. Arthurs Miene wirkte stets liebevoll, oft sogar zärtlich, und sein Benehmen war das eines gebildeten, kultivierten Menschen. In diesem Augenblick war sie auch verblüfft darüber, daß er ausgerechnet Mona zu seiner Frau auserkoren hatte. Denn Mona war gewöhnlich – nun ja, genauso wie sie. Und um ehrlich zu sein: Sie beide wirkten in diesem Haus doch wie Fische, die auf dem trockenen saßen. Nur Georgie schien das nicht zu spüren. Wenn er auf dem trockenen saß, war er sich dessen offensichtlich nicht bewußt.

»Kommen Sie.« Arthur ergriff Annies Hand. »Wir wollen den beiden mal zeigen, wie man spielt, hm?«

Sie protestierte, indem sie behauptete, daß sie doch nicht die blasseste Ahnung davon habe, als der Gong durchs Haus schallte.

»Jetzt müssen wir essen gehen.« Arthur lächelte ihr zu und fügte hinzu: »Wir werden die beiden nach dem Dinner in ihre Schranken verweisen, einverstanden?« Dann ging er zu Mona hinüber, bot ihr den Arm und sagte: »Gestatten Sie, Miß Broadbent?« Lachend hängte sich Mona ein. Worauf Georgie Arthur äußerst ungelenk nachahmte und zu Annie sagte: »Mrs. McCabe, ge-statten Sie? Ge-statten Sie...?«

Als sie, aus dem Billardzimmer kommend, die Halle

durchquerten, fing Annie den erstaunten Blick des eben die Treppe herunterkommenden James Partridge auf. Wir müssen ganz schön albern aussehen, dachte sie bei sich: richtig lächerlich! Kein Wunder, daß der da drüben die Nase rümpft.

Am nächsten Morgen sah sie sich gezwungen, zeitig aufzustehen, um warm zu werden. Denn das Zimmer war der reinste Eisschrank und das Bettzeug unzulänglich. Sie konnte Georgie nur beipflichten, als er mit nachsichtigem Lachen meinte, hier drinnen sei es ärger als in einer Wellblechbaracke, denn dort gäbe es wenigstens die guten alten Öfen.

Es war erst acht Uhr, als sie nach unten gingen, aber Arthur saß in der unordentlich und nicht allzu sauber wirkenden Küche bereits beim Frühstück. Annie nahm dicht neben dem Ofen Platz und machte sich hungrig über zwei große Speckscheiben mit Würstchen und Eiern her, während sich Georgie doppelt soviel auf den Teller häufte.

Als nächste kam Mona zum Frühstück; sie wirkte genauso erfroren, wie sie sich fühlte. Dann folgten Arthurs Brüder Peter und David, die jedoch mit ihren Frühstückstabletts ins Wohnzimmer gingen. Kurz darauf brachte Olive den Kleinen herunter. »Ist es nicht schrecklich? Wie habt ihr geschlafen?« fragte sie Annie und Mona. Worauf die beiden unter Gelächter gleichzeitig antworteten: »Oh, sehr gut, danke.«

Nachdem Olive dem Kind das Frühstück gegeben und ihr eigenes verzehrt hatte, erkundigte sie sich bei Arthur: »Wie sieht das Programm für den Vormittag aus?«

»Nun«, sagte Arthur lächelnd, »nach deiner Miene zu schließen, nehme ich an, daß es Wärme ist, die uns am meisten fehlt. Folglich schlage ich vor – falls wir die nächsten paar Tage nicht frieren wollen –, in den Wald zu gehen und einen Holzvorrat zu schlagen. Was meinst du, Georgie?«

»Paßt mir ausgezeichnet. Ich werde schon dafür sorgen,

daß auch diese beiden ihr Kostgeld abarbeiten.« Damit nickte er Annie und Mona vergnügt zu.
»Würdet ihr den Kleinen mitnehmen?« Olive deutete mit einer leichten Kopfbewegung zu dem Jungen hinüber. »Er würde riesig gern mitgehen, und ich muß noch mal in die Stadt, um einige Sachen für den Weihnachtsm...baum besorgen.«
»Selbstverständlich«, sagte Arthur und zauste seinen kleinen dunkelhaarigen Neffen liebevoll. »Wir können doch nicht Holz schlagen gehen ohne Alan. Find' ich richtig paradox, daß du so was auch nur annehmen kannst.« Er neigte sich zu dem Kleinen hinunter. »Wir würden uns nicht im Traum einfallen lassen, ohne dich loszuziehen, hm?«
Die runden, dunklen, fröhlich blitzenden Augen blickten zu dem langen, schmalen Gesicht auf, und das Kind sagte: »Du bist so komisch, Onkel, richtig komisch. ›Ein komischer Vogel‹, meint Daddy immer.«
»Frühstücke jetzt, Alan, und halt den Schnabel.« Olives Stimme hatte einen schneidenden Ton. Sie drehte sich um, gab ihrem Sohn einen nicht allzu sanften Stoß, sah Arthur entschuldigend an und sagte: »Ich bringe jetzt Mutter das Frühstück nach oben.« Damit verließ sie die Küche.
Als beantworte er einfach die Bemerkung des Knaben, murmelte Arthur darauf bloß: »Einige von uns sind komische Vögel, haha.«
Es lag tiefe Bitterkeit in diesen Worten, und Annie sah rasch von ihm zu Mona, die ihn genauso anstarrte wie das Kind. Nur Georgie schien völlig unberührt zu sein; er war ganz damit beschäftigt, sich eine Zigarette anzuzünden...
Die frostklirrende Luft ließ die Menschen erstarren, und die Männer sägten mit mehr Energie als Geschicklichkeit nur so drauflos, während Mona mit dem Versuch, einen unansehnlichen Holzklotz entzweizuspalten, alle zum Lachen brachte.
Als Annie und das Kind die Holzspäne einsammelten,

hüpfte der Junge plötzlich von einem Bein aufs andere und sagte zu ihr: »Ich... ich muß mein Geschäft verrichten.«
»So? Nun, das machen wir schon.« Annie lachte laut. »Komm.« Sie ergriff die Hand des Jungen und rannte mit ihm auf das hohe Gebüsch zu. Aber dort setzte er sein Gehüpfe fort, blickte zu ihr auf und protestierte: »Hier draußen darf ich es nicht erledigen! Mami hat mir das verboten.«
»Wirklich? Nun gut, dann gehen wir eben hinein.« Abermals nahm sie ihn an der Hand und rief den andern zu: »Bin gleich wieder da, bring Alan nur aufs...« Sie machte eine entsprechende Kopfbewegung in Richtung Haus und sagte schließlich etwas leiser: »Aufs Klo.«
»Wohin?« rief Mona ihr nach, aber Annie tat, als hörte sie nicht.
Der Waldweg war ziemlich holprig, so daß Annie vom Laufen ins Gehen überwechselte und zu dem Jungen sagte: »Besser, wir passen ein bißchen auf, sonst fallen wir noch aufs... noch hin, oder?«
Als Antwort sagte das Kind: »Ich möchte auf die obere Toilette gehen.«
»Schön, dann gehst du auf die obere Toilette... Warum nennst du es ›Toilette‹?«
»Weil...«
»Weil was?«
»Nun, weil es bei Mami auch so heißt. Sie sagt, daß man sein Geschäft auf der Toilette verrichtet.«
»Oh!« Annie lachte laut auf. »Na, so was.«
»Daddy sagt ›Wasserklosett‹, Oma sagt ›WC‹, aber ich sag' ›Geschäft verrichten...‹ Und was sagst du?«
Annie lachte in sich hinein, während sie dachte: Besser, ich sag' nun nicht Klo. »Oh, ich sag' auch: ›Geschäft verrichten‹ und so.«
»Wirklich? Wie alt bist du?«
»Sehr alt. Neunzehn.«
»Neunzehn? Ich bin beinahe fünf. Ich habe am ersten Tag im Jahr Geburtstag.«

»Am Neujahrstag?«
»Ja, dann werde ich fünf.«
»So etwas! Also, hier sind wir.« Sie betraten durch den Seiteneingang das Haus. »Du gehst nach oben, und ich warte im Wohn... im Salon auf dich.«
»Du läufst aber bestimmt nicht weg, nicht wahr?« Er blickte sie fragend an.
»Bestimmt nicht. Geh schön –« Sie schob ihn zur Treppe, wo er sich nochmals zu ihr umdrehte, abermals von einem Bein aufs andere hüpfte und plötzlich gestand: »Ich mag dich.«
Als Annie ihm nachsah, wie er lachend die Treppe hochsprang, dachte sie: Und ich mag dich! Du bist ungefähr das einzige natürliche Wesen in diesem Haus.
Es war niemand im Salon. Sie näherte sich dem Kamin, in dem erst vor kurzem Feuer gemacht worden war, stellte sich mit dem Rücken davor, lüpfte ihr Kleid und versuchte, sich die steifgefrorenen Beine ein bißchen aufzuwärmen. Die zum Wohnzimmer führende Verbindungstür stand halb offen, und nach einer Weile hörte sie jemanden eintreten und sagen: »Essen wir's, solange es heiß ist.« Sie erkannte die Stimme des Sprechers sofort. Es war dieser Partridge, der Mann von Olive. Und die Stimme, die darauf antwortete: »Wo sind denn alle?«, gehörte Ron.
»Oh, irgendwo in der Nähe vom Haus. Ich habe von meinem Fenster aus gesehen, wie Arthur diesen Gorilla Georgie zum Holzhacken mitgenommen hat. Eine fürchterliche Bande.«
»Tja, merkwürdige Typen.«
»Nun, merkwürdig find ich gewaltig untertrieben. Scheinen noch vor kurzem in den Bäumen gehaust zu haben. Wie findest du diesen Kerl mit seinem ewigen ›Verdammt noch mal‹? Wenn wir schon von diesen Wilden reden.«
Die Antwort erfolgte lachend: »Ziemlich grobschlächtig.«
»Ziemlich grobschlächtig? Er ist unmöglich, einfach

unmöglich. Mir richten sich sämtliche Haare auf, wenn ich ihn nur von weitem sehe.«

Annie hatte sich ein paar Schritte vom Kamin entfernt. Zwischen ihr und der Verbindungstür war kaum ein Fußbreit Raum. Sie konnte die beiden am Tisch sitzen sehen und wunderte sich, daß sie sich ihrer Anwesenheit nicht bewußt zu sein schienen. Zorn stieg in ihr hoch: Georgie ein Gorilla, sie alle eine fürchterliche Bande, die noch vor kurzem in den Bäumen gehaust hatten, Wilde...

»Wie ist Arthur nur an den geraten?«

Es entstand ein kurzes Schweigen, bis James Partridge in ruhigem Ton sagte: »Nun, du kennst doch seine Vorliebe für die Roten und Leute solchen Kalibers – falls du verstehst, was ich meine.«

»Tatsächlich?«

»Ich wüßte nicht, wie ich es anders erklären könnte. Du etwa? Diese McCabes sind doch schlichtweg unmöglich! Also, weshalb sonst sollte Arthur...? Das frag' ich dich.«

»Ich verstehe. Aber dann ist es doch eine ziemliche Zumutung, sie hier anzuschleppen, oder?«

»Eigentlich nicht, wenn du dir's genau überlegst. Er wurde einer von Gwens verläßlichsten Lieferanten, nachdem Arthur bei der Hochzeit dieses Gorillas diese Sache zugestoßen ist. Ihre Speck-Butter-Käse-und-so-weiter-Quelle wäre glatt versickert, wenn sie den teuren Georgie nicht ständig gehätschelt hätte. Natürlich mußten die Lieferungen, die es schon früher gegeben hatte, nach Arthurs Unfall verdoppelt werden. Aber die Georgies dieser Welt sind ja äußerst clever. Unserer hat mit dem Fahrer ein Abkommen getroffen, das für den Burschen auch nicht ohne war, und so ging alles völlig nach Wunsch. Die liebe Gwen ist in mehr als einer Hinsicht eine blendende Organisatorin. Richie sorgt für die Getränke, Arthur Tollett für Rind- und Hammelfleisch, manchmal auch für Schweinernes, Sam Rawley aus Breinton Springs für Eier, Hühner und Sahne. Das einzi-

ge, was ihr bisher nicht geglückt ist, war, einen richtigen Kohlenlieferanten aufzutreiben. Dazu hätte sie sich selbst ihrer Meinung nach doch allzuviel vergeben müssen. Obwohl das, wie ich finde, kaum mehr möglich ist, seit sie sich mit dem teuren Georgie zusammengetan hat. Wenn der Gute wüßte, daß das hier seine Abschiedsparty ist: Jetzt, wo er abgemustert hat, braucht sie ihn nicht mehr! Er wurde nur auf Arthurs ausdrücklichen Wunsch eingeladen. Es gab eine Art Familienrat diesbezüglich, um es gelinde auszudrücken. Also, ich bin bestimmt kein Snob, aber das fand ich ein bißchen stark. Ich meine, nicht nur wegen Weihnachten, sondern auch wegen... du weißt schon, nicht?«
»Natürlich. Eine peinliche Situation. Vor allem, wo heute Taggart kommt. Er ist in dieser Beziehung besonders unnachsichtig.«
»Ich habe mir bereits vorgenommen, ihn über die wahre Sachlage zu informieren. Glaub mir, ich bin ja in meinem Leben bestimmt schon den verschiedenartigsten Typen begegnet – aber dieser McCabe setzt allem die Krone auf. Mir ist noch nie jemand derart auf die Nerven gegangen...«
Annie konnte die Ungewißheit darüber, ob all diese Bemerkungen für ihr Ohr bestimmt waren oder nicht, keine Sekunde länger ertragen.
Als sie die Tür aufriß, sprangen die beiden Männer mit blutroten Gesichtern hoch. Sie starrten die ihnen gegenüberstehende wütende Frau mit entsetzten Augen an.
»Nun lassen Sie sich mal was gesagt sein, Sie Emporkömmling! Möglich, daß Ihnen mein Mann auf die Nerven geht, aber das ist noch gar kein Ausdruck für das, wie er Sie finden wird, wenn ich ihm erzähle, wessen Sie ihn verdächtigen. Dann wird Ihnen der so verachtungswürdig erscheinende ›Verdammtnochmal‹ glatt die Birne einschlagen, das garantiere ich Ihnen!« schrie sie dem verblüfft Dastehenden ins Gesicht. »Wofür halten Sie sich denn? Ich habe gehört, daß Ihr Vater einen Tuchladen hat. Nun, merken Sie sich eins: Meine Oma hat

gleichfalls ein Tuchgeschäft. Was soll also das Gerede über ungleiche soziale Verhältnisse und weiß Gott was!«

Die beiden fuhren fort, Annie unverwandt anzustarren, und sie gab ihnen ihre Blicke zurück. Am liebsten hätte sie richtig losgelegt, geflucht, nicht wie der harmlose Georgie fluchte, nein, sondern sie in Mollies Art richtig beschimpft: ›Teufelsbraten‹, ›Rotznasen‹, ›lausiges Gesindel‹ und so fort. Ach ja, in diesem Moment empfand sie genau wie Mollie. Und sicherlich hätte sie auch dieser Versuchung nachgegeben, wenn die Tür hinter ihr nicht plötzlich aufgegangen und Gwen Bailey eilends eingetreten wäre. »Was ist los?« fragte sie lauter als gewöhnlich. »Was soll das Geschrei?«

Annie stürmte an der sie perplex ansehenden Frau einfach vorbei und schrie: »Erkundigen Sie sich nur bei den beiden! Eins kann ich Ihnen versichern: Sie werden sich mit unserer verhaßten Gegenwart nicht länger abfinden müssen. Wir reisen ab. Georgie brauchen Sie ja alle nicht mehr – er hat seine Pflicht getan. Und noch eins: Ich kenne Sie noch keine vierundzwanzig Stunden, aber es hat nicht mal ein Viertel dieser Zeit gedauert, bis mir klargeworden ist, daß ich Sie schon gar nicht brauche.« Damit war sie draußen in der Halle, wo der Kleine am Fuß der Treppe stand und sie gespannt betrachtete. Sie wandte sich an ihn und bat ruhig: »Lauf in den Wald und sag Georgie, daß er sofort herkommen soll. Ich brauche ihn. Hörst du?«

Mit offenem Mund zu ihr aufblickend, sagte der Junge: »Ja.« Und dann: »Ja, ich werde es Georgie sagen.« Damit lief er aus dem Haus, während Annie ins obere Stockwerk raste.

In ihrem Zimmer angelangt, stolperte Annie auf das Bett zu und ließ sich keuchend darauf niedersinken. Diese Bande, diese verkommene, hochnäsige Bande! Georgie ein Gorilla, sie alle Wilde, die noch vor kurzem in den Bäumen gehaust hätten. Und erst diese schmutzigen Andeutungen! Georgie wird diesen Kerl umbringen, wenn Arthur es nicht tut... Annie rang nach Luft. Oh, würde sie froh sein, hier fortzukommen! Sie sprang auf, lief zum Schrank, riß die Kleider von den Haken, hievte den Koffer herunter, klappte ihn auf, warf alles hinein, auch die Toilettesachen, dann holte sie die zwei Paar Schuhe, die unterm Bett standen, hervor, legte sie dazu und fuhr gerade in den Mantel, als Georgie zur Tür hereinplatzte.

»Was, zum Teufel noch mal, ist los? Was ist denn passiert? Was hast du mit Gwen angestellt? Sie hat mich ja behandelt, als sei ich Luft. Hörst du – ich frage dich, was los ist?«

Annie stieß seine Hände, die sich in ihrem Mantel festgekrallt hatten, beiseite. Sie hatte vorgehabt, ihm alles, was sie vorhin vernommen hatte, ins Gesicht zu schleudern; aber in einer solchen Stimmung war Georgie glatt imstande, nach unten zu stürzen und den Kerl zusammenzuschlagen. Sie hatte ihn schon in Schlägereien verwickelt gesehen, wenn er betrunken war: Wie ein Bulle war er auf seine Gegner mit geballten Fäusten und unter Einsatz von Kopf und Schultern losgegangen. Und wenn sie ihm jetzt die Äußerungen dieses Partridge wiederholte, würde das aller Voraussicht nach eine bedeutend schlimmere Wirkung auf ihn haben als Alkohol. Also schluckte sie und sagte: »Sie haben dich nur ausgenützt. Hier sind wir bloß geduldet. Wir fahren... wir fahren heim. Noch in dieser Minute.«

»Jetzt hör mal gut zu. Du kannst dich nicht so aufführen.« Er packte sie bei den Schultern. »Wir können nicht mir nichts, dir nichts abhauen. Was ist überhaupt passiert?«

»Dieser Mr. Partridge und sein Freund. Sie haben dich schlechtgemacht...«

»Ach die! Diese Angeber, das sind doch verdammte Angeber, weiter nichts. Ich kenne sie. Auswendig sogar. Die schrecken mich nicht. Paß auf...«

»Nein, jetzt paßt gefälligst du auf, Georgie.« Sie machte sich von ihm los. »Wir fahren heim. Zumindest werde

ich das tun. Du kannst machen, was du willst. Aber ich verlasse dieses Haus noch in diesem Augenblick.«
»Das wirst du, verdammt noch mal, bleiben lassen. Du kannst mich doch nicht bloßstellen.«
»Ich verlasse dieses Haus, und zwar auf der Stelle.« Annies Stimme klang ruhig, kühl und entschlossen.
Georgie starrte sie an; dann wandte er sich ab, fuhr sich durchs Haar, drehte sich wieder zu ihr um und entgegnete: »Aber was sollen sie denn, verdammt noch mal, von uns denken?«
»Die haben schon gedacht. Auf alle Fälle laß dir eins gesagt sein: Dies war das letztemal, daß man dich nach hier eingeladen hatte. Sie brauchen dich nämlich nicht mehr. Als Zivilist kannst du denen ja nichts mehr verschaffen – verstanden?«
»Klar, ich bin ja nicht der Tropf, für den du mich offensichtlich hältst. Ich weiß, daß mich die meisten hier nur deshalb willkommen heißen, weil ich sie mit raren Sachen beliefert habe. Ist mir völlig klar. Damit sagst du mir absolut nichts Neues.«
»Und was glaubst du, weshalb sie dich sonst noch willkommen heißen, wie? Los, sag es mir. Doch nicht, weil sie dich mögen.«
»Und warum nicht? Weshalb sollten sie mich, verdammt noch mal, nicht mögen? Ich hab' schließlich weder die Räude noch sonstwas.«
»Ach!« Sie seufzte und senkte den Kopf. »Ich bitte dich, Georgie, halt den Mund und komm. Willst du jetzt, oder willst du nicht?«
»Ich geh', verdammt noch mal, nicht einfach so aus dem Haus, nur weil du herausgekriegt hast, daß sie mir nicht ausschließlich wegen meiner großartigen Persönlichkeit um den Hals gefallen sind.«
»Georgie!« sagte sie mit eindringlicher Stimme. »Es steckt mehr dahinter, viel mehr, aber ich erzähl' dir das übrige erst, wenn wir hier draußen sind. Du erfährst es später zu Hause.«
Er kniff die Brauen zusammen, seine Kinnladen mahlten

heftig, und er erwiderte in drohendem Ton: »Es steckt mehr dahinter? Was meinst du damit?«
»Ich sag' kein Wort weiter, bis wir nicht unterwegs sind. Also – kommst du?«
»Hör mal, ich will es wissen. Was steckt dahinter?«
»Du kriegst im Moment keinen Ton mehr aus mir heraus, ein für allemal. Schau her, ich habe schon alles gepackt, du brauchst nur Mantel und Kappe nehmen, das wär's. Es liegt bei dir.«
»Gib mir wenigstens einen Wink, was du meinst.«
»Das werde ich nicht tun – nicht jetzt. Und das ist endgültig!«
Mit leichtgeöffneten Lippen starrte er sie an, fuhr sich mit der Zunge über die Unterlippe, drehte sich plötzlich um, packte Mantel und Kappe und stieß zwischen den Zähnen hervor: »Und wie willst du's deiner Mutter erklären, frag' ich dich, hm? Daß man uns hinausgeworfen hat?«
»Ich weiß schon, daß ich mir was einfallen lassen muß.«
»Darauf kannst du wetten. Ich hab' nicht die Absicht, mich von ihr geringschätzig ansehen zu lassen und mir anhören zu müssen: ›Das also sind Georgies Freunde. Mit denen kann er mir gestohlen bleiben!‹«
»Halt den Mund und komm jetzt.«
Es klopfte. Als Annie die Tür öffnete, stand Mona mit kreideweißem Gesicht vor ihr. Ihr eines gesundes Auge war weit aufgerissen. Sich an Annie vorbeidrängend, betrat sie das Zimmer, sah von einem zum andern und fragte flüsternd: »Was ist denn los?«
Annie schüttelte den Kopf und senkte den Blick: »Ich kann dir das jetzt nicht erklären, Mona. Nur so viel sollst du wissen: Ich hab' genügend mitanhören müssen, um zu erkennen, daß wir hier nur geduldet sind und als Wilde betrachtet werden, die noch vor kurzem in den Bäumen gehaust haben. So schätzen die uns hier ein.«
»Was?« rief Georgie.
Annie drehte sich um, sah ihn an und sagte: »Das waren

seine Worte gewesen. Und außerdem hat er dich mit einem Gorilla verglichen.«
»Wer, zum Teufel?«
»Partridge.«
»Dem werde ich den Gorilla eintrichtern. Bei Gott, laß mich...«
»Du wirst nichts dergleichen tun.« Sie stieß ihn beiseite, drehte sich rasch zu Mona um und sagte: »Es tut mir leid, Mona. Zwischen uns ändert sich deshalb nichts... Wo ist Arthur?«
»Im Wohnzimmer. Sie streiten und schreien sich an.«
Annie wandte sich nun an Georgie und fragte: »Hast du alles?«
»Nein, ich hab' nicht alles. Ich hab' meinen verdammten Verstand verloren. Wenn dem nicht so wäre, würde ich dir eine auf dein loses Maul geben und dir beibringen, wie du dich zu benehmen hast!«
Mit einem Gefühl des Überdrusses wandte sie sich von ihm ab. »Das wäre die Sache!«
Nachdem er sie einen Moment lang fixiert hatte, hörte er auf, bockig dreinzusehen, nahm den Koffer und folgte Annie zum Treppenabsatz. Dort drehte er sich zu Mona um und sagte ruhig: »Bestell Arthur, daß ich ein Wort mit ihm reden möchte, ja?«
Ein paar Minuten später standen Georgie und Annie im Treibhaus einander gegenüber und blickten mit abgewandten Gesichtern durch die Glaswand auf den verwilderten Garten und die mit Unkraut überwucherte Auffahrt.
Als die Tür sich kurz öffnete, drangen laute Stimmen an ihr Ohr. Dann eilte Arthur auf sie zu. Sein sonst so blasses Gesicht war scharlachfarben, seine Augen funkelten vor Zorn; er sah derart erregt aus, wie Annie es bei diesem stets so friedlich wirkenden jungen Mann nie für möglich gehalten hätte. Es dauerte eine geschlagene Minute, ehe er seine Sprache wiederfand. »Es tut mir leid«, stammelte er, den Blick auf Georgie geheftet; erst nachträglich schien ihm einzufallen, daß ja Annie auch noch

da war. Da wandte er sich an sie und wiederholte: »Es... es tut mir leid, Annie.«
Annie sagte kein Wort, zuckte bloß leicht mit den Achseln und schloß die Augen. Als sie sie wieder öffnete, sah sie, daß Georgie den Kopf schräg hielt und zu Boden sah.
Er hatte nichts zu Arthur gesagt. Sein Schweigen bei einer solchen Gelegenheit kam Annie sonderbar vor, genauso wie sein ganzes Verhalten. Sie beobachtete ihn.
Es war Arthur, der abermals das Wort ergriff: »Olive bringt euch zur Bahn. Ich komme nicht mit, Georgie. Ich packe.«
Georgie fuhr auf und sagte: »Das ist doch nicht nötig. Du mußt doch...«
»Früher oder später mußte es dazu kommen.«
»Wohin willst du denn gehen?«
»Zu den Crawfords.«
»Oh!« Georgie nickte nun langsam und wiederholte: »Zu den Crawfords.« Aber es hatte nicht den Anschein, als wäre er von dieser Tatsache sehr angetan.
»Und was wird aus Mona?«
Arthur wandte sich wieder Annie zu. »Sie kommt natürlich mit. Das bedeutet bloß, daß wir früher dort einziehen, als geplant.« Er deutete auf die Glasscheibe. »Da geht Olive zur Garage. Wir hören voneinander.« Abermals sah er Georgie an, und Georgie sagte kurz: »Tjaja.« Dann wandte er sich ab, öffnete die Tür und betrat die Auffahrt.
»Es tut mir leid, Annie.« Arthur blickte ihr nun ins Gesicht. Sie antwortete nichts, sah ihm jedoch gleichfalls in die Augen. Es waren nette Augen, gütige Augen. Er war ein netter Kerl und schien mit denen da drüben nichts gemein zu haben. Nun wandte er sich von ihr ab, lief hinaus und holte Georgie ein. Annie beobachtete, wie er einen Augenblick ernst auf ihn einsprach, bevor sie langsam folgte. Noch ehe sie die beiden erreicht hatte, waren sie auseinandergegangen.
Olive stand beim Wagen. Sie machte keine Bemerkung,

stand bloß da. Dann öffnete sie den Wagenschlag, und sie stiegen ein. Auch während der Fahrt zum Bahnhof wechselten sie kein Wort. Erst nachdem Georgie und Annie ausgestiegen waren, brach Olive das Schweigen und wiederholte, was Arthur vorhin gesagt hatte: »Früher oder später mußte es so kommen, wißt ihr? Ich meine, mit Arthur. Es tut mir leid, sehr leid, daß ihr da hineingezogen wurdet. Es... es ist nicht fair.«
Und nach einer kurzen Stille fuhr Olive mit gesenktem Blick fort: »Ich muß... ich muß mich für meinen Mann entschuldigen. Sein Benehmen war unverzeihlich.«
Nun war es für Annie und Georgie erst recht unmöglich, etwas zu entgegnen.
Olive blickte auf, streckte die Hand aus und sagte, als Annie dieselbe ergriff: »Ich wünschte, ich hätte Sie besser kennenlernen können. Und... und Alan wird Sie sehr vermissen. Er war von Ihnen ganz besonders eingenommen.«
Sie schien leicht zu zögern, ehe sie Georgie die Hand hinstreckte: »Leben Sie wohl«, sagte sie dann nur kurz; Georgie erwiderte ihren Gruß. Danach drehten sich Georgie und Annie um und betraten den Bahnhof.

Kein normaler Mensch reist am Heiligen Abend. Das hatte Annie schon oft und oft zu hören bekommen. Als es ihnen endlich gelang, Sitzplätze zu ergattern, waren sie eingepfercht wie Sardinen; bis dahin hatten sie größtenteils auf ihrem Koffer gesessen oder auf dem Gang herumgestanden. Nur ein einziges Mal hatte Georgie überhaupt eine Bemerkung gemacht; das war als sie in Birmingham umstiegen. Auf dem Bahnsteig dort hatte er plötzlich gemurmelt: »Verdammt netter Zustand. Fröhliche Weihnachten!«
Annie hatte beschlossen, ihm alles zu sagen, bevor sie zu Hause anlangten, aber sie wußte nicht, wie sie die Angelegenheit hinter sich bringen sollte. Denn sobald sie High Shields erreicht hätten, würde er höchstwahrscheinlich mit der Fragerei beginnen und die ganze Ge-

gend zusammenschreien, wenn er die volle Wahrheit wußte.

Aber als sie in High Shields den Zug verlassen hatten und die trübe, beinahe leere Straße entlanggingen, die in die King Street führte, machte er den Mund nicht auf. Mit gesenktem Kopf und vor Kälte hochgezogenen Schultern trug er verbissen seinen Koffer, als wäre dieser mit Blei angefüllt. Sie kamen zum Markt, überquerten ihn und marschierten weiter. Es hatte keinen Sinn, auf die Straßenbahn zu warten. Zu Fuß ging es – wenn sie die Seitenstraßen benützten – rascher.

Nachdem sie jedoch beinahe den halben Weg hinter sich hatten, durchbrach sie sein eisernes Schweigen, indem sie ihn fast anschrie: »Was ist? Bist du stumm?«

Vor sich hinstarrend, ging er weiter und antwortete nur: »Willst du, daß ich auf der Straße damit anfange?«

»Immer noch besser als daheim.«

»Es besteht keine Notwendigkeit, überhaupt davon anzufangen.«

»Was!« Ganz erstaunt über sein Verhalten, blieb sie stehen.

»Nun, schieb es ruhig mir in die Schuhe, wenn du willst. Sag deiner Mutter, ich hab' wie üblich den Mund zu weit aufgerissen und Streit mit ihnen gehabt. Sag ihr, verdammt noch mal, was du willst. Wir werden ohnehin bald ausziehen – also ist es im Grunde genommen egal.«

Annie stapfte neben ihm drein und spähte durch das schwache Licht der Straßenlampen in Georgies Gesicht. Dann packte sie ihn am Arm, zwang ihn, stehenzubleiben, und zischte wütend: »Weißt du, was er über dich gesagt hat? Willst du's wissen? Ich habe nur deshalb damit zurückgehalten, weil du ansonsten vielleicht was angestellt, ihn am Ende gar umgebracht hättest. Weißt du, was er behauptet hat?«

»Hör auf zu schreien, die Leute gucken schon!«

Annie kniff die Augen zusammen. Georgie hielt ihr vor, daß sie auf der Straße zu laut sei. Ausgerechnet Georgie!

Irgendwas war merkwürdig an der ganzen Sache. Ihr wurde mit einemmal ganz übel, und sie spie ihm geradezu ins Gesicht: »Er hat angedeutet, daß du und Arthur... nun ja, daß ihr warme Brüder seid.«
Georgies Gesicht, das normalerweise eine gesunde, frische Farbe aufwies, lief dunkelrot an. Sie hörte sein krampfhaftes Schlucken mehr, als daß sie es sah. Schon wollte sie ihn beruhigen, da drang seine Stimme an ihr Ohr; nicht schreiend, wie sie es erwartet hatte, sondern sonderbar gepreßt. Er machte den Mund kaum auf, als er lahm und ihrer Meinung nach in erzwungener Entrüstung fragte: »Warum... warum hast du mir das nicht an Ort und Stelle gesagt?«
Ihre Antwort ließ geraume Zeit auf sich warten: »Weil ich mich vor dem, was du dann vielleicht getan hättest, gefürchtet habe.«
»Wenn du es mir gesagt hättest, hätte ich ihm die verdammte Visage eingeschlagen, das schwör' ich dir... Du hast ihm doch nicht etwa geglaubt?«
»Geglaubt?... Nein!«
»Du lieber Himmel, wenn ich jetzt vor ihm stünde – der könnte sein blaues Wunder erleben!« Er wandte sich von ihr ab und ging weiter. Die Sache schien ihn derart niederzudrücken, daß er die Schultern völlig sinken ließ. Er war ihr mehrere große Schritte voraus, als sich etwas in ihrem Innern zu rühren, zu protestieren begann: Nein, nein, du bist ja verrückt, schrie es da drinnen.
Das war doch unmöglich – es konnte gar nicht sein! Nicht bei einem Burschen wie Georgie, diesem großen, starken, zähen Kerl! Außerdem hatte er sie doch geschwängert! Und würde es am liebsten wieder tun, er konnte gar nicht genug davon kriegen. Und Arthur? Nun, Arthur war weder groß noch stark, noch zäh, das stimmte. Dafür aber kultiviert, gebildet – und im Begriff, Mona zu heiraten... Dennoch: Etwas war dran! Ja, etwas war an der Sache. Annie spürte es: Das machte sie ganz krank. Am liebsten hätte sie sich auf der Stelle übergeben.
An sein Fluchen hatte sie sich gewöhnt, an seine Unge-

schlachtheit. Sie hatte sich immer damit getröstet, daß seine Großzügigkeit, seine Aufrichtigkeit das bei weitem wettmachten. Aber es gab Dinge, die ließen sich durch nichts, absolut nichts wettmachen.

Es war etwas zwischen Georgie und diesem Arthur Bailey. Was nur? Das konnte es doch nicht sein, oder? Man brauchte Georgie bloß anzusehen... Sie tat es, und allein der Umstand, daß er voranging, ohne sich umzudrehen, ohne zu sagen: ›Was ist los mit dir? Spinnst du?‹, steigerte ihre Übelkeit ins Unerträgliche.

Annie wünschte, sie hätte sich die Sache selbst irgendwie erklären können. Sie wußte, daß sie in bezug auf Sex reichlich unwissend war, hatte allerdings immer gedacht, daß ihr Wissen ausreichen würde. Ein normal veranlagter Mann nahm einen, man bekam ein Kind, punktum! Auf der anderen Seite gab es die Anomalen, die Schwulen, das wußte sie natürlich; was das aber in Wahrheit bedeutete, konnte sie sich gar nicht vorstellen. Nur daß es etwas Häßliches war. Ganz unvermittelt steuerte sie die nächstbeste Hausmauer an, streckte die Hand aus, um sich zu stützen, beugte sich nach vorn und übergab sich.

Schon stand Georgie neben ihr, hielt ihr den Kopf und fragte: »Mein Gott, was ist los mit dir?«

Als es vorbei war und er ihr mit seinem Taschentuch den Mund abgewischt hatte, lehnte sie sich gegen die Mauer und murmelte mit gesenktem Kopf: »Mir ist übel.« Und die Antwort, die er ihr darauf gab, ließ ihn in ihren Augen wieder normal erscheinen. »Das sieht ja wohl ein Blinder!« sagte er. »Komm jetzt. Los, gehen wir nach Hause.« Er legte den Arm um sie, packte den Koffer, und so kehrten sie heim.

Annie war sowohl am Weihnachtsfeiertag übel als auch am darauffolgenden Morgen sowie am Morgen danach. Sie war abermals schwanger.

DRITTER TEIL

Die Garage

I

»Halt den Sack ordentlich auf, Rance.«
»Oh, Ma! Ich werde ganz schmutzig.«
»Du wirst noch viel schmutziger werden, wenn du nicht tust, was ich sage. Also los.«
Annie bückte sich, stieß die Schaufel in den Kohlenhaufen und wollte damit beginnen, den Sack zu füllen, als Rance eine Hand wegzog und die Hälfte der Kohle zu Boden fiel. Da warf sie die Schaufel beiseite und gab ihm eins hinter die Ohren.
Als sie sah, wie ihm die Tränen über das Gesicht liefen und er sich mit der kleinen Hand die Wange hielt, mußte sie sich gewaltsam beherrschen, um ihn nicht in die Arme zu schließen und an sich zu drücken, ja sogar auszurufen, wie unendlich leid ihr die Sache tue. Aber sie war bereits so erschöpft und gereizt, daß sie am liebsten losgebrüllt hätte. Außerdem war sie von Kopf bis Fuß mit Kohlenstaub bedeckt.
Während Rance über den Hof lief, kam Anastasia, deren voller Name seit jenem Moment, in dem der Pfarrer ihn ihr verliehen hatte, von keiner Menschenseele mehr ausgesprochen worden war, auf sie zu und fragte mit ernsthafter Miene: »Soll ich den Sack halten, Ma?«
Annie seufzte, als sie antwortete: »Gut, Tishy, halt du ihn. Wenn du danach auch ein Bad nehmen mußt – das ist dir doch klar, nicht?«
»Freilich, Ma... Es macht mir aber nicht das geringste aus.«
»Halt ihn schön gerade.«
Annie schaufelte ein bißchen Kohle ein, aber da sie von

ihrer fünfjährigen Tochter nicht erwarten konnte, den Sack ebenso fest im Griff zu haben wie Rance, warf sie die Kohle schließlich stückweise hinein, während sie dachte: Auf diese Weise dauert es noch eine Ewigkeit. Dabei wird es schon dunkel und höchste Zeit, daß Georgie... Ts, dem werd' ich's aber besorgen, wenn er heimkommt. Wo er bloß stecken mochte? Wenn er wieder im ›Roten Löwen‹ halt gemacht hat, dann kriegt er's mit mir zu tun, bei Gott! – Diese Gedanken stimmten sie nur noch gereizter, und so sagte sie schließlich zu der Kleinen: »Laß los, geh hinein und wasch dir die Hände. Ach ja, noch eins: Stell den Kessel aufs Feur, und wenn das Wasser kocht, ruf mich. Dann komm' ich und mache Tee. Geh schön, sei ein braves Mädchen.«

»Ja, Ma.« Als die Kleine aufs Haus zulief, hielt Annie einen Moment inne und sah ihr nach. Von ihren vier Kindern hatte Anastasia das netteste Wesen. Manchmal dachte sie, ganz ohne Eitelkeit, daß sie die einzige war, die ihr nachgeriet. Jedoch wünschte sie gleichzeitig, daß dies nicht nur in bezug auf die Wesensart der Fall sein möge, sondern auch, was das Äußere anlangte. Wenn sie wenigstens Georgies Augen – das einzig Schöne an ihm – geerbt hätte.

Aber Tishy ähnelte weder ihrer noch seiner Familie. Vom Augenblick ihrer Geburt an war sie mager und unansehnlich gewesen. Während der ersten drei Jahre hatte Annie sich damit getröstet, daß aus den häßlichsten Entlein oft die schönsten Schwäne werden. Aber nun – sie war inzwischen bereits fünf – ließen sich immer noch nicht die geringsten Anzeichen von Schönheit bei ihr entdecken. Und Annie glaubte nicht mehr, daß sich daran je noch etwas ändern werde. Die Haare der Kleinen waren von einem fahlen Braun und fielen glatt und strähnig auf die Schultern. Die Augenbrauen waren kein bißchen gewölbt, sondern ebenso gerade wie ihr Mund. Darüber stellte sich eine breite Nase auf, von der Georgie oft behauptete, man könne sie ohne weiteres mit einer Steckdose verwechseln. Und die ziemlich großen Augen

– eigentlich viel zu groß für das schmale Kindergesicht – waren lichtgrau, wirkten jedoch in der Regel völlig farblos.
Annie tröstete sich natürlich immer wieder mit dem Gedanken, daß ja noch genügend Zeit sei, während sie sich insgeheim sagte, daß nicht einmal die Zeit aus der ›Steckdose‹ ein niedliches, gerades Näschen machen oder diesem geraden Mund einen ansprechenden Schwung verleihen könne. Sie schloß ihre diesbezüglichen Gedanken immer mit der Vorstellung, daß ihre Tochter – abgesehen von einer erstaunlichen Härte, die sie, wenn es darauf ankam, unter Beweis stellte – über ein angenehmes Wesen verfügte. Und das war schließlich auch nicht zu verachten.
Bill hatte ein Jahr nach Anastasia das Licht der Welt erblickt und war seinem Vater äußerlich sehr ähnlich, schien aber bereits mit vier Jahren bedeutend aufgeweckter zu sein als Georgie: denn er lernte rasch lesen und rechnen, und wenn er erst einmal zu reden anfing, konnte ihn kein Mensch mehr bremsen, ehe er nicht von selbst innehielt. Sein Schweigen war aber ebenso eindrucksvoll wie seine Konversation. Bill, so fand Annie, war ein Typ für sich. Die letzte Bereicherung ihrer Familie war Kathy: Zwei Jahre alt und bildhübsch, war sie Georgies Augenstern – genauso wie Rance der ihre.
Rance… Oft fühlte sie sich wegen ihrer Gefühle für Rance schuldbewußt. Vielleicht hatte sie deshalb alle auf ihn konzentriert, weil sie bei Georgie keine Möglichkeit dazu fand. Vielleicht lag es auch daran, daß er ihr erstes Kind war oder weil er ihr Aussehen geerbt hatte. Was es auch immer sein mochte: Sie wußte, daß sie ihn mehr liebte als die andern drei zusammengenommen. Natürlich war das nicht recht, denn im Gegensatz zu dem in sich gefestigten, problemlosen Bill gab Rance ihr ständig Rätsel auf, und dauernd war er in Streitigkeiten und Balgereien verwickelt. Es kostete sie manchmal eine Höllenanstrengung, Georgie davon abzuhalten, diesen ungebärdigen Jungen windelweich zu prügeln.

So war es absolut nicht verwunderlich, daß Rance seinen Vater nicht mochte: Von frühester Kindheit an hatte er am häufigsten die Hand seines Vaters auf dem bloßen Hinterteil zu spüren bekommen. Auch konnte Georgie nie mit dem Kleinen sprechen, ohne sofort die Beherrschung zu verlieren. Sonderbar, dachte sie, daß nicht er Georgies Flucherei angenommen hatte, sondern Bill. Unentwegt warf der Junge mit den kräftigsten Ausdrükken um sich und protestierte zappelnd und lauthals, wenn er deshalb gezüchtigt wurde. Ja, Bill verstand, sich seiner Haut zu wehren, der bedurfte ihrer Hilfe nicht. Es war Rance, das wußte sie instinktmäßig, der sie brauchte: mehr als die andern.

Selbst Kathy mit ihren zwei Jahren legte eine Selbständigkeit an den Tag, die Rance fehlte, mochte er auch noch so schreien und sich aufgeblasen benehmen: genau wie sein Vater. Natürlich waren die Kinder, mit denen er ringsum spielte, keine große Hilfe für sie, geschweige denn ein Beispiel. Noch ein, allerhöchstens zwei Jahre, und ihre Kleinen würden genauso sein wie diese Rangen. Anfangs hatte sie geglaubt, daß mit der Kohle das große Geschäft zu machen sei, aber am meisten war damit – zumindest was sie selbst anlangte – verdammt harte Arbeit verbunden. Allerdings pflasterte sie mit den Einkünften daraus Schritt um Schritt den Weg in eine bessere Zukunft.

Seit Annie im Januar 1946 hierher übersiedelt war, führte sie ein Leben stumpfsinniger, ja hoffnungsloser Verzweiflung. Die Hereford-Sache lag ihr, wenn sie es so recht überlegte, noch immer ziemlich stark auf der Seele, wurde jedoch durch die Tatsache gemindert, daß Georgie sie abermals in andere Umstände gebracht hatte. Ein Mann konnte einfach nicht anomal sein, wenn er ein Kind nach dem andern zeugte und einen am liebsten zu jeder Tages- und Nachtzeit besessen hätte. Das paßte nicht zusammen, nicht wahr? Wenn es bloß jemand geben würde, mit dem sie darüber sprechen hätte können. Der einzige Mensch, der über derlei Dinge Bescheid

wußte – dessen war sie sicher –, war Mollie. Aber sie konnte natürlich überhaupt nicht in Betracht gezogen werden: schließlich war sie Georgies Mutter.
Als Mona und Arthur Mitte Januar des darauffolgenden Jahres heirateten und sie und Georgie nicht eingeladen worden waren, war Annie richtig entrüstet gewesen. Die Ausrede, es habe sich ja nur um eine standesamtliche Trauung in Hereford gehandelt, befriedigte sie keineswegs, im Gegensatz zu Georgie. Der Umstand, daß Georgie nur höchst selten von Arthur sprach, hielt ihren Argwohn am Leben, wenn seine Antwort auf ihre Feststellung – »Du scheinst Arthur genauso fallengelassen zu haben wie er dich« – auch logisch schien. Er sagte nämlich: »Weißt du, Annie, das war der Krieg. Da schließt man Freundschaften, die eben nur auf Kriegsdauer halten, zumindest die meisten davon. Hinterher sterben sie dann langsam ab, das läßt sich nicht ändern. Manche albernen Kerle lieben es ja, diese Dinge um jeden Preis fortzusetzen. Denk nur an die alljährlich stattfindenden Kameradschaftstreffen und so. Nun, ich habe Arthur kennengelernt und er mich. Wir waren von Grund auf verschieden, wie ja verdammt oft behauptet worden ist: Er gebildet und kultiviert und aus gutem Haus, und ich ein ungebildeter Bursche, der alle fünf gerade sein läßt. So was ist in Notzeiten wichtig, wenn man ohnehin in die Enge getrieben wird. So fühlte er sich, als ich auftauchte, das hab' ich gleich gemerkt. Also hab' ich mich seiner angenommen. Und das war's. Mehr ist da nicht drin.«
Georgies leichtverständliche Zusammenfassung hatte Annie einen neuen Gesichtspunkt der Lage vermittelt. Klar, daß ein so sensibler Typ wie Arthur sich von diesen rauhen Burschen in die Enge getrieben fühlen mußte. Und ebenso klar, daß er sich einen Mordskerl wie Georgie, der sich eben durchzusetzen verstand, zum Freund wünschte.
Also hatte Annie die Sache dabei belassen, hatte Anastasia – deren Namen sie einer hübschen Geschichte aus ei-

ner Wochenzeitschrift entnommen hatte – ausgetragen und das Haus mit dem Nötigsten eingerichtet; zu diesem Zweck war sie häufig unterwegs gewesen, um preisgünstige Dinge aus zweiter Hand zu erstehen.

Als es Georgie nach seiner Abmusterung nicht gelungen war, bei seiner alten oder auch einer anderen Firma als Lastkraftwagenfahrer unterzukommen – denn die Stadt schien von ehemaligen Lastkraftwagenfahrern voll zu sein –, fing er an, beim Kohlenabladen zu helfen und die kleinen Kohlenhändler zu beliefern. Es wäre ihm niemals eingefallen, ein eigenes Geschäft aufzuziehen, und selbst als Annie diesen Punkt aufs Tapet brachte, hatte er sie bloß ausgelacht. »Wo soll ich das Geld für einen Lastwagen hernehmen?« hatte er gefragt. »Oder mutest du mir etwa zu, mit Pferd und Wagen durch die Straßen zu ziehen?« Hierzu hatte Annie bemerkt, daß man heutzutage alles und jedes mieten könne: Pentons hinter dem Hauptbahnhof hätten zum Beispiel so angefangen, das wüßte sie genau.

Sie brauchte drei Monate, um ihn davon zu überzeugen, daß an ihrem Vorschlag was dran war. Sein letztes Gegenargument lautete, daß er dann gut und gern achtzehn Stunden täglich zu arbeiten habe und fürs Kohlenabladen oder -einsammeln nicht viel Zeit übrigbleiben würde.

Er begann mit einem flachen, offenen Lieferwagen und verkaufte offene Kohle eimerweise. Es dauerte achtzehn Monate, bis sie allmählich zu Säcken übergehen konnten. Das Problem dabei war, daß er nun eine Hilfskraft benötigte, aber steif und fest behauptete, wenn er einen Kerl fürs Säckeabfüllen extra bezahlen müßte, dann könne er gleich aufgeben. Auf diese Weise würden sie bestimmt nie genug zusammenbekommen, um einen anständigen Lastwagen zu kaufen und richtig anzufangen, so wie sich's gehörte. Also wurde Annie die Hilfskraft.

Jeden Tag füllte sie die Säcke für den nächstfolgenden Tag, das heißt, wenn ihr Bauch nicht gerade wieder einmal zu groß war und sie am Bücken hinderte. Sie belud auch die Karren, die auf den Hof kamen.

Diese sogenannten Karren bestanden aus gewöhnlichen Seifenkisten, die auf zwei Rädern dahinbalancierten; die Wagenstangen waren aus unbehauenem Holz, und die übliche Bestellung eines solchen Karrenfahrers lautete: »Kohle für einen Shilling, Missis.«

Beim Eimerfüllen maß sie automatisch den Gegenwert von einem Shilling ab. Und dann mußte sie – egal, wie laut und eindringlich auch ihre Kinder aus dem Haus nach ihr rufen mochten – die Karren bewachen, bis sie aus dem Hof draußen waren. Ein paar vorschnell gezogene Runden beim Verlassen desselben konnten ihre Einnahmen im Handumdrehen beträchtlich vermindern.

Die fünf Jahre dauernde Plackerei in Haus und Kohlenlager hatten gleichermaßen den Zorn ihrer Mutter und das Mitleid Mollies erregt. Mary betrachtete es als ausgesprochene Schande, daß ihre Tochter Kohlen schaufeln mußte wie der allerletzte Hilfsarbeiter, während Mollie mit Nachdruck betonte, es sei schlichtweg unwürdig, daß ein Mädchen wie Annie derart hart arbeiten müsse und Tag für Tag von oben bis unten voller Dreck sei; all das ändere jedoch nichts an der Tatsache: Wenn sie es je zu etwas bringen sollten, dann nur mit Hilfe Annies – die würde es schon schaffen.

Annie hatte Mollie gern, ja sie liebte sie geradezu, und zwar so, wie sie ihre eigene Mutter niemals geliebt hatte. Mollie war warmherzig und gut und kam niemals mit leeren Händen; selbst jetzt brachte sie immer noch etwas für die Kleinen mit. Das einzige, was ihre Mutter hingegen in der Regel mitbrachte, waren Geringschätzung und schlechte Laune.

Auch Annies Pa war in der schwersten Zeit stets freundlich gewesen und hatte sie, wenn er allein kam, mit seinen launigen Sprüchen aufgemuntert. Befand er sich jedoch in Begleitung seiner Frau, saß er völlig schweigsam in einer Ecke.

Im Laufe der Jahre empfand Annie immer mehr Mitleid mit ihrem Vater; sie sagte sich, daß sie Georgie – egal, wie er sich auch entwickeln mochte – niemals so behandeln dürfe, wie ihre Ma ihren Pa behandelte. Das Merkwürdige daran war nur: Sie wußte genau, daß ihr Pa ihre Ma liebte. Umgekehrt kam es ihr nicht so vor; ihre Mutter liebte überhaupt niemanden, nicht mal sich selbst. Sie schien unfähig zu sein, so etwas wie ein Gefühl hervorzubringen.

Da standen sie also: Annie blickte auf die zehn Säcke nieder. Das war ein guter Anfang für den nächsten Tag. Nun wollte sie ein Bad nehmen. Wenn sie nur nicht erst heißes Wasser dazu in den Schuppen hätte schleppen müssen! Dort war es richtig eisig. Gesetzt den Fall, sie würden immer hier wohnen bleiben, dann hätte sie längst ein Badezimmr einrichten lassen. Aber sie würden nicht auf immer hier bleiben, nein, bestimmt nicht!
Seit längerer Zeit schon brütete sie über einer neuen Idee. Sie hatte Georgie noch nichts davon gesagt, weil er sie dann bestimmt angeschrien hätte, ob sie vielleicht den Verstand verloren habe? Schließlich wollten sie ja eine Garage kaufen! Dabei war er in den einschlägigen Dingen so geschickt. Er konnte jeden Motor ganz allein zerlegen und wieder zusammensetzen, ohne daß auch nur die kleinste Schraube übrigblieb. Rechnungen oder Briefe zu schreiben, dazu war er allerdings nicht imstande – und wenn es um sein Leben gegangen wäre. Also lag es bei Annie, sämtliche Rechnungen zu schreiben, Georgie konnte ja nicht einmal richtig zusammenzählen. Der Umgang mit Motoren klappte bei ihm jedoch wie am Schnürchen. Es war merkwürdig genug, aber er schien sich über seine wahren Fähigkeiten sein Leben lang nicht im klaren zu sein, dachte Annie. Vielleicht weil er sich damit abgefunden hatte, die Meinung seiner Mitmenschen, daß er eben eine lange Antenne habe, zu akzeptieren.
Durch den Hintereingang betrat sie die mit einem Steinboden versehene Spülküche, wo neben dem braungefärbten Ausguß ein Gasofen stand. Vor dem Boiler kauerte Rance und versuchte, mit einem großen Küchenmesser

eine alte Kiste zu zerlegen. Ängstlich schrie sie ihn an: »Was machst du denn da, Junge? Sei vorsichtig! Du wirst dir noch die Finger abschneiden.« Sie packte das Messer und fragte: »Was ist denn das?« Dabei stieß sie die Holzlatten zur Seite.

»Ach, Mam, laß doch, die habe ich gerade zugeschnitten. Ich mache einen Stall.«

»Das wirst du hübsch bleiben lassen. Hab' ich dir nicht schon hundertmal erklärt, daß du hier kein Kaninchen halten kannst? Wir haben oft genug darüber gesprochen. Sogar Pa hat es dir gesagt.« Sie schob ihn beiseite. »Mir scheint, du bist schwerhörig, oder?« Dabei wußte sie in diesem Moment genau, daß er keineswegs schwerhörig war, nur grimmig dazu entschlossen, seinen Willen durchzusetzen. Das war ein sehr merkwürdiger Zug an dem Jungen. Man konnte ihm immer und immer wieder sagen, er solle oder dürfe dies und jenes nicht tun; er fuhr einfach in seiner Tätigkeit fort und scherte sich nicht im geringsten um Verbote.

Rance stand ihr gegenüber, hatte die Hände auf dem Rücken verschränkt, starrte sie zornig an und beharrte: »Ich will aber ein Kaninchen.«

»Wenn wir umgezogen sind, Rance. Wenn wir an einem sauberen Ort sind, wo es keinen Kohlenstaub und so weiter gibt, dann kannst du ein Kaninchen haben. Und einen Hund dazu. Das hab' ich dir erst gestern abend erklärt.«

»Ich will aber jetzt ein Kaninchen.«

»Wirst du wohl den Mund halten!«

»Peter Smedley hat ein Kaninchen, und er wohnt in derselben Straße wie wir, nur vier Häuser weiter unten.«

»Eben. Vier Häuser weiter unten, nicht hier, nicht in einem Kohlenhof, wo wir jeden Zentimeter Platz dringend brauchen, das weißt du doch. Wir können schon jetzt kaum mit dem Lastwagen wenden, und hier drinnen ist auch alles voll.«

»Vielleicht im Hinterhof?«, sagte er eigensinnig.

»Schlag dir das endlich aus dem Kopf.« Sie schloß aufseufzend die Augen und mahnte: »Rance, Rance! Fangen wir nicht wieder damit an. Paß auf, ich verspreche dir, daß du dein Kaninchen bekommst, sobald wir hier ausziehen.«

»Wann ist das?«

»Ich… ich weiß es noch nicht… Wahrscheinlich schon bald.«

»Aber ich will es jetzt haben.«

»Verschwinde!« Sie stieß den Jungen zur Küchentür. »Noch ein einziges Wort über das Kaninchen, und ich sag' es Pa. Ich meine es ernst, verstanden? Diesmal tu ich's. Du weißt, was dann passiert. Komm dann nur ja nicht wieder gelaufen, daß ich dich davor bewahren soll.« Damit verfrachtete sie Rance in die Küche, wo Kathy, Billy und Tishy auf der Matte vor dem offenen Feuer saßen. Annie wandte sich an Tishy: »Hab' ich dir nicht gesagt, daß du dich waschen gehen sollst? Also gehorche gefälligst. Zieh auch Kathy die Kleider aus und wasch ihr Gesicht und Hände – und Bill ebenfalls, verstanden? Anschließend geht ihr sofort ins Bett. Das gilt auch für dich, Rance.«

Sie schlug die Tür hinter sich zu, stand einen Moment lang da und umklammerte mit beiden Händen den Ausguß. Wenn Rance sich so benahm, geriet ihr ganzes Inneres in Aufruhr. Oh, sie war müde, hundemüde; sie mußte der Sache ein Ende machen, ehe es ihr die letzten Nerven kostete. Sie wußte, daß sie gesund und stark war, aber die Kohle würde ihr noch das Herz brechen, ehe sie körperlich zusammenklappte.

Als die Tür zur Spülküche rasch aufgestoßen wurde, wandte sie den Kopf; Georgie stand auf der Schwelle. »Ich bin zurück«, sagte er.

»Ich hab' deinen Wagen gar nicht gehört.«

»Er und ich haben uns die Stiefel noch auf der Straße ausgezogen und sind in Strümpfen in den Hof geschlichen.«

Sie lächelte schwach. Er konnte manchmal richtig komisch sein.

»Bist du in Ordnung, Annie?«
»Bin ich nicht.«
»Dacht' ich mir. Hab' ja gesehen, daß zehn Säcke fertiggefüllt draußen stehen.«
»Das verrät mir mein Rücken. Ich brauch' erst gar nicht nachzuzählen.«
»Ich sterbe vor Hunger.«
»Du wirst aber warten müssen, bis ich mir den ärgsten Schmutz heruntergewaschen habe.«
»Mhm. Wie lange wird das dauern?«
»Das Wasser ist heiß... Laß mir fünfzehn Minuten Zeit.«
»Wenn es nicht zu dreckig ist, gieß es nicht weg, damit ich mir auch den ärgsten Schmutz 'runterschrubbe.«
»Gut.« Sie nickte.
Nachdem er die Tür geschlossen hatte, hielt sie verwundert inne. Er hatte minutenlang mit ihr gesprochen, ohne ein einziges Mal zu fluchen, ja auch nur Verdammt noch mal zu sagen.
Vergangene Woche war sie deshalb auf ihn losgegangen, nachdem Bill genauso angefangen hatte. »Siehst du«, hatte sie Georgie angefaucht: »Vier Jahre ist er alt und flucht schon so. Das kann ja noch gut werden.«
»Ach«, hatte er lachend geantwortet, »du kennst mich doch. Ich kann mich überhaupt nicht daran erinnern, jemals nicht geflucht zu haben.«
»Nun, könntest du nicht wenigstens wegen der Kinder ein bißchen darauf achten?«
»Weißt du, Annie, es kommt mir völlig unbewußt über die Lippen, das ist es.«
»Dann versuch zur Abwechslung einmal, weniger unbewußt zu sein.«
»Hältst du mich, verdammt noch mal, für einen Wundermann?«
Sie wollte sich gerade zum Boiler umdrehen, als die Tür abermals aufgestoßen wurde und Georgie den Kopf dazwischenzwängte. »Soll ich dir was verraten?«
»Was gibt's?«

»Ich hab' mich vorhin lang und breit mit dir unterhalten und überhaupt nicht geflucht, verdammt noch mal. Hast du's bemerkt?«

»Ach, Georgie!« Annie brach in Lachen aus. »Geh jetzt, verschwinde.« Sie schlug spielerisch nach ihm.

»Ist das alles, was du dazu zu sagen hast? Daß ich verschwinden soll? Kein Wort des Lobes? Warum kannst du nicht ein klein bißchen freundlich zu deinem armen Mann sein?«

Rasch packte sie ein Geschirrtuch, das auf der Bank lag, und warf es nach ihm. Er fing es mit einer Hand auf, rieb sich damit sein schwarzes, lachendes Gesicht ab und schloß wieder die Tür.

Es waren Momente wie dieser, die die Bürden des Alltags erleichterten und das Leben erträglich machten.

2

»Es ist eine himmelschreiende Schande. Und ich würde noch ganz andere Ausdrücke dafür gebrauchen, wenn die Kleinen nicht da wären!« Mollie blickte auf Tishy und Bill nieder, die an ihren Schürzenfalten hingen. »Du meine Güte, wie du wieder aussiehst! Wie ein Dockarbeiter, ehrlich. Fünfundzwanzig bist du, soviel ich weiß, aber wenn man dich so ansieht, hält man dich gut und gern für zehn Jahre älter. Wenn du so weitermachst, Kind, ist es um dein Aussehen bald geschehen, das kann ich dir flüstern. Sieh dir bloß dein Haar an... Ach, dieser Georgie. Ich könnt' ihm glatt den Schädel einschlagen, jawohl.«

»Sei still, Mollie, und setz dich hin. Ich werde mir die Hände waschen und Tee machen.«

»Du wirst nichts dergleichen tun. Wenn sich eine von uns beiden hinsetzt, dann bist du's. Geht mir aus dem Weg, ihr beiden.« Sie stupste die Kinder liebevoll beiseite; dann schob sie den Teekessel in die Mitte des Herds, hob ihn jedoch rasch wieder hoch und sagte: »Ich stell' ihn lieber aufs Gas, das geht rascher. Und komm mir jetzt ja nicht wieder mit der Gasrechnung daher, das zieht bei mir nicht.« Sie schnitt ein Gesicht und verschwand in der Spülküche.

Annie ließ sich auf einen alten Lederstuhl sinken, schloß die Augen und dachte: Es ist gut, jemanden zu haben, der einen auf so nette Art herumkommandiert.

Mollies Stimme drang an ihr Ohr. Sie schimpfte mit den Kleinen. »Mach das ja nicht, sonst kriegst du eins hintendrauf, hörst du!« Die Kinder krähten vor Vergnügen.

Sie liebten Oma McCabe: ausgenommen Rance. Der zog seine Oma Cooper vor, weil sie ihn immerzu verwöhnte.
Nach einer Weile rief Annie Mollie durch die offene Tür zu: »Wie geht's dir denn so?«
»Gut, Kind, gut. Ich hab' einen neuen Kostgänger.«
»Was, schon wieder einen andern?«
»Tja, ganz recht. Dieser Micky ist mir ein bißchen zu feurig geworden, selbst für meine Begriffe. Hat übers Heiraten geredet und so. Dabei, stell dir nur vor« – sie steckte den Kopf zur Tür herein und senkte die Stimme, war aber immer noch laut genug –, »hat er in Liverpool eine Frau.« Sie kam drei Schritte näher, beugte sich über Annie und fuhr fort: »Ich hab' beim Anzugausbürsten einen Brief in seiner Rocktasche gefunden, der Bände spricht, kann ich dir verraten. Das Weibsstück hat ihm Dinge geschrieben, unglaublich!« Sie lachte drauflos, daß ihr ganzer Körper schwankte; dann schlug sie sich mit der flachen Hand auf den Bauch und schrie wieder: »Ein Porno-Heft ist nichts dagegen, das schwör' ich dir.«
Nun mußte auch Annie lachen; sie knufften sich und zwinkerten einander verständnisinnig zu, bis die Stimmen der Kinder aus der Spülküche drangen. »Oma, das Wasser kocht, das Wasser kocht!« brüllten sie.
Als Mollie mit einer für ihre Rundlichkeit erstaunlichen Behendigkeit in die Spülküche hastete, lehnte sich Annie zurück und dachte: Sie ist das reinste Allheilmittel, diese Mollie, wirklich. In gewisser Weise geriet Georgie ihr nach. ›Ein Porno-Heft ist nichts dagegen...‹ Die wußte wirklich auf alles was.
Mollie kam gerade mit dem Teetablett in die Wohnküche, als Annie plötzlich sagte: »Mollie, es besteht die Aussicht, daß wir bald von hier wegkommen.«
»Nein! Was hast du dir denn jetzt schon wieder ausgedacht, Kind?«
»Mir schwebt da eine kleine Garage vor. Einfach die Gelegenheit! Die Miete beträgt fünf Pfund wöchentlich. Sie

ist, wie gesagt, nicht groß, hat aber Zapfsäulen und alles, was dazugehört. Der Haken dabei ist nur, daß der Eigentümer eine Anzahlung von hundertfünfzig Pfund verlangt. Da wäre aber auch das Werkzeug und so weiter mit dabei. Zusammengerechnet hätten wir nicht ganz hundert Pfund. Den Rest werde ich mir eben ausborgen. Und wenn ich zum Geldverleiher gehen müßte.«

»Aber so was kommt überhaupt nicht in Frage, Kindchen. Das hieße, das Geld zum Fenster hinauswerfen. Alles, nur keine Geldverleiher, merk dir das.« Sie trat nun auf Annie zu, beugte sich über sie, fuchtelte mit dem Zeigefinger dicht vor ihrem Gesicht herum und sagte langsam: »Das mußt du mir versprechen, ja? Du meine Güte, die haben schon die anständigsten Leute ruiniert, das kenne ich. Diese Kerle bringen einen glatt vors Gericht. Sag mir einfach, was du brauchst, und ich borg' es dir. Nur kein Geldverleiher, Kind.«

»Du...?« Annie setzte sich kerzengerade auf. »Aber wie kannst denn du...?«

»Das laß getrost meine Sorge sein! Ich habe schließlich jahrelang hinter der Theke gestanden, nicht? Und was glaubst du wohl, was ich gemacht habe, wenn es hieß: ›Schenk auch für dich einen ein, Mollie‹, hm? Ich wäre ja glatt zur Bar hinausgeschwommen, wenn ich all das Zeug, das man mir angeboten hat, auch wirklich getrunken hätte. Statt dessen hab' ich mir's gutgeschrieben. Da ist ganz schön was zusammengekommen, verlaß dich drauf. Und Winnie, Archie und Mike arbeiten nicht nur ebenfalls seit Jahren, sondern haben auch meist Glück im Spiel, da gibt's immer mal Extras. Nicht zu vergessen die Untermieter.« Sie drückte Annie auf den Stuhl zurück und lachte.

Mit ernstem Gesicht wandte Annie ein: »Aber... ich werde vielleicht hundert Pfund brauchen, Mollie.«

»Schön, dann kriegst du eben hundert Pfund, Kind.«

»Ach, Mollie, ich weiß gar nicht, was...«

»Na na, hab' dich nicht so, Schätzchen. Ich würde alles tun, damit du endlich von hier 'rauskommst. Du schuf-

test dich ja noch zu Tode. Schluß damit, Kind! Weshalb, zum Teufel, weinst du denn?«
»Ach, Mollie, Mollie!« Annie barg das Gesicht aufschluchzend in der Armbeuge, und als nun auch noch Tishy zu heulen begann, schrie Mollie: »Jetzt fang du nicht auch noch an, Tishy. Paß auf, bring Bill nach draußen... Da!« Sie entnahm ihrer Handtasche ein Sixpencestück. »Kauf ein paar Bonbons. Aber daß mir ehrlich geteilt wird, verstanden?« Damit schob sie die Kinder zur Tür hinaus.
Dann kehrte sie wieder zu Annie zurück, die nach dem erstbesten Geschirrtuch gegriffen hatte und sich das tränennasse Gesicht abtrocknete, wobei sie Mollie ansah und murmelte: »Was soll ich dazu sagen, Mollie – ich finde einfach keine Worte...«
»Dann sei still.«
»Du bist so – gut.«
»Gut, ich?« Mollie warf sich schwungvoll in Positur und sagte, indem sie eindeutig Mae West kopierte: »Das hat absolut nichts mit Güte zu tun, Herzchen.« Abermals lachten die beiden, nur daß sich in Annies Lachen noch ein paar Tränen mengten. Plötzlich stand sie auf, schlang die Arme um die andere und flüsterte ihr zu: »Ach, ich wünschte, du wärst meine Mutter, Mollie. Das hab' ich mir oft und oft gewünscht.«
»So, so.« Mollies Stimme klang belegt, als sie Annie fest an sich drückte und ihr liebevoll auf den Rücken klopfte. »Das ist jedenfalls das Netteste, das je ein Mensch zu mir gesagt hat. Und weißt du, was? Ich wollte, ich wäre deine Mutter, Schätzchen, das kannst du mir glauben. Also, paß auf.« Sie schob sie energisch von sich. »Trink deinen Tee aus und mach dich ein bißchen frisch. Mach dich so hübsch, wie du in Wahrheit bist. Und dann zeigst du mir diese Garage... Nur eins noch zuvor: Wo werdet ihr da wohnen?«
»Wir werden hier bleiben müssen, bis ich etwas Passendes finde.«
»Nun, je früher, desto besser... Moment!« Sie kniff die

Brauen zusammen und sagte, indem sie ihre Worte mit der entsprechenden Geste unterstrich: »Mir fällt was ein. Zu uns kommt immer ein gewisser Mr. Stanley. Der geht stets ins Spielzimmer und hat erst verlauten lassen, daß er irgendwo hinterm Rathaus wohnt, aber nach Harrogate übersiedelt, weil er dort ein Geschäft eröffnet. Nun möchte er dieses Haus vermieten, das hat er meinem Boß erzählt. Ich hab' natürlich keine Ahnung, wie es aussieht, aber es wird schon nicht so übel sein, wenn er doch selbst darin wohnt, denn er ist ein respektabler Mann. Weißt du, was? Ich werd' ihn noch heute abend fragen. Heute kommt er, das ist sicher.«

»Oh, Mollie! Aber hinterm Rathaus, da sind doch lauter große Häuser.«

»Nicht alle. Und warum sollt ihr schließlich nicht in ein großes Haus umziehen, wenn die Miete vernünftig ist. Ihr seid zu sechst. Du brauchst ein geräumiges Haus. Ich finde, man sollte gleich Nägel mit Köpfen machen. Merk dir eins: Wenn ich noch mal von vorn anfangen könnte, würde ich es nicht in der Primrose Street tun, garantiert nicht. In deinem Alter und mit deinem Aussehen und mit so viel Grips wie du – ts… Ich würde mir schon was Rechtes aussuchen, selbst wenn ich Georgie dahin mitnehmen müßte.« Sie grinste, fuhr jedoch dann fort: »Gott möge mir vergeben. Ich sollte nicht immer über ihn lästern, er ist mein Fleisch und Blut, und er ist nicht schlecht, stimmt's?«

»Nein, Mollie, er ist nicht schlecht. Wie auch – dazu gerät er viel zu sehr dir nach.«

»Hör schon auf!« Mollie stieß sie in die Seite. »Also, beeil dich jetzt und mach dich zurecht. Ich sterbe vor Neugier auf diese Garage. Und weißt du, was? Danach gehen wir zum Rathaus und sehen uns dort mal die Häuser an. Warum nicht? Westoe, wir kommen…!«

3

Sie hatten die Garage gemietet, sie hatten das Haus hinterm Rathaus gemietet und sogar einige der darin befindlichen Möbel gekauft; in zwei Wochen sollte der Umzug stattfinden. Und heute war Rances siebenter Geburtstag: alle waren froh und vergnügt – außer Rance.

»Was ist los mit dir, Junge?« fragte ihn Annie.

»Nichts, Mam.«

»Nun, dann hör auf, mürrisch dreinzusehen.«

Der Junge gab sich gar nicht die Mühe, ein anderes Gesicht aufzusetzen.

»Du hast doch eine Menge Geschenke bekommen, oder nicht?«

»Geschenke!« Als er verächtlich die Augen verdrehte, schrie sie ihn an: »Du solltest dich glücklich schätzen, verdammt glücklich sogar. Sieh dir doch nur die Kinder ringsum an. Einige von ihnen kennen nicht einmal eine anständige regelmäßige Mahlzeit – von Geschenken, wie du sie erhalten hast, ganz zu schweigen. Einen Füllfederhalter, einen Schulranzen, eine Schreibgarnitur und Geld noch obendrein. Reicht dir das etwa nicht? Du hast über ein Pfund zusammenbekommen, Junge. Du weißt gar nicht, wie gut es dir geht. Was willst du denn noch, um alles in der Welt?«

Sie bedauerte sofort, diese Frage gestellt zu haben, und erwartete fast, daß er umgehend auf das Kaninchen zu sprechen käme. Aber er machte den Mund nicht auf, sondern wandte sich bloß ab und setzte sich in die Ecke, vor den Kamin. Da schrie sie ihn an: »Falls du so ein Gesicht machst, wenn Opa und Oma Cooper kommen, kannst du anschließend was erleben! Da fällt mir ein: Wo warst du denn den ganzen Nachmittag?«

»Draußen.«

»Ich weiß, daß du draußen warst, weil ich dich vergeblich im ganzen Haus gesucht habe. Wo bist du gewesen?«

»Irgendwo da draußen eben.«

»Du meine Güte, Junge, eines Tages werd' ich wirklich die Geduld verlieren und dich windelweich prügeln. Geh dich jetzt waschen, du siehst ja fürchterlich aus. Der Besuch kann jeden Moment dasein. Mach schon.«

Annie beobachtete Rance, wie er sich langsam umwandte und mit schleppenden Schritten in die Spülküche ging; dabei schüttelte sie den Kopf. Dieses Kaninchen – das brachte ihn noch völlig um den Verstand! Sie hatte ihm versprochen, daß er nach dem Umzug eines haben könne. Dort drüben gab es einen geräumigen Hinterhof. Aber nein, er wollte es jetzt, heute, zum Geburtstag. Von wem hatte er diesen Starrsinn nur? Weder von ihr noch von Georgie, das stand fest. Dabei konnte er so ungemein gewinnend sein, wenn er nur wollte. Und er war so hübsch. Jedesmal, wenn sie ihn ansah, hätte sie ihn am liebsten in die Arme genommen und an sich gedrückt... Nun, sie nahm sich vor, am Montag mit ihm in die Tierhandlung zu gehen und ihn aufzufordern, sich ein Kaninchen auszusuchen. Sie würde dafür bezahlen, daß sie es dort behielten, bis sie übersiedelt waren. Vielleicht würde ihn das zufriedenstellen.

Gerade wollte sie ihn rufen und von ihrem Vorhaben unterrichten, als die Hintertür aufging und sie Mollies Stimme hörte: »Wer weiß, am Ende wirst du noch mit Schirm und Melone arbeiten gehen, Jungchen.« Und da wußte Annie, daß Georgie bei ihr war.

Die beiden betraten lachend die Küche. Mollie rief lauthals: »Ich hab' dem Lulatsch eben von der Garage und dem Haus, das keine Handbreit von Westoe entfernt liegt, vorgeschwärmt und ihm prophezeit, daß er noch mit Schirm und Melone losziehen wird, wie ein Lord.«

»Hoffentlich nicht, um die Arbeitslosenunterstützung abzuholen. Wenn du meine Meinung hören willst, dann haben wir uns bedeutend mehr eingebrockt, als wir auslöffeln können.«

»Georgie!« Annie sprach seinen Namen mit größter Entschiedenheit aus. Und er erwiderte mit ebensolchem Nachdruck: »Tjawohl, Annie.« Aber Mollie mischte sich sofort ein: »Vertrau nur auf Annie, Jungchen. Wenn einer von euch beiden so was wie Grips hat, dann ist sie es. Du kannst ihr ruhig die Zügel überlassen und auf Sieg setzen, punktum.«

Georgie betrachtete die Kuchenteller, die Annie eben bereitstellte, und meinte lachend: »Ich hab' niemals viel riskiert, und wenn's um Außenseiter gegangen ist, schon gar nicht.«

»Sie ist kein Außenseiter. Sie ist ein Favorit, stimmt's, Kind?« Mollie kam näher und gab Annie einen Klaps aufs Hinterteil. Annie lachte laut, nachdem sie erschrocken aufgeschrien hatte, und sagte: »Soll ich euch beiden vielleicht was vorgaloppieren?«

Abermals öffnete sich die Hintertür, und Mary Cotton rief: »Alles Gute zum Geburtstag, mein Liebling«, was Mollies übermütige Stimmung sofort dämpfte; mit einem gottergebenen Seufzer nahm sie vor dem Kamin Platz.

Als Mary eintrat, dauerte es einige Sekunden, bis Mollie den Kopf umwandte. Die Begrüßung zwischen den beiden war kühl.

Mary schenkte Georgie überhaupt keine Beachtung, sondern wandte sich gleich an ihre Tochter und fragte: »Du hast ihm also kein Kaninchen gekauft?«

Annie nagte an ihrer Unterlippe, ehe sie ruhig antwortete: »Nein, Ma. Solange wir hier wohnen, hat er ohne eines auskommen müssen – also wird es jetzt die zwei, drei Wochen bis nach dem Umzug auch noch gehen. Ich seh' keinen Sinn darin, vielleicht noch einen Stall hier zu errichten.«

»Der Hof ist doch jetzt von Kohlen freigemacht.«

»Das weiß ich sehr gut, aber wie gesagt... Ach!« Sie schüttelte den Kopf. »Lassen wir endlich das dumme Kaninchen. Er wird eines bekommen.« Nun wurde ihre Stimme lauter. »Im neuen Haus. Ich habe es ihm versprochen. Und ich verspreche es dir, Ma.«
»Deshalb brauchst du nicht deine Stimme zu erheben.«
»Du würdest selbst Gott veranlassen, seine Stimme zu erheben.«
Es folgte ein angespanntes Schweigen, in das schließlich Rance, Bill und Kathy hereinplatzten. Sofort wandte sich Mollie, laut wie immer, zu Rance: »Nun, mein Kleiner, jetzt brauchen wir nur mehr auf deinen Opa und Tishy zu warten, dann können wir mit der Geburtstagsfeier beginnen. Sieh dir bloß die Kuchen an und erst die Torte! Sieben Kerzen und all die Verzierungen drauf. Hast du schon jemals so was gesehen? – Aha, das werden sie sein!«
Sie drehte sich auf ihrem Stuhl herum und äugte zur Spülküche hinüber, und ein paar Sekunden später trat Dennis Cooper, der Tishy an der Hand hielt, ein.
Sein Gesicht war derart grimmig, daß Annie sofort fragte: »Was ist los, Pa? Was ist passiert?« Dann blickte sie auf Tishy, deren Gesicht kreidebleich war.
»Ihr war übel«, antwortete Dennis.
»Übel?« Annie hockte sich auf die Fersen, sah der Kleinen ins Gesicht und fragte: »Hast du was Unrechtes gegessen, Liebling? Wofür hast du denn dein Taschengeld ausgegeben, hm?«
Tishy fuhr in die Manteltasche, holte schweigend das Sixpencestück hervor und zeigte es Annie, die sich verblüfft erkundigte: »Wieso ist dir dann übel? Du hast doch mittags nichts Fettes gegessen?«
»Sie wird gleich wieder in Ordnung sein. Laß sie sich einfach ruhig hinsetzen.« Dennis zog das Kind von Annie fort und drückte es auf den Schemel beim Kamin, indem er sagte: »Bleib da sitzen, Kindchen. Gleich wird's besser werden.«

»Und was ist mit dir los?« fragte Mary und fixierte ihren Mann scharf. Dennis erwiderte: »Nichts ist mit mir los, außer vielleicht, daß ich gern eine Tasse Tee hätte.« Seine Stimme klang nun freundlicher, aber noch immer zeigte sich keine Spur eines Lächelns auf seinem Gesicht.

Annie starrte ihren Vater einen Moment lang an: Irgendwas stimmte da nicht? Ihr Pa hatte von den andern Enkeln überhaupt keine Notiz genommen, und betrat nie das Haus, ohne mit jedem der Kinder zu scherzen. »Nun«, sagte sie, »der Tee ist fertig. Wenn ihr alle Platz genommen habt, werde ich auftragen... Nein, setz dich nicht dahin, Rance, du gehörst vor die Torte.«

Lächelnd schob sie ihren Sohn auf den Ehrenplatz, und unter Geplauder nahmen alle ihre Plätze ein. Annie begann, Tee einzuschenken. Als sie die letzte Tasse vor sich hinstellte, hämmerte jemand an die Hintertür.

Sämtliche Köpfe wandten sich zur Spülküche um. Georgie sagte: »Da glaubt anscheinend noch immer jemand, daß wir Kohlen verkaufen, und scheint es besonders eilig zu haben. Vielleicht ist ihm der Ofen ausgegangen.«

Lachend stand er auf, schob seinen Stuhl zurück und ging hinaus.

Eine Minute später lauschte Annie über das Geplapper der Kinder hinweg nach draußen, wo sie Georgie ausrufen hörte: »Ich glaub' kein verdammtes Wort davon. So was würde er nicht tun.«

Darauf erklang eine andere Stimme, gleichfalls laut und sehr zornig. Dann trat Georgie ein, gefolgt von dem vier Häuser weiter wohnenden Peter Smedley.

Das brachte die Plappermäuler sofort zum Schweigen. Georgie blickte seinen Sohn Rance an, und Rance erwiderte den Blick mit weit aufgerissenen Augen.

»Wo warst du heute nachmittag?«

Es entstand eine Pause, bevor Rance hervordruckste: »Bloß draußen, Pa.«

»Wo, will ich wissen?« Georgie kam auf den Jungen zu,

und Rance, aus dessen Gesicht alle Farbe gewichen war, stotterte nun mit zuckenden Lippen: »B-b-bloß draußen.«

»Du bist zum Fluß hinuntergegangen, stimmt's?«

»Nein… nein, Pa.«

»Lüg mich nicht so unverschämt an!«

Annie war nun aufgestanden und wandte sich verblüfft an Mr. Smedley. »Was hat er getan? Vielleicht sagt mir jemand, was los ist?«

»Er hat das Kaninchen vom kleinen Peter ertränkt, das hat er getan.«

Annie schlug sich mit der Hand auf den Mund und preßte die Lippen fest zusammen. Dann protestierte sie laut: »Wie können Sie so was behaupten? Das würde mein Rance nie tun, niemals! Er hat das Kaninchen genauso gern wie Peter. Du hast doch nie im Leben so was getan, nicht wahr, Junge?«

Sie beugte sich nun über den Tisch zu Rance hinüber, und der Junge antwortete, indem er ihr fest in die Augen sah: »Nein, Mam. Bestimmt nicht.«

»Na also, da sehen Sie's.« Sie drehte sich zu Mr. Smedley um. Aber der schrie sie nur an: »Er hat's getan, das steht fest!«

»Haben Sie es gesehen?«

»Nein, das nicht. Aber Tommy Blake hat es beobachtet. Ihr Junge hat gedroht, daß er es tun würde, und zwar mehr als einmal. Mein Peter ist vom Fußballspielen heimgekommen und hat den Stall leer gefunden. Tommy Blake hat gesagt, daß er den da« – er streckte den Arm in Richtung Rances aus – »zum Hinterhof laufen gesehen hat, wobei er etwas unter seinem Mantel versteckte. Er ist hinunter zum Fluß gegangen. Du hast es ertränkt, nicht wahr? Und dabei hat sie Junge erwartet, einen ganzen Bauch voll. Du hast sie ertränkt, du grausamer, schlechter Kerl, du!«

Annie starrte nun weder Rance noch Peter Smedley an, sondern Georgie. Peter Smedley hatte seinen Sohn einen grausamen, schlechten Kerl genannt, und Georgie un-

ternahm nichts, sondern bohrte seine Blicke nur in die des Jungen.
Als Georgie Rance an den Schultern packte und ihn hochhob, schrie Annie empört: »Laß ihn in Ruhe! Er würde so was nie tun, niemals!«
Sie zwängte sich zwischen Wand und Stuhl durch und wollte Rance Georgies Zugriff entreißen; aber der stieß sie so rauh beiseite, daß sie umgefallen wäre, wenn ihr Vater sie nicht festgehalten hätte. Dennis schüttelte warnend den Kopf und bedeutete ihr, sich ruhig zu verhalten.
»Hast du das Kaninchen ertränkt?« fragte Georgie in ungewöhnlich ruhigem Ton. Erst als der Junge keine Antwort gab, sondern ihn nur anstarrte, begann er derart zu brüllen, daß alle Anwesenden zusammenschraken: »Bist du taub? Ich habe dich gefragt, ob du das Kaninchen ertränkt hast?«
Er begann Rance so heftig zu schütteln, wie ein Hund eine Ratte zu schütteln pflegt.
Annie schrie: »Hör auf! Hör auf!«, und Mary fuhr hoch und ging mit einem »Laß das Kind in Ruhe, hörst du!« auf ihn los.
Worauf Dennis sie anbrüllte: »Setz dich sofort hin und kümmere dich gefälligst um deine eigenen Angelegenheiten!«
Dann sah er Annie an und zischte: »Halt dich da heraus, Kind.«
Annie warf ihrem Vater einen gequälten Blick zu, aber der Ausdruck in seinen Augen warnte sie davor, weiterzuprotestieren: offensichtlich war er auf Georgies Seite. Es hatte den Anschein, als glaube er, was über Rance behauptet wurde.
»Hast du das Kaninchen ertränkt – ja oder nein?«
Der Kopf des Jungen wackelte auf den Schultern herum wie der eines Hampelmanns; schließlich stieß er hervor: »N-nein, Pa! N-nein, Pa…«
Als Georgie ihn losließ, fiel Rance mit einem dumpfen Aufprall auf den Boden. Georgie drehte sich um und sah

Peter Smedley an. Dieser beharrte: »Er kann es abstreiten, bis er schwarz wird. Ich weiß, daß er es getan hat.«
Georgie ging nun mit drohenden Schritten auf Peter Smedley zu. Weiß der Himmel, was passiert wäre, wenn Tishy in diesem Moment nicht aufgesprungen wäre und ihrem Vater zugerufen hätte: »Er hat's getan, er hat's getan, Pa! Wir haben es beide gesehen, Opa und ich, wir haben ihn dabei beobachtet. Deshalb ist mir schlecht geworden. Rance hat es getan, er hat es getan!«
Georgie blieb stehen und starrte auf die beiden Kinder. Dann drehte er sich langsam um, bis er Dennis gegenüberstand, und der beantwortete seine stumme Frage, indem er mit dumpfer Stimme bestätigte: »Sie hat recht. Wir haben ihn dabei beobachtet.«
Da stürzte Rance, als wäre er nun selbst das gejagte Kaninchen, unter den Tisch, wobei er hysterisch aufschrie: »Ich wollte es nicht tun, Pa, bestimmt nicht – glaub mir! Es war nur, weil er so damit prahlte. Er sagte, es würde Junge kriegen und dann würde er mehr haben als ich...«
Als Georgie Rance an den Beinen unterm Tisch hervorzog, riß Annie sich von Dennis los, eilte zu ihrem Mann und versuchte, ihm den Jungen zu entreißen, indem sie ihn anschrie: »Laß ihn! Ich werde die Sache in Ordnung bringen. Laß ihn los!«
»Du hast schon viel zu lang alles in Ordnung gebracht!«
Georgie versetzte ihr mit der einen flachen Hand einen leichten Schlag, während er mit der andern den Jungen hochhob und auf die Tür zuging.
Es kostete Mollie und Dennis die größte Anstrengung, Annie festzuhalten, aber ihr Handgemenge und Geschrei wurde alsbald von Rances Gebrüll übertönt.
Mary stand da, rang krampfhaft die Hände, starrte zur Decke und jammerte: »Er wird ihn umbringen – ganz bestimmt wird er das! Er vergißt, was er tut, wenn er einen Riemen in der Hand hat, das hab' ich schon mal gesehen!« Und wieder brüllte Dennis sie an: »In diesem Fall

hättest du es auf dem Gewissen, Mary, weil du mitgeholfen hast, das Kind zu verderben.« Er funkelte nun auch Annie so zornig an, wie kein Mensch es bei ihm gewohnt war. »Ihr habt ihn alle beide versaut mit eurem ewigen Getue. Gewetteifert habt ihr, ihm ja jeden Wunsch von den Augen abzulesen. Also hört ihm gut zu: Er bekommt, was er verdient, und diesmal völlig zu Recht.«

Die Schreie waren schwächer geworden und in ein gedämpftes Schluchzen übergegangen. Mollie, die Mr. Smedley an die Tür gebracht hatte, scheuchte die Kinder in den Hof hinaus.

Mitten in das Schweigen, das sich schließlich ausgebreitet hatte, sagte Dennis, indem er sich zu Mary herumdrehte: »Hol Hut und Mantel.«

»Ich gehe nicht! Ich verlasse dieses Haus nicht, bevor...«

»Zieh deinen Mantel an, und zwar gleich. Herrgott, versuch wenigstens einmal im Leben, dich um deine eigenen Angelegenheiten zu kümmern.« Als er sie vorwärtsdrängen wollte, wehrte sie wütend ab und rief: »Ach, laß mich doch in Frieden.« Nichtsdestoweniger tat sie wie geheißen und ging ohne Abschiedswort hinter ihm drein.

Einige Minuten später sagte Mollie, ganz im Gegensatz zu ihrer sonstigen Art, in ruhigem Ton: »Nun, ich muß jetzt auch aufbrechen... Aber, Kindchen, kreid es ihm nicht an. Denn in einem Punkt bin ich mit deinem Pa einer Meinung: Der Kleine ist in einem Ausmaß verzogen worden wie kein anderes deiner Kinder. Manchmal passiert so was beim ersten und manchmal beim letzten Kind. Bei mir war es unsere Winnie – ist es eigentlich noch immer. Ich habe stets Georgie die Verantwortung für alles, was die anderen getan haben, aufgebürdet. Was jetzt da oben stattfindet, ist genau das, was ich bei unserer Winnie oft und oft hätte tun sollen. Dann würde sie heute bestimmt weniger Schwierigkeiten machen. Also, trag es ihm nicht nach, Annie. Auf bald.«

»Auf bald, Mollie.« Annies Gruß klang derart spröde, als habe sie seit langem keinen Ton über die Lippen gebracht.

Allein gelassen, setzte sie sich auf den nächstbesten Stuhl, nur weit weg vom Geburtstagstisch, auf dem noch immer die Kuchenteller und die Geburtstagstorte standen. Nicht ein einziges Stück war gegessen worden. Und wie lange sie sich mit dem Backen und dem Verzieren abgemüht hatte! Aber kam es denn jetzt aufs Essen an? Alles, was zählte, war Rance, ihr Kind, ihr abgöttisch geliebter kleiner Sohn. Und ausgerechnet dieser ihr Augapfel mußte hingehen, das Kaninchen des Nachbarsjungen packen und ertränken.

Und sie war daran schuld. O ja, sie war daran schuld. Sie hätte ihm erlauben müssen, im Kohlenhof ein Kaninchen zu halten, selbst wenn es in dem ewigen Staub umgekommen wäre. Sie hatte nicht erkannt, was das Kaninchen für ihn bedeutete. Das wäre nötig gewesen, denn er hatte es ihr oft genug gesagt. Er hatte sie das ganze Jahr über genervt mit seinen ständigen Kaninchenthemen.

Die Tür ging auf, und Georgie trat ein: Gesicht und Nakken waren dunkelrot. Seine sonst so strahlendblauen Augen wirkten fahl und stumpf. Er sah sie durch die Küche hinweg an, und nach einem Moment stieß er hervor: »Was Feines haben wir da großgezogen, was? Nun, für eins hab' ich jedenfalls gesorgt: Kaninchen wird er keins mehr ertränken.«

Annie rang nach Luft, weil ihr einen Moment lang die Befürchtung kam, er hätte Rance umgebracht. Als sie ihn leicht schnaufen hörte, atmete sie jedoch erleichtert auf.

Sie starrte den Mann da drüben an, der in diesem Augenblick nicht wiederzuerkennen war. Da war nichts mehr von linkischer Gutmütigkeit zu bemerken, keine Spur mehr von dem ihr so vertrauten einfältigen Gemüt. Es schien, als sei all dies auf Nimmerwiederkehr verschwunden.

Die Kinder aufzuziehen, war ihr Geschäft gewesen, und

sie hatte nie viel von Bestrafungen gehalten, zumindest nicht davon, sie mit dem Riemen zu schlagen. Eins hinter die Ohren oder mal einen Klaps hintendrauf war das Äußerste, wozu sie sich je aufschwingen hatte können. Wenn ihr jemand gesagt hätte, daß Georgie seinen Sohn eines Tages unbarmherzig verprügeln würde, hätte sie einfach gelacht und geantwortet: »Das glaub' ich erst, wenn ich es sehe.« Und nun mußte sie es glauben, und obwohl ihr Herz wund war vor Betrübnis, gesellte sich zu der lauen Zuneigung, die sie bisher für den stämmigen Mann da drüben empfunden hatte, zum erstenmal so etwas wie Achtung hinzu.

4

Die Straße gehörte zu jenen, die auf die Erskine Road hinausliefen, und trug den Namen Bewlar Terryde. Das Haus hatte die Nummer Siebzehn, und seine Vorzüge waren mannigfaltiger Art; abgesehen davon, daß es sechs Räume aufwies, verfügte es auch über den unglaublichen Luxus eines Badezimmers. Der Hinterhof war größer als der bisherige, und das mit einer eisernen Einfriedung eingefaßte Vorgärtchen maß vierundzwanzig Quadratmeter. Überdies lag es keine fünf Minuten von der Kirche entfernt und nur einen Katzensprung vom Bent's Park und dem Spielplatz, was die Lösung eines echten Problems darstellte. Denn dort konnten Annies Kinder unbeaufsichtigt herumtollen.

Die größte Freude bedeutete für Annie freilich das Badezimmer. In der ersten Woche hatte sie morgens und abends die Wanne aufgesucht und dafür gesorgt, daß die Kleinen mindestens einmal täglich badeten. Der einzige, der nicht zu einem täglichen Bad zu überreden war, war Georgie. Er hätte sich in Madley genug waschen müssen, hatte er gemault. Das reiche bis ans Lebensende. Einmal wöchentlich, gut, damit sei er einverstanden. Zweimal nur, wenn man ihn dazu nötigte. Keins von Annies vorgebrachten Argumenten würde an diesem Punkt etwas ändern.

Sie hatte ihn nach dem Umzug gebeten, seine Flucherei einzuschränken. Aber er brauchte sich nur über irgendwas aufzuregen, und schon verfiel er in die gewohnte Unsitte.

Abgesehen von einem höflichen Nicken seitens ihrer

Nachbarin Mrs. Tressel hatten die Leute zu ihrer Rechten sie bisher geflissentlich ignoriert. Sie waren riesig eingebildet, fand Annie, und das vor allem deshalb, weil sie täglich von neun bis zwölf eine Aufwartefrau hatten. Mrs. Brooks, ihre Nachbarin linker Hand, war jedoch in Ordnung, ja sogar richtig freundlich. Eines Tages hatte sie über die Mauer geguckt und den Kindern eine Tüte Bonbons geschenkt: sozusagen zum Eingewöhnen, wie sie sich ausdrückte. Obwohl auch sie etwas hochmütig zu sein schien und alles und jedes über sie wissen wollte, machte es ihr offensichtlich Eindruck, als Annie ihr berichtete, daß ihr Mann im Autogeschäft tätig sei und eine Garage besitze. Sie hatte damit geendet, daß sie zuvor im Kohlenhandel tätig gewesen wären, es jedoch aufgegeben hätten, da man sich ewig schmutzig dabei machte. Insgeheim hatte sie gehofft, daß die freundliche Mrs. Brooks nicht näher über Burton's Corner und das Hanlon-Kohlenlager informiert sein möge.
Im Grunde machte sich Annie jedoch herzlich wenig aus ihren Nachbarn. Jedem das Seine, sagte sie sich: Wenn wir uns nur um unsere eigenen Angelegenheiten kümmern, werden sie's genauso halten. Für sie fing jedenfalls mit dem schönen Haus in der guten Lage ein neues Leben an. Natürlich mußten sie für diese Vorzüge eine entsprechend hohe Miete zahlen. Doch war sie überzeugt davon, daß sie sich glücklich preisen konnten, es zu bekommen. Und die Möbel, die sie vom Besitzer gekauft hatte, waren ihrer Meinung nach einfach wunderbar. Noch dazu spottbillig: Eine dreiteilige Sitzgarnitur, hübsch überzogen, und ein großes Büfett, das eine Wand des Wohnzimmers einnahm, das Ganze für sieben Pfund. Dabei war alles derart gepflegt, daß man sich in dem auf Hochglanz polierten Holz direkt spiegeln konnte. Außerdem hatte er ihr eine komplette Schlafzimmereinrichtung samt Teppich und verschiedenen anderen Kleinigkeiten verkauft, und das alles um zehn Pfund.
Endlich besaß Annie ihren eigenen Hausstand und fühlte sich sicher. Nun galt es vor allem, dafür zu sorgen, daß

Georgie die Garage in Schwung brachte. Und wenn harte Arbeit die Grundbedingung dafür war, dann würden sie ihr Ziel binnen kurzem erreichen, dessen war sie sicher. Denn während der letzten Monate war er von sieben Uhr morgens bis neun Uhr abends dort gewesen und hatte sich wahrlich nichts geschenkt.

An diesem speziellen Nachmittag wollte Annie sich gerade waschen und anziehen, um mit den Kindern einen Spaziergang zur Garage zu machen und Georgie etwas zu essen zu bringen. Sie ging gerne dorthin. Wenn ein Kunde Benzin wollte, überredete sie ihn oft, fünfunddreißig statt zehn oder gar nur fünf Liter einfüllen zu lassen, und gab es einmal keinen Wagen zu reparieren, dann fühlte sie sich richtig deprimiert, auch wenn sie Georgie versicherte, daß sich eben erst alles richtig einspielen müsse. Immer langsam mit den jungen Pferden und so. Dabei hatte sie diesbezüglich durchaus ihre Zweifel. Ihr wäre am liebsten gewesen, wenn sich das Geschäft rasch gut angelassen hätte.

Sie sagte zu Bill: »Wasch dir Gesicht und Hände, wir wollen Pa besuchen gehen«, worauf er sich wie stets erkundigte: »Zu Fuß oder mit dem Bus?«

»Zu Fuß.«

»Och!«

»Keine Widerrede!« Sie fuhr ihm durchs Haar, und er sagte: »Wann kann ich zur Schule gehen?«

Sie seufzte ein bißchen, als sie erwiderte: »Ich hab's dir doch gesagt. Nicht vor dem nächsten Jahr, wenn du fünf bist.«

»Tishy geht aber.«

»Die ist ja auch schon fünf.«

»Ich bin genauso groß wie Tishy.«

»Das weiß ich. Aber du bist noch nicht fünf.«

»Warum muß ich dazu fünf sein?«

»Oh, Bill, komm jetzt.« Als sie ihn an der Hand packen wollte, klingelte es an der Haustür. Annie ließ den Jungen stehen und durchquerte den Flur, während sie dachte: Wer kann denn das sein? Wieder jemand, der uns was anhängen will? Die waren in dieser Gegend viel ärger als die Leute in Burton's Corner... Dann öffnete sie und rief lauthals: »Ja, Mona!«

»Hallo, Annie.«

»Na, das ist aber eine Überraschung! Komm herein, komm doch herein.« Sie zog ihre Freundin über die Schwelle und führte sie ins Vorderzimmer, wobei sie unentwegt redete. »Wann bist du angekommen? Du hättest es mir schreiben sollen. Zehn Minuten später, und ich wäre gar nicht daheim gewesen. Ich muß sagen: Du bist ein äußerst erfreulicher Anblick. Setz dich – so setz dich doch! Wo hast du Arthur gelassen? Herrje, ist das eine Überraschung. Weißt du, was? Gehen wir lieber in die Küche, dann mach' ich uns Tee. Komm. Ach, es ist schön, dich wiederzusehen.«

Während sie plapperte, ermahnte sie sich insgeheim, nicht zu dick aufzutragen. Sie hatte Mona seit jenen denkwürdigen Weihnachtsfeiertagen nur ganz selten gesehen: das letztemal vor zweieinhalb Jahren, als sie zum Begräbnis ihres Vaters heimgekommen war, allein, ohne Arthur. Damals hatte sie anders ausgesehen, frisch und munter, zu frisch und munter eigentlich, so daß sie fast ein bißchen eifersüchtig auf sie gewesen war. Nun aber machte sie ganz und gar nicht mehr diesen Eindruck, sondern wirkte irgendwie verändert. Offensichtlich war etwas geschehen, das ahnte Annie. Es handelte sich nicht um das Handikap, daß sie nur ein Auge hatte – darunter litt sie längst nicht mehr, das hatte sie hinter sich. Wie Mona einmal geäußert hatte, sei dies der Preis dafür gewesen, daß sie Arthur bekommen hätte und daß er im Vergleich dazu niedrig gewesen sei. Jedenfalls stimmte etwas nicht – das stand fest. Sie sah schlecht aus, richtig niedergeschlagen.

Plötzlich hielt Annie im Reden inne und fragte ruhig: »Ist was nicht in Ordnung, Mona? Warst du krank oder so?«

»Nein, nein, Annie. Ich war nicht krank. Wie geht es den Kindern?«

»Oh, sieh sie dir an.« Sie deutete auf Billy und Kathy, die schweigend dastanden und die Besucherin anstarrten, und forderte sie auf: »Kommt näher, begrüßt eure Tante Mona. Na los.« Sie versetzte den beiden einen leichten Stups und mahnte Bill: »Sag schönen guten Tag zu Tante Mona.«

»Guten Tag...« Bill blickte forschend zu der Besucherin auf, und Annie wußte im voraus, wie seine nächste Frage lauten würde: Wieso ist sie meine Tante? Ich hab' sie doch noch nie gesehen. Deshalb lenkte sie rasch ein: »Es hat ihm die Rede verschlagen. Das dauert aber nicht lange. Gleich wird er dir die Ohren vollplappern, du wirst sehen. Und das hier ist Kathy. Die kennst du noch nicht.«

»Nein, nein, die hab' ich noch nicht gesehen. Hallo, Kathy.« Mona beugte sich zu der Kleinen nieder, fuhr ihr sanft über die blonden Locken und die rosigen Wangen und sagte: »Wie hübsch sie ist.«

»Ja, die einzige von ihnen, die was gleichsieht. Ausgenommen Rance, der auch ganz passabel ist. Aber bei einem Jungen kommt es ja nicht so sehr aufs Aussehen an. Tishy hingegen ist noch immer unscheinbar und mager wie eine Bohnenstange. Die Arme – sie wird es später einmal zu fühlen bekommen. Nun, es ist ja noch Zeit, vielleicht ändert sie sich. Das tun unscheinbare Kinder oft... Oh, das Teewasser kocht. Hast du schon etwas gegessen?«

»Ja, danke, bei meiner Mutter haben wir eine Kleinigkeit gegessen.«

Während Annie den Tee aufbrühte, fragte sie: »Triffst du Arthurs Leute hier und da?«

»Sehr selten. Seine Mutter ist nur ein einziges Mal zu uns auf Besuch gekommen.«

»Nur einmal?«

»Ja, aber das ist uns ganz recht so. Olive habe ich ein-, zweimal gesehen, seit James gestorben ist. Ach, wußtest du, daß er gestorben ist?«

Annie stellte die Teekanne auf das Tablett, drehte sich

langsam um und verneinte. Nach einer kleinen Pause fügte sie hinzu: »Wahrscheinlich sollte ich jetzt vorgeben, es täte mir leid. Aber eine Heuchlerin war ich nie. Wie geht es Olive?«
»Um dir die Wahrheit zu sagen: Seit sie Witwe ist, scheint sie bedeutend lebenslustiger zu sein. Der Junge ist nett, der Alan. Er ist jetzt zehn. Arthur mag ihn sehr gern. Olive hat ihn über die Ferien bei uns gelassen.«
»Ich habe mich also nicht in ihr getäuscht; Olive fand ich gleich in Ordnung.«
»Ja, das ist sie.«
Als der Tee eingeschenkt war und Annie die im Backrohr rasch aufgewärmten kleinen Kuchen mit Butter bestrichen hatte, fragte sie Mona: »Und wie kommt Arthur voran?«
Es dauerte einen Moment, bevor Mona sagte: »Oh, ganz gut.« Dann senkte sie den Kopf und schüttelte ihn ungeduldig; Annie kannte diese Geste an ihr von früher her noch gut.
»Was gibt's denn, Mona? Etwas stimmt doch nicht.«
Mona hielt den Kopf weiterhin gesenkt; erneut entstand eine Pause, ehe sie sagte: »Du hast recht, Annie. Aber nicht nur etwas stimmt nicht, sondern nichts. Überhaupt nichts.«
»Das tut mir leid. Und ich dachte...«
»Ja, ich auch. Ich dachte, es würde der Himmel auf Erden sein. Das kleine Gasthaus da draußen auf dem Land und wir beide ganz allein, bis eben Kinder kämen.« Ihr Kopf sank noch tiefer, bis Annie ruhig fragte: »Keine Anzeichen?«
»Nein. Es wird auch keine geben.« Mona hob jäh den Kopf, und plötzlich schossen ihr Tränen aus den Augen. Dann schluckte sie heftig und murmelte: »Er ist nicht... er kann nicht. Was ich meine... er ist... er ist dazu nicht fähig.«
Als Annie Mona so ansah, begannen ihr diverse Gedanken durch den Kopf zu wirbeln, unerhebliche Dinge: da war zum Beispiel die Art, wie ihre Freundin sich nun

ausdrückte. Noch vor wenigen Jahren hätte Mona in einem solchen Fall glatt gesagt: Er ist zu nichts zu gebrauchen. Punktum. Gleichzeitig fühlte sich Annie plötzlich von einer ganzen Wolke von Furcht eingehüllt.
»Er versucht es, oh, ganz bestimmt. Und es beunruhigt ihn. Dabei ist er so nett, Annie: das ist das Schlimmste! Ich mache schon wegen meiner eigenen Gefühle schrecklich viel mit – dazu dann noch seinetwegen und so. Ich glaube nicht, daß es so weitergeht. Weißt du, er will nicht darüber reden. Jetzt hat er sich plötzlich in den Kopf gesetzt, wegzuziehen, weil es dort zu einsam für mich ist. Und damit hat er recht. Du machst dir keinen Begriff, wie sehr. Es wäre anders, wenn... wenn wir Kinder hätten. Du weißt schon, was ich meine, Annie.«
Annie nickte nachdenklich.
»Aber... aber so sind wir größtenteils ganz auf uns gestellt. Er liest und liest und liest – die ganze Zeit. Nun ja, wenn ich sage, die ganze Zeit, so stimmt das nicht. Arthur ist sehr geschickt und macht alles im Haus und hält den Garten wunderbar in Schuß. Und natürlich sitzen während der Hochsaison oft Leute in der Gaststube. Aber... aber das dauert nur ein paar Wochen. Dann können wir wieder tagelang weiß Gott wohin spazierengehen, ohne einer Menschenseele zu begegnen. Und im Winter... Ach, Annie, der macht mir am meisten zu schaffen. Arthur hat mir über Bücher und Musik erzählt, und anfangs fand ich das herrlich: Da kann ich was lernen und so. Aber jetzt möchte ich am liebsten losschreien und um mich schlagen, wenn er nur eine Platte auflegt oder sich mit einem Buch hinsetzt.«
Sie sahen einander in traurigem Schweigen an, bis Annie rasch sagte: »Trink noch eine Tasse, Mona.«
Mona nippte gehorsam an ihrem Tee, und Annie, der die Worte über diesen ganz ungewohnten Vertrauensbeweis, was Monas Leben anlangte, fehlten, starrte vor sich hin. Dieser Partridge hatte damals also doch recht gehabt. Und wie stand nun Georgie da?
Als sich ihr der Magen wieder umzudrehen anfing,

kämpfte sie, so gut sie nur konnte, sofort dagegen an. Georgie ist ein völlig normaler Mann, hämmerte sie sich ein. Wenn es je einen normalen Mann gegeben hat, dann ihn. Als ob er ihr dies nicht weiß Gott bewiesen hätte... Aber vor zwei Jahren damals – war er da normal gewesen? Ja, ja, natürlich war er das. Und dennoch gab es da etwas, was sie nicht verstehen konnte, etwas Anrüchiges, Verdächtiges.

Sie zuckte sichtlich zusammen, als Mona nun sagte: »Arthur meint, daß er gern hier wo arbeiten würde. Es würde besser für uns beide sein, wenn ich wieder unter meinen Leuten wäre.«

In Annies Innern schrie es auf: O nein, nur das nicht! – Sie antwortete nichts, und Mona fuhr fort: »Das Komische ist bloß, daß ich mich offenbar zwischen zwei Stühle gesetzt habe. Ich fühle mich hier kein bißchen daheim mehr, bei meiner Mutter, meine ich. Ihre Lebensweise ist so ganz anders als die, die ich in den letzten Jahren kennengelernt habe. Verstehst du, was ich meine?«

Als Annie zwar nickte, aber nach wie vor schwieg, blickte Mona sich bewundernd um und meinte: »Das ist eine gemütliche Küche. Überhaupt ein reizendes Haus. Was für ein Gegensatz zu dem Kohlenlager damals. Ich wette, du hast dich wie neugeboren gefühlt, als ihr hier eingezogen seid.«

»Das stimmt.« Annie lächelte schwach. »Wir hatten Glück, das hier zu bekommen, das weiß niemand besser als ich... Was Arthur und Arbeitfinden hier herum anlangt, Mona – so glaube ich nicht, daß es da das Richtige für seinen Typ gibt. Damit will ich sagen, daß er doch nicht gut als Verkäufer oder Angestellter arbeiten könnte, nicht?«

»Er hätte nichts dagegen, in einem Buchladen zu arbeiten. Es müßte natürlich ein solider sein. Er hat sich immer gewünscht, eine Buchhandlung zu führen.«

Annie stand auf, füllte die Teekanne auf und sagte: »Da würde er langsam, aber sicher zugrunde gehen. Ich meine damit, daß es schon mehr als bloß Bücher sein müßten: Papierwaren, Zigaretten, Süßigkeiten und so fort. Ein reiner Buchladen hat bei uns wenig Chancen. Das ist natürlich nur meine Meinung. Du weißt, wie wenige Leute sich Bücher kaufen, ausgenommen Taschenbücher. Die anderen borgen sie sich lieber aus einer Leihbücherei aus. Wo ist übrigens Arthur?«

»Oh, der ist Georgie begrüßen gegangen. Wir haben bei deiner Mutter vorbeigeschaut, da wir ja doch zur Burton's Corner mußten, und die hat uns einiges über die Veränderungen bei euch erzählt. Also hat Arthur vorgeschlagen, ich solle dich besuchen und er ginge auf einen Schwatz zu Georgie.«

Auf einen Schwatz zu Georgie... Ein Schwatz mit Georgie... Weshalb geriet sie deshalb nur derart aus dem Häuschen? Ihr Leben war sicher, nichts als der Tod konnte etwas daran ändern. Oder doch? Weshalb also diese Aufregung? Es war doch nicht so, daß sie weiß Gott was für Georgie empfand, oder? Sie wußte, daß sie noch nie im Leben richtig geliebt hatte, und es bestand wenig Aussicht darauf, daß sie es noch jemals tun werde. Wovor fürchtete sie sich also, abgesehen von einer einzigen Sache, und der Gedanke allein war schon lächerlich. Fürchtete sie sich davor, daß er sie im Stich lassen könnte und sie allein für sich und die Kinder sorgen müsse? Das war einfach albern und das letzte, was Georgie je tun würde. Und selbst, wenn er es täte, war sie bestimmt in der Lage, Arbeit zu finden und sich und die Kinder durchzubringen. Das hatten schon viele Frauen schaffen müssen, und sie war schließlich nicht der Typ, der aus Versorgungsgründen geheiratet hatte, ohne dafür ehrlich zu arbeiten. Es gab eine ganze Menge zu tun, immer noch. Also wovor fürchtete sie sich? Das Einzige, was sie im Augenblick aufbringen hätte müssen, wäre Mitleid mit Mona gewesen, denn sie mußte ein recht trauriges Leben geführt und viel durchgemacht haben. Man konnte zuviel des Guten bekommen, das wußte Annie aus eigener Erfahrung am besten. Aber wenn man es sich so recht überlegte, war es immer noch das geringere Übel. Jedenfalls bei weitem besser, als mit einem Mann verheiratet zu sein, der nichts taugte – in dem gewissen Punkt. Das mußte schrecklich sein. Und es hatte deutliche Spuren bei Mona hinterlassen. Sie wirkte um Jahre gealtert. Annie fragte nun: »Ist Arthur bei einem Arzt gewesen?«

»Nein.«

»Nun, das hätte er aber tun sollen. Du mußt ihm sagen, daß er einen aufsuchen soll.«

»Oh, das kann ich nicht, Annie. Wir... wir sprechen nicht darüber.«

»Ihr sprecht nicht darüber? Das solltet ihr aber. Es wird langsam Zeit, oder?«

»Mam, gehen wir endlich zu Pa?« Bill stand in der Küchentür.

»In einer Minute. Spiel inzwischen draußen. Wo ist Kathy?«

»Sie sitzt drin auf dem Sofa und macht sich in die Hosen.«

Diese beredte Antwort veranlaßte Annie, sofort aufzuspringen, sich flüchtig bei Mona zu entschuldigen und nach nebenan zu stürzen. Kurz darauf brachte sie Kathy in die Küche, zog ihr die Windelhose aus und schalt dabei: »Du bist aber ein schlimmes Mädchen. Dabei kannst du doch schon allein aufs Klo gehen. Oh, ich hätte gute Lust...«

»Sie hat es absichtlich getan.«

»Sei nicht albern!« fuhr sie Bill an. »Wie kann sie es absichtlich getan haben! Nun hör schon auf zu weinen«, wandte sie sich ungeduldig an ihre kleine Tochter, während Bill beharrlich wiederholte: »Sie hat es absichtlich getan. Sie hat gesagt, daß sie's tun würde, und dann hat sie's getan.«

Zum erstenmal, seit sie das Haus betreten hatte, lachte Mona. Sie stützte die Arme auf den Küchentisch und den Kopf in die Hand und lachte drauflos, während Annie eine ernste Miene zur Schau stellte und ihr zuflüsterte: »Ich darf ihm das nicht durchgehenlassen... Ich hab' keine Ahnung, was aus ihm werden wird, wenn er erwachsen sein wird, höchstwahrscheinlich ein Mitglied des Parlaments. Weil er einfach immer das letzte Wort haben muß – koste es, was es wolle.«

Ganz unvermittelt sprang Mona auf und sagte: »Ich muß jetzt gehen, Annie. Ich habe Mam versprochen, nicht lange auszubleiben. Sie möchte, daß ich Tante Joyce besuche, und ich nehme an, daß auch Arthur bereits daheim sein wird. Wenn es dir recht ist, kommen wir morgen auf einen Sprung vorbei, gut?«

»Natürlich ist es mir recht. Jederzeit.« Annie erhob auf Monas Ankündigung, gehen zu müssen, keinerlei Einwand und bat sie auch nicht, einen Moment zu warten, sie würde nur Hut und Mantel holen und mitgehen. Statt dessen begleitete sie Mona, die beiden Kinder in der Wohnküche zurücklassend, an die Haustür, wo sie einander in verlegenem Schweigen einen Augenblick lang ansahen, ehe Mona sagte: »Also adieu, Annie. Dann auf morgen.«

»Adieu, Mona. Iß nicht zuviel zum Tee, ich werde was Gutes kochen.«

»Mach nur keine Geschichten«, sagte Mona von der Gartentür her, und Annie erwiderte scherzend: »Fällt mir doch nicht im Traum ein!« Dann sah sie Mona nach, bis sie ihrem Blickfeld entschwunden war, und schloß die Haustür.

Sie ging nicht sofort in die Küche, sondern erst ins Wohnzimmer, wo sie das Sofa danach abtastete, ob und wo es naß geworden war. Schließlich nahm sie den Überwurf ab, jedoch rein automatisch, weil sie völlig damit beschäftigt war, sich zu überlegen, was sie nun tun solle. Schließlich ging sie in den Flur und sah auf die Uhr. Rance und Tishy mußten jeden Moment aus der Schule heimkommen.

Kaum hatte sie die Küche betreten, hörte sie auch schon Rance über den Hof laufen, der mit dem Schrei: »Mam! Miß Warrington hat gesagt, meine Zeichnung sei die beste der ganzen Klasse!« zur Tür hereingeplatzt kam. »Sie hat gesagt, es sähe wie ein wirkliches Auto aus, und ich sagte ihr, daß es ein wirkliches Auto sei, eines von Pa.«

»Das freut mich, Rance, daß sie zufrieden war.« Annie lächelte ihn an. »Wo ist denn Tishy?«

»Och, die kommt schon.«

»Was heißt, die kommt schon? Ich hab' dir doch gesagt, daß du sie von der Schule abholen sollst, oder?«

»Ach, du weißt doch, wie sie ist, Mam. Sie will nicht mit mir gehen. Ich wollte sie an der Hand nehmen, da hat sie mir einen Fußtritt gegeben.«

Annie schüttelte den Kopf. Merkwürdigerweise waren ihre beiden ältesten Kinder nie gut miteinander ausgekommen, nicht einmal früher, als Babys. Rance hatte sich mit allen Kräften gegen die Ankunft eines zweiten Geschwisters gesträubt, und diese Reaktion hatte die Erwachsenen zu der Äußerung veranlaßt: »Oh, das ist nur natürlich, er spürt, daß er von nun an nicht mehr die erste Geige spielt.« Als die beiden größer wurden, begann Anastasia, sich ihrem älteren Bruder gegenüber bedeutend aggressiver zu benehmen als umgekehrt, und das hatte sich seit der Geschichte mit dem Kaninchen nur noch verschlimmert.

»Ich geh' in den Hof spielen. Kann ich ein Butterbrot haben, Mam?« Rance war auf dem Weg zur Speisekammer, als Annie ihn anhielt und sagte: »Nein, warte gefälligst. Ich mach' euch gleich etwas zurecht. Hör zu, ich muß hinüber zu Pa, weil ich mit ihm was besprechen möchte. Darum mußt du auf das Haus aufpassen, bis ich zurückkomme.«

»Ach, Mam, ich möchte aber draußen spielen.«

»Du bleibst gefälligst hier und wartest auf mich. Ich bin in längstens einer halben Stunde wieder hier, und dann kannst du hinausgehen, spielen.«

»Müssen Tishy und die andern auch herinnenbleiben?«

»Ihr müßt alle herinnenbleiben.«

»Dann wird sie wieder auf mich losschlagen.«

»Ich werde mir Tishy vorknöpfen.«

»Sie wird es trotzdem tun, und wenn sie es tut, dann verhau ich sie – das tu ich, jawohl.«
»Nun benimm dich aber, Rance. Wenn es während meiner Abwesenheit auch nur den geringsten Ärger gibt, wird sich das auf die Sache mit dem Hund auswirken. Also, ich warne dich: Benimm dich anständig, sonst gibt es keinen Hund.«
Als Annie rasch für ihre vier Kinder deckte, hockte sich der Junge verdrossen hin. Sein Kinn ruhte auf seinen auf dem Küchenfensterbrett verschränkten Armen, und er starrte mürrisch in den Hof hinaus. Rance machte Annie oft Sorgen, weil seine Charakterzüge so gegensätzlich waren. Sie wußte, daß er mit den Jungen seiner Klasse ständig Raufhändel hatte, aber vor Tishy fürchtete er sich. Und diese Furcht veranlaßte ihn dazu, es ihr ständig ›heimzuzahlen‹. Und zwar auf ziemlich heimtückische Art. Wenn sie aber an die offene Feindschaft von seiten Tishys dachte, verteidigte sie Rance in ihrem Innern wieder: Er mußte sich schließlich zur Wehr setzen.
Plötzlich wandte er sich rasch vom Fenster ab und nahm am Tisch Platz. Annie wußte sofort, daß Tishy den Hof betreten hatte, und als sie zur Tür hereinkam, rief sie: »Hallo, Mam... Mam!«
»Ja, Liebling?«
»Rat einmal, was ich dir zu sagen habe.«
»Keine Ahnung. Etwas Nettes?«
»Mhm. Ich glaube, ich werde zur Maipozession eingeteilt werden.«
»Prozession, Tishy.«
»Hab' ich ja gesagt, Mam. Pozession. Miß Williard hat mich ›Maria, Himmelskönigin‹ singen hören und gesagt, daß ich sehr gut singe.«
»Das freut mich aber. Wasch dir die Hände, und setz dich zu Tisch.«
»Darf ich... darf ich nicht spielen gehen?«
»Erst wenn ich zurückkomme. Ich muß auf einen Sprung zu Pa hinüber und möchte, daß du ein braves Mädchen bist.«

Tishy ging zum Ausguß und wusch sich die Hände. Nachdem sie damit fertig war und der Hahn noch immer tropfte, hielt sie beide Hände darunter, trank daraus und wischte sich danach sogar noch die Zunge fest mit dem Zeigefinger ab. Ein erstickter Laut ihrerseits erweckte Annies Aufmerksamkeit, und sie rief Tishy zu: »Was tust du denn, Kind? Du wirst gleich ersticken.«

Tishy spuckte in den Ausguß, wischte sich den Mund ab, ging zum Tisch hinüber, setzte sich und sagte ganz nebenbei: »Pater Ryan hat gesagt, daß sich Leute, die fluchen, den Mund ausspülen müssen.«

»Aber du hast doch gar nicht geflucht, oder?«

»Nein, aber ich hätte es gern getan.« Das Kind blickte zu Annie empor. Der Mund bildete eine schmale Linie, die Augen waren groß und ernst.

Annie unterdrückte ein Lächeln, fuhr Tishy übers Haar und sagte: »Trink schön deinen Tee.« Ihre kleine Tochter konnte manchmal von einer derartigen Aufrichtigkeit sein, daß es einen ganz verlegen machte.

Annie lief nach oben, schlüpfte in Hut und Mantel und warf einen kurzen Blick in den Spiegel. Sie drehte ihr Gesicht erst nach der einen, dann nach der anderen Seite und erwog, ob sie wohl schon so etwas wie ein Doppelkinn bekam... Was sie sich für Fragen stellte, wo sie doch mehr als genug andere Probleme hatte! Manchmal war sie schon recht verdreht und albern.

Als sie in der Küche anlangte und sah, daß alle artig um den Tisch herumsaßen, wandte sie sich an Rance: »Also, denk daran, was ich dir gesagt habe.«

Der Junge gab keine Antwort, aber Tishy fragte sofort: »Was hast du ihm denn gesagt, Mam?« Noch ehe Annie ein Wort erwidern konnte, fiel Bill ihr ins Wort, indem er eifrig ausplauderte: »Daß er seinen Hund nicht kriegt, wenn er dich schlägt.«

Annie seufzte, dann rief sie: »Also, ich warne euch, alle miteinander. Sowie es Ärger gibt, bekommt ihr es mit mir zu tun. Paßt gefälligst auf. Vor allem auf Kathy. Hörst du, Rance? Achte ja auf Kathy.«

»Wenn Oma Cooper kommt, paßt sie ohnehin auf sie auf. Kann ich dann hinausgehen?«
»Nein, Junge, das kannst du nicht. Und das ist mein letztes Wort.« Sie sah ihn fest an, ehe sie sich umwandte.
Oma Cooper... Ihre Mutter war nicht mehr bei ihnen gewesen, seit sie nach hier umgezogen waren. Solange sie im Kohlenhof gehaust hatten, hatte sie unausgesetzt darüber gestichelt, aber nun, da sie ein hübsches Haus hatten, ein bedeutend besseres, als sie je zu hoffen gewagt hatten, ignorierte sie diesen Umstand einfach. Ihr Pa hatte gesagt: »Laß nur, sie wird schon zu euch kommen, und wenn es nur aus Neugier ist.« Aber sie war nicht gekommen. Oh, ihre Mutter war schon ein höchst merkwürdiges Geschöpf.
Bis zur Ecke der Fowler Street nahm Annie den Bus, dann ging sie zu Fuß zur Garage.
Die Vorderseite wies zwei Werkstattore sowie zwei Zapfsäulen auf. Es gab aber auch einen Hintereingang, und den benützte Annie. Man gelangte durch einen breiten, von zwei Meter hohen Steinmauern eingefaßten Heckenweg zu ihm. Die Tür stand halb offen, und Annie ging am Wagenpark und einem zu reparierenden Auto vorbei, bis sie vor einem kleinen Anbau, der als Büro diente, unvermittelt innehielt: Arthur Bailey und Georgie standen sich in dessen Tür gegenüber.
Als keiner der beiden sich umwandte, erkannte Annie, daß sie sie noch nicht gesehen hatten, und statt weiterzugehen, verbarg sie sich hinter dem nächstbesten Wagen und preßte gespannt die Lippen zusammen. Da hörte sie, daß die beiden Männer näher kamen; schon wollte sie sich bemerkbar machen, denn die Vorstellung, beim Lauschen erwischt zu werden, trieb ihr den Schweiß auf die Stirn. Als Arthur und Georgie jedoch unvermittelt haltmachten, verharrte sie weiter regungslos.
»Es wäre ein neuer Beginn«, hörte sie Bailey sagen und Georgie erwidern: »Ich verstehe dich nicht, Arthur. Diese Gegend ist doch wirklich alles andere als einladend.«

»Darauf kommt es nicht an, weißt du, sondern auf die Menschen, Georgie.«
»Na ja, damit hast du schon recht.«
»Du könntest den Betrieb hier vergrößern, Junge. Wie gesagt, würde ich alles, was ich besitze, hineinstecken. Ich könnte den Ein- und Verkauf erledigen, und am Ende könntest du mir vielleicht sogar die technischen Dinge beibringen... Überleg es dir, Georgie, ja? Du hast keine Ahnung, was es für mich bedeuten würde. Es wäre tatsächlich so was wie der Start in ein neues Leben. Laß es dir durch den Kopf gehen, Georgie, bitte!«
Die letzten Worte klangen direkt flehentlich und veranlaßten Annie dazu, die Lippen noch fester zusammenzupressen.
»Ich... ich muß es mit Annie besprechen.«
Es entstand eine Pause. Und dann erklang Arthur Baileys Stimme abermals: »Ja, ja, natürlich. Du... du könntest ihr vor Augen halten, daß sie auf diese Art wieder mit Mona beisammen sein würde. Das würde ihr sicher gefallen, wo die beiden doch so gute Freundinnen sind. Es könnte klappen, Georgie, bestimmt.«
»Gut, Arthur, ich werd's versuchen.«
Als die beiden Männer ganz nahe beisammenstanden und Annie zusehen mußte, wie Arthur Bailey Georgie beschwörend bei den Händen packte, verlor sie die Beherrschung. Sie schnellte empor und brach in den grellen Schrei »Nein, nein!« aus.
Die Männer fuhren auseinander wie von der Tarantel gestochen und standen einen Moment lang förmlich gelähmt, während sie Annie anstarrten. Abrupt drehte diese sich um und lief davon.
Als sie den Heckenweg erreicht hatte, vernahm sie Georgies Ruf: »Annie! Bleib stehen. Hörst du?«
Ein Passant versuchte sie aufzuhalten, indem er sich erkundigte, was los sei, aber sie stieß ihn beiseite und rannte weiter. An der Hauptstraße gelang es ihr, auf einen Bus aufzuspringen, so daß sie innerhalb von zehn Minuten wieder daheim war...

Da sie sich auf das, was nun folgen würde, vorbereiten wollte, schob Annie die Kinder in den Hof ab. Dann wartete sie. Sie wußte, daß Georgie glatt die Garage zusperren und ihr nachkommen würde.
Er riß die Haustür mit einem derartigen Schwung auf, daß sie beinahe aus den Angeln geflogen wäre. Annie hörte, wie er in die Küche ging, dann ins Wohnzimmer und schließlich zur Treppe. Sie hatte sich fürs Schlafzimmer entschieden, um auf ihn zu warten, weil von hier oben die Nachbarn vermutlich am wenigsten mitbekommen würden, zumindest nicht einzelne Worte.
Sie stand mit gekreuzten Armen da und sah zum Fenster hinaus, als Georgie eintrat.
»Was, zum Teufel noch mal, hast du damit gemeint?«
Langsam wandte Annie sich um; ihre Lippen bebten, aber ihre Stimme war leise, als sie sagte: »Wenn du nicht willst, daß die ganze Nachbarschaft es erfährt, dann hör auf zu schreien.«
Sie fixierten einander zornig; Annie war leichenblaß, Georgie krebsrot.
Immer noch leise fuhr sie fort: »Du wirst ihn nicht einstellen.«
Sie sah, wie Georgie zweimal schluckte, ehe er erwiderte: »Das ist meine Sache.«
»Da irrst du dich. Ich sag' dir was, Georgie McCabe.« Sie trat einen Schritt auf ihn zu und umklammerte mit beiden Händen den Bettpfosten. »Wenn du ihn ins Geschäft aufnimmst, dann gehe ich. Überleg dir das gut. Wenn der Kerl kommt, gehe ich.«
Abermals starrten sie einander schweigend an. Dann klatschte er sich mit der geballten Faust auf die Stirn, so daß Annie schon durch das Geräusch allein zusammenzuckte. Sie sah, wie er mit gekrümmtem Rücken im Kreis ging, dann stehenblieb, sich durchs verschwitzte Haar fuhr und sie anschrie: »Was ist, verdammt noch mal, los mit dir, Annie? Heraus damit! Los, ich will es wissen!«
»Gut, dann sollst du es auch.« Sie ließ den Kopf sinken.

»Dieser Partridge damals... du weißt doch, was er angedeutet hat? Ich hab' es dir gesagt, und bei dieser Gelegenheit bist du keineswegs fuchsteufelswild geworden, wie ich es erwartet hätte. Von einem Kerl wie dir müßte man schließlich annehmen, daß er einen Menschen, der ihn solcher Dinge verdächtigt, windelweich prügelt, ja sogar umbringt. Du hast nichts dergleichen getan, nicht einmal den geringsten Ansatz dazu gezeigt.«
Er stützte sich nun auf das Mittelteil des Bettes, beugte sich weit nach vorn, setzte mehrmals zum Sprechen an und brachte schließlich offensichtlich mühsam hervor: »Weißt du, was du mir damit zu verstehen gibst? Nicht mehr und nicht weniger, als daß ich ein verdammter Schwuler bin.«
Annie sah ihn an, während sie spürte, wie die Tränen in ihr hochstiegen. Ja, genau das war es, was sie ihm damit zu verstehen gegeben hatte: daß er ein verdammter Schwuler sei. Und dabei wußte sie doch genau, daß das nicht stimmte. Was war los mit ihr? Hatte sie den Verstand verloren? O nein, etwas stimmte nicht an der Sache, das stand fest. Und das sagte sie ihm auch.
»Ich... ich habe nichts dergleichen behauptet! Alles, was ich dir damit klarmachen wollte, war, daß ich der Meinung bin, daß etwas nicht in Ordnung ist. Das weißt du auch, oder?«
Sie sah, wie er den Kopf auf die Brust sinken ließ, und schrie ihn an: »Ich habe also recht, nicht? Ich weiß doch, daß ich recht habe.«
Als er sich langsam umdrehte und aufs Bett niedersackte, begann sich ihr wieder der Magen umzudrehen. Sie lehnte sich an den Frisierspiegel und preßte die Hände fest auf die Brust, als wolle sie verhindern, daß sie sich übergeben müsse.
Georgie beugte sich vor, stützte die Ellbogen auf die Knie, ließ die ineinander verschränkten Hände herabbaumeln und sagte in ruhigem Ton: »Schön, er ist anomal. Aber ich bin es nicht... Jedenfalls nicht auf diese verdammte Art.« Er warf Annie einen wütenden Blick

zu. »Überdies ist er es auch nicht, zumindest nicht wirklich. Er ist bloß ein Außenseiter, ein wunderlicher Kauz, wenn du willst. Gott helfe ihm: Er ist weder das eine noch das andere, verstehst du? Ich will dir etwas sagen.« Er wandte ihr langsam sein Gesicht zu und sah sie an. »Ich wollte, er wäre schwul, wirklich schwul, um seinetwillen. Dann hätte er doch wenigstens etwas. So, wie der Fall liegt, hat er nichts – gar nichts.«
Er strich sich mit der Hand übers Gesicht, und es entstand eine Pause, ehe er fortfuhr: »Als wir uns zum erstenmal in der Kantinenküche begegneten, wußte ich sofort, daß er irgendwie anders war als die andern: er sonderte sich stets ab. Aber soll ich dir was sagen? Er war der erste Mensch in meinem Leben, der mich nicht als verdammte Null behandelte. Ich käme ihm wie etwas Wirkliches vor, erklärte er, und als ich seine Familie kennenlernte, verstand ich auch, was er damit meinte. Und noch etwas möchte ich dir klarmachen, Annie: Die haben mich alle miteinander keine Sekunde lang hinters Licht geführt. Mein bißchen Hirn mag nicht der Rede wert sein, das gebe ich ohne weiteres zu, aber dafür verfüge ich über einen gesunden Menschenverstand, der mir dazu verhilft, die Mitmenschen auf Anhieb richtig einzuschätzen. O ja, das kann ich. In diesem Punkt gerate ich völlig meiner Mutter nach, und je mehr Leute mich als geistig minderbemittelt einstufen, desto besser lerne ich sie kennen. Glaub mir, ich habe seine Familie vom ersten Tag an richtig eingeschätzt. Ich bot ihnen Anlaß zum Lachen, ich diente ihren Zwecken. Aber gleichzeitig dienten sie auch den meinen. Ich habe durch sie Lebens- und Verhaltensweisen kennengelernt, die ich nie zuvor gekannt habe – etwas, das unsereinem sonst fremd geblieben wäre. Wenn du's genau wissen willst« – er sah sie wieder offen an –, »ich war ihm dankbar dafür, daß er mich bemerkt, bloß bemerkt hat. Verstehst du das?« Er warf den Kopf in den Nacken. »Nie zuvor hat auch nur eine Menschenseele mir eine Spur von Mutterwitz oder gar gesundem Menschenverstand zugetraut. Ich war

Georgie, der gemächlich vor sich hin lebende, leicht auf den Arm zu nehmende Tölpel, den man mit Barney Skillet und John Fowlcroft in einem Zuge nannte, den beiden Kerlen vom unteren Straßenende, die nicht mal genug Grips hatten, um ihre eigenen verdammten Nasen sauberzuhalten. So ist das. Und was die Verdächtigungen dieses hundsgemeinen Partridge anlangt – welchen Grund er dafür hatte, ist mir bis heute schleierhaft! – so kann ich dir nur eines versichern: Sie waren, was mich betrifft, völlig aus der Luft gegriffen.«

Er wandte das Gesicht ab, starrte auf seine ineinanderverschlungenen Hände hinunter und sagte – und es klang wie ein Scherz, den er jedoch nicht beabsichtigt hatte: »Wenn du mich immer noch für schwul hältst, dann muß ich so was wie eine neue Abart davon geschaffen haben. Vier Kinder hab' ich dir gemacht und würd' es am liebsten sechsmal am Tag haben. Und da kommst du daher und hältst mich für schwul, Herrgott noch mal!«

Annie stürzte zur Tür hinaus, lief ins Badezimmer und beugte sich über die Waschmuschel, und schon stand Georgie neben ihr und hielt ihr den Kopf. Dann wischte er ihr den Mund ab, genauso wie er es seinerzeit getan hatte, bei der einzigen Gelegenheit, wo diese Sache zwischen ihnen zur Sprache gekommen war.

Während ihr nun die Tränen über die Wangen liefen, blickte sie in das ihr so vertraute Gesicht und entdeckte zu ihrer größten Überraschung, die ihr zugleich einen wahren Schock versetzte, daß sie Georgie liebte. Ja, in der Tat: Sie liebte Georgie McCabe, das Großmaul, die Null; das war der Grund für die Art, wie sie sich damals aufgeführt hatte und wie sie sich heute aufführte. Was immer er an Gefühlen oder Liebe zu verschenken hatte – sie wollte, daß es ihr gälte, ihr ganz allein.

Rein instinktiv wußte sie, daß es nicht Liebe war, was Georgie für Arthur empfand, sondern Mitleid; aber ihr Instinkt warnte sie ständig, daß Mitleid ein gefährlicher Bestandteil im Kampf mit der Liebe war, und deshalb fürchtete sie sich noch immer davor.

Sie sagte leise: »Stell ihn nicht ein, Georgie! Bitte, bitte, stell ihn nicht ein.«
Er blickte ihr eine volle Minute lang in die Augen, ehe er antwortete: »Gut, Kind. Wenn du dieser Sache solche Wichtigkeit beimißt, dann soll alles bleiben, wie es ist.«
Als sie ihm um den Hals fiel und ihr Weinen anschwoll und sich zum erstenmal – soweit er sich erinnern konnte – ihre Arme um ihn schlangen und ihn festhielten, blickte er über ihre Schulter, während er ihr tröstend den Kopf streichelte. Eine Frage begann sich langsam in seinem Innern zu regen; er schob sie sanft von sich, blickte in ihr tränenüberströmtes Gesicht und fragte ganz ruhig: »Sag mir eins, Annie – hast... hast du mich gern? Ich meine mehr, als daß... als daß du dich bloß mit allem abfindest... auch mit mir.«
Sie schnupfte auf, sah ihn an und nickte zweimal. Und er fragte ganz erstaunt: »Ehrlich?« Da murmelte sie: »Ehrlich, Georgie.«
Seine Lider flatterten heftig, ehe er sie an sich zog und sie festhielt, und dann sagte er mit einer richtig belegten Stimme: »Verdammt merkwürdige Angelegenheit, dieses Leben.«

VIERTER TEIL

Alan

1

Georgie McCabe legte sich ins Zeug wie eine Dampflokomotive. Jeder sagte das; selbst Mary gab es widerwillig zu, unterließ es jedoch nie, einschränkend zu bemerken: »Natürlich steckt unsere Annie dahinter. Wenn sie nicht wäre, würde er noch immer im finstersten Hinterhof Kohlen schaufeln.«

Auch Mollie rechnete es selbstverständlich Annie voll und ganz an, daß ihr Sohn solchen Erfolg hatte. Unermüdlich wiederholte sie: »Hab' ich es dir nicht gesagt, Kind? Wenn jemand was aus ihm zu machen imstande ist, dann bist es du!« Aber sie fügte dann doch hinzu: »Na ja, zum Glück ist er ja nicht gerade aus schlechtem Holz geschnitzt, nicht?« Worauf Annie stets antwortete: »Hab' ich auch nie behauptet, Mollie. Niemals.«

Im dreizehnten Jahr nach ihrer Übersiedlung in die Bewlar Terrace, hatte es nach außenhin ganz den Anschein, als habe McCabe auf ganzer Linie gesiegt. Er war nicht nur imstande gewesen, die Garage käuflich zu erwerben, sondern auch beträchtlich zu vergrößern, indem er zwei Läden rechter Hand und ein Haus linker Hand mit Beschlag belegte. Dieses Gebäude enthielt nun unten ein ordentliches Büro und oben eine Mechanikerwohnung.

Die Familie McCabe hatte sich gleichfalls auf wahrhaft überraschende Art entwickelt. Man brauchte sich ja bloß Tishy anzusehen. Mit achtzehn war sie soweit, ihr Elternhaus verlassen zu wollen, um ein Lehrerinnen-Seminar zu besuchen. Ein äußerst kluges Köpfchen, diese Tishy – das behaupteten sämtliche Freunde und

Verwandten. Sie machten ihr gegenüber auch kein Hehl daraus. Aber – wie manche von ihnen hinter ihrem Rükken feststellten – sie brauchte auch etwas als Entschädigung für ihr Aussehen; ein wahrer Jammer, daß sie so häßlich geraten war. Das trat immer mehr zutage, je hübscher Kathy wurde. Daß Kathy nicht allzuviel Verstand mitbekommen hatte, schadete keineswegs. Bei ihrem Aussehen bedurfte es keiner großen Geistesgaben. Sämtliche Verwandten und Freunde prophezeiten der kleinen Schönheit eine blendende Zukunft: als Mannequin oder so, ja vielleicht würde man sie gar für den Film entdekken.

Dann war da Bill. Er war der aufgeweckteste der ganzen Familie, hatte sämtliche Prüfungen mit Auszeichnung bestanden und sollte auf Anraten der Professoren unbedingt auf die Universität gehen. Nächstes Jahr würde es soweit sein.

... Und Rance. Rance war die rechte Hand des Vaters in der Garage geworden. Er entwickelte ein ungemeines Geschick, wenn es sich um Wagen handelte; deshalb war er bereits mit fünfzehn von der Schule abgegangen. Wenn er gewollt hätte, dann hätte er es genauso gut schaffen können wie Bill. Zumindest behauptete Annie das ständig, vor allem in seiner Gegenwart.

Ja, die McCabes hatten es geschafft. Und sie überlegten bereits die Übersiedlung in ein größeres Haus: nach Westoe. Obwohl Tishy und Bill bald aufs College gehen würden, machte Rance nicht die geringsten Anstalten, sein Elternhaus verlassen zu wollen. Er hatte eine Menge Mädchenbekanntschaften, aber sie dauerten nie lange. Schon Kathys wegen wollte Annie unbedingt nach Westoe übersiedeln. Dort würde sie bedeutend bessere Chancen haben, einen netten Mann kennenzulernen und vielleicht sogar zu heiraten. Und Annie wollte nichts unversucht lassen, Kathy darin behilflich zu sein; wußte sie doch genau, daß Kathy ebenso wie Rance jemanden brauchte, der sich um sie kümmerte.

Was Annie selbst anlangte, so stimmten ihre Familie und

sämtliche Freunde darin überein, es sei schier unglaublich, daß sie die Mutter zweier strammer junger Männer und zweier erwachsener Mädchen sei. Du meine Güte, versicherten sie ihr, sie sähe ja nicht einmal wie achtundzwanzig, geschweige denn wie achtunddreißig aus. Aber wenn Annie in den Spiegel blickte, wußte sie, daß das ein reichlich übertriebenes Kompliment war. Nichtsdestoweniger mußte auch sie zugeben, daß sie wesentlich jünger aussah, als sie war. Wenn sie ihre faltenlose Haut, ihre klaren Augen und ihr volles Haar betrachtete, nickte sie sich manchmal aufmunternd zu und murmelte: »Zweiunddreißig, Annie, vielleicht dreiunddreißig, mehr nicht. Möge es lange so bleiben.«
Sie stand vor dem Spiegel und probierte gerade ein neues Kleid an. Bis vor drei, vier Jahren hatte sie in dieser Beziehung keine großen Geschichten gemacht. Ihre Zeit war völlig davon in Anspruch genommen, das Haus in Ordnung zu halten, die Kinder zu versorgen und zu versuchen, Georgie davon abzuhalten, einen über den Durst zu trinken, abgesehen davon, daß sie den Schreibkram für die Garage zu erledigen hatte. Aber seit Rance das inzwischen übernommen hatte, blieb ihr mehr Zeit für sich selbst und – was genauso wichtig war – auch mehr Geld für ihre Garderobe. Die letzten Sachen hatte sie bei Bings gekauft, und in ihren beiden ›guten‹ Kleidern waren sogar die Etiketten stadtbekannter Modegeschäfte eingeheftet.
Annie war sehr zufrieden mit ihrem augenblicklichen Spiegelbild; gleich darauf mußte sie aber, wie so häufig schon, in einer Art Schuldgefühl an Tishy denken. Das Gesicht ihrer Tochter begann vor ihrem geistigen Auge zu erstehen. Weshalb nur, so fragte sie sich wohl zum hunderstenmal, hatten ihre drei anderen Kinder ein so gewinnendes Äußeres mitbekommen, und Tishy... Kathy war eine ausgesprochene Schönheit, Rance war bei all seiner Düsterkeit ein gutaussehender Junge, und selbst der siebzehnjährige Bill, etwas kleiner als Rance, dafür breiter gebaut und mit ein wenig groben Gesichts-

zügen, wirkte fraglos anziehend. Wohingegen die arme Tishy mit Ausnahme ihrer Stimme nichts vorzuweisen hatte, was sie ins rechte Licht zu setzen vermochte: diese allerdings war recht wohllautend. Selbst als Kind hatte sie bereits anders gesprochen als ihre Geschwister. Sie verfiel nur selten in den Dialekt, verschluckte niemals Silben und war eine wirklich gute Vorleserin. Eigentlich merkwürdig, daß ihre Tochter so gut sprach, dachte Annie: Wo sie doch stets die Flucherei ihres Vaters mit angehört hatte.

Aber was bedeutete schon eine angenehme Stimme, wenn man so aussah wie sie: Ihr Gesicht war mager, ihr Mund bestand aus zwei dünnen Linien, und ihre Nase war noch immer genauso aufgestellt, daran hatte sich im Laufe der Jahre nichts geändert. Was ihre Augen betraf, so konnte man sie manchmal direkt als hübsch bezeichnen. Nein, das war nicht der richtige Ausdruck. Anziehend? Auch nicht. Beeindruckend? Nein, nein. Annie vermochte es einfach nicht zu beschreiben. Aber sie erinnerte sich, wie Tishy eines Tages aus der Schule heimgestürzt gekommen war und ganz aufgeregt erzählt hatte, daß ihr der Literaturprofessor einen Gedichtband geschenkt hätte, weil sie beim Vortragen die Beste gewesen wäre. Und dann hatte die sonst so Verschlossene sich kurzerhand an den Küchentisch gesetzt und ihr daraus ein kleines Gedicht vorgelesen – einfach so. Annie wußte natürlich, daß ihr Tochter eine ganze Menge las, aber laut vorlesen hatte sie sie bis dahin nie gehört. Sie war nicht nur verblüfft, sondern richtig ergriffen. Und als Tishy nach dem letzten Wort aufgesehen und erkannt hatte, wie beeindruckt ihre Mutter war, hatten Tränen in ihren Augen gestanden.

In diesem Moment hatte Annie gefunden, daß Tishys Augen schön seien, wunderschön sogar. Leider war ihr dieser Anblick seitdem nie mehr vergönnt gewesen, denn Tishy hatte es bei diesem einmaligen Vorlesen bewenden lassen.

Von ihren Vieren war Tishy die Halsstarrigste. Was immer sie für richtig hielt, das sagte sie auch, und kein noch so langes Debattieren vermochte ihre einmal gefaßte Meinung zu ändern. Die Dinge, die sie manchmal sagte, erschreckten Annie. Sprachlich konnte keiner der andern Tishy das Wasser reichen, nicht einmal Bill vermochte sich so ausdrücken: obwohl Annie Tishy und Bill über Dinge diskutieren gehört hatte, die ihren eigenen Horizont weit überstiegen. Erst vergangene Woche hatten sie sich ausführlich über Gettos und Protestmärsche und die Rechte des einzelnen ausgelassen, als ob ihre sämtlichen Bekannten hinter Gitter schmachten würden. Diese Debatte hätte um ein Haar mit einer Schlägerei geendet, weil Rance auf die zwei mit den Worten losgefahren war: »Um Himmels willen, haltet schon endlich die Klappe, ihr beiden. Ihr macht mich ganz krank!« Daraufhin hatte Tishy mit einem ihrer treffenden Aussprüche reagiert, indem sie sagte: »Eines Tages wirst du krank werden, und dann werden sie finden, daß du einen Abszeß im Hirn hast. Und wenn sie es aufmachen werden, wird sich herausstellen, daß es derart mit Ignoranz angefüllt ist, wie man es noch nie zuvor gesehen hat.«

Da mußte Annie sich einschalten und Rances hocherhobenen Arm festhalten, obwohl sie insgeheim wußte, daß er es nicht wagen würde, Tishy zu schlagen, weil ihm klar war, daß sie sich dann sofort wie ein Raubtier auf ihn stürzen würde.

Annie war immer über Tishys Benehmen ihrem älteren Bruder gegenüber verblüfft. Sie hätte es noch verstanden, wenn sie sich, aus Enttäuschung über ihr eigenes Aussehen, mit Kathy gekappelt hätte, denn neben ihrer Schwester kam Tishys Häßlichkeit besonders zum Ausdruck. Aber sie hatte sich Kathy gegenüber niemals ausfallend benommen, und für Bill legte sie sogar eine ganz offensichtliche Zuneigung an den Tag.

Während der letzten paar Wochen hatte Annies Schuldgefühl in bezug auf Tishy an Umfang zugenommen, weil sie spürte, wie sie sich auf den Spätsommer freute, wo

Tishy das Haus verlassen und zu ihrem Seminar fahren würde.

Während sie einen letzten Blick in den Spiegel warf, dachte Annie: Ich muß sie gehörig ausstaffieren, ihr ein paar schicke Sachen kaufen, gute Schnitte und so. Ihre Figur ist ja nicht schlecht, wenn sie auch besser sein könnte.

In diesem Moment ging die Tür auf, und sie blickte dem eintretenden Georgie verwundert entgegen.

»Ich habe dich gar nicht heimkommen gehört.«

Er sah Annie einen Moment lang an, ließ sich auf den nächstbesten Stuhl sinken, streckte weit die Beine von sich und sagte: »Ich wollte, ich hätte in all den Jahren jedesmal einen Penny bekommen, wenn du das zu mir gesagt hast. Ich trample wie eine Elefantenherde durchs Haus, selbst wenn ich die Schuhe ausgezogen habe, und du hörst und merkst nichts. Weißt du, woran das liegt? Daran, daß du mit deinen Gedanken immer ganz woanders bist.«

Sie sah ihn im Spiegel an und fragte: »Gefällt es dir?«

»Das hab' ich doch bereits gesehen, oder?«

»Nein, das hast du noch nie gesehen.«

»Ja, ja, es ist in Ordnung.«

»Och!« seufzte sie aus Herzensgrund. Dann musterte sie ihn eingehend und fragte: »Was ist passiert? Ist was los?«

»Tja, irgendwas ist los. Und zwar mit unserm Rance.«

»Mit unserm Rance?«

»Ganz recht, mit unserem Rance.« Er sprach den Namen mit Bitterkeit aus. »Mr. Phillips kam heute zur Garage und ließ volltanken. Und danach hab' ich mich ganz freundlich bei ihm erkundigt: ›Wollen Sie vielleicht bei dieser Gelegenheit Ihre Rechnung begleichen?‹ – ›Rechnung?‹ hat er richtig unwirsch erwidert. ›Sie können anscheinend nicht genugkriegen, Georgie. Ich hab' doch erst im Vormonat bezahlt. Sie wissen genau, daß ich nie mehr als zwei Monate zusammenkommen lasse.‹ – Kannst dir vorstellen, wie ich rot geworden bin. Mir blieb fürs erste die Spucke weg. Also entschuldigte ich mich eben, daß uns ein Irrtum unterlaufen sein müsse. Ich würde nochmals in meinen Büchern nachsehen: vielleicht sei es ausnahmsweise nicht eingetragen worden. Aber das hat ihn keineswegs besänftigt, denn als er ging, sagte er: ›Dann sollten Sie sich lieber um einen neuen Buchhalter umsehen, oder?‹ Und fort war er. Jede Wette, daß der nicht wiederkommt.«

»Hat er gesagt, daß er eine Quittung habe?«

»Tja, das hat er gesagt, und daß er sie mir bei der nächsten Gelegenheit vorbeibringen werde. Nach dem Ton zu schließen, wird er mir's gehörig unter die Nase reiben... Natürlich habe ich sofort nachgesehen, und da hatte ich's schwarz auf weiß: Nichts war eingetragen. Im Gegenteil: Laut Buchführung ist er uns für drei Monate Benzin und fünfundzwanzig Pfund für Reparaturen schuldig.«

»Was hat denn Rance gesagt?« Annies Stimme klang ruhig.

»Das sollst du erfahren.« Georgie stand auf. »Er könne das alles beileibe nicht verstehen. Tja, er sagte, es stimme schon, er hätte Mr. Phillips eine Quittung gegeben und das Geld in die Kasse getan. Weshalb er es nicht im Buch ausgetragen hat, wüßte er einfach nicht mehr.«

»Nun, damit ist die Sache ja erklärt. Glaubst du ihm etwa nicht?«

»Paß auf, Annie, ich weiß, daß ich mit Zahlen nicht besonders gut umgehen kann. Aber wenn er das Geld tatsächlich in die Kasse getan hätte – hätten wir dann am Wochenende nicht zuviel gehabt? Drei Monate Benzin und eine Fünfundzwanzig-Pfund-Reparatur sind schließlich kein Pappenstiel, so was merkt man bei der wöchentlichen Kontrolle.«

»Aber Georgie – du kontrollierst ja nicht jedes Wochenende, gib's zu.«

»Schön, das überlasse ich jetzt größtenteils ihm. Ein-, zweimal hab' ich allerdings in letzter Zeit nachgeprüft,

einfach für mich, verstehst du? Und jetzt paß gut auf: Es ist nicht das erstemal, daß ich ihn verdächtige.«
»Was – unsern Rance? Laß dich nicht auslachen. Das ist doch albern, Georgie! Unser Rance. In der eigenen Garage...!«
»Was heißt: in der eigenen Garage? Sie gehört ihm verdammt noch mal nicht, oder?« Sein Tonfall war langsam, ebenso wie die ihn unterstreichenden Gesten. »Und noch etwas will ich dir sagen, eigentlich schon seit einiger Zeit. Etwas, was du nicht ahnst. Ich hab's nur deshalb bisher für mich behalten, weil ich weiß, wieviel Sorgen du dir um die Kinder machst, besonders um Rance... Er spielt.«
»Unser Rance?«
»Oh, hör verdammt noch mal mit deinem ewigen ›unser Rance‹ auf! Tjawohl, unser Rance. Schlag es dir endlich aus dem Kopf, Kind, daß wir's mit einem Heiligen zu tun haben. Er ist weder fürs Priesteramt noch fürs Kloster bestimmt. Er hat eine Menge Fehler, und soweit ich es beurteilen kann, sogar verdammt große. Ich weiß schon, daß er dein Sonnenschein und was sonst noch alles ist. Du hast ja nie damit aufgehört, ihn zu verhätscheln und zu verwöhnen.« Er ging nun auf und ab. »Die andern konnten ruhig zur Hölle fahren, meine Person eingeschlossen, solange nur ›unser Rance‹ alles hatte.«
»Das ist nicht wahr. Das ist unfair. Ich habe immer alle gleich behandelt.«
»Den Teufel hast du! Bill konnte ich windelweich prügeln, ohne daß du auch nur mit der Wimper gezuckt hättest. Aber wenn ich gegen den lieben Rance die Hand erhoben habe – nur erhoben habe, wohlgemerkt –, dann war die Hölle los! Mach es dir gefälligst klar, daß dein wunderbarer Rance meine Bücher gefälscht hat, unsere Bücher, nur um Abend für Abend bei Connelly hocken zu können. Dazu kommt noch, daß er sich mit einem richtigen Pack eingelassen hat: mit Pete Cullender und Maurice Boulder und der ganzen miesen Bande.«
»Mit Pete Cullender!« Annies Stimme war nun kaum

mehr als ein Flüstern. »Du meinst den Cullender, der vergangene Woche in der Zeitung stand?«
»Genau den.«
»Das würde er nicht tun – nicht unser Rance.«
»Himmel noch mal, jetzt reißt mir aber die Geduld!« schrie er, worauf sie ihm zuzischte: »Sprich leise. Oder willst du, daß die ganze Straße es erfährt?«
Er beugte sich zu ihr und sagte tatsächlich in leiserem Ton: »Nicht nur die ganze Straße wird es erfahren, sondern auch die ganze Stadt, wenn er so weitermacht. Du mußt mit ihm reden. Auf mich hört er nicht, ich bin ja nur sein verdammter Vater. Also, richt ihm gefälligst aus, daß sein verdammter Vater genau weiß, was los ist, und daß er hinausfliegt, wenn ich ihm noch ein einziges Mal auf so was draufkomme, hast du gehört? Ich meine es ernst. Also!« Er umkrampfte seine Rockaufschläge, verkniff die Lippen und schloß: »Nachdem du jetzt über alles im Bilde bist, möcht' ich meinen Tee.« Damit verließ er das Zimmer und ließ Annie einfach stehen.
Rance – Rance! Ihr Sohn hatte die Bücher gefälscht. Sie konnte es nicht glauben. Nun, wenn sie es nicht glaubte, dann mußte es sich Georgie eingebildet haben. Aber das würde er nie tun – dazu kannte sie ihn viel zu gut. Wenn das Verhältnis zwischen ihm und Rance auch stets ein gespanntes gewesen war. Bis zum fünfzehnten Lebensjahr war Rance für all seine Untaten verprügelt worden, und Annie mußte zugeben, daß Georgie recht hatte. Die letzte Tracht Prügel hatte Rance von seinem Vater bezogen, als damals der Schuldirektor sie beide aufgefordert hatte, zum Sprechtag zu kommen; bei dieser Gelegenheit hatte er ihnen eröffnet, daß Rance eine Bande halbwüchsiger Warenhausdiebe befehligte, die am Samstagvormittag zwischen dem Markt und der King Street ihr Unwesen trieben. Sie hatten ihren Ohren nicht getraut, zumindest Annie nicht. Zum Glück war die Sache nicht vor Gericht gebracht worden, was dem Umstand zu verdanken war, daß einer von Rances Anhängern der Sohn eines einflußreichen Mannes war. Damals hatte Annie

schon gedacht, Georgie würde ihn umbringen. Vielleicht hätte er es tatsächlich getan, wenn sie sich nicht unter Aufbietung all ihrer Kräfte dazwischengeworfen und einige der Schläge abgefangen hätte, die für den Jungen bestimmt gewesen waren. Die Idee, Rance in die Garage zu stecken, war nicht nur deshalb erwogen worden, um ihn auf einen Beruf vorzubereiten, sondern vor allem aus dem Grund, ihn im Auge behalten zu können. Offenbar war Georgie dies bisher gelungen, denn abgesehen von einem einzigen Vorfall in den vergangenen Jahren hatte es keinen Anlaß zu Klagen gegeben. Besagtem Vorfall war Annie jedoch nie ganz auf den Grund gekommen. Sie hatte Georgie nichts davon gesagt, denn als sie Rance deshalb zur Rede stellte, weshalb ein gewisser Mr. Bilby bei ihr angeklingelt und gedroht hatte, daß er Rance, falls er sich nicht schleunigst von seiner Tochter fernhalte, was anhängen würde. Rance hatte bloß mit den Schultern gezuckt: »Du lieber Gott, Mam. Sie ist es doch, die man zur Rede stellen sollte, nicht mich. Ob du's glaubst oder nicht: Diese Schulgöre rückt mir nicht von der Pelle – egal, wo ich auch auftauche.«

»Wo wohnt sie denn?«

»In der Sunderland Road.«

»Aber was hast denn du in der Sunderland Road zu tun? Dort mußt du doch gar nicht vorbei.«

»Ich hab' sie kennengelernt, als ich Alec von der Berufsschule abholte. Er kennt sie schon seit langem und sagt, sie sei richtig verdreht.«

»Aber weshalb hat denn ihr Vater einen solchen Rochus auf dich? Das versteh' ich nicht!«

»Frag mich nicht, Mam. Mein Gott, die Leute lassen sich schier alles einreden, und dann fallen sie eben über den Nächstbesten her. Wenn sie könnten, würden sie einen glatt aufhängen.«

Seine diesbezügliche Entrüstung hatte Annie beruhigt. Er konnte nichts Unrechtes getan haben, das stand damit für sie fest. Aber diesmal würden ihm all seine Unschuldsbeteuerungen nichts nützen. Sie brauchte ja nur an die letzten Monate zu denken. An die schöne goldene Armbanduhr, die er plötzlich trug und die er angeblich aus zweiter Hand bekommen hatte, unglaublich billig. An den neuen Anzug, von dem sie nun genau zu wissen vermeinte, daß er ihn niemals in Burtons Warenhaus erstanden haben konnte. An diverse kostspielige Kleinigkeiten: die teure Brieftasche aus Leder, keine aus Kunststoff, wie die von Bill und Tishy; die beiden feinen Seidenhemden, die er angeblich zu einem Spottpreis bei einem Ausverkauf in Newcastle ergattert hatte…

Wieder einmal begann sich Annie der Magen umzudrehen. Sie mußte mit Rance reden; nicht bloß reden, sondern ihm ernsthaft den Kopf waschen. Und das war ihr in der Seele zuwider. Er brauchte sie ja nur anzusehen – auf diese spezielle, hilflose, nach Liebe heischende Art anzusehen –, und schon war sie überwältigt.

Als sie entdeckt hatte, daß sie Georgie gegenüber mehr als bloße Zuneigung und Toleranz empfand, hatte das ihren Gefühlen für ihren ältesten Sohn nicht im geringsten Abbruch getan; ja genaugenommen schienen sich ihre Gefühle für den Jungen nur noch zu vertiefen, als wolle sie ihm beweisen, daß ihre Liebe für seinen Vater keineswegs auf seine Kosten gehen solle.

»Mam.« Die Tür ging plötzlich auf, und Kathy steckte den Kopf ins Zimmer. »Kann ich hereinkommen?«

»Ja natürlich, Liebling.«

»Was ist denn los mit Pa? Wenn ich die Zeichen richtig deuten kann, ist er auf hundertachtzig. Habt ihr Streit gehabt?«

»Nein, keine Spur, mein Fräulein. Was möchtest du denn?«

»Oh, nichts, nichts.« Kathy schüttelte heftig den Kopf, so daß ihr Ponyschwanz hin und her flog. »Ich wollte dir nur gewisse Einzelheiten von meinem neuesten Verehrer berichten, das ist alles.«

Trotz ihrer augenblicklichen Stimmung mußte Annie lachen. »Um Himmels willen! Schon wieder mal ein neuer?«

»Aber dieser ist anders. Der paßt garantiert in das Haus in Westoe, keine Sorge.« Sie stolzierte nun auf und ab, während sich Annie frisierte.
»Wie heißt er?«
»Percy Rinkton.«
»Nie von ihm gehört.«
»Nun, so wie ich ihn kenne, wirst du sicher bald was von ihm hören. Er möchte dir oder Pa seine Aufwartung machen.«
Annie drehte sich rasch um, und die beiden sahen einander an. Dann nickte Kathy bestätigend: »Genauso hat er es ausgedrückt.«
»Nun, das ist jedenfalls einmal etwas anderes.«
»Was willst du damit sagen? Alle meine Verehrer benehmen sich doch gut, oder?«
»Ich soll dich wohl an den Ohren ziehen, hm?«
»Ich möchte ein neues Kleid haben, Mam.«
»Das schlag dir mal schön aus dem Kopf! Du hast in diesem Jahr bereits drei bekommen.«
»Ich bin im Wachsen.«
Annie warf von der Seite einen Blick auf den sich in letzter Zeit auffallend entwickelnden Busen ihrer Tochter, nickte und sagte: »Und wie!«, worauf sie beide lachten. Dann fragte Annie wieder in ernstem Ton: »Also, was ist mit dem Jungen?«
»Hast du jemals von Dr. Rinkton gehört?«
»Natürlich.«
»Nun, Percy ist Dr. Rinktons Sohn. Wirklich, Mam – Ehrenwort!«
»Wir machen uns, was? Wie alt ist er?«
»Etwas über zwanzig. Wie findest du das? Ein Mann.«
Annie drehte sich nun ganz herum, sah ihre Tochter groß an und sagte abermals ernst: »Stimmt. Ein Mann. Da wirst du vorsichtiger sein müssen. Hast du ihn schon öfter getroffen?«
»Warte... Ich habe ihn« – sie kniff die Augen zusammen und zählte es an ihren Fingern ab – »ein-, zwei-, drei-, viermal getroffen. Das erstemal bei einem Tanzabend in

St. Patrick: da haben wir uns kennengelernt. Aber mach dich auf einen Schock gefaßt. Er ist kein Katholik. Das zweitemal bin ich ihm begegnet, als ich aus dem Bus stieg. Da bin ich einfach in ihn hineingerannt. Das drittemal war in Phillips Buchladen. Da war er ganz vertieft. Er scheint ein rechter Bücherwurm zu sein. Und das viertemal heute. Er hat vor der Schule auf mich gewartet. An der Ecke, weißt du? Da hat er mich gefragt, wann ich die Schule beende, und ich hab' ihm gesagt, sowie sich auch nur die geringste Möglichkeit ergibt, weil ich sie hasse.«

»Ach, Kathy, jetzt mach aber einen Punkt.«

»Nein, glaub mir! Es ist schon so, wie ich immer wieder sage: Es hat absolut keinen Sinn, mich zur Schule zu schicken. Ich hab' im Gegensatz zu Tishy keine Spur von Verstand. Ich bin nichts als eine halbwegs hübsche Attrappe.«

Sie drehte und wendete sich, und abermals lachten sie. Dann sagte Annie: »Also weiter, was war dann?«

»Nun, dann hat er mich gefragt, wie alt ich bin. Und ich hab' gesagt: ›Bald sechzehn.‹ – ›Wann?‹ hat er wissen wollen – er ist ein rechter Pedant. ›Nächsten Monat‹, hab' ich geantwortet. Und dann ist die Bombe geplatzt. Er hat mich gefragt, ob es meinen Eltern wohl recht wäre, wenn er vorbeikäme und ihnen seine Aufwartung mache.«

Sie standen einander gegenüber, und Kathy mußte über Annis Gesichtsausdruck hell auflachen: »Ich zieh dich nicht auf, Mam, ehrlich. Das hat er gesagt – wortwörtlich. Ich fragte: ›Wozu?‹ Und er sagte: ›Ich möchte eben, daß alles seine Ordnung hat.‹«

»Was meint er damit?«

»Das wüßt' ich auch gern.«

»Ich hab' ihm erklärt, wir führten ein offenes Haus, die Leute kämen und gingen ununterbrochen und ich sei überzeugt davon, daß du ihn herzlich willkommen heißen würdest.«

»Nein!«

»Doch, Ma.« Sie schnitt ein Gesicht. »Und dann hat er

gefragt, ob es uns morgen nachmittag passen würde, und ich hab' ihm geantwortet, ja, morgen nachmittag würde es uns ausgezeichnet passen, weil doch Samstag ist und du da nichts zu tun hast und dich ohnehin langweilst...«
Annie versetzte ihrer kecken Tochter einen schnellen, aber sanften Backenstreich.
»Was soll ich dir noch von ihm erzählen... Du mußt ihn einfach kennenlernen, Ma. Er ist ein spaßiger Bursche. Er ist... er ist so... ach, ich weiß nicht, ich finde einfach nicht das passende Wort. Höchstens vielleicht rechtschaffen, ja, so wirkt er zumindest. Du meine Güte, Mam, er bedeutet für mich die reinste Herausforderung, das kannst du mir glauben.«
Annie zog erstaunt die Brauen hoch. »Herausforderung? Offensichtlich ist das die derzeit gängige Art von Annäherung. Ich stell es mir zumindest so vor. Sieht er irgendwie altmodisch aus oder so?«
»Altmodisch? Nein. Korrekt. Er ist korrekt und präzis, genau wie sein Name. Percy – ts! Ein gräßlicher Name, nicht?«
Annie kam nicht mehr dazu, etwas darauf zu antworten, denn Georgie begann im selben Augenblick nach seinem Tee zu brüllen. So sagte sie nur: »Wir wollen später darüber sprechen, ich muß in die Küche.«
»Mam.« Kathy veranlaßte Annie, stehenzubleiben, indem sie ihr zuflüsterte: »Wenn ich mir Percy Rinkton und Pa so beisammen denke – also, das muß ein Anblick für Götter sein, meinst du nicht auch?«
Annie schob ihre Tochter nicht allzu sanft zur Treppe und erwiderte: »Gleich wird's was setzen, paß nur auf!« Dann fügte sie noch hinzu: »Wie er auch sein mag, wir werden schon mit ihm fertig werden, dein Vater und ich.«
Unter Gelächter gingen sie beide nach unten, aber noch ehe Annie die letzte Stufe erreicht hatte, sagte sie sich, daß sie mit jemandem ganz anderen reden müsse als mit Kathys neuestem Verehrer. Und daß das ihr bevorstehende Gespräch alles andere als amüsant sein werde.

Georgie war ausgegangen, um sich seinen Abendschoppen einzuverleiben, und so war Annie – abgesehen von Tishy, die auf ihrem Zimmer war und lernte – allein, als Rance heimkam. Ehe er noch seinen Mantel an den Nagel gehängt hatte, sagte sie zu ihm: »Komm einen Moment hier herein.« Dann ging sie ihm ins Wohnzimmr voran.

Er folgte ihr jedoch nicht sofort, sondern fragte, indem er sich die Krawatte richtete: »Was gibt's denn? Ich muß gleich wieder fort, bin nur gekommen, um rasch einen Bissen zu essen.«

»Ich werde dir etwas zubereiten. Aber vorher möchte ich mit dir sprechen.«

Er folgte ihr ins Wohnzimmer, schloß die Tür hinter sich, ging, ohne seine Mutter anzusehen, auf den Kamin zu, zog eine Zigarettenpackung aus der Tasche und zündete sich eine Zigarette an.

Sie wartete ab, bis er den ersten Zug gemacht hatte, dann sagte sie: »Was ist das für eine Geschichte, die ich da von Pa gehört habe?«

»Wie soll ich wissen, was du von Pa gehört hast?« Er wandte ihr den Rücken zu und blickte auf den leeren Rost hinunter.

»Komm, komm, Rance – es hat keinen Zweck, Katz und Maus zu spielen.«

Er warf ihr einen Blick über die Schulter zu und sagte: »Wer spielt denn Katz und Maus? Ich habe keine Ahnung, worauf du hinauswillst.«

»Das weißt du sehr gut. Ich meine die Rechnung für Mr. Phillip, die du angeblich auszutragen vergessen hast?«

»Du hast deine Frage damit selbst beantwortet: Ich habe eben darauf vergessen.«

»Fünfundzwanzig Pfund für Reparaturen und die Benzinkosten für zwei oder drei Monate? So etwas merkt man doch bei der Wochenabrechnung. Wir jonglieren schließlich nicht mit Tausendern.«

»Hör mal, Mam« – er drehte sich um, ging einen Schritt auf sie zu und streckte die Hände in einer Art Flehen aus:

»Pa kontrolliert die Kasse allabendlich, nicht? Und die Bücher jeden Freitag...«
»Du weißt genau, daß er nur so tut. Er hat keinen Kopf für Zahlen – das müßte dir eigentlich längst klarsein.«
»Der und keinen Kopf für Zahlen? Du meine Güte! Versuch nur, ihn um sechs Pence zu beschwindeln, und er wird dir zeigen, ob er Zahlen behalten kann oder nicht.«
»Auswendig behalten von mir aus. Aber wenn es einmal niedergeschrieben ist, dann...«
»Mam«, sagte er leise und eindringlich, »willst du mich beschuldigen, Geld unterschlagen zu haben?«
Sie starrte ihn an, und wieder wurde sie von jener Schwäche für Rance ergriffen, die der eines verliebten, jungen Mädchens glich. Rasch sagte sie: »Nein, natürlich nicht.« Aber schließlich siegte die Vernunft, und sie fragte: »Spielst du?«
Mit immer noch ruhiger Stimme antwortete er: »Schön. Ich spiele. Und gewinne. Die Beweise dafür sind die neuen Sachen da droben. Du hast sie bestimmt bemerkt.«
»Sagtest du nicht, du hättest sie billig bekommen?«
»Das hab' ich ja auch gewissermaßen. Ich habe eben gespielt. Was ist übrigens so schlimm daran, sich ab und an an einen Spieltisch zu setzen? Unsere Nachbarin, die drei Häuser weiter wohnt, sitzt Abend für Abend dort.«
»Dann mußt du ja ebenfalls allabendlich dort sein, wenn du sie gesehen hast.«
Plötzlich war seine Gelassenheit wie weggeblasen; er knirschte hörbar mit den Zähnen und brach schließlich aus: »Was, zum Teufel noch mal, ist denn los? Ich bin kein Schuljunge mehr, Mam, ich bin ein Mann und arbeite schließlich, verdammt noch mal, auch wie ein Mann. Oder?«
»Hör auf mit der Flucherei!«
»O Gott!« rief er und brach plötzlich in Lachen aus. »Das ist wohl das Komischste, was ich je gehört habe. Du sagst mir, ich solle zu fluchen aufhören, wo du seit Jahren

nichts anderes mehr gewöhnt bist? Wie lange bist du verheiratet? Einundzwanzig Jahre, nicht? Und du weißt doch, welchen Spitznamen die Leute deinem Mann verliehen haben, oder? Der ›Verdammt-noch-mal-McCabe‹ heißt er ringsum. Und mir willst du das Fluchen verbieten. Wenn das nicht zum Lachen ist!«

»Wechsle gefälligst nicht das Gesprächsthema«, sagte sie barsch. Auf diesem Gebiet war er ein Experte. Sie brachte etwas zur Sprache, und noch ehe sie wußte, wieviel es geschlagen hatte, redete er von etwas gänzlich anderem. »Bleib bei der Sache, Rance. Ausnahmsweise«, fügte sie hinzu. »Es dreht sich nicht um Fluchen oder Nichtfluchen, sondern um Diebereien. Und zwar im engsten Familienkreis. Dein Vater mag sein, wie er will, eins steht fest: Er würde einem andern nicht einmal einen Pfennig wegnehmen, geschweige...«

»Natürlich, das mußte ja kommen. Nein, nein, Vater würde einem andern« – er äffte sie jetzt deutlich nach – »nicht einmal einen Pfennig wegnehmen. Pa ist ja ein Heiliger, samt seiner ewigen Flucherei. Unter seiner rauhen Schale verbirgt sich ein weithin leuchtendes, durch nichts zu schlagendes Vorbild – ein Ideal, ein Heiliger eben.«

»Rance!«

»Verschon mich doch mit deinem Rance, Mam! Ich habe es satt, mir ewig Pa's Tugenden vorhalten zu lassen. Es vergeht kaum eine Woche, ohne daß es heißt: Er hat seine Schattenseiten, er mag ein wenig grob und direkt sein, aber... aber im Innern! Nun, ich will dir mal was sagen. Meiner Meinung nach mußt du all die Jahre über verdammt blind gewesen sein, wenn du nicht bemerkt hast, daß du mit einer glatten Null verheiratet bist.«

Als sie blitzartig die Hand gegen ihn erhob, schrie er sie an: »Nicht! Tu das ja nicht, Mam. Denn wenn du dich vergißt, dann geh' ich, dann hast du mich zum letztenmal gesehen.«

Als ihre Hand herabsank und Annie spürte, wie ihr das Blut aus dem Gesicht wich, ja offensichtlich aus dem ganzen Körper, sagte er in völlig verändertem Ton, als wäre er noch der kleine Junge von einst: »Ich meine es wirklich so, Mam, glaub mir. Ich würde es tun, ich würde es glatt tun, ich würde dich verlassen...«

Je öfter er dies wiederholte, um so klarer wurde ihr, daß es sich um nichts weiter als eine leere Drohung handelte. Rance würde sie nie verlassen – außer einer Frau wegen. Und diese Frau würde dann, ohne es zu wissen, einfach ihren Platz einnehmen.

Als sie den Kopf senkte und ihr die Tränen über die Wangen liefen, umschlang er sie, drückte sie an sich und murmelte ununterbrochen: »Oh, Mam! Mam, laß doch. Komm, laß es gut sein. Ich schwöre dir, daß ich das Geld nicht genommen habe. Sieh mich doch nur an.«

Sie betrachtete ihn aus tränenumflorten Augen und flüsterte: »Sagst du auch die Wahrheit, Rance?«

»Ehrlich, Mam. Ich schwöre es bei Gott.«

Annie schluckte mühsam und fuhr fort: »Was ist mit dem Jungen, diesem Jimmy. Meinst du, daß er irgendwie an das Geld gelangt sein könnte?«

Er wandte sich ab, als überlege er. Dann blickte er sie abermals an und meinte: »Nicht daß ich wüßte. Sieh mal, Mam, meiner Meinung nach war das Geld in der Kasse, und Pa hat es Freitag abend herausgenommen. Du weißt doch, wie er ist – er stopft einfach alles in seine Rocktaschen. Er hält sich nicht an Methoden und so.«

»Aber... aber er bringt das Geld doch direkt heim.«

»Nicht immer. Erinnerst du dich nicht an den Abend, wo er um halb zehn noch nicht zu Hause war und lang nach Mitternacht betrunken heimgetorkelt kam?«

Ja, sie erinnerte sich an den Abend vor ungefähr einem Monat. Er hatte zwei ehemalige Kameraden aus Madley getroffen und sie in den Klub eingeladen, und dann waren sie alle drei nach der Sperrstunde angeschwankt gekommen.

Sie machte sich langsam von Rance los, wischte sich das Gesicht ab und sagte: »Ich kann alles ertragen, Rance, solange ich weiß, daß du niemanden betrügst – schon gar nicht die eigene Familie. Du verstehst, was ich meine, nicht?«

Er streckte die Hand aus und berührte sanft ihre Wange. Diese Berührung bedeutete eine Zärtlichkeit, die keiner der anderen ihr jemals zuteil werden ließ. Was sie ihnen jedoch nicht verübelte, weil es zwischen den andern und ihr nicht dieselbe Intensität der Gefühle hab. Obwohl sie jeden einzelnen von ihnen aufrichtig liebte, empfand sie für ihren Ältesten etwas, das wahrer Leidenschaft gleichkam. Die Farbe stieg ihr bei diesem Gedanken wieder ins Gesicht.

Er lächelte sie nun an. »Kann ich jetzt meinen Tee haben?«

»Es ist alles fertig«, sagte sie, indem sie sich ruhig von ihm abwandte. Sie wollte gerade das Zimmer verlassen, da legte er ihr den Arm um die Schulter, und als er so mit ihr den Flur durchquerte und im selben Moment Tishy die Treppe herabkam, umarmte er Annie absichtlich noch einmal, ehe er sie losließ.

Beim Anblick ihrer Tochter senkte Annie den Kopf und eilte in die Küche. Rance folgte ihr nicht gleich, sondern ging statt dessen auf die Treppe zu, indem er sagte: »Ich will mir nur rasch die Hände waschen.«

Er wartete nicht ab, bis Tishy die letzten beiden Stufen hinter sich hatte, sondern stob an ihr vorbei. Tishy sagte in ironischem Ton: »Der liebe, liebe Rance.« Und er antwortete in demselben Ton: »Die liebe, liebe Tishy.« Es war fast, als hätten sie einander eben ins Gesicht geschlagen.

2

Der nachmittägliche Tee am Samstag war mehr ein zufälliges Zusammentreffen. Für gewöhnlich handelte es sich um einen besonders turbulenten Tag in der Garage, so daß Rance kaum vor sechs und Georgie niemals vor sieben Uhr abends heimkam. Wenn in der Schule Fußball oder Kricket – das hing von der Jahreszeit ab – gespielt wurde, tauchte Bill hungrig irgendwann zwischen sechs und acht Uhr auf. Spielten sie einmal auswärts, wußte Annie überhaupt nie, wann sie ihn zurückerwarten konnte. Der Moment seiner Heimkunft entging ihr aber – wie sie sagte – nicht, weil es im ganzen Haus keine einzige Tür gab, die er nicht zugeschmissen hätte.
Tishy hatte an Samstagnachmittagen immer ein festes Programm. Manchmal fuhr sie nach Newcastle und bummelte durch die Altstadt, dann machte sie wieder einen ausgedehnten Spaziergang oder brachte viele Stunden in Museen oder Büchereien zu; all dies unternahm sie allein.
Mit Kathy mußte Annie so zwischen fünf und sieben rechnen. Da kam sie für gewöhnlich heim, um sich für den samstäglichen Tanzabend herauszuputzen, zu dem sie natürlich immer in Begleitung ging.
An diesem speziellen Samstag jedoch lief alles anders. Kathy war von Van Brignell, ihrer besten Freundin, eingeladen worden, das Wochenende bei deren Familie zu verbringen, und hatte vor etwa einer Stunde die Fahrt nach Harton Village angetreten: mit so vielen Kleidern im Koffer, daß sie gut eine Woche hätte ausbleiben können. Und Tishy, die die ersten Anzeichen einer Sommer-

grippe verspürte, was ihr erfahrungsgemäß eine puterrote Nase und tränende Augen eintrug – und zwar mindestens eine Woche lang, wenn man nicht sofort etwas dagegen unternahm –, hatte beschlossen, diesmal nicht durch die Gegend zu streifen, sondern etwas gegen ihre Erkältung zu tun. Und zu büffeln.

Folglich beschloß Annie, da sie praktisch allein im Haus war, sich das Haar zu waschen. Sie ging nur dann zum Friseur, wenn sie es sich schneiden lassen mußte, weil sie ohnehin Naturwellen hatte, die immer richtig und immer gleich fielen. Wenn das Haar trocken war, wollte sie sich einer gründlichen Gesichtspflege unterziehen und danach ihr neues Kleid anziehen, um zum Ausgehen bereit zu sein, falls Georgie früher heimkam. Dann würden sie vielleicht auf eine Stunde den Klub besuchen. Sie gestand sich ein, daß sie gern ein bißchen ausgegangen wäre. Das Gespräch mit Rance am vergangenen Abend hatte sie reichlich beunruhigt. Auch, daß es ihr später, im Bett, nicht gelungen war, Georgie davon zu überzeugen, daß Rance das Geld nicht angerührt hatte. Seine letzten Worte vor dem Einschlafen waren: »Ach ja, du siehst in mir immer noch bloß eine verdammte Null...« Das hatte sie mehr verstört, als sie sich gegenüber eingestand. Auch, daß er ihr einfach den Rücken gekehrt hatte. Das war bisher noch nie geschehen. Immer war sie diejenige gewesen, die sich umdrehte...

Sie wusch sich das Haar nicht im Badezimmer, sondern in der Küche, weil sie da nicht nur mehr Platz hatte, sondern es auch weniger ausmachte, wenn sie ein bißchen spritzte. Annie haßte unordentliche Badezimmer.

Kaum hatte sie ein Handtuch um das frischgewaschene Haar geschlungen und sich den Fön gegriffen, da klingelte es an der Haustür.

»O nein!« rief sie laut aus. Wer mochte das bloß sein – heute, an einem Samstagnachmittag? Jeder hatte sein Programm, es war nur Tishy daheim, und die besuchte kein Mensch. Auch ein Vertreter konnte es nicht sein. Am Vormittag, ja, aber nicht nachmittags. Es hatte wenig Sinn, Tishy zu bitten, aufzumachen, weil diese sich in erkältetem Zustand nicht mal der Familie zeigte. O Gott! Annie sah in den Spiegel, zog sich den Wollschlafrock fest um die Brust, schlang das Kordel darum enger und ging aus der Küche, durch den Flur. Dann öffnete sie.

»Oh.« Sie starrte den fremden Mann an, der ihr gegenüberstand. Er war groß, mindestens eins achtzig, wenn nicht mehr, zudem noch breit gebaut. Sein Gesicht war schmal, seine Lippen voll, die Augen waren braun, sehr dunkel. So etwas, mit dem hat Kathy ja direkt einen Treffer gemacht! schoß es Annie durch den Kopf. Dieser Percy Rinkton war Zoll für Zoll tatsächlich ein Mann. Über den würde keiner lachen, und wenn Kathy keinen Schlimmeren aufgabelte als den hier, dann war alles in Ordnung. Was das Aussehen verlangte, hätte ihre Tochter keine bessere Wahl treffen können. Zwar nicht ausgesprochen hübsch vom Gesicht her, aber es war etwas dran, etwas, das ihrer Meinung nach mehr zählte als Hübschheit. Er hatte den Hut abgenommen und starrte sie an, indem ein immer breiter werdendes Lächeln über seine Züge glitt.

»Sie sind Mr. Rinkton, nicht wahr?« fragte Annie. »Oh, Verzeihung.« Sie fuhr mit der Hand zum ums Haar gewundenen Handtuch. »Alle sind ausgegangen, da hab' ich mir den Kopf gewaschen. Kathy ist bei einer Freundin. Es wird ihr fürchterlich leid tun, Sie verpaßt zu haben...« Die kleine Närrin. Sie hatte ihr nicht geglaubt. Warte nur, bis wir uns wiedersehen! dachte Annie. Fährt glatt übers Wochenende weg, wo sie doch wissen muß, daß der Junge offensichtlich ernste Absichten hat.

»Ich... ich glaube, es handelt sich um einen kleinen Irrtum.« Die Stimme des jungen Mannes war nett, seine Aussprache gepflegt, ohne leiseste Spur von Dialekt.

»Wie bitte?« fragte Annie verblüfft.

»Ich sagte, daß es sich nach meiner Annahme um ein Mißverständnis handeln müsse. Ich bin nicht Mr. ... wie sagten Sie?... Rinkton.«

»Nein?«
»Nein, bin ich nicht.« Er lächelte abermals, ja er sah direkt belustigt aus. Annie wurde etwas verlegen.
»Tut mir leid, wenn ich Sie in dieser Hinsicht enttäuschen muß. Aber wir sind uns trotzdem schon begegnet. Sie kennen mich.«
»Wir – und uns begegnet?« Sie schüttelte langsam den Kopf. »Nein – niemals.« Ein richtiger Draufgänger... setzte sie im Geiste hinzu.
»Ja, natürlich. Möglich, daß ich mich ein bißchen verändert habe. Aber Sie – Sie haben sich überhaupt nicht verändert. Ich würde Sie auf der Stelle wiedererkannt haben, trotz des Turbans.« Er deutete auf das Handtuch. Sie griff mit beiden Händen danach, wurde ernst und fragte: »Also, wer sind Sie?«
»Mein Name ist Alan Partridge. Wir haben uns zum letztenmal gesehen, als ich fünf Jahre alt war.«
Annie mußte mit aller Gewalt an sich halten, um den Mund nicht noch weiter aufzusperren. Und dann brachte sie mühsam hervor: »Alan... der kleine...?« Sie schloß die Augen und schüttelte ungläubig den Kopf. Dann berichtigte sie sich: »Nicht mehr der kleine... O bitte, kommen Sie herein. Kommen Sie weiter.« Sie trat beiseite, um ihn eintreten zu lassen. »Wer würde so was für möglich halten. Und Sie wollen mich wiedererkannt haben? Das gibt's ja gar nicht.«
»Doch. Ich hab' Sie wiedererkannt. Auf den ersten Blick sogar.«
»Sieh mal an.« Sie machte einen etwas ratlosen Eindruck. Dann riß sie sich zusammen und sagte: »Geben Sie mir Hut und Mantel und erlauben Sie, daß ich diesen ›Verband‹ erst abnehme. Dann können wir uns unterhalten, soviel Sie wollen. So etwas! Das ist aber eine Überraschung. Ich habe Sie für den jungen Mann gehalten, der meine Tochter besuchen wollte – meine jüngste Tochter. Er wollte es auf die altmodische Tour machen und erst anfragen, ob er sie ausführen dürfe. Hören Sie, hätten Sie was dagegen, hier einen Moment zu warten?«

»Ganz und gar nicht.«

Er ging an ihr vorbei ins Wohnzimmer, und sie schaltete rasch den elektrischen Ofen an. Dann schüttelte sie die Sofakissen auf und sagte: »Machen Sie es sich bequem. Fühlen Sie sich ganz wie zu Hause. Ich brauch' bloß noch fünf Minuten.«

Er grinste übers ganze Gesicht. »Zehn, wenn Sie wollen. Auch fünfzehn.«

»Wissen Sie, was? Meine älteste Tochter ist oben. Ich werde sie herunterholen. Sie kann sich inzwischen mit Ihnen unterhalten.«

»Bitte, machen Sie keine Umstände. Gehen Sie sich ruhig das Haar trocknen. Ich werde mich hierhersetzen und warten. Und bestimmt nicht ungeduldig sein, das verspreche ich Ihnen.«

Sie sahen sich an, dann brachen sie beide in Lachen aus. Annie drehte sich um und lief in die Küche. Dort packte sie den Fön, eilte nach oben und steckte ihn in ihrem Schlafzimmer an.

Ihr Haar war noch gar nicht ganz trocken, als sie ihn ungeduldig wieder abstellte. Sie schlüpfte rasch in ihr neues Kleid, puderte sich die Nase und trug eine Spur Lippenstift auf. Ehe sie den Raum verließ, blieb sie einen Moment stehen, atmete fest durch und fragte sich erstaunt, weshalb sie sich so aufrege. Die Antwort gab sie sich gleich selbst. Nach all diesen Jahren hatte er sich an sie erinnert. Wie Kathy es ausdrücken würde: So was reichte völlig, um jedem Ego einen gehörigen Auftrieb zu geben. Was ihr so alles mit einemmal durch den Sinn ging! Hinunter mit dir, Annie! befahl sie sich energisch.

Als sie an Tishys Tür vorbeiging, blieb sie stehen, und ein Gedanke schoß ihr durch den Kopf. Sie seufzte und dachte: Wenn das nicht wunderbar wäre... Aber natürlich war es zu schön, um wahr zu sein. Bei der Erkältung noch dazu. Da bestand so gut wie überhaupt keine Hoffnung.

Nun wurde es aber Zeit für sie!

Als sie das Wohnzimmer betrat, stand ihr Besucher auf.

War das nicht nett? Seit Arthur Bailey hatte das kein Mensch mehr ihrethalben getan. Er und Mona waren im Grunde völlig aus ihrem Leben verschwunden.
Nachdem Annie den Gast gebeten hatte, doch wieder Platz zu nehmen, erkundigte sie sich, ob er eine Tasse Tee wolle?
»Ja gern, aber nicht gleich. Setzen Sie sich erst einmal selber.«
Sie tat ihm den Gefallen und fragte: »Wie geht es Ihrem Onkel? Ihrem Onkel Arthur?«
»Oh, es ging ihm sehr gut, als ich ihn das letztemal sah.«
»Machen Sie hier Urlaub? Obwohl« – sie schüttelte den Kopf und lachte nun – »ich mir nicht vorstellen kann, daß sich jemand, der aus Herefordshire ist, Durham als Ferienziel aussucht.«
»Nun, ich habe mir Durham ausgesucht, zumindest Northumberland, aber nicht als Ferienziel. Ich habe… ich habe eine Stelle an der Universität von Newcastle bekommen.«
»Nein!«
»Doch.« Er lachte vergnügt. »Ich stand in der engeren Wahl, und drei Herren der Jury haben sich für mich entschieden. Es will mir selbst noch nicht ganz einleuchten.«
Sie spürte, daß er untertrieb, und schüttelte den Kopf, als sie sagte: »Welche Fächer haben Sie sich denn ausgesucht?«
»Mathematik.«
»Mathematik! Bill – das ist mein zweiter Sohn – hat die ärgsten Alpträume wegen Mathematik. In den anderen Fächern ist er absolut nicht schlecht, aber Mathe macht ihn verrückt, behauptet er. Er wird auch Lehrer.«
»Wirklich?«
»Und meine Tochter Tishy – das ist eine Abkürzung für Anastasia – wird gleichfalls Lehrerin.«
»Oh.«
»Sie ist sehr gescheit, die Kleine. Gescheiter als Bill.«

»Wie viele Kinder haben Sie denn?«

»Vier. Rance, mein Ältester, ist zwanzig, Tishy achtzehn, Bill siebzehn und Kathy erst sechzehn. Das ist die, für deren Galan ich Sie gehalten habe, wissen Sie. Das Mädchen wird von den Jungs nur so umschwärmt.« Sie warf den Kopf in den Nacken und lachte.

»Das klingt ja recht vielversprechend.«

»Das ist sie. Und sie weiß es auch! Aber erzählen Sie jetzt einmal: Wie haben Sie uns denn ausfindig gemacht?«

»Oh, Onkel Arthur hat mir Ihre Adresse gegeben. Er meinte, Sie seien wahrscheinlich immer noch hier zu erreichen. Ich solle Ihnen und Ihrem Mann Grüße ausrichten, falls ich Sie erwische.«

Ein Schauer lief Annie über den Rücken, so daß sie einen Moment lang fröstelte.

»Wie geht es Ihrer Tante Mona jetzt?« Annie wußte ganz gut, daß sie diese Frage schon viel früher hätte stellen müssen, aber sie war noch immer verärgert über Mona. Sie konnte das Gefühl nicht verwinden, von ihr abgekanzelt worden zu sein, wenn sie den Grund dafür auch genau kannte. Mona wußte natürlich, daß sie es gewesen war, die Arthurs Pläne, in der Garage mitzuarbeiten und so weiter, damals durchkreuzt hatte.

»Oh.« Alan stellte die zuvor übereinandergeschlagenen Beine nebeneinander, dann kreuzte er sie abermals und sagte: »Ich... ich weiß es nicht. Ich habe sie seit fünf Jahren nicht mehr gesehen. Sie haben... sie haben sich getrennt, wissen Sie.«

»Getrennt?... Nein, das gibt's ja nicht. Wo ist sie denn jetzt?«

»In London, nehme ich an.«

»Das... das tut mir leid. Und... und Ihr Onkel?«

»Nun, er ist immer noch dort, wo er war. Es ist ein ziemlich einsames Leben, aber er scheint es nicht anders zu wollen.«

»Hm.« Sie nickte. Dann sagte sie in fröhlicherem Ton: »Und Ihre Mutter? Ich erinnere mich sehr gut an Ihre Mutter.«

»Sie hat sich vor einem Jahr wieder verheiratet und lebt jetzt in Amerika.«

»Wirklich! Und Sie sind ganz allein?«

»Ja. Und ich hab' es gern so. Ich mußte ihr direkt ein Loch in den Bauch reden, um sie dazu zu bewegen. Sie sieht in mir noch immer den Dreizehnjährigen und nicht den Dreiundzwanzigjährigen.«

»Aber ich nehme an, daß Sie sie vermissen werden, nicht?«

»O ja, da haben Sie recht. Wenn auch nicht mehr so sehr wie anfangs. Immerhin hatte ich ein Jahr Zeit, mich daran zu gewöhnen. Ich habe eine Unmenge zu tun, und außerdem war ich soviel von daheim fort. Vier Jahre in Oxford zum Beispiel.«

»In Oxford!« In Annies Stimme mischte sich Hochachtung. Dann fügte sie hinzu: »Bill hofft, an eine Universität zu kommen. So was muß wunderbar sein.«

»Ach, ich weiß nicht: Schule bleibt Schule. Nur daß die Leine mit der Zeit eben etwas länger wird.«

Als sich Schweigen zwischen ihnen verbreitete und er dasaß und sie lächelnd betrachtete, als wäre er über irgend etwas belustigt, zwinkerte sie ihm mit einem leichten Kopfschütteln zu und meinte: »Ich kann es immer noch nicht glauben. Irgendwie ist es schon komisch, daß Sie sich nach all den Jahren noch an mich erinnern.«

»Nun, ich war immerhin fünf und – wie man mir allgemein versichert – ziemlich frühreif.«

»Also, wenn Sie mich fragen: Ich habe keine Spur von Erinnerung aus meinem fünften Lebensjahr – nicht mal aus meinem siebenten.«

»Ich kann mich noch gut an unser Gespräch über einen gewissen Ort, den man nicht zu erwähnen pflegt, entsinnen.«

»Einen gewissen Ort, den man nicht zu erwähnen pflegt…?« Sie schnitt ein Gesicht.

»Das Klo.«

»Ach ja.« Sie nickte und lachte nun. »Das Klo – ja, ja, nun fällt's mir wieder ein.«

»Meine Mutter behauptet, ich hätte dieses Gespräch tagtäglich wiederholt, bis ich beinahe acht war. Sie hätte mich deshalb umbringen können, meint sie. Und dann hätte ich plötzlich damit aufgehört und es nie mehr erwähnt, jedenfalls die nächsten sechs Jahre nicht. Dann wäre es mir quasi aus heiterem Himmel plötzlich wieder eingefallen, und als ich zu meiner Mutter sagte: ›Erinnerst du dich, wie ich ewig vom Aufs-Klo-Gehen redete?‹, hielt sie sich mit beiden Händen die Ohren zu und rief: ›Ich bitt' dich, fang nicht wieder damit an!‹ Sie sehen also, was Sie für einen unauslöschlichen Eindruck auf mich gemacht haben.«

»Sie meinen, das Wort Klo hat es getan.«

»Nein, nein, das meine ich nicht. Wenn ich es auch heute noch verwende.«

Abermals herrschte Schweigen, und abermals sahen sie einander an. Und dann sprudelte er auf einmal hervor: »Ich komme aus dem Staunen einfach nicht heraus. Schier unglaublich, wie wenig Sie sich verändert haben. Es ist, als wäre ich vorige Woche erst fünf gewesen, so sehr gleichen Sie dem Bild, das ich jahrelang von Ihnen mit mir herumgetragen habe.«

»Aber... aber es ist doch so schrecklich lange her. Über achtzehn Jahre, nicht wahr?«

»Ja, das stimmt.« Er nickte lächelnd mit dem Kopf, um gleich darauf fortzufahren: »Ich glaube, was am meisten dazu beigetragen hat, daß ich Sie mir derart eingeprägt habe, war, daß ich mich in Zusammenhang mit diesem Weihnachten an eine einzige, riesige Streiterei erinnere. Meine Mutter hackte auf meinen Vater ein, meine Großmutter gleichfalls. Und auf Onkel Arthur. Wenn ich mich recht entsinne, sprach an jenem Weihnachtstag praktisch keiner mehr mit dem andern. Meine Weihnachtsgeschenke warfen sie mir vor die Füße, ohne ein nettes Wort und so. Also ist meine einzige schöne Erinnerung in Verbindung mit jenen Feiertagen eine Dame, die ich noch nie zuvor gesehen hatte, die mit mir durch den Wald gelaufen ist und die mit mir gelacht und gere-

det hat. Wenn es auch in erster Linie übers Klo war. Vielleicht sollte ich noch hinzufügen, daß diese Dame meiner Meinung nach damals direkt von einem fremden Stern zu kommen schien.«
Annie schlug sich lachend auf den Mund und meinte: »Natürlich, mein Dialekt.«
»Nein, das war es nicht.« Er schwenkte den Zeigefinger vor ihrer Nase hin und her. »Zumindest würde ich heute nicht mehr sagen, daß es der Dialekt war, seit ich die Leute hier herum reden gehört habe. Allen Ernstes!« Er schüttelte hilflos den Kopf. »Wenn die sich unterhalten, verstehe ich kein Wort.«
Annie reckte angriffslustig das Kinn und meinte: »Alles, was ich dazu zu bemerken habe, mein Lieber, ist, daß man Ihnen in diesem Punkt offensichtlich trotz all Ihrer Studiertheit viel verschwiegen hat.« Sie stand auf. »So«, sagte sie, »und jetzt mache ich Ihnen eine Tasse Tee, ob Sie nun wollen oder nicht. Wann haben Sie denn übrigens zum letztenmal etwas Eßbares vorgesetzt bekommen, hm?«
»Oh, mittags. Eine recht gute Mahlzeit sogar.«
»Sie sind also überhaupt nicht hungrig?«
Er grinste bloß, worauf sie meinte: »Das ist die richtige Antwort. Wollen Sie mit in die Küche kommen? Dort könnten wir uns weiter unterhalten, während ich Ihnen etwas zubereite.«
Als sie das Wohnzimmer verlassen wollten, öffnete sich die Tür und Tishy trat ein. Sie blieb einen Moment lang wie angewurzelt stehen und sah die beiden ausgesprochen perplex an.
»Ach, Tishy, da bist du ja. Du weißt natürlich nicht, wer das hier ist. Jemanden, den ich vor vielen Jahren kennengelernt habe: Mr. Alan Partridge. Alan, das ist Tishy, meine älteste Tochter«, sagte Annie so munter wie möglich, wenn sie auch innerlich aufstöhnte ob des traurigen Anblicks, den Tishy abgeben mußte mit ihrer feuerroten Nase und den vor Schnupfen tränenden Augen. Was für ein Jammer!

Alan schenkte dem großen jungen Mädchen, das ihm gegenüberstand und sich das Taschentuch vor die Nase hielt, ein strahlendes Lächeln. Was für ein ungewöhnliches Gesicht, dachte er. Sieht kein bißchen ihrer Mutter ähnlich.
Er streckte ihr die Hand entgegen und sagte: »Guten Tag. Wie geht es Ihnen?«
»Das sieht man wohl deutlich genug«, erwiderte Tishy, und Annie dachte hilflos: Wieder mal echt Tishy – immer eine patzige Antwort parat!
Alan lachte und meinte: »Wenn ich Ihnen einen Rat geben darf: Ein doppelter Whisky, den Saft einer Zitrone, ein Löffel Ingwer und heißes Wasser. Dann sind Sie morgen früh ein neuer Mensch, glauben Sie mir.«
»Ich mach' jetzt Tee«, sagte Annie zu Tishy, »und außerdem etwas zu essen. Unterhaltet euch ein bißchen. Ihr werdet bestimmt einiges gemeinsam haben, da Alan an der Uni in Newcastle unterrichten wird. Wie findest du das?«
Tishy warf dem hochgewachsenen jungen Mann von der Seite her einen anerkennenden Blick zu. »Tatsächlich?«
»Mhm«, sagte er und wandte sich ihr zu. »Wie ich hörte, haben Sie dasselbe vor.«
»Nicht dasselbe«, sagte Tishy. »Von Universität kann bei mir noch keine Rede sein. Ich bereite mich erst auf ein Jahr Praxis vor.«
»Das hätte mir auch sehr gutgetan. Zumindest hat man mir das angedeutet, als ich mich um die Stelle in Newcastle bewarb.«
»Wirklich?«
»Tja.«
»Nun«, sagte Tishy, setzte sich und kreuzte die Beine, »wenn ich es mir aussuchen könnte, wüßte ich jedenfalls, für welches Fach ich mich entscheiden würde. Was ist denn Ihres?«
»Mathematik.«
»Oh, Mathe...!«
»Nun mach aber halblang, Tishy«, meinte Annie, die be-

reits an der Tür stand. »Du bist doch sehr gut in Mathematik.«
Tishy drehte sich zu ihr um und sagte in geduldigem Ton: »Zwischen Mathematik und Mathematik ist ein Unterschied, Mam. Gut war ich im Grunde genommen nur in Geometrie.«
Als Annie bemerkte, wie sie gleich darauf Alan zulächelte und ihre Erkältung für den Moment völlig zu vergessen schien, kamen ihr die verwegensten Gedanken in den Sinn. Sie seufzte verhalten auf und sagte: »Nun, ihr beiden könnt euch getrost weiter über die Unterschiede zwischen Mathematik und Mathematik unterhalten, ich habe Wichtigeres zu tun. Mathematik rangiert als Thema bei mir erst sehr weit unten. Meine Spezialität ist nun mal Kochen.« Sie nickte Alan zu, und er gab mit breitem Lächeln zurück: »Ich würde jederzeit gern bei Ihnen Unterricht nehmen. Auch meine Spezialität ist Kochen – zumindest Essen.«
Während der folgenden zwanzig Minuten machte sich Annie in der Küche zu schaffen, spitzte aber die Ohren, um etwas von der Unterhaltung nebenan mitzubekommen. Die beiden wechselten von der Mathematik zur gegenwärtigen Lage der Studenten, dann zur Bezahlung der Lehrer und landeten schließlich bei Tolkiens ›Herr der Ringe‹ – Bücher, von denen Annie nie im Leben etwas gehört hatte. Von Zeit zu Zeit hätte sie nur allzu gern innegehalten und da drinnen Mäuschen gespielt. Sie hatte Tishy noch nie so sprechen gehört. Natürlich hatte sie nicht die leisteste Ahnung, wie ihre Tochter sich außerhalb des Elternhauses auszudrücken pflegte, sie hatte ja niemals Freunde von ihr kennengelernt. Tishy schien keine Freundschaften zu schließen, sondern eine richtige Eigenbrötlerin zu sein – das war ja die Schwierigkeit. Und dennoch plauderte sie jetzt drauflos, als hätte man sie aufgezogen.
Nun sprachen die beiden über alte Bücher und die verschiedenen Antiquariate Newcastles, wo man welche bekommen konnte. Tishy zählte Alan eine Anzahl da-

von auf, ja empfahl ihm sogar dieses und jenes. Wenn das keine Heimlichtuerin war! Nun ja, im Grunde bedeutete es ja nicht gleich, Heimlichkeiten zu haben, wenn man über Antiquariate Bescheid wußte. Aber das war es auch nicht, was Annie eigentlich meinte. Zum erstenmal sah sie ihre älteste Tochter in einem neuen Licht. Durch die offenstehende Tür warf sie rasch einen Blick auf ihr Gesicht. Nicht, daß es sich verändert hätte, und doch... Ihr Mund wirkte nun, wo sie derart angeregt sprach, lange nicht so schmal wie sonst. Und ihre Augen leuchteten geradezu. Natürlich konnte nichts und niemand aus einem häßlichen Entlein einen Schwan machen – das wußte Annie schon –, aber ihre Tochter hatte jedenfalls einen ganz anderen Gesichtsausdruck, wenn ihr dran gelegen war, sich von ihrer besten Seite zu zeigen. Und das tat sie jetzt, als sie ganz aufgeregt berichtete: »Vor einigen Tagen habe ich ein uraltes Buch entdeckt, nicht in einem Antiquariat, sondern bei einem richtigen Trödler. Es lag in der Wühlkiste und heißt ›Elbert Hubbards Sammelband‹. Einfach wundervoll, was man so alles darin finden kann. Warten Sie, ich werde es eben mal runterholen.«

Als Annie den Kopf zur Küchentür hinausstreckte, um Tishy nachzusehen, wie sie nach oben lief, stand Alan auf und kam auf sie zu. »Sie haben aber eine höchst beachtliche Tochter«, sagte er. »Enorm gescheit, das Fräulein. Wie alt sie sie, sagten Sie?«

»Achtzehn.«

Er legte den Kopf schräg, dann meinte er: »Nun, wenn Ihre übrige Familie genauso ist, werde ich bei den andern auf der Hut sein müssen, nicht?«

»Oh, es sind nicht alle wie Tishy. Um nur Rance – das ist mein Ältester – als Beispiel herzunehmen: Er hat keinen Kopf zum Lernen, jedenfalls nicht in der Art von Tishy. Bill hingegen schon. Er ist ein Jahr jünger als sie. Und was Kathy anlangt – mein Gott, das ist ein richtiges kleines Plappermaul, ohne Hirn.«

»Unsinn!« widersprach er in geradezu schulmeisterhaftem Ton, so daß Annie hell herauslachen mußte. Sie wandte sich jedoch gleich wieder ihrer Arbeit zu, als Tishy mit einem Buch in verblichenem Rot die Küche betrat. Eifrig legte sie es vor Alan auf den Tisch, schlug es auf und zeigte ihm das Bild eines dunkelhaarigen, recht gut aussehenden Mannes mit eindringlichem Blick, während sie sagte: »Das ist dieser Elbert Hubbard. Interessanter Typ, nicht?«

»O ja, durchaus. Ein Amerikaner, würde ich sagen.« Dann fügte er hinzu: »Oh, so alt ist der Band ja gar nicht. 1923 erschienen, sehen Sie.«

»Nun, immerhin.«

Alan sah Tishy einen Moment lang an und bestätigte lachend: »Also gut, das ist eine ganz schöne Zeit her.«

»Sehen Sie nur«, sagte Tishy, »was es hier alles gibt: Aufsätze, Zitate, Aphorismen. Alles. Nehmen Sie nur einmal das hier: ›Die Religionen der Welt sind die Stoßseufzer von einigen wenigen phantasiereichen Menschen.‹ Emerson. Wie finden Sie das?«

»Ausgezeichnet. Man darf jedoch nicht vergessen, daß Emerson selbst ein ungemein phantasiebegabter Mensch war.«

Annie warf einen Blick zu ihrer Tochter hinüber. Sie wußte, daß sie eine strenge Katholikin war, denn Tishy versäumte nie eine Messe; und nun redete sie auf einmal über die Religionen der Welt, als ob sie an sie glaubte. Sie sah, wie die beiden Seite um Seite umwandten, und dann hörte sie Alan sagen: »Oh, in diesem Punkt bin ich völlig auf Darwins Seite. Er erklärt hier: ›Wenn ich nochmals zur Welt käme, würde ich den Grundsatz, daß jedermann mindestens einmal pro Woche ein Gedicht lesen und sich ein kleines Lied anhören müßte, zum Gesetz erheben. Vielleicht wären auch mir durch diese Praxis wichtige Sinneseindrücke erhalten geblieben, die ohne Anwendung derselben verlorengegangen sind. Der Verlust besagter Sinneseindrücke ist aber ein Verlust an Glück und mag sich möglicherweise nachteilig auf den Verstand, ja noch mehr auf unsere sittliche Beschaffenheit auswirken, indem er den gefühlsmäßigen Teil unserer Natur entkräftet.‹«

»Mögen Sie Musik?« Alan sah Tishy an, und sie antwortete nach einer kurzen Pause: »Ja und nein. Ich weiß noch nicht wirklich, was ich mag, ich hatte noch keine Zeit, es auszuprobieren. Eines weiß ich auf alle Fälle: Schwere Klassiker sind nicht nach meinem Geschmack.«

»Nein?«

»Nein. Und was anderes weiß ich ebenfalls: Ich mag auf keinen Fall Popmusik. Die hasse ich.«

Tishy drehte sich nun um und sah Annie an. Annie hielt beim Teigschlagen inne, spitzte die Lippen, trug eine ungehaltene Miene zur Schau, blickte von Tishy zu Alan und sagte: »Das ist auf mich gemünzt. Ja, ja, genau. Weil ich die Popmusik gern habe. Leichte Sachen, Sie wissen schon, was ich meine – das, was frühmorgens im Radio zu hören ist.«

»Ja das, was frühmorgens im Radio zu hören ist. Genau das«, wiederholte Tishy mit leichtem Spott, lächelte jedoch dabei. Dann blickte sie wieder Alan an und machte – zumindest, soweit sich Annie entsinnen konnte – den ersten Witz ihres Lebens, indem sie sagte: »Wissen Sie, sie ist nicht meine Mutter. Sie ist von niemandem von uns die Mutter. Ich meine, wie könnte sie es auch sein. Sehen Sie sie doch nur einmal an!« Sie deutete mit dem Daumen über die Schulter und schloß in gedämpftem Ton: »Sie ist noch ganz verdreht, wissen Sie? Aber vielleicht gibt sich das mit der Zeit, wenn sie erst mal zwanzig ist.«

Als Annie die Lippen zusammenpreßte und ihre bemehlten Hände hörbar gegeneinander abklopfte, als wolle sie sich auf einen Kampf vorbereiten, beugte sich Alan zu Tishy hinüber und sagte: »Ich weiß, was Sie meinen. Genauso war sie, als ich sie mit fünf Jahren kennenlernte. Und ihre Konversation – du meine Güte! Wissen Sie, worüber sie zu reden pflegte? – Über Klos.«

Als Annie sich hierauf gespielt entrüstete, kam es ihr so

vor, als wäre er schon seit Jahren hier zu Hause, so sehr vertraut erschien er ihr.

Im selben Moment hörte sie die Haustür klappen. Annie wischte sich rasch die Hände am Geschirrtuch ab und trat hinaus. Sie sah Rance auf die Treppe zugehen, blickte ihn an und sagte: »So etwas! Ich habe deinen Wagen gar nicht gehört. Was ist los? Du bist ja ganz schmutzig. Warum hast du nicht den Hintereingang benützt? Komm in die Küche und wasch dich. Ich möchte, daß du jemanden kennenlernst.«

»Gibt es heißes Wasser?«

»Genug.«

»Nun, dann nehme ich ein Bad.«

»Aber du hast doch erst heute morgen gebadet. Wo bist du gewesen? Ich dachte, du gingst zum Match. Pa hat gesagt, daß ihm Jimmy nachmittags in der Garage hilft.«

»Ich... ich war beim Match.« Er hatte die Treppe bereits erreicht. »Aber danach mußte ich für einen Freund etwas erledigen. Jetzt will ich baden.«

Sie starrte ihn einen Moment an, ehe sie wieder in die Küche zurückkehrte. Dort sagte Tishy gerade: »Das hier habe ich gern, weil ich weiß, daß es eine Menge Leute gern haben. Hören Sie nur: ›Es gibt einen grundlegenden Fehler in der sogenannten Kunst der Konversation. Er hängt nicht so sehr davon ab, ob die Menschen, die sie führen, geistreich sind oder nicht, sondern vielmehr von dem beinahe krankhaften Bestreben, etwas Witziges zu sagen, sooft sie den Mund aufmachen. Sonst halten sie die Zeit anscheinend für vertan. Das ist für die Zuhörer zumindest dieselbe Qual wie für diese stets unter dem Zwang stehenden Redner, um jeden Preis etwas Außergewöhnliches aufs Tapet bringen zu müssen, weil sie offenbar überzeugt davon sind, daß sie ihre Zuhörer sonst enttäuschen würden und diese am Ende gar meinen könnten, sie seien nichts weiter als gewöhnliche Sterbliche.‹«

»Kennen Sie nicht gleichfalls solche Menschen? Sie scheinen von der Idee besessen zu sein, unbedingt etwas

Kluges, Brillantes von sich geben zu müssen – koste es, was es wolle. Ich für meine Person habe mir fest vorgenommen, der Klasse, vor der ich stehe, stets nur die Hälfte von dem zu sagen, was ich weiß, und sie die andere Hälfte selbst herausfinden zu lassen. Wir haben zum Beispiel einen Lehrer, bei dem sich mir, sowie er nur den Mund aufmacht, sämtliche Haare aufstellen...«
»Tishy! Vergiß nicht, daß du gerade mit einem Lehrer sprichst.«
»Tu ich gar nicht, Mam.« Tishy drehte sich um und sah Annie an. »Ich will ihm damit nur vor Augen halten, daß er nur ja nie sein Gesamtwissen auf dem Katheder ausbreiten soll, wenn er weiß, was gut für ihn ist.«
»Aber Tishy!« sagte Annie, ganz entsetzt darüber, was ihre Älteste sich so frank und frei herausnahm. Im selben Moment fing Alan jedoch zu lachen an, laut, aus vollem Hals, ja geradezu ausgelassen, was zu seiner seriösen Erscheinung so gar nicht zu passen schien. Es war ein Lachen, wie man es eher von einem übermütigen Matrosen erwartet hätte, ein ansteckendes Lachen, und im nächsten Augenblick stimmten sowohl Tishy als auch ihre Mutter mit ein. Dabei ließ Annie ihre Blicke die ganze Zeit über auf Tishy ruhen. Nie zuvor, niemals zuvor hatte sie Tishy in Gegenwart eines Fremden so erlebt, noch dazu, wo sie heute durch ihre Erkältung gar nicht auf der Höhe war. Wäre es nicht großartig, ja wunderbar, wenn Alan und Tishy... Ach Gott ja, und ob! Und warum auch nicht? Wenn sie ihre Tochter so betrachtete, fand sie sie überhaupt nicht mehr unattraktiv. Noch vor kurzem hatte sie sich gesagt, daß ihre ganze Redseligkeit ihr Aussehen nicht verbessern könnte – aber es hatte sich verbessert, und wie!
Annie schüttelte leicht den Kopf, während sie sich die Lachtränen von den Wangen wischte, und dachte: Wie komisch das Leben doch war! Sie hatte es bis zum heutigen Tag bedauert, daß sie sich damals dazu hatte überreden lassen, die Weihnachtsfeiertage bei den Baileys zu verbringen. Wenn sie es jedoch nicht getan hätte, dann

würde dieser Mann – denn das war kein Junge mehr, das war ein richtiger Mann – jetzt nicht an ihrem Küchentisch sitzen und ihrer Tochter ins Gesicht lachen. Und ihre Tochter, bei der sie schon alle Hoffnung aufgegeben hatte, würde jetzt nicht so übermütig und gelöst zurücklachen. Oh, es war doch wunderbar, wie sich eins ins andere fügte.

Tishy, die noch immer lachte, wollte gerade etwas sagen, als das Geklapper umstürzender Kübel, begleitet von einem Schwall von Flüchen, aus dem Hinterhof zu hören war. Tishy schlug sich mit der Hand auf den Mund, sah Alan an und prustete heraus: »Jetzt werden Sie gleich etwas zu sehen bekommen, was Sie garantiert noch nie zuvor gesehen oder auch nur gehört haben, wetten? Das ist meine Oma McCabe. Was für ein Jammer, daß Opa Cooper nicht da ist. Dann bekämen Sie erst eine richtige Kostprobe davon, was wahre Konversation ist. Mein lieber Schwan! Arsenik und alte Spitzen sind nichts dagegen.«

»Tishy, sei still«, zischte Annie ihrer Tochter zu, als die Küchentür aufgerissen wurde. Dann rief sie: »Bist du in Ordnung, Mollie?«

»In Ordnung? Wie soll ich in Ordnung sein, wenn ihr diese verdammten Kübel absichtlich im Weg herumstehen laßt? Ich kann schon nicht mehr zählen, wie oft ich mir die Schienbeine daran blutig geschlagen habe.«

Mollie humpelte über die Schwelle, blieb plötzlich wie angewurzelt stehen, starrte mit halboffenem Mund den Fremden auf der gegenüberliegenden Tischseite an und sagte, rasch von ihm zu Annie blickend: »Entschuldige, Kindchen, ich hatte ja keine Ahnung, daß du Besuch hast.«

»Komm herein.« Annie schob sie in die Wohnküche, schloß hinter ihr die Tür und erklärte: »Das ist Arthurs Neffe. Erinnerst du dich an Arthur?«

»Natürlich erinnere ich mich an ihn, ich leide ja noch nicht unter Altersschwäche. Tag, mein Herr.« Mollie streckte Alan die Hand entgegen.

»Guten Tag. Wie geht es Ihnen?«
»Soweit ich noch ganz bin, gut, wenn Sie mich schon fragen.« Mollie setzte sich und begann, ihr Schienbein zu massieren. »In den vergangenen zehn Jahren hat es keinen einzigen Tag gegeben, an dem man in diesem Hof keine Fallen für mich ausgelegt hätte. Was gibt es da zu lachen, mein Fräulein?«
»Weil du Fallen sagst und so, Oma.«
Mollie starrte ihre Enkelin einen Moment lang an, als hätte auch sie eine Veränderung an ihr bemerkt. Aber wie üblich platzte sie mit dem heraus, was ihr zuerst in den Sinn kam, nämlich: »Du hast wieder mal eine Erkältung erwischt, wie ich sehe.«
»Ja, Omi, stimmt. Reib mir's nur tüchtig unter die Nase.«
»Wozu kochst du denn um diese Zeit?« wandte sich nun Mollie an Annie, und Annie erwiderte: »Ich koche nicht, ich mach' nur einen Eierkuchen mit Speck. Bleibst du auf einen Bissen?«
»Nicht, wenn's bloß Eierkuchen mit Speck gibt. Ist das alles, was du zu bieten hast?«
»Nun, wir haben noch kalten Lammbraten und einen Schinkenknochen im Kühlschrank. Du brauchst nur zu sagen, was du willst.«
»Einen Schinkenknochen, hach!« Mollie beugte sich über den Tisch zu Alan, der sie wie gebannt anstarrte: »Filzig bis dorthinaus, wissen Sie.« Sie zwinkerte ihm zu. Alan ging prompt darauf ein, nickte ernst und erwiderte: »Ich hab' mir doch so etwas gedacht.«
Dabei fuhr er fort, die alte, dicke, überladen angezogen wirkende Frau anzustarren, die, wie er annahm, Georgies Mutter sein mußte. Eins stand fest: Sie war ein Original. Eben legte Annie Mollie die Hand auf die Schulter, beugte sich vor und fragte: »Nun, was ist, bleibst du auf eine Tasse Tee?« Sie war ausgesprochen nett zu der Alten, diese Annie: schämte sich ihrer kein bißchen, wie viele andere es vielleicht an ihrer Stelle getan hätten. Er war ja in den paar Tagen, die er im nördlichsten, ihm bislang

völlig unbekannten Zipfel seines Heimatlandes zugebracht hatte, den verschiedenartigsten Typen begegnet, und zwar nicht nur unter den einfachen Leuten. Alan fand sie durch die Bank erfrischend: es war, als hätte er einen neuen Kontinent entdeckt. Wenn er es sich so recht überlegte, hätten ihn vermutlich nicht mal Australier – um nur ein Beispiel zu nennen – mehr überraschen und belustigen können. Diese Menschen stellten eine ganz eigene Kategorie dar, obwohl er bereits entdeckt hatte, daß sie über einen ärgeren Kastengeist verfügten als bei ihm daheim. Mit einem Snobismus wie hierzulande war er noch nirgens konfrontiert worden.

»Wie sagten Sie, sei Ihr Name?«

»Alan.«

»Alan, aha. Nun, Alan, was halten Sie so von unserer Gegend?«

»Nicht viel«, sagte Tishy rasch.

»Achte auf deine Zunge, mein Fräulein!« Mollie schwenkte den Zeigefinger vor Tishys Nase hin und her. »Und laß ihn gefälligst selbst zu Wort kommen.« Sie beugte sich über den Tisch zu Alan hinüber. »Es ist der beste Platz auf Gottes weitem Erdboden, mein Junge. Wir sind wie eine einzige große Familie hier in dieser gottverlassenen Gegend. Aber wohlgemerkt: Wie in jeder Familie gibt es eben gute und schlechte und mittelmäßige Mitglieder. Wenn es nach mir ginge, würde ich die Hälfte von ihnen unter Quarantäne stellen.« Sie lachte schallend. »Nun, Sie wissen schon, wie ich es meine, nicht?«

Sie lachten nun allesamt, als er sagte: »Natürlich. Natürlich weiß ich, wie Sie es meinen.«

»Es gibt ein, zwei Heilige, eine Handvoll ehrlicher Sünder, und der größte Teil besteht aus heillosen Spitzbuben, wie das nun mal eben so ist. Wissen Sie, so mancher meint, es gäbe überhaupt nur drei gute Seelen auf der ganzen weiten Welt: ihn selbst, den Papst und den lieben Gott. Und zwar in genau der Reihenfolge, ehrlich.«

»Ach Mollie, Mollie, wenn du mal loslegst!«

Als das Gelächter überhaupt kein Ende mehr nehmen wollte, stand Mollie auf und sagte: »So, und jetzt macht sich die allerärgste Spitzbübin auf den Heimweg. Gute Nacht, mein Junge.« Sie streckte Alan die Hand entgegen, und er sprang auf und schüttelte sie herzlich. Auf seinem Gesicht lag ein einziges breites Grinsen, und seine Augen waren naß vor Lachtränen, als er sagte: »Ich hoffe, wir sehen uns wieder.«

Anschließend wandte sich Mollie flugs Tishy zu, bohrte ihr den Zeigefinger in die Schulter und meinte: »Na bitte, da bist du platt, was? Er sagt es so, als meinte er es wahrhaftig. Wie du also siehst, mein Kind, ist deine Omi immer noch prächtig in Form!« Damit schickte sie sich an, zum Hinterhof aufzubrechen, aber Annie packte sie am Arm und sagte: »Die Kübel stehen noch immer draußen, Mollie. Ich hab' wirklich keine Ahnung, weshalb du jedesmal den Hintereingang benützt.«

»Weil ich auf dem Weg zu Winnie bin und das eine Abkürzung ist.«

Als sie dann an der Haustür standen, meinte Annie: »Du gehst zu Winnie, Mollie?«

»Tja, ich hab' die Absicht. Und da dachte ich mir, ich seh lieber bei euch vorbei und sag' dir, daß ich unsern Georgie vor fünf Minuten im ›Schubkarren‹ angetroffen habe, kaum, daß die aufgemacht hatten. Ich bin einen Sprung hineingegangen und hab' mir ein Gläschen Gin genehmigt, und in derselben Zeit hat mein Herr Sohn zwei Doppelte gekippt, genau wie der Bursche, mit dem er beisammenstand. Nun mußt du aber nicht etwa annehmen, die beiden hätten einander beim Zahlen abgewechselt! Nein, nein, Georgie hat den edlen Spender gespielt. Als ich sah, wie er in Fahrt war, hab' ich mir gedacht: Wenn er so weitermacht, werden sie ihn wohl um Mitternacht heimtragen müssen. Also hab' ich Phil gebeten, ihm einen Wink zu geben, daß ich draußen ein Wort mit ihm reden möchte. Und nun paß auf.« Mollie lachte und stieß Annie mit der flachen Hand in die Seite. »Als er herauskam, fragte er sofort: ›Was, zum Teufel, willst du denn?

Du weißt doch, Ma, daß ich seit letzter Woche volljährig bin, oder?‹ Ganz unser Georgie, was? Ich antwortete bloß, daß ich ihn schon beinahe zwei Wochen nicht mehr gesehen hätte, und dann erkundigte ich mich,nach seinem neuen Freund. Den hätt' ich nämlich überhaupt noch nie gesehen und es müsse sich schon um jemanden Wichtiges handeln, wenn er ihm zwei Doppelte spendiere. Georgie sagte, es ginge um was Geschäftliches. Der Kerl wäre an einem neuen Wagen interessiert und wolle seinen alten eintauschen, weil er – nun, was glaubst du wohl?« Abermals stieß Mollie Annie an und fuhr in Kampfesstimmung fort: »... weil er beim Toto eine Stange Geld gewonnen habe. Und da hat unser Einfaltspinsel nichts besseres zu tun, als für ihn die Runden zu schmeißen. Na, egal! Ich sagte ihm jedenfalls, er solle heimgehen, solange er noch dazu imstande sei. Aber die Antwort, die ich darauf bekommen habe, hat mich vermuten lassen, daß du Georgie noch ziemlich lange nicht zu Gesicht kriegen wirst, Kind. Und wir wissen ja, was los ist, wenn er sich mal vollaufen läßt, nicht? Also wollt' ich dir vorsichtshalber einen Wink geben, damit du nicht herumsitzt und vergeblich auf ihn wartest. Ich kenn dich doch.«

»Das war nett von dir, Mollie, danke. Du hast recht, ich habe gedacht, er würde einmal zeitig heimkommen und dann könnten wir in den Klub gehen.«

Mollie trat aufs Trottoir, drehte sich um und sagte: »Wie die Dinge augenblicklich in deiner Küche stehen, hoffe ich, daß er sich noch eine Weile nicht blicken läßt. Ich an deiner Stelle würde jedenfalls versuchen, den netten jungen Mann hinauszukomplimentieren, ehe Georgie seinen Auftritt hat.« Sie schloß lachend: »Ich finde, für heute ist er schon genügend strapaziert worden, wo er doch mich kennengelernt hat. Was meinst du, Kind?«

«Ach, Mollie.« Annies Stimme war dabei von echter Zuneigung erfüllt. »Wenn ihm im Leben niemand Schlimmeres begegnet als du, dann hat er's wahrlich nicht schlecht getroffen. Garantiert!«

»Ich wünschte, jeder dächte wie du, Kind. Wahrscheinlich sollte ich es dir gar nicht sagen, aber ich kann einfach nicht anders. Ich habe gestern auf dem Markt deine Mutter getroffen. Sie hat mich jedoch geschnitten und durch mich hindurchgesehen, als ob ich Luft wäre. Nicht daß es mir viel ausgemacht hätte: denn ein jedes Wort von ihr wäre ohnehin wie ein Nadelstich für mich gewesen. Aber bei dieser Gelegenheit fiel mir wieder ein Ausspruch meiner Mam von früher ein: ›Frauen mußt du so lange wie Schlangen behandeln, bis sie den Mund aufmachen. Dann wirst du ja sehen, ob man ihnen die Giftzähne bereits entfernt hat oder nicht...‹ Gute Nacht, Kindchen. Hab' ich dir übrigens schon gesagt, was du für ein Schatz bist, hm?«

Als Annie gerührt die Haustür geschlossen hatte, erfaßte sie gleich danach Zorn auf ihre Mutter. Wenn diese in der letzten Zeit nicht unpäßlich gewesen wäre – sie wäre auf der Stelle zu ihr gegangen und hätte sie zur Rede gestellt.

Vom Flur blickte sie zur Küche und dachte: Mollie hat recht. Besser, er ist fort, ehe Georgie heimkommt. Ein paar Minuten später sagte sie zu Alan: »Hoffentlich macht es Ihnen nichts aus, in der Küche zu essen. Es ist nämlich wärmer hier als im Wohnzimmer.«

»Ach, Mam« – Tishy feixte – »nun mach aber halblang.« Dann wandte sie sich erklärend an Alan: »Wissen Sie, zu welchen Gelegenheiten bei uns im Wohnzimmer gegessen wird? Zu Weihnachten, zum Geburtstag und nach Beerdigungen.«

Annie breitete das Tischtuch aus, strich es flach, stützte sich mit den Händen darauf und sagte vorwurfsvoll: »Da sehen Sie, wie es mir in diesem Haus ergeht.«

»Und ob.« Alan nickte und grinste über das ganze Gesicht. »Eingeengt von allen Seiten. Sie tun mir schrecklich leid, ehrlich.«

»So sehen Sie aus.«

Während sie den Tisch deckte, dachte Annie: Merkwürdig, daß wir uns so mir nichts, dir nichts necken, wo er

doch praktisch ein Fremder ist. Sie betrachtete verstohlen Alan, der neben Tishy saß, mit ihr das alte Buch durchblätterte und sich über ihre Aussprüche amüsierte. Wie nett er war. So nett und ungezwungen, als würde er zur Familie gehören. Wäre es nicht wunderbar, wenn er mit Tishy ins reine käme und sich gleichzeitig mit Rance anfreunden würde? Natürlich war Rance jünger, aber ein Mann wie Alan hätte bestimmt den besten Einfluß auf ihn. Außerdem besaß Rance keine Freunde. Sie jedenfalls kannte keinen. Wie hieß doch das Sprichwort? ›Gottes Wege sind wunderbar.‹ Und das stimmte auch. Sie mußte wirklich wieder einmal zur Messe gehen. Immer wieder hatte sie es auf später hinausgeschoben, war nur zu den Feiertagen in der Kirche gewesen, all die Jahre über. Aber wenn Gott das Geschick jener beiden Kinder, um die sie sich am meisten sorgte, in die Hand nahm – dann würde sie jeden Sonntag zur Kommunion gehen, und nichts sollte sie davon abhalten. Das war ein Versprechen.
»Legt einmal das Buch beiseite, damit ich auftragen kann«, sagte Annie. »Und ich werde mich nicht für das, was ich euch vorsetze, entschuldigen, das sag' ich euch gleich. Sonst kommt die da« – sie deutete auf Tishy, – »sofort wieder mit einem Seitenhieb daher, wie zum Beispiel: ›Ist das heute ein Festmahl im Vergleich mit dem, was sie uns für gewöhnlich auftischt!‹«
Ehe Annie Platz nahm, ging sie in den Flur und rief nach oben: »Rance! Kommst du? Es ist angerichtet.«
Seine Antwort kam in gedämpftem Ton: »Kann nicht sofort. Stell's inzwischen ins Backrohr.«
Zehn Minuten später – Alan hatte sich bereits zum zweitenmal mit einem großen Stück Eierkuchen mit Speck eingedeckt – meinte Annie schließlich entschuldigend: »Weiß der Himmel, was Rance heute da oben treibt. So lange braucht er sonst nie.«
Im selben Moment hörte man draußen eine Wagentür zuschlagen. Besorgt heftete Annie den Blick auf die Küchentür, während Tishy rief: »Das muß Pa sein!« Gleich darauf fiel die Haustür dröhnend ins Schloß und man

hörte Georgies Brüllen: »Wo ist er? Wo steckt das verdammte, gottvermaledeite Miststück!«
»Georgie! Georgie!« Annie war in den Flur geeilt, packte ihn am Arm und stieß hervor: »Sei still... es ist jemand da. Wir haben Be...«
»Weißt du, was er getan hat, dein Goldjunge?« Georgie war nicht mehr zu bremsen. »Weißt du, was er angestellt hat? Jetzt wirst du es glauben müssen, ob du willst oder nicht. Genauso wie ich es glauben mußte, als ich das Garagentor aufmachte und mich einem gestohlenen Wagen und zwei verdammten Halunken gegenübersah, die daran herumfummelten. Diese Schweinehunde haben ihn tatsächlich umgespritzt, die Nummernschilder ausgewechselt und auch sonst Profiarbeit geleistet. Es war ein Morris. Und so was in unserer Garage...«
»Ich bitte dich, Georgie, sei still. Hör doch nur...«
»Jetzt wirst gefälligst du einmal mir zuhören, verdammt noch mal. Einmal in deinem Leben wirst du mich anhören und nicht ihn. Ich hab' die beiden Kerle wahrhaftig ausquetschen müssen, aber es ist mir gelungen. Bis über beide Ohren steckt er in derlei Geschäften drinnen, und alles passiert ausschließlich auf seinen Befehl und direkt vor meiner Nase. Weißt du, was das heißen kann? Polizei – Gefängnis!«
Als Georgie Anstalten machte, die Treppe hinaufzustürmen, klammerte sich Annie an ihn und schrie: »Georgie! Hör doch, so hör doch nur!«
»Ich hab' lang genug auf dich gehört, was ihn anlangt. Laß mich los, und zwar sofort!« Er stieß sie zurück, wobei sie stolperte, die herbeigestürzte Tishy streifte und glatt hingefallen wäre, wenn Alan nicht beide Arme ausgebreitet und sie aufgefangen hätte. Kaum hatte Annie ihr Gleichgewicht wiedererlangt, rannte sie abermals zur Treppe, hielt jedoch abrupt inne. Auch Georgie war auf halbem Weg stehengeblieben, denn auf dem Treppenabsatz über ihm war Rance aufgetaucht. Sekundenlang standen die beiden einander gegenüber und starrten sich bloß an. Dann ergriff Georgie das Wort und sagte – was

Annie am meisten daran ängstigte – in auffallend ruhigem Tonfall: »Du hast alles genau geplant, nicht? Der Alte kommt ja nie zurück, wenn er mal die Garage zum Wochenende verlassen hat. Da hat er die Nase voll, heißt es doch immer, wie? Also ist die Luft rein bis Montagmorgen. Nur hatte ich heute ausnahmsweise einen Kunden, ein Extrageschäft. Deshalb bin ich in die Garage zurückgegangen, in *meine* Garage, aus der ich weitaus mehr als einen, der mich zu einer krummen Tour aufgefordert hat, hinausgeschmissen habe. Ich hab' jedem, der mir ein solches Ansinnen gestellt hat, klargemacht, daß er damit bei mir an der falschen Adresse sei und gut daran täte, zu verschwinden, und zwar ein bißchen plötzlich! Auf hundert Meilen im Umkreis wird dir ausnahmslos ein jeder bestätigen, daß ich mit Recht eine ehrliche Haut genannt werde. Das war ich immer, und das werd' ich auch bleiben.« Nun schwoll seine Stimme bedrohlich an, als er schloß: »Und da gehst du her und betrügst die Leute direkt vor meiner Nase. Mein eigener Sohn!«
Als Georgie nun die paar letzten Stufen nach oben stürmte, schrie Annie auf und wollte ihm nacheilen. Alan hielt sie jedoch fest und meinte warnend: »Nicht! Bleiben Sie, wo Sie sind.«
»Lassen Sie mich los! Lassen Sie mich sofort los! Auf der Stelle!« Sie wand sich unter seinem Griff. Da kam Tishy ihm zu Hilfe: »Halt dich heraus, Mam! Halt dich da heraus!«
Einen Augenblick hörte Annie tatsächlich auf, um sich zu schlagen und starrte genau wie die anderen nach oben. Rance stand in der geduckten Haltung eines Boxers, der auf den ersten Schlag wartet, seinem Vater gegenüber. Es drang wie Knurren aus seiner Kehle, als er hervorstieß: »Deine Garage! Dein Haus! Dein verdammtes Hab und Gut! Alles gehört einzig und allein dir, oder du läßt es die Leute zumindest glauben. Aber dir gehört nichts – gar nichts, hörst du? Weil du keinen Funken Verstand in deinem Schädel hast. Alles, was du besitzt, ist ein großes Maul. Alles, was du hast, jemals gehabt hast und jemals

haben wirst, verdankst du Ma. Wenn sie nicht gewesen wäre, wärst du bis zum heutigen Tag nichts anderes als ein lausiger Straßenkehrer, damit du's weißt!«
Was nun folgte, ereignete sich in Blitzesschnelle. Georgie riß plötzlich den Arm hoch, ballte die Faust und ließ sie mit Wucht gegen Rance vorschnellen. Aber der Hieb verfehlte sein Ziel, weil Rance im selben Augenblick den Fuß hob und seinem Vater einen Tritt versetzte. Er traf ihn mitten ins Kreuz. Georgies Gestalt krümmte sich, ein Ächzen entrang sich seinen Lippen, und dann stürzte er kopfüber die Treppe hinab.
Die Schreie der beiden Frauen gellten immer noch, als Georgie bereits wie ein gefällter Baum am Fuß der Treppe lag; Annie eilte hinzu, fiel neben ihm auf die Knie und versuchte, Georgie aufzurichten, wobei ihr Schreien langsam in Stöhnen überging.
Sofort stand Alan neben ihr. »Vorsicht! Rühren Sie ihn lieber nicht an. Am besten, Sie holen einen Arzt.«
Annie schenkte der leisen, bebenden Stimme keinerlei Beachtung, sondern versuchte unentwegt, ihren Mann hochzuziehen. Als sie spürte, wie sie selbst vom Boden aufgehoben wurde, wehrte sie sich jedoch nicht dagegen.
Alan wandte sich nun an Tishy, die zu Rance emporstarrte. Seine Hände umkrampften das Treppengeländer, und er blickte mit weit aufgerissenen Augen im kreidebleichen Gesicht ungläubig auf die Szenerie herab.
»Hier – passen Sie einen Moment auf sie auf.« Alan mußte Tishy an der Schulter packen, ehe sie wieder halbwegs zu sich kam und ihm gehorchte. Dann kniete er neben Georgie nieder, beugte sich über ihn, legte sein Ohr auf seine Brust und verharrte eine volle Minute lang in dieser Stellung. Die beiden Frauen blickten ihn dabei unverwandt an.
Als Alan schließlich aufstand und nur eine schwache Kopfbewegung machte, schrie Annie: »Nein! Nein!« Sie riß sich von Tishy los, sank abermals auf den Fußboden,

packte Georgie an den Revers, starrte in sein regloses Gesicht und schluchzte: »Nein, nein!« Und dann: »Ach, Georgie! Georgie! Verlaß mich nicht. Oh, verlaß mich nicht... Oh, mein Gott! Mein Gott!« Sie sah flehentlich zu Alan auf: »Er kann nicht tot sein. Sagen Sie, daß er nicht tot ist!«
»Es wird am besten sein, wenn Sie den Arzt verständigen.« Alan wischte sich den Schweiß von der Stirn.
»Herr im Himmel!« Annie streckte die Hand aus und streichelte mit zitternden Fingern Georgies Gesicht. Dann zuckte sie panikartig zusammen, als Tishy zu ihrem Bruder emporschrie: »Du hast es getan! Endlich hast du es geschafft, nicht wahr? Du wolltest es ja immer schon tun. Du hast ihn umgebracht, du verkommenes Schwein! Du hast ihn umgebracht! Wenn du dafür lebenslänglich hinter Gitter kommst, werde ich hurra schreien, hörst du? Freuen werd' ich mich, jawohl, freuen – freuen!«
»Hör auf, hör sofort auf, Tishy!« Annie richtete sich mühsam auf und zerrte ihre Tochter vom Fuß der Treppe fort. Tishy, die sie aus tränenblinden Augen anstarrte, schrie: »Diesmal wirst du ihn nicht herausreißen können, nicht?«
»Was redest du da, Kind? Du hast wohl den Verstand verloren.«
»Nicht, Mam, laß los!« Heftig entzog Tishy sich Annies Zugriff. »Ich sage, was wahr ist: Er hat meinen Pa umgebracht, jawohl, alle Welt soll es wissen! Da kannst du reden, soviel du willst.«
Annies Unterkiefer mahlte einige Male, ehe sie zu dem immer noch unbeweglich am Treppengeländer verharrenden Rance hochsah. Dann schwenkte ihr Blick zu ihrer Tochter hinüber, und sie sagte: »Es... es war ein Unfall. Du weißt ganz gut, daß es ein Unfall war.«
»Ein Unfall? O nein, so kannst du ihn nicht davonkommen lassen, Ma. Er hat den Fuß gehoben und Pa hinuntergestoßen.«
»Sie haben miteinander gerungen – es war...«

»Nein, nein!«
Annie wandte sich zu Alan um, schüttelte einen Moment lang völlig verwirrt den Kopf und murmelte schließlich: »Passen Sie... passen Sie auf sie auf, ja? Bringen Sie sie ins Wohnzimmer.«
»Sollten Sie nicht lieber den Arzt verständigen?«
»Ja, ja.« Annie preßte die Hand auf den Mund. »Ich... das werde ich gleich tun. Aber... aber bringen Sie Tishy weg, bitte.«
Annie sah zu, wie Alan auf Tishy zuging, den Arm um ihre Schulter legte und sie nachdrücklich ins Wohnzimmer beförderte. Dann barg sie den Kopf in den Händen, sah auf Georgie nieder und flehte im stillen zu Gott.
Schließlich betrat sie die Treppe, stieg langsam nach oben, machte die Hände ihres Sohnes sanft vom Treppengeländer los, führte Rance, ihn stützend, in sein Zimmer. Nachdem sie ihn auf den nächstbesten Stuhl placiert hatte, gab sie ihm einige heftige Backenstreiche, um ihn zu sich zu bringen und sagte laut: »Rance! Rance! Sieh mich an. Hör mir zu.«
Als er schließlich aufblickte und sprach, klang seine Stimme ganz normal: »Ist er tot – wirklich tot?«
Annie nickte nur. Sie starrten einander an. Ihre Augen ließen ihn nicht los, und da erst schien ihm klarzuwerden, was er getan hatte. Er zog die Schultern hoch, vergrub das Gesicht in den Händen und stöhnte: »Allmächtiger... Allmächtiger!« Dann sah er sie abermals an und stammelte: »Ich... ich wollte es nicht, Ma. Du weißt, daß ich das nicht wollte.«
Annie beschränkte sich darauf, zu antworten: »Hör zu, Rance! Du mußt Tishy davon überzeugen.« In diesem Augenblick dachte sie überhaupt nicht an den Fremden, den Außenstehenden, der Zeuge der Geschehnisse geworden war. Alles, was sie beschäftigte, war die Reaktion ihrer Tochter. »Bleib jetzt ruhig«, befahl sie. »Bleib bloß ruhig. Ich muß den Arzt anrufen. Ich werde... ich komme wieder. Bleib ruhig.« Sie verließ das Zimmer und schloß hinter sich die Tür; allerdings ging sie nicht sofort

auf die Treppe zu, sondern lehnte sich mit dem Rücken an die Wand und fragte sich, wie es nur dazu gekommen war. Noch vor einer halben Stunde war sie in der Küche gewesen, hatte gescherzt und gelacht. Und nun war Georgie tot, und Rance würde im Gefängnis landen.
Einen Moment lang wurde ihr schwarz vor Augen. Und als die Schwärze vorbeiging, war die erste Frage, die sie sich stellte: Warum... warum weine ich nicht? Was ist los mit mir? Ihr Herz schmerzte sie so sehr, daß es beinahe unerträglich war. Sie hatte Georgie verloren, ihren Georgie, der ein so herzensguter Mensch gewesen war, jawohl: trotz seiner rauhen Art und obwohl er wirklich nicht viel Grips gehabt hatte. Er hatte seine Grenzen genau gekannt – keiner besser als er; sein stürmisches Gehaben hatte ja nur dazu gedient, dies alles zu kaschieren. Und dann mußte er sich von seinem eigenen Sohn ins Gesicht schreien lassen, welch eine Null er sein Leben lang gewesen sei, und noch dazu genau in diesem Moment zu Tode kommen. Oh, Georgie, Georgie! – Und Rance... Rance würde es nicht überleben, ins Gefängnis gesteckt zu werden. Er würde elend zugrunde gehen. Sie konnte es nicht ertragen, so plötzlich, auf einen Schlag, von den beiden Menschen getrennt zu werden, die ihr Liebstes waren.
Langsam ging Annie die Treppe hinunter, den Blick unausgesetzt auf die unten liegende Gestalt geheftet. Nein, sie konnte nicht glauben, was sie mit eigenen Augen sah. Ihre Welt stand kopf. Bei Georgie angelangt, berührte sie abermals sein Gesicht, wobei sie sagte: »Oh, mein Lieber, mein Liebster.« Ihre Seele schien bis an den Rand mit Tränen angefüllt zu sein, aber ihre Augen waren trocken. Weshalb weinte sie nicht? Warum konnte sie nicht weinen? Sie blickte zu dem Abstelltisch hinüber, auf dem das Telefon stand, und wollte gerade darauf zugehen, als sie Tishy im Wohnzimmer mit gebrochener Stimme sagen hörte: »Er ist nicht nur nicht gut – er ist schlecht, abgrundtief schlecht. Aber sie ist nicht imstande, das einzusehen.«

Da ließ Annie das Telefon unberührt und betrat das Wohnzimmer. Zwei Augenpaare wandten sich ihr zu; sie schwieg vorerst, bis sie ihnen gegenüber Platz genommen hatte. Dann sah sie Tishy an und sagte: »Wir haben nicht viel Zeit. Ich möchte dich um etwas bitten. Aber zuerst muß ich dich daran erinnern, Kind, daß ich euch allen das Leben geschenkt habe.«

Augenblicklich erwiderte Tishy mit von Bitterkeit erfüllter Stimme: »Geschenkt? Du hast mir nichts geschenkt, Mam. Auch Bill und Kathy nicht. Was du zu verschenken hattest, hat alles *er* bekommen. Das wissen wir andern sehr genau.«

»Du irrst dich, du irrst dich gewaltig. Ich liebe euch doch alle.«

»Du hast uns gern. Aber lieben tust du nur ihn.«

»Das ist ein Irrtum, Kind. Jedenfalls hängt es einzig und allein von dir ab, ob er ins Gefängnis muß oder nicht.«

»Von mir?«

»Ja, von dir... Es war ein Unfall. Dein Pa ist ausgeglitten und die Treppe hinuntergestürzt.«

»Nachdem jemand mit dem Stiefel nachgeholfen hat.«

Annie schloß die Augen, senkte den Kopf und verharrte so einige Sekunden. Dann sah sie ihre Tochter wieder an und sagte: »Du... du mußt ja nicht daheim gewesen sein. Oder du... du könntest dich gerade in der Küche aufgehalten haben. Mit Alan.« Sie sah nun zu Alan hinüber, der sie mit zusammengekniffenen Augen fixierte, wobei seine Miene äußerste Verwirrung ausdrückte. Hastig richtete Annie an ihn die Frage: »Sie... Sie werden uns in dieser Angelegenheit doch beistehen, nicht wahr?«

Seine Augen wurden riesengroß, er öffnete die Lippen, brachte jedoch keinen Ton hervor, sondern wandte den Kopf ab und blickte zu Boden. Sie ergriff seine Hand und flehte: »Für Sie... hat es doch nichts zu bedeuten.« Alans Antwort war Schweigen. Was hätte er sagen können? Hätte er in einem solchen Moment von Moral und Prinzipien sprechen sollen? Hätte er ihr etwa sagen sollen, daß er nicht die Absicht habe, einen Mord gutzuheißen, denn in gewisser Hinsicht war es das gewesen: Er hatte immer noch die Szene vor Augen, als dieser Kerl den Fuß hochgerissen und seinen Vater in die Leiste getreten hatte. Abermals wiederholte Annie: »Für Sie hat es doch nichts zu bedeuten, nicht wahr?«

Bevor er zu einer Antwort ansetzen konnte, fuhr Tishy dazwischen. Sie schrie: »Zieh ihn ruhig da hinein, Mam, los, nur weiter so! Auch wenn er ein Fremder und noch keine zwei Stunden bei uns im Haus ist! Ich sag' Ihnen –« sie drehte sich nun zu Alan um und wischte sich zornig die Tränen von den Wangen –, »eher würde sie die Schuld auf sich nehmen, als ihn auch nur eine Minute lang leiden zu lassen. So ist es immer gewesen.«

»Hör auf, Tishy – hör sofort damit auf! Ich hab' schon Kummer genug.« Aus Annies Stimme klang qualvolles Schluchzen, obwohl ihre Augen nach wie vor tränenlos waren. »Gerade habe ich Pa verloren, ich will nicht meinen Sohn auch noch verlieren. Die Vorstellung, er wäre tot, würde mir weniger ausmachen als der Gedanke, daß er ins Gefängnis kommen könnte. Das wäre sein Ende, das weiß ich. Ich könnte es nicht ertragen.«

Tishy lehnte sich zurück und verbarg ihr Gesicht in der Armbeuge. Annie stand auf und sagte rasch: »Ich werde den Arzt anrufen...«

Von diesem Telefonat an begann ihr Verstand wieder auf die altgewohnte Weise zu arbeiten, was sie selbst überraschte. Bei jedem andern Menschen in ihrer Lage hätte sie das als schlau bezeichnet. Nachdem sie ein Leintuch über Georgie gebreitet hatte, ging sie in den Garten und warf einen Blick auf das Nachbarhaus zur Rechten. Alles dunkel – die Tressels waren nicht daheim. Auch im Haus linker Hand brannte kein Licht, Gott sei Lob und Dank! Die Brooks waren übers Wochenende nie da, da konnte man unbesorgt sein. Die Besitzer des angrenzenden Hauses, die Lauries, waren zwar zu Hause – aber sie konnten unmöglich etwas gehört haben. Dazu machten die Jungen viel zuviel Krach: Fernsehapparat und Plattenspieler liefen stets mit voller Lautstärke.

Danach kehrte Annie wieder ins Haus zurück, überquerte den Flur, indem sie nun den Kopf von Georgie abwandte, und ging nach oben zu Rance. Er lag auf dem Bett, hatte aber immer noch die Schuhe an. Als sie das Zimmer betrat, setzte er sich auf und sah sie mit demselben Ausdruck in den Augen an, mit dem er sie schon als kleiner Junge angesehen hatte, wenn sie ihn vor den Prügeln des Vaters beschützen sollte.
Sie setzte sich zwar neben ihn aufs Bett, ergriff jedoch nicht seine Hand, wie sie es bisher immer getan hatte, wenn er in Schwierigkeiten gewesen war. »Jetzt hör einmal gut zu«, begann sie. »Du bist in deinem Zimmer gewesen, hier heroben« – sie machte eine nachdrückliche Geste –, »um dich zum Ausgehen umzuziehen, als... als du deinen Vater aufschreien hörtest. Du hast angenommen, daß er wieder mal über den verschobenen Teppich gestolpert sei, wo schon die ganze Zeit ein Nagel heraussteht. Du erinnerst dich doch« – sie nickte bedeutungsvoll –, »daß ich ihm immer wieder in den Ohren gelegen habe, das endlich zu bereinigen. Ich hätte es ja selbst tun können, wenn ich bloß daran gedacht hätte – das ist alles. So einfach ist das... Hörst du? Hast du gehört, was ich gesagt habe?«
»Ja, ja, Mam. Ach, Mam.« Er streckte die Hände aus und umklammerte die ihren, aber sie erwiderte seinen Händedruck nicht, als sie ihm einschärfte: »Mehr darfst du nicht sagen, wenn sie dich fragen, verstanden?«
Er schluckte, ehe er sich erkundigte: »Und was ist mit Tishy und diesem Kerl?«
»Dieser Kerl ist Arthur Baileys Neffe. Du erinnerst dich doch an Arthur, nicht wahr? Monas Mann, weißt du. Er wird... er wird nichts verraten. Im Moment geht es einzig und allein um Tishy. Darum möchte ich, daß du auf der Stelle mit hinunterkommst und ihr selbst sagst, es sei alles andere als Absicht gewesen, ein unglücklicher Zufall – so was in der Art eben.«
»Das soll ich Tishy sagen?«
»Allerdings.«

»Oh, das kann ich nicht, Mam.«
»Von wegen du kannst nicht.« Ihre Stimme klang nun richtig barsch. »Was ist dir lieber? Mit ihr zu reden oder ins Gefängnis zu kommen?« Sie spie ihm diese Worte geradezu ins Gesicht und als sie sah, wie er zusammenzuckte, sich förmlich krümmte, als würde er sich in der nächsten Sekunde übergeben, fügte sie hinzu: »Tatsachen muß man ins Auge sehen.«
»Sie haßt mich.«
»Tja, möglich. Um so mehr mußt du sie davon überzeugen, daß du niemals die leiseste Absicht hattest, etwas Derartiges zu tun. Und die hattest du doch nicht. Niemals. Nicht wahr?«
Es dauerte sekundenlang, bis er den Kopf hob, sie fest anblickte und antwortete: »Nein, Mam.«
Annie hatte es nicht für möglich gehalten, daß ihr das Herz noch weher tun könnte, daß der Schmerz in ihrer Brust, der ihr den Körper mitten entzweiriß, noch schlimmer werden könne. Seine Antwort bewirkte jedoch, daß sie sich noch elender fühlte als zuvor. Mit von Bitterkeit erfüllter Stimme sagte sie: »Bei Tishy wirst du schon überzeugender sein müssen. Komm jetzt...«
Entschlossen half sie ihrem Sohn die Treppe hinunter und zog ihn weiter, als sein Fuß vor dem zugedeckten Leichnam stockte. Beim Eintritt in das Wohnzimmer stolperte er schließlich wie ein Betrunkener. Dann blieb er in einiger Entfernung von Tishy stehen und starrte sie, die nun allein auf dem Sofa saß, nur an. Den Fremden am Kopfende des Sofas, der zu ihm herübersah, beachtete er gar nicht. Sein Blick haftete ausschließlich auf Tishy. Er konnte sich nicht erinnern, daß es jemals einen Zeitpunkt in seinem Leben gegeben hätte, wo sie ihn nicht gehaßt hatte und umgekehrt. Mühselig schluckte er zweimal, fuhr mit den Händen unruhig zur Krawatte, sah seine Mutter an, dann wieder Tishy und stieß hervor: »Ich... ich wollte es nicht tun, Tishy, ich wollte es nicht.«
Sie starrte ihn aus stark geröteten, vom Weinen ver-

schwollenen Augen an, aber sie weinte nun nicht mehr, als sie langsam erwiderte: »Meinetwegen kannst du das bis zum Jüngsten Tag wiederholen – ich glaube dir ja doch nicht.«

Er klapperte hörbar, aber kraftlos mit den Zähnen; keine Spur von Energie schien ihm verblieben zu sein, keinerlei Gefühl, weder Trauer noch Reue: nur Angst. Und diese Angst, bedeutend stärker als sein Stolz, trieb ihn auch dazu, näher zu kommen, ja sich sogar neben sie zu setzen und verzweifelt zu murmeln: »Es ist aber wahr, du mußt mir glauben, Tishy. Er wollte auf mich losschlagen, ich hätte keine Chance gegen ihn gehabt, das war schon immer so. Er wollte mir ins Gesicht schlagen, ich sah es in seinen Augen. Das, was ich tat, geschah zur puren Selbstverteidigung. Aber ich wollte niemals… ich wollte ihn niemals… Ehrlich. Ehrlich. Oh, mein Gott!«

Sein Körper bäumte sich auf. Er preßte die Hand auf den Mund, sprang vom Sofa hoch und stürzte aus dem Zimmer. Er erreichte den Abfluß jedoch nicht mehr, nur die Küchentür. Und dort – angesichts der lang hingestreckten Gestalt am Fuße der Treppe – würgte und erbrach er derart, als wolle er sein Herz ausspeien, während Annie ihm den Kopf hielt, wie Georgie oft den ihren gehalten hatte.

Vielleicht war es dieses Geräusch, das Tishy besänftigte; sie wandte sich fragend an Alan: »Und was werden Sie sagen? Meine Mutter scheint sicher zu sein, daß Sie einfach mitmachen.«

Seine Antwort lautete: »Sie ist völlig verzweifelt. Wenn ich ihr helfen kann, dann werde ich es tun.«

»Verzweifelt? Wegen Pa oder wegen Rance?«

»Das… weiß ich nicht.«

»Nein, Sie wissen es nicht, aber ich weiß es. Mein Vater ist tot, und meine Mutter hat nicht eine Träne vergossen. All ihre Gedanken und Sorgen drehten sich um ihren Liebling Rance.«

Er sah sie eine volle Minute an, ehe er erwiderte: »Ich will Ihre Gefühle in einem solchen Moment gewiß nicht schmälern, ich bin überzeugt davon, daß Sie ihren Vater sehr gern gehabt haben. Aber… aber ich glaube, es ist eine allgemein bekannte Tatsache, daß der Schmerz eines Menschen, der in größter Verzweiflung nicht zu weinen imstande ist, äußerst heftig sein kann und daß sich ein solcher Zustand sehr schädlich auf die Gesundheit des Betroffenen auszuwirken vermag. Weinen ist wie ein Sicherheitsventil. Womit ich nicht sagen will, daß zum Beispiel Sie weniger empfinden – nur daß es bei Ihnen eben anders zum Ausdruck kommt.«

Tishy betrachtete ihn mit unerforschlichem Blick: »Sie haben doch nichts mit alledem zu schaffen. Und doch sind Sie hiergeblieben. Weshalb gehen Sie nicht, bevor der Arzt kommt… und die Polizei?«

»Vielleicht kann ich allein durch die Tatsache meiner Anwesenheit irgendwie behilflich sein… Es ist merkwürdig« – er sah sich im Zimmer um und schüttelte dann den Kopf –, »seit Jahren wollte ich herkommen. Ich wußte genau, daß ich es eines Tages tun würde.«

Sie schwiegen beide. Dann fragte Tishy: »Weshalb eigentlich?«

Er sah sie voll an, als er erwiderte: »Weil ich sie wiedersehen wollte. Ihre…«

»Meine Mam?«

»Ja.«

»Aber Sie waren doch noch ein Junge, ein ganz kleiner Junge, als Sie sie damals zum letztenmal sahen.«

»Darauf kommt es nicht an. Ich habe mich so lebhaft an sie erinnert. Ich wußte, daß ich sie eines Tages wiedersehen müsse.«

Tishy sah Alan durchdringend an, dann seufzte sie tief und ließ den Kopf auf die Brust sinken.

3

»Wenn du darauf bestehst, die Buchhaltung zu führen, bedeutet das doch nur, daß du mir nicht traust.«
Eigentlich hätte Annie ihm nun bestätigen müssen, daß er damit den Nagel auf den Kopf getroffen hatte. Aber sie beschränkte sich nur darauf, zu sagen: »Das ist keine Vertrauensfrage, Rance. Ich bin für die Garage verantwortlich, sie ist genauso meine Existenz wie die deine.«
Sie sagte nicht: Es ist meine Garage.
»Mam, paß auf.« Er beugte sich zu ihr. »Ich werde mir die Finger krumm arbeiten, wenn du die Dinge mir überläßt, das schwör' ich dir. Aber wenn du jede Minute um mich herumtanzt...«
Sie stand mit einem Ruck auf und sagte: »Ob es dir paßt oder nicht, Rance: Ich werde täglich herüberkommen und mich um die Bücher kümmern.«
Er brauste auf: »Mam, das ist nicht der passende Platz für eine Frau, glaub mir doch. Eine Garage ist ein richtiger Männerjob.«
»O nein!« Annies Stimme schwoll merklich an. »Auch Hanlons Kohlenlager war nicht der passende Platz für eine Frau, und trotzdem mußte ich es führen. Wir wären heute bestimmt nicht da, wo wir sind, wenn ich es nicht getan hätte.«
»Ich weiß, ich weiß, Mam. Das ist ja der springende Punkt. Ich möchte eben, daß du dich endlich etwas schonst und es bequem hast. Du wirst schließlich auch nicht jünger – bald bist du vierzig.«
»Mein Gott, vierzig! Wenn ich sechzig wäre, dann... Ach was.« Sie schloß die Augen und ließ sich auf dem Stuhl

nieder. »Ich bin müde, Rance. Ich fühle mich nicht allzu gut...«

»Das ist doch genau das, was ich meine. Glaubst du etwa, mir wäre entgangen, daß du dich nicht wohl fühlst? Ich möchte dich doch nur entlasten...«

»Dann mach mir keine unnötigen Sorgen. Schlag einen geraden Weg ein, einen rechtschaffenen, und erinnere dich daran, was wir gerade erst durchgemacht haben.«

Er drehte sich zur Seite, ließ den Kopf sinken und sagte: »O Gott, Mam, mußt du das immer und ewig wieder zur Sprache bringen!«

»Sag das nicht so« – ihre Stimme war leise, aber bitter –, »als ob es jedermanns Fehler, nur nicht der deine gewesen wäre.«

Er sah sie über die Schulter an: »Jetzt bist du auch schon gegen mich.«

»Nein, das stimmt nicht. Ich wünschte, es wäre so. Hörst du? Ich wünschte, es wäre so, ich wünschte, ich könnte es. Es wäre nur fair, gegen dich zu sein. Übrigens, noch etwas – wenn wir schon dabei sind: Mit dem Spielen muß es ein Ende haben.«

»Hör mal, Mam, kette mich nicht völlig an.« Es zuckte in seinem mageren, blassen Gesicht. »Was geschehen ist, ist geschehen, ich werde es nie vergessen. Aber festbinden kannst du mich deshalb nicht. Das geht einfach nicht.«

»Mit dem Spielen wird nun Schluß gemacht, und damit basta!«

»Mam, es gibt Schlimmeres als das.«

»Mag sein! Mir genügt es, daß du deshalb in die Sache mit dem gestohlenen Wagen verwickelt warst.«

Er starrte sie mit offenem Mund an. Dann sagte er langsam: »Du hast also geglaubt, daß ich...?«

»Ich bin ja kein Narr, Rance – ebensowenig wie dein Pa einer war, obwohl du ihn stets dafür gehalten hast. Ich will dir mal was sagen – und es kostet mich eine Menge Kraft, es auszusprechen: Sollte ich irgendwann herausbekommen, daß du jemals wieder in eine derartige Sache verwickelt bist, wäre das das Ende zwischen uns, zumindest, was mich anlangt. Ich habe... ich habe immer und jederzeit zu dir gehalten, selbst an dem Tag, an dem dein Vater starb: so sehr, daß jedermann mich deshalb verdammen würde. Verschon mich also zumindest mit derartigen Geschäftspraktiken, wenn dir noch etwas an mir gelegen ist.«

»Aber, Mam!« Rance hob flehend die Hände. »Ich sag' dir doch, die Sache damals war völlig astrein. Die Jungs haben einfach eine Möglichkeit gesucht – sie wollten sich den Wagen selbst umspritzen. Es hat sich nur um einen Gefallen gehandelt, weil bei uns Platz war. Hätte ich da vielleicht...«

»Sei still, Rance!«

Während sie ihn so ansah, wunderte sich Annie, daß er seine Unschuld ausgerechnet in diesem Punkt derart heftig verteidigte. Es stimmte schon, was sie ihm vorhin an den Kopf geworfen hatte: Georgie war kein Narr gewesen, er hatte stets durchgeblickt, auch wenn er einen sitzengehabt hatte und nicht mehr ganz klar im Kopf gewesen sein mochte. Eins stand fest: Sie hatte ihm geglaubt. Sie hatte es sich ja schon hundertmal selbst eingestanden, daß ihr Sohn einen besonders schlimmen Charakterfehler hatte. Seine Heimlichtuerei, seine Schlauheit hatten sie schon oft und oft krank gemacht. Wenn sie darüber nachdachte, mußte sie zugeben, daß er bereits als Kind so gewesen war. Damals schon war er überzeugt davon gewesen, ihr nur fest in die Augen blikken und immer wieder dasselbe wiederholen zu müssen, um sie dazu zu bringen, ihm zu glauben. Zu glauben, daß alles, was er ihr sagte, wahr war.

Weshalb liebte sie diesen Sohn mehr als ihre andern Kinder? Tishy hatte recht: Sie hatte die andern gern, aber Rance liebte sie. Nur ein einziges Mal hatte sie so etwas wie Haß gegen ihn empfunden; als sie am Grab stand und zusehen mußte, wie sie Georgie in die Grube senkten. In diesem Augenblick war es ihr, als würde Tishy in ihrem Innern aufschreien: ›Er ist nicht nur nicht gut, er ist schlecht, abgrundtief schlecht. Kein Mensch ist gut, der imstande ist, den Fuß zu erheben und seinen Vater die Treppe hinunterzustoßen.‹

Es hatte eine amtliche Leichenbeschau stattgefunden, und man war zu dem Ergebnis ›Tod durch Unfall‹ gelangt. Verhöre waren ihnen erspart geblieben: Schließlich war Georgie McCabes Hang zum Alkohol allgemein bekannt. Nur in der ›Schubkarre‹ hatte es einiges Gemunkel gegeben; die paar Doppelten, die er an jenem Unglücksabend getrunken hatte, standen in keinem Verhältnis zu dem, was er vertragen konnte. Jedenfalls wäre er bei seinem Aufbruch ganz in Ordnung gewesen. Zu Pat Reynolds hatte Georgie noch gesagt, daß er mit dem Wagen heimfahren wolle. Mit dem Wagen, na bitte! Und eine Stunde darauf war er die Treppe hinuntergestürzt. Komisch, nicht? Sein Verlust wog schwer: War ein prachtvoller Kerl, dieser Georgie, immer freigebig und großzügig. Hatte jedem ausgeholfen, da konnte man sicher sein. So lautete die allgemeine Meinung über Georgie.

Annie stand auf und sagte zu Rance: »Weshalb heiratest du nicht endlich?«

»Was! Heiraten? Weshalb sollte ich das tun? Ich mag nicht heiraten. Jedenfalls jetzt noch nicht. Außerdem müßte ich dich dann verlassen. Was würdest du dazu sagen, wie?«

»Sorg dich nicht um mich.« Annie schüttelte langsam den Kopf.

Er kam auf sie zu und baute sich dicht vor ihr auf: »Aber ich sorg mich nun mal um dich, Mam, glaub mir doch.«

Annie blickte ihm in die Augen, ehe sie sich abwandte. Sie wünschte, sie hätte ihm glauben können, bei Gott! Am liebsten hätte sie ihm alles geglaubt, was er sagte.

Tishy saß in ihrem Zimmer vor dem Spiegel. Sie besah sich zuerst von der einen, dann von der andern Seite und beschloß, etwas Rouge aufzulegen. Vielleicht würde ihr Gesicht dann weniger mager, ja möglicherweise sogar eine Spur attraktiv wirken. Aber nach den ersten zaghaften Versuchen wischte sie sich doch wieder die Wangen ab. Sie würde einen völlig natürlich aussehenden Lippenstift benützen, keinen von den grellroten. Und was war mit dem Haar? Sollte sie es glatt aus der Stirn streichen oder sich einen Mittelscheitel machen? Tishy entschloß sich für letzteres. Und tatsächlich sah ihr Gesicht nun weicher aus. Wenn sie nur keine so aufgestellte Nase und vollere Lippen hätte... Sie spitzte die Lippen und sagte: »Pflaumen – Pflaumen – Pflaumen.« Dann wandte sie ungeduldig den Kopf ab und murmelte: »Ach, was macht es schon aus. Er hat mich bisher ja auch so gesehen, wie ich bin, und er mag mich, wie ich bin.« Abermals blickte sie in den Spiegel, und das Lächeln, das dabei über ihre Züge glitt, ließ sie sanfter als sonst erscheinen. Bekräftigend nickte sie sich zu: »Er mag mich. Hätte er mich etwa nach Newcastle ausgeführt, wenn es nicht der Fall wäre?«

Oh, ihr Leben lang würde sie sich an den letzten Samstag erinnern, ganz bestimmt. Sie war so stolz darauf gewesen, an seiner Seite gesehen zu werden, denn er war schließlich ein Mann, in seinem ganzen Denken, Handeln und Fühlen. Welch ein Unterschied zwischen ihm und jenen Primanern, die einem in der Schule nachliefen. Um ehrlich zu sein: Ihr waren sie ja nicht nachgelaufen, niemals. Heute fragte sich Tishy allerdings, weshalb sie albern genug gewesen war, es sich so dringend zu wünschen? Wie auch immer: Letzten Samstag war sie mit einem Mann ausgewesen. Sie hatten die Buchläden abgeklappert, waren im Museum gewesen und hatten Tee miteinander getrunken. Er hatte nicht den Vorschlag gemacht, sie ins Theater oder auf den Rummelplatz zu führen, aber sie war sicher, daß er es getan hätte, wenn es dazu nach dem Tod ihres Vaters nicht noch zu früh gewesen wäre.

In all ihrem Glücksgefühl empfand Tishy dennoch Schuldbewußtsein: Schließlich hatte das Begräbnis erst vor einem Monat stattgefunden. Aber sie konnte einfach nicht anders. Eigentlich sonderbar, aber in gewisser Hinsicht war der Umstand, daß und wie ihr Vater gestorben war, daran schuld, daß Alan und sie sich so einander angeschlossen hatten. Und das hatten sie doch, oder? Sie stellte diese Frage ihrem Spiegelbild, und es dauerte einige Zeit, ehe sie antwortete: »Ja, es stimmt. Wir sind ehrlich vertraut miteinander, weil wir über so viele Dinge ein und derselben Meinung sind und so gut miteinander auskommen. Er hielt sie für witzig, und sie war es in seiner Gegenwart tatsächlich. Ihr Geist arbeitete doppelt so schnell, wenn sie mit ihm beisammen war; er spornte sie an. In seiner Gesellschaft vergaß sie, daß sie unscheinbar, ja häßlich war. Da sprühte sie vor Einfällen und guter Laune und wurde zu einer richtigen Persönlichkeit.

Sie wußte, daß ihre Mutter hundertprozentig für diese Verbindung war. Erstens, weil Alan sie, wenn sie heirateten, aus diesem Haus wegbringen würde – fort von Rance. Und das wünschte ihre Mutter wohl mehr als alles andere. Wenn sie monatelang von zu Hause weg sein würde, um ihr Praktikum zu machen, war das nicht dasselbe: schließlich würde sie ja eines Tages wieder in ihr Elternhaus zurückkehren. Und der zweite, nicht minder wichtige Grund war, daß Annie wahrscheinlich nur die verschwindend geringe Hoffnung gehegt hatte, sie Tishy, könnte jemals einen Ehemann finden.

Oh, verheiratet zu sein, mit Alan verheiratet zu sein; jemanden zu haben, der zu einem gehörte, der einen liebte. Nie hatte Tishy zu hoffen gewagt, daß ein Mann sie lieben würde; dazu kannte sie ihr Aussehen zu gut. Weshalb nur sah ihre Mutter so gut aus, so schön, und sie selbst so unscheinbar, ja häßlich? Weshalb nur? Kathy und Bill hatten in dieser Hinsicht nicht die geringsten Probleme. Das war doch nicht natürlich, gelinde ausgedrückt. Mehr noch: Es war schlichtweg unfair. Und dann gab es ja da auch noch Rance, der wie der reinste Heilige aussah, während er doch ein wahrer Teufel war. Aber Alan kümmerte ihr Äußeres nicht; er mochte sie um ihres Wesens willen. Oh, sie wünschte, er würde heute kommen. Im vergangenen Monat war er an zwei Wochenenden bei ihnen gewesen. Tishy fragte sich, ob ihre Mutter ihm vorschlagen würde, fürs erste bei ihnen zu wohnen, wenn er seine neue Stelle antreten würde. Nach Newcastle zu fahren, bedeutete ja nur einen Katzensprung. Sie mußte ihr das so bald wie möglich nahelegen, unbedingt.

Tishy ging zum Schrank und nahm ein Kleid heraus. Obwohl sie keine Trauer trug, sah ihre Garderobe durch die Bank dunkel und schäbig aus. Sie hätte zu gern etwas Lebhaftes, Fröhliches gehabt; dazu war es wohl noch zu früh. Aber schließlich: Warum eigentlich nicht? Ihr Vater, der stets jeder Heuchelei abhold gewesen war, hätte ihr bestimmt darin beigepflichtet.

Als sie ins Wohnzimmer ging, sah sie Annie auf dem Sofa liegen. Sie ging auf sie zu und fragte fürsorglich: »Ist was, Mam?«

»Nein, nein, Tishy, ich bin nur müde. Wahrscheinlich, weil ich so schlecht schlafe.«

»Nimmst du die Pillen, die dir der Doktor verschrieben hat?«

»Ja, natürlich.«

»Wie wär's denn mit einem Schlafpulver?«

»Das mag ich nicht. Da fühl' ich mich am nächsten Tag gräßlich. Ich will mich an keine Schlafpulver gewöhnen.«

»Mam?«

»Ja, Liebling.«

»Würdest... würdest du es schrecklich finden, wenn ich losziehen und mir ein neues Kleid kaufen würde?«

»Keine Spur. Weshalb denn? Dein Pa pflegte zu sagen: ›Kauf was Munteres, was Fröhliches‹ – erinnerst du dich? Aber du warst nicht dazu zu bewegen. Also, fort mit dir, Kind, sieh dich nach etwas um.«

»Wird... wird es nicht taktlos wirken?«

»Auf wen?« Annie hob schwerfällig die Hand, tätschelte Tishys Arm und sagte: »Geh nur, mach dich hübsch.«

Über Tishys Gesicht breitete sich ein zynischer Ausdruck: »Ach, Mam, verlang nichts Unmögliches.«
»Hör auf damit! Du hast noch nie besser ausgesehen als in den letzten paar Wochen. Kauf dir was Adrettes, am besten in Zartrosa, hm? Hast du genug Geld?«
»Natürlich, Mam. Ich habe seit Monaten nichts für mich ausgegeben.«
»Also, dann los.«
»Bist du sicher, daß bei dir alles in Ordnung ist?«
»Ja, ja, Kind, nur keine Sorge.«
Sie lächelten sich zu; dann verließ Tishy das Wohnzimmer, und Annie ließ grübelnd den Kopf in die Kissen sinken: In Ordnung? Ich glaube kaum, daß ich mich jemals wieder in Ordnung fühlen werde.
Es war nicht normal, daß ihr die Last, die sie zu tragen hatte, immer noch derart schwer erschien. Nicht Kummer allein machte die Bürde aus, die ihr immer unerträglicher vorkam, ja unter der sie zusammenzubrechen drohte, wenn sie ihr nicht bald abgenommen würde. Oft und oft hatte sie während der vergangenen Wochen gedacht, daß ihr das Sterben leichtfallen würde. Es ging nicht nur um die völlig normale Trauer über Georgies Dahinscheiden oder die Sorgen wegen des Verbrechens, dessen sich ihr Lieblingssohn schuldig gemacht hatte: vielmehr litt sie unter einer immer mehr zunehmenden Schwäche, einem besorgniserregenden Kräfteverfall, dessen Ursache in dem pausenlosen Zwang begründet lag, so viele Tricks und Kniffe anwenden zu müssen. Mit welcher Schliche hatte sie den Arzt und die Polizei hinters Licht führen müssen, und speziell der Umgang mit Tishy erforderte äußerste Behutsamkeit. In den Tagen, die zwischen jenem schrecklichen Ereignis und dem Begräbnis lagen, hatte sie quasi Generalstabsarbeit geleistet. Wenn sie so zurückdachte, hätte sie wirklich nicht sagen können, wie sie dies alles durchgestanden hatte. Der einzige Mensch, den sie nicht überreden oder belügen hatte müssen, war Alan gewesen.
Merkwürdig, daß er ausgerechnet an jenem Abend wie-

der in ihr Leben getreten war. Es stimmte also: Gottes Wege waren wunderbar. Denn wenn auch nicht Georgies Tod es gewesen war, der Alan in dieses Haus gebracht hatte, so waren die damit verbundenen Umstände doch die Ursache, daß er immer wieder gekommen war und sich mit Tishy derart angefreundet hatte.

Während sie so ihren Gedanken nachhing, steckte Tishy den Kopf zur Tür herein und fragte: »Geht es dir wirklich halbwegs gut, Mam?«

»Ja, ja, Kind, mir geht es gut, keine Sorge. Und vergiß nicht: Was Helles, Buntes, das einem richtig warm macht.«

»Ist recht, Mam. Leb wohl.«

»Leb wohl, Liebling.«

Annie befand sich allein im Haus. Früher einmal war dieser Umstand angenehm gewesen, aber nun hatte sie das Gefühl, als sei es überhaupt nicht mehr bewohnt. Selbst wenn ihre vier Kinder da droben schliefen, kam es ihr leer vor. Obwohl sie Georgie mit der Zeit auf eine ganz eigentümliche Weise zu lieben begonnen hatte, hatte sie bis zu seinem Tod nicht gewußt, wie sehr er ihr Lebensinhalt geworden war. Wenn sie ihn am Morgen zur Tür gebracht und abends auf ihn gewartet hatte, war das nichts anderes als eine Gewohnheit gewesen, eine Art Ritual. Aber neben ihm im Bett zu liegen, von ihm geliebt zu werden und von ihm auf seine eigene, rauhe Art gesagt zu bekommen, welch wunderbare Frau sie sei und daß er sich ein Leben ohne sie nicht vorstellen könne, war nicht bloß eine Gewohnheit, war keinerlei Ritual. Nein, das war etwas Besonderes gewesen, das ihr die Augen geöffnet hatte, daß nur sie es war, die den wirklichen Georgie kannte: den wahren Menschen, der sich hinter seiner Polterhaftigkeit und Ungeschlachtheit versteckte. Den Mann, der wußte, daß dies seine einzige Verteidigung war: zu brüllen und zu fluchen. Oh, wie sie ihn vermißte – wie sehr sie ihn vermißte!

Sie schloß die Augen. Als sie einen Wagen vorfahren hörte, öffnete sie sie wieder langsam. Es war nicht ihr Wa-

gen, das erkannte sie sofort. Wahrscheinlich kam jemand Kathy besuchen. Annie wartete auf das Klingeln, aber es klingelte nicht an der Haustür. Dann war ihr, als hörte sie Schritte im Hof, und als die hintere Tür knarrte, überlegte sie, ob es vielleicht doch Rance sein könnte. Plötzlich rief draußen im Flur eine Stimme: »Ist niemand daheim?«
Mit Hilfe des Ellbogens stemmte sie sich hoch und sagte: »Hier, Alan, ich bin hier drinnen.«
Sie setzte sich langsam auf, als er das Wohnzimmer betrat.
»Fühlen Sie sich nicht wohl?« erkundigte er sich.
»Ich bin nur müde, Alan. Ich habe Sie nicht erwartet. Tishy ist gerade Einkäufe machen gegangen. Bitte, nehmen Sie doch Platz! Ich werde Ihnen eine Tasse Tee...«
»Sie werden nichts dergleichen tun, sondern weiter hübsch liegen bleiben.« Rasch beugte er sich nieder und hob ihre Beine wieder aufs Sofa. Dann drückte er sie sanft in die Kissen.
»Ich werde Tee machen gehen, das schaff' ich schon.«
Er lächelte sie an.
»Legen Sie doch erst mal ab.
»Gleich.« Er zog sich einen Stuhl zum Sofa, setzte sich und fragte: »Waren Sie beim Arzt?«
»Ja, ja, Mittwoch. Er sagte, ich solle mich bloß ein bißchen ausruhen.«
»Sie fühlen sich nicht besonders gut, hm?«
»Nein, Alan. Merkwürdigerweise konnte ich ihm nicht beschreiben, wie ich mich fühle. Es ist, als hätte ich da drinnen« – sie klopfte sich auf die Brust –, »ein riesiges Furunkel, das reif ist. Aber... aber genug von mir. Wie geht es Ihnen?«
»Oh, ich bin mit Arbeit eingedeckt.« Seine Stimme klang wie immer, als er innehielt und sie ansah.
»Wir haben Sie nicht erwartet.«
»Ich weiß, aber... aber ich dachte, es sei besser, wenn ich herkäme und... Es ist etwas...«
»Oh.« Sie schwieg abwartend, bis er fortfuhr: »Es ist

ziemlich schwierig... Es war ja auch ein höchst sonderbarer Monat, nicht?«
»Sehr sogar, Alan.«
»Ich... ich habe das Gefühl, Sie seit Jahren zu kennen... Als ob ich Sie seit damals...«
»Mir geht es genauso, Alan. Es kommt mir so vor, als hätte es überhaupt keine Unterbrechung gegeben.«
»Genauso ist es. Ich... habe zu Onkel Arthur ganz etwas Ähnliches gesagt, als ich vor ein paar Tagen bei ihm war. Ich habe ihm alles erzählt. Er wußte noch gar nicht, daß Georgie...«
»Nein, natürlich nicht.«
»Er... er war ganz verstört, als er davon erfuhr.«
»Sie haben ihm doch nicht etwa die wahren Umstände erzählt?«
»Um Himmels willen, nein! Das haben Sie doch sicher nicht von mir erwartet, nicht?«
»Nein, nein.«
»Er... er hatte Georgie sehr gern, das wissen Sie doch.«
»Ja.« Sie senkte die Lider und blickte auf ihre flach auf ihrem Bauch liegenden Hände.
»Er hat geweint.«
»Arthur?«
»Ja, wie ein Kind. Ich war äußerst bestürzt.«
»Das glaube ich gern.«
»Es tut mir sehr leid für meinen Onkel. Irgend jemand von der Familie hat sein Geheimnis aufgedeckt. Und seither machen sie sich alle über ihn lustig.«
»Weshalb?« Kaum war Annie diese Frage entschlüpft, wünschte sie auch schon, sie hätte sie nicht gestellt. Sie bemerkte, wie Alan mit der Antwort zögerte. Den Blick zu Boden gerichtet, sagt er schließlich: »Vielleicht haben Sie es nicht gewußt – aber das war der Grund dafür, daß seine Ehe schiefging. Er ist homosexuell.«
Nun war es ausgesprochen. Das Wort, das sie in all den Jahren so sehr verdrängt hatte. Gleich würde ihr übel werden. Man konnte so was schließlich auch anders ausdrücken, umschreiben. Man konnte anführen, daß diese

Menschen eben feminin wären und deshalb besondere Vorlieben hätten, daß manche von ihnen sich sogar schminkten. All dies machte nichts aus, solange man nur nicht jenes schreckliche Wort anwendete... Und hatte Alan nicht eben erst erwähnt, daß Arthur bei der Nachricht von Georgies Tod geweint hätte? Er mußte ja glauben, daß Georgie gleichfalls...! Annie setzte sich kerzengerade auf, ihre Stimme überschlug sich direkt, als sie schrie: »Georgie war nicht so. Er war nicht so, das schwör' ich Ihnen!«
»Natürlich war er nicht so, das weiß ich doch.«
»Weshalb haben Sie dann erzählt, Arthur habe geweint. Das läßt doch darauf schließen, daß...«
»Nein, nein, um Himmels willen! Annie, hören Sie« – er ergriff ihre Hände –, »hören Sie mir zu. Er hat mir berichtet, daß Georgie der einzige wirkliche Freund war, den er hatte. Meiner Meinung nach hat Georgie sich mit ihm angefreundet, ehe er auch nur die leiseste Ahnung davon hatte, aber als er es herausfand, machte es für ihn keinen Unterschied. Für meinen Onkel indes bedeutete es einen Unterschied – einen großen sogar, weil er endlich jemanden gefunden hatte, der ihn nicht als Abnormität betrachtete. Er wußte von allem Anfang an, daß Georgie sich auf nichts Unrechtes einlassen würde. Ich glaube aber, daß er ihn als eine Art Alibi benutzte, etwas, das er seiner Familie vorweisen konnte. Wenn die Leute sahen, daß er einen Freund wie Georgie sein eigen nannte, dann würde keiner mehr annehmen, irgend etwas wäre nicht in Ordnung. So war es, nehme ich an.«
Der Klotz in ihrem Innern wanderte von ihrer Brust bis in ihre Kehle. Als er bemerkte, daß sie zum Reden ansetzen wollte, hinderte er sie daran: »Georgie war... er war ein... guter Mann, durch und durch ehrlich und sauber. Es hat nie etwas Derartiges in seinem Leben gegeben.«
Der Klotz erstickte sie beinahe; sie konnte es nicht ertragen. Sie schlug die Hände vors Gesicht, und er redete sanft und leise auf sie ein, indem er murmelte: »Oh, Annie, Annie, es tut mir leid. Mein Gott, Annie.« Als seine

Arme sie umschlangen, verschwand der Druck; sie ließ ihren Tränen freien Lauf. Ihr Weinen schwoll an, wurde zum hemmungslosen Wehklagen. Sie barg ihr Gesicht an seiner Brust, und er beschwichtigte sie, als spräche er mit einem Kind. »Ruhig, ganz ruhig. Ist ja schon gut, ist ja schon gut. So ist's recht, weinen Sie es sich von der Seele. Das ist es, was Ihnen not tut. Weinen Sie es endlich heraus.«

Als ihr Tränenschwall langsam versiegte und ihr Schluchzen nachließ, hob sie den Kopf und sah ihn an. Sie lag noch immer auf dem Sofa, aber er saß auf dem Kopfende und ihr Oberkörper ruhte in seinen Armen. Sie spürte, wie seine Finger ihr das nasse Haar aus der Stirn strichen, und es machte sie frösteln.

»Fühlen Sie sich jetzt besser?« fragte er in Flüsterton, und sie nickte leise, ehe sie sagte: »Entschuldigen Sie – es tut mir so leid.«

»Oh, meine Liebe, was gibt es da zu entschuldigen? Das hätten Sie gleich an jenem Abend tun sollen, dann würden Sie sich längst besser gefühlt haben. All das hat sich viel zu lange in Ihnen aufgestaut.«

»Ja, ich glaube, das ist es.« Annie hatte ein merkwürdiges Gefühl, als wäre alles Blut aus ihrem Körper gewichen. Sie fühlte sich schwach und leer, aber ruhig. Er hatte recht, es wäre bedeutend besser gewesen, wenn sie von allem Anfang an weinen hätte können. Sie wußte, daß sie aufstehen sollte – es war einfach nicht in Ordnung, in den Armen dieses jungen Mannes zu liegen. Was sollte er von ihr denken?

Sie wollte schon von ihm abrücken – da ging die Tür auf und Tishy trat ein. Als Annie in das Gesicht ihrer Tochter blickte, wäre sie am liebsten gestorben, wirklich und wahrhaftig gestorben.

Während sie sich mühsam hochrappelte, murmelte sie: »Ich... ich glaube, ich habe einen Nervenzusammenbruch gehabt, und da hab' ich mich tüchtig ausgeweint. Mir war schon die ganze Zeit danach zumute. Und als Alan so völlig unerwartet hier auftauchte...«

Nun stand sie ihrer Tochter gegenüber. Auch Alan hatte sich erhoben.
»Hast du dir das Kleid gekauft, Kind?«
Tishy sagte kein Wort. Sie sah von ihrer Mutter zu Alan und wartete.
Alan blickte sie ebenfalls an, nestelte mit den Fingern an seinem Kragen und machte sich auf diese Weise Luft. Dann begann er zögernd zu sprechen: »Ich... ich weiß, daß ihr mich heute nicht erwartet habt. Aber ich muß euch etwas mitteilen – euch beiden...« Nervös wandte er sich an Annie. »Ich finde, daß ich es lange genug hinausgeschoben habe. Aber unter den gegebenen Umständen dachte ich eben immer, daß ihr kaum an meinen privaten Angelegenheiten interessiert sein werdet. Nun halte ich jedoch den... Zeitpunkt für gekommen, wo ich... Also, kurz und gut: Ich werde... ich werde heiraten.«
Tishy stand reglos da; nicht einmal ihr Gesichtsausdruck hatte sich geändert. Annie ließ sich perplex auf den nächsten Stuhl fallen und starrte zu Alan auf. Ihre Wangen waren noch naß von Tränen, ihr Mund stand offen. In entschuldigendem Ton fuhr Alan fort: »Ich... ich hätte es euch schon am ersten Abend erzählt, wenn es nicht – nun ja, wenn *das* nicht geschehen wäre. Und dann... danach wart Ihr so verzweifelt. Also habe ich...«
Tishy unterbrach ihn, indem sie die Einkaufstüte hochhielt und mit lauter Stimme sagte: »Ich habe das Kleid, Mam. Es ist rosa. Du hast ja gesagt, ich soll mir was Helles, Fröhliches kaufen – und das habe ich getan.« Sie schüttelte die Tüte vor den Augen ihrer Mutter hin und her, dann drehte sie sich jäh um und verließ das Zimmer.
Annie stand langsam auf, sah Alan an und sagte mit leiser, zitternder Stimme: »Das hätten Sie nicht tun sollen, Alan. Es... es war grausam. Sie müssen doch bemerkt haben, was mit Tishy los war.«
»Nein, nein, Annie, das habe ich nicht – jedenfalls nicht wirklich. Sie ist doch noch so jung, studiert gerade...«
»Sie liebt Sie.«

»O nein, nein! Dazu hat ja die Zeit gar nicht ausgereicht. Wir kennen uns kaum einen Monat.«
»Seien Sie nicht albern. Wieviel Zeit braucht es bei einem jungen Ding, um sich zu verlieben?«
»Nicht lange, nehme ich an.« Seine Stimme klang nun grimmig. »Und dieses Gefühl kann sich ebenso schnell wieder ändern. Ich sage Ihnen ja, es ist mir gar nicht aufgefallen.«
»Oh, Alan.«
Sie standen da und sahen einander an. Sein Gesicht war rot, und sein Adamsapfel bewegte sich heftig, ehe er leise sagte: »Wenn ich mich in diesem Haus in jemanden verlieben sollte, dann bestimmt nicht in Tishy, Annie. Verstehen Sie denn nicht? Nicht in Tishy.«
Sie rührte sich nicht, legte jedoch den Kopf zurück, als wolle sie ihn besser sehen.
»Ich bin seit drei Jahren verlobt, und je länger es dauert, desto weniger wünsche ich es. Aber es ist alles fest arrangiert. Sie ist die Enkelin einer Freundin von Oma. Es handelt sich um Freunde der Familie.« Abermals klang sein Ton bitter. »Annie.« Er beugte sich rasch über sie und ergriff ihre Hände. »Es mag Ihnen verrückt erscheinen, aber nicht mir. Wenn Sie das bewußte Wort aussprechen, wenn Sie mir sagen, daß ich ein Jahr auf Sie warten soll, ja solange Sie wollen, dann würden Sie mich...«
»Schweigen Sie!« Sie entriß ihm ihre Hände, legte sie um ihren Hals, strich sich mit Zeigefinger und Daumen darüber, als wolle sie hoffnungslos verkrampfte Muskeln lockern, und murmelte schließlich: »Es ist besser, wenn Sie gehen, Alan. Und zwar gleich.«
»Annie!«
»Bitte! Das reicht. Ich bin vierzehn Jahre älter als Sie – beinahe vierzig. Der bloße Vorschlag ist schon unschicklich, abgesehen davon, daß mein Mann erst vor kurzem beerdigt wurde. Also gehen Sie – gehen Sie. Und noch was! Es tut mir leid, daß ich das sagen muß, Alan: Kommen Sie nie mehr wieder...«

Erst als sie seinen Wagen wegfahren hörte, regte sie sich. Langsam setzte sie sich aufs Sofa, klammerte sich am Kopfteil fest und starrte vor sich hin. Sie dachte in jenem Moment weder an Tishy, die sich wahrscheinlich da droben die Augen ausweinte, noch an Georgie, den sie noch vor kaum einer Stunde so bitter vermißt hatte. Sie dachte nur an das junge Mädchen, das sie einst gewesen war, und an den Traum, den sie damals gehegt hatte... Und sie stellte sich vor, daß sie – wäre sie damals einem Mann wie Alan begegnet – ihre Träume nicht begraben hätte müssen. Aber dann hatte sie Georgie geheiratet – und was war nun?
Alan war viel zu spät zur Welt gekommen.

FÜNFTER TEIL

Tishy

I

»Steh doch still, Kathy.«
»Oh, Mam, ich hab' sie doch gewarnt, es sei zu lang. Ich will nicht, daß es die Schuhspitzen bedeckt.«
»Das wird es schon nicht. Vergiß nicht, daß du beim Maßnahmen und Anprobieren hohe Stöckel getragen hast. Weshalb hast du der Schneiderin nicht gesagt, daß du vorhast, Schuhe mit flachen Absätzen zu tragen? Aber steh einen Moment still, es braucht der Saum ja bloß ein kleines Stück hinaufgeheftet zu werden. Kein Mensch wird es bemerken.«
»Dann zipfelt es vielleicht.«
»Sei nicht albern, Kathy. Das Kleid ist doch glockig geschnitten, es soll gar nicht gleich lang sein.«
»Gut, aber es darf auf der einen Seite nicht mehr herunterhängen als auf der andern.«
Annie erhob sich von den Knien und betrachtete ihre im Hochzeitsgewand vor ihr stehende Tochter: »Also gut«, entschied sie, »dann zieh es auf der anderen Seite hinauf, und schon hast du eine neue Mode kreiert.«
»Mam, mach keine Scherze, das ist nicht zum Lachen.«
»Was erwartest du von mir? Soll ich etwa weinen? Nun komm.« Annie gab ihrer Tochter einen sanften Backenstreich. »Du siehst aus, als würdest du dich auf dein Begräbnis vorbereiten und nicht auf deine Hochzeit.«
Kathy setzte sich auf den Rand des Bettes, sprang jedoch gleich wieder auf und bat: »Oh, hilf mir da heraus, Mam!« Als sie das weiße Kleid über das Bett gebreitet hatte, schlüpfte sie rasch in ihr Hauskleid, drehte sich zu

ihrer Mutter um und sagte: »Mam, ich fang' langsam an, nervös zu werden, ängstlich, was weiß ich.«
»Du wirst dich noch bedeutend schlechter fühlen.«
»Du bist mir eine Hilfe.«
»Komm und setz dich.« Annie zog ihre Tochter neben sich aufs Bett, musterte sie von der Seite und sagte: »Jede Frau macht das durch, weißt du. Wenn die Dinge, vor denen man sich fürchtet, auch anders geworden sein mögen. Ich habe jetzt nicht etwa die Absicht, mit dir über Vögel und Bienen zu reden, wohlgemerkt.« Sie versetzte Kathy einen leichten Stoß, beugte sich vor und lachte, als sie fortfuhr: »Erinnerst du dich an die Zeit, wo ich versucht habe, dir in diesem Punkt ein paar Ratschläge zu geben? Erinnerst du dich daran, was du gesagt hast?«
Kathy, die nun gleichfalls lachte, erwiderte: »Ich hab' gesagt: ›Gib dir einfach einen Ruck, Mam, verdammt noch mal.‹«
»Genau das. Ich wußte nicht, sollte ich lachen oder dich bei den Ohren nehmen. Aber eins kann ich dir sagen: Du bist mir damals als die Ältere von uns beiden erschienen.«
»Ich komme mir heute noch oft als die Ältere von uns beiden vor, Mam, weil du in gewisser Hinsicht keinen blassen Dunst hast. Tishy meint, das rühre daher, daß du vor bestimmten Dingen stets die Augen schließt. Aber ich finde, so bist du eben, punktum.«
»Besten Dank, euch beiden.« Annie wandte den Kopf ab und spielte die Gekränkte. Kathy lachte: »Nun, ich hab' dich gern so. Ich fand dich immer anders als andere Mütter. Nimm zum Beispiel Mrs. Bates. Jane hat mir erzählt, daß ihre Mutter, als sie zum erstenmal einen Jungen zum Tee einlud, ausgesehen hätte, als kämpfe sie einen blutigen Kampf mit ihrem Alter und das Kriegsbeil hätte sie mitten ins Gesicht getroffen.«
Beide brachen in Gelächter aus; dann meinte Annie: »Das ist aber grausam, so was zu sagen.«
»Nun, du kennst ja Jane und ihre messerscharfe Zunge. Aber sie hat recht. Sie hat meistens recht. Als uns vor ein

paar Tagen diese Schönheitsexpertin, von der ich dir erzählt habe, in der Parfümerie in Newcastle mit all ihrer Überredungskunst erklären wollte, was Anmut und Charme sei, und uns ununterbrochen vor Augen führte, daß ausgerechnet sie von diesem kaum in Worte zu Fassenden unendlich viel besitze, merkte Jane das auf Anhieb. Ich hatte die größte Mühe, vor Lachen nicht herauszuplatzen, als sie mir zuflüsterte: ›Armes, unscheinbares Würmchen, hätte daheim Kreuzworträtsel lösen sollen, stimmt's?‹«

Versonnen lächelnd betrachtete Annie das lebhafte, schöne Gesicht ihrer jüngsten Tochter. In ihrem Innern stieg klar und deutlich das Bild jener Zeit vor ihr auf, wo sie und Mona auf der Bettkante gesessen und ganz genauso miteinander geplaudert hatten. Damals war sie für Mona dasselbe gewesen wie Jane heute für Kathy – nur daß ihre kleine schwärmerische Tochter wohl ein bißchen zuviel in die kluge Freundin hineingeheimniste, während Mona das immer nur in bezug auf sich selbst getan hatte. Aber auch diese Freundschaft würde vergehen, das fühlte sie – genauso wie ihre Freundschaft mit Mona vergangen war. Das geschah immer von dem Moment an, wo der Ehestand zum Mittelpunkt des Lebens zweier Menschen wurde.

Die Ehe... Annie würde niemals aufhören, sich darüber zu wundern, was dieses schöne Mädchen, ihre Kathy, in Percy Rinkton sah. Sie hätte sich jeden Jungen in der Stadt aussuchen können; seit Jahren hatten sie sie wie die Bienen umschwärmt. Und da ging sie hin und heiratete diesen steifen, pedantischen Alleswisser. Was zog sie nur so an ihm an? Seine Beharrlichkeit etwa? Denn das war er bei Gott gewesen: beharrlich, hartnäckig und förmlich, was sein Hofmachen anlangte. Am liebsten hätte sie ihn manchmal angeschrien.

Sechs Wochen hatte er nach Georgies Tod verstreichen lassen, ehe er in ihr Haus gekommen und in aller Form um die Erlaubnis gebeten hatte, ihre Kathy auszuführen.

Obwohl Kathy seinen Besuch vorausgesagt hatte, hatte sie sich rein schiefgelacht, als sie erfuhr, daß er dagewesen war. Sie hatte sich aufs Sofa plumpsen lassen, sich übermütig hin und hergewiegt und geprustet: »Neben dem möcht' ich nicht einmal sterben, geschweige denn sonst was.« Als er dann aber wieder und wieder vorsprach und sie bat, mit ihm auszugehen, hatte sie ihn nicht ausgelacht, sondern die Spröde hervorgekehrt und gesagt, es täte ihr schrecklich leid, aber sie hätte bereits eine Verabredung.

Percy Rinktons Name wurde langsam zum Familienscherz und brachte etwas Stimmung in die trübe Atmosphäre.

Ein Jahr lang wechselten Kathys Anbeter wie eh und je; nur Percy Rinkton kam mit einer durch nichts zu unterbrechenden Regelmäßigkeit. Er klingelte an der Haustür und fragte jedesmal dasselbe: Ob es wohl möglich wäre, Miß Kathy McCabe zu sprechen… Miß Kathy McCabe.

Dann, als es einige Zeit flauer wurde mit den Besuchern und Kathy zum erstenmal richtig mit Percy Rinkton ausgegangen war, hörte sie plötzlich auf, sich über ihn lustig zu machen. Auf einmal war er kein Gegenstand des Scherzes mehr, sondern jemand, den man der Familie vorführen, ja als Beispiel für gute Manieren und das Vermögen, eine gescheite, interessante Konversation zu führen, hinstellen konnte. Bill sah das auch sehr bald ein.

Lediglich Rance sagte zu Kathy: »Du meinst es doch nicht etwa ernst mit diesem widerlichen Gartenzwerg, oder?« Da war sie wie eine Furie auf ihn losgegangen, und sie hatten ihren allerersten Streit gehabt. Denn während Rance Tishy aus tiefster Seele haßte, hatte er für Kathy dieselbe Vorliebe gefaßt wie Kathy für ihn. Von da an wurde es für Rance zur Gewohnheit, sich mit Kathys Verehrer anzulegen, wann immer sich Gelegenheit hierzu bot. Daß er wiederholt den kürzeren zog, schien ihm nicht aufzufallen. Rance stellte Percy Rinktons lo-

gische Argumentation einfach als Phrasendrescherei hin.
Auch Bill machte sich über Percy lustig, aber auf seine gutmütige Art eben. Während er zugab, daß der Junge durchaus was auf dem Kasten habe, zog er Kathy damit auf, daß er kleiner sei als sie. Da sie sich offensichtlich noch im Wachstum befände, würde ihr Verehrer, wie Bill sich ausdrückte, »eine Trittleiter brauchen, um überhaupt zu dir hinaufzugelangen, wenn du mal zwanzig bist«.
Aber je mehr Widersprüche es gegen Percy Rinkton als Verehrer gab, desto nachdrücklicher engagierte sich Kathy für ihn. Und nun, nach drei Jahren, war sie entschlossen, ihn zu heiraten: Annie konnte es immer noch nicht verstehen.
Natürlich war es eine ausgesprochen gute Partie, die ihre jüngste Tochter da machte: Percy entstammte einer der besten Familien der Stadt. Sein Vater war ein hochangesehener Arzt in leitender Position, er selbst ein ausgezeichneter Volkswirtschaftler. Auch war an dem Empfang, den man ihr in seinem Haus bereitet hatte, nichts auszusetzen. Percys Mutter zeigte keine Spur von Hochmut, sondern erwies sich als wirklich netter, gescheiter Mensch. Mrs. Rinkton war sechsundvierzig Jahre alt – also nur vier Jahre älter als sie –, und doch betrachtete Annie sie stets als ältere Frau. Percy selbst hatte gerade seinen sechsundzwanzigsten Geburtstag hinter sich, und das war ein sehr gutes Alter zum Heiraten, was Männer anlangte. Alles, was Percy und seine Familie betraf, war durch und durch korrekt. Vielleicht lag da der Hund begraben, sagte sich Annie: es war zu korrekt, direkt aufreizend korrekt. Sie schätzte es durchaus, wenn jemand gute Manieren hatte, aber wenn Percy jedesmal bei ihrem Eintreten ins Zimmer vom Stuhl aufsprang, dann schien ihr das reichlich übertrieben.
Am Abend vorher hatte sie versucht, einen Vorstoß in Sachen Ungezwungenheit zu unternehmen, als er sie gefragt hatte: »Wie soll ich Sie in Zukunft ansprechen? Ich

kann doch nicht weiter Mrs. McCabe zu Ihnen sagen.« Worauf sie geantwortet hatte: »Sie hätten mich schon die ganze Zeit über nicht mit Mrs. McCabe ansprechen sollen, Percy.«

»Aber wie denn? Soll ich... Mutter sagen?«

Es überraschte ihn offensichtlich, als sie hierauf entgegnet hatte: »O nein, um Gottes willen! Sagen Sie einfach Annie zu mir.«

Seine leicht schockierte Miene hatte sie zum Lachen veranlaßt, und als er stammelte: »Also das... das könnte ich wirklich nicht«, hatte sie ihn gefragt: »Weshalb nicht? Nun, egal, wie Sie mich nennen – Hauptsache, Sie sagen nicht ›Mutter‹.«

Von Percy ›Mutter‹ genannt zu werden, wäre wirklich die Höhe gewesen. Sie lächelte in sich hinein, als sie nun zu Kathy sagte: »Wir hatten vor, über dich zu sprechen, nicht über mich, hm?« Und dann fügte sie in ernsterem Ton hinzu: »Bist du dir ganz sicher, worauf du dich einläßt, Kind?«

»Du meinst, was meine Gefühle für Percy anlangt?«

»Genau.«

»O ja, Mam. Ich liebe Percy. Ich weiß, daß dir das merkwürdig vorkommt, aber sieh mal, ich... kenne ihn nun mal so, wie keiner von euch ihn kennt. Wenn... wenn wir allein sind, ist er nicht so förmlich.«

Annie hielt sich mit Mühe davor zurück, zu sagen: Dem Himmel sei Dank.

»Es ist... es ist nur eine Sache der Nerven bei ihm, er ist... nun ja, er hat eben diverse Minderwertigkeitskomplexe.«

»Percy und Minderwertigkeitskomplexe?«

»Auch wenn es dir unglaublich, ja lächerlich scheint, Mam, es ist so. Glaub mir! Er ist so wohlerzogen, daß er seine guten Manieren aus reiner Schüchternheit derart hervorkehrt.«

Abermals mußte Annie sich zurückhalten, nicht auszurufen: Du lieber Himmel! Percy Rinkton und schüchtern. Ein Junge, der ein ganzes Jahr unbeirrbar an ihre

Haustür gepocht hatte, obwohl er gewußt haben mußte, daß der Gegenstand seiner Anbetung ihn ohne weiteres zugunsten eines anderen Verehrers abweisen würde. Percy Rinkton und schüchtern, also wirklich! Nun ja, vielleicht verfügte sie nicht über die nötige Menschenkenntnis; möglicherweise besaß ihre eigene Tochter mehr davon als sie selbst, nach all ihren Erfahrungen. Außerdem war sie eine Vertreterin der neuen Generation. Die heutige Jugend erschreckte Annie aufgrund ihrer zahlreichen Erkenntnisse. Dinge, die in den Tagen ihrer Jugend verborgen geblieben waren, traten nun ganz offen zutage, wurden besprochen, behandelt, waren in Büchern nachzulesen, prangten einem von Plakaten und Zeitschriften entgegen, indem sie nicht nur die Körper, sondern auch die Seelen bloßstellten. Letzteres war sogar noch erschreckender. Es gab Dinge im Innern eines Menschen, die verborgen bleiben sollten; jeder Mensch hatte seine Probleme – Probleme, die nur ihn allein angingen.

»Mam, glaubst du, daß Rance sich irgendwie aufspielen wird?«

»Nein, nein, mach dir deshalb keine Sorgen. Ich werde schon auf ihn achten.«

»Tishy sagt immer, wenn er sich da droben gar so ruhig verhält, brütet er etwas aus. Und er ist vergangene Woche direkt auffallend ruhig gewesen.«

Ja, Rance verhielt sich seit etwa einer Woche tatsächlich äußerst unauffällig. Seiner Spielleidenschaft schien er im Moment nicht zu frönen, dazu blieb er nicht lange genug aus. Er hatte versucht, sie zu überreden, nach Westoe zu ziehen. Erst vergangene Woche hatte er ihr damit in den Ohren gelegen, ein Haus zu kaufen, das in zwei Großwohnungen aufgeteilt war. »Weshalb zwei Wohnungen?« hatte sie ihn gefragt. Und er hatte geantwortet, daß er gern eine eigene Wohnung hätte. »Nun, dann geh und such dir eine«, hatte sie gesagt; er hatte sie lange angesehen. »Du weißt doch, daß ich dich nie verlassen würde«, hatte er schließlich geantwortet.

Wenn er so zu ihr sprach, vergaß sie alle Befürchtungen, die sich in bezug auf ihn hegte; sie vergaß, was sich in dieser Hinsicht schon alles in ihrem Innern aufgespeichert hatte: sein größtenteils merkwürdiges Betragen, seine ewige Geheimnistuerei, seine immer wiederkehrenden Zornausbrüche, den zum tödlichen Tritt erhobenen Fuß damals auf der Treppe... Nein, Rance würde sie nie verlassen, weil er sie brauchte! Es war, als wäre die Nabelschnur niemals durchtrennt worden. Wenn er auf diese Weise zu ihr sprach, gab es Annie einen derartigen Ruck, als würde er an ebendieser Schnur ziehen und sie damit daran erinnern, daß sie niemals – durch nichts und niemanden – voneinander getrennt werden konnten.
Manchmal mußte sie in ihrem Zorn auf ihn denken, daß ihr die Natur damit, daß sie all ihre Gefühle auf ihren Erstgeborenen konzentriert und für die übrigen sowenig übriggelassen hatte, einen schlimmen Streich gespielt habe. Tishy hatte völlig recht – wie ja beinahe immer: Annie hatte ihre andern Kinder gern, aber lieben tat sie nur Rance. In letzter Zeit hatte sich jedoch ein fremdes störendes Element in diese Liebe gemischt. Mit Abneigung konnte man es wohl kaum bezeichnen. Oder doch? Vielleicht gar mit Haß, wenn sie an seinen erhobenen Fuß dachte? O nein, nein!
»Weißt du, daß Rance trinkt?«
»Was?«
»Du hast es wahrscheinlich nicht bemerkt, aber als er letztens spät heimkam, ist er nur so nach oben getorkelt. Seine Augen glänzten, er sah ziemlich schmuddelig aus, war von frappierender Freundlichkeit und benahm sich sogar Percy gegenüber recht zivilisiert. Ich hätte also gar nichts dagegen, wenn er sich an meinem Hochzeitstag betrinken würde – Hauptsache, er bleibt dadurch friedlich.«
Annie wiederholte fassunglos: »Unser Rance und betrunken? Er rührt doch Alkohol kaum an.«
»Oh, er ist eben ein Schlaumeier. Er tut es heimlich.«
Annie erhob sich, ging zur Tür und dachte: Vielleicht

ganz gut, wenn dem so wäre; das lockerte möglicherweise seine inneren Spannungen, zumindest eine Zeitlang. Während sie öffnete, lächelte sie Kathy zu und sagte: »Nun, dann werde ich dafür sorgen, daß er am Tag der Tage einen tüchtigen Schwips bekommt, hm?«
»Ach, Mam.«
Kathy sah sie nur kopfschüttelnd an, und in ihrem Ausruf lag beides: Ungeduld und Toleranz. Das gab Annie wieder das Gefühl, tatsächlich jünger zu sein als ihre Tochter: oder war es einfach so, daß sie sich leichter täuschen ließ?

2

Sie waren allesamt im Wohnzimmer: Kathy und Percy, Rance, Tishy, Bill und Annie. Es wurde nicht über die in zwei Tagen stattfindende Hochzeit gesprochen, sondern Bill äußerte sich über seine Zukunft als Lehrer. Nach den Weihnachtsfeiertagen würde er sein letztes Studiensemester antreten. Er hoffte, danach auch eine Anstellung zu bekommen, denn nach allem, was man so hörte, standen die Anwärter auf Lehrerposten bereits Schlange.
Für Tishy, die gerade ihr erstes Jahr als Hauptschullehrerin absolvierte, bestand die Schwierigkeit darin, endlich einmal in eine größere Stadt versetzt zu werden. »Unser Malheur ist nämlich«, sagte sie, »daß wir viel zu abgesondert hier sind. Es wäre dringend nötig, mit dieser ewigen Inzucht bei uns aufzuhören und uns auch woanders umzusehen. Aber die Leute in unserer Gegend wollen sich um keinen Preis von der Stelle rühren, das ist es. Und tun sie es wirklich einmal, dann muß der Job zumindest in Reichweite jenes Ortes liegen, in dem sie zur Welt gekommen sind. Wagen sie sich weiter hinaus, entwickeln sie jede Menge Ängste.«
»Da stimme ich völlig mit dir überein«, sagte Bill.
»Redet keinen solchen Unsinn.«
Alle sahen Rance an, der den Blick jedoch nicht von seiner Abendzeitung hob.
Nach einigen Sekunden ergriff Percy Rinkton das Wort. »Ich würde schon sagen, daß der Lokalpatriotismus im Nordosten unseres Landes mehr zutage tritt als sonstwo«, sagte er, indem er wie üblich den letzten Konsonanten jedes einzelnen Wortes betonte. »Man muß jedoch

zugeben, daß sich vieles verändert hat. Die beiden Kriege haben sich als wahre Katharsis der Gesellschaft ausgewirkt. Zum Beispiel hat man während des Ersten Weltkriegs Geld und die nötige Erziehung gebraucht, um als Offizier sterben zu dürfen, wohingegen im letzten Krieg jeder Bauernjunge oder Hilfsarbeiter in der Armee oder auch bei der Marine aufzusteigen und Orden einzuheimsen vermochte, egal ob er im Zivilleben Versicherungsagent, Kranführer oder Automechaniker gewesen ist oder von mir aus...«

»...Volkswirtschaftler«, warf Rance spöttisch ein, schmiß die Zeitung hin und starrte Percy an. »Automechaniker – Automechaniker, du meine Güte!« Er schnaufte empört. »Jeder Automechanikerlehrling in dieser Stadt könnte Sie glatt in die Tasche stecken, mein Teuerster. Und lassen Sie sich eines gesagt sein: Sie wären garantiert nicht dort, wo Sie heute sind, wenn nicht der hochverehrte Herr Papa dahinterstecken würde.«

»Rance, hör auf!«

Percys Gesicht war leichenblaß geworden. Er sah Rance jedoch fest an und sagte: »Sie wollen es unbedingt auf einen Streit anlegen, nicht? Aber ich mache Ihnen diese Freude garantiert nicht, darauf können Sie sich verlassen.«

Rance war aufgestanden und fixierte Percy, der kerzengerade dasaß, herausfordernd, als er erwiderte: »Sie wissen ja, was Sie mich können, nicht? Und zwar kreuzweise!«

Damit verließ er das Zimmer; Annie, die einen Moment lang fest die Augen schloß, folgte ihm.

Tishy rührte sich als erste. Sie stand auf, ging zum Kamin, legte nach und schnaubte: »Er ist ein Schwein, ein richtiges Schwein.« Dann drehte sie sich zu Percy um. »Es tut mir leid, Percy. Am besten, Sie beachten ihn überhaupt nicht.«

»Oh, das tue ich ohnehin nicht, keineswegs.« Percy lächelte ihr schwach zu. Dann sah er Kathy an, die mit gesenktem Kopf dasaß und die Hände unter die Achseln klemmte, als wolle sie sich gegen Kälte schützen, und sagte: »Ist schon in Ordnung, Liebling, mach dir meinetwegen keine Sorgen. Ich... ich verstehe Rance. Ja, ich verstehe ihn. Er versteht zwar mich nicht, aber ich ihn.«

Bill rief nun aus: »Wenn das stimmt, Percy, dann sind Sie so ungefähr der einzige, dem das gelingt. Selbst Mam ist oft ratlos, und sie hat sich lange genug darum bemüht.«

»Das kann man wohl sagen«, warf Tishy ein.

Bill nickte ihr zu. »Und sie wird es wahrscheinlich bis ans Ende ihrer Tage tun...«

In der Küche strafte Annie jedoch diese Bemerkung gerade Lügen. »Hör mal«, sagte sie zu Rance, »wir haben jetzt allmählich genug davon, und zwar alle, ohne Ausnahme. Du bist nicht nur grob und ungeschliffen, sondern ein richtiger Flegel.«

»Er macht mich einfach krank.«

»Und das nur, weil er anders ist als du.«

»Ja, er ist anders als ich, Gott sei Lob und Dank! Wer möchte schon so sein wie dieser miese Gartenzwerg, ich bitte dich.«

»Dieser Gartenzwerg, wie du ihn zu nennen beliebst, hat etwas, was du nie haben wirst, Rance, nämlich Hirn. Und er benützt es auch.«

»Jetzt weiß ich wenigstens, auf wessen Seite du stehst!«

»Ich stehe auf gar keiner Seite, Rance, ich versuch' nur, dir klarzumachen, daß du dich nicht weiter so aufführen kannst, wie du es seit Monaten tust: als hätte man dir persönlich weiß Gott was angetan.«

»Wenn du nur ein bißchen Gespür dafür aufbrächtest, Mam, dann hättest du der Sache längst Einhalt geboten. Du hättest Kathy verboten, sich wie eine verdammte Närrin aufzuführen, vor allem aber, seinen Antrag anzunehmen. Willst du sie denn loswerden? Bei ihrem Aussehen hätte sie sich jeden aussuchen können, jeden! Und da erlaubst du, daß sie sich mit diesem geschlechtslosen Wesen einläßt. Das ist doch hirnverbrannt!«

»Was heißt geschlechtsloses Wesen?«
»Genau das, was ich sage. Der ist doch kein Mann – du brauchst ihn dir doch nur zu betrachten.«
Annie sah Rance grimmig an, ehe sie sagte: »Das muß sich erst herausstellen, nicht?« Dann fuhr sie fort: »Jedenfalls warne ich dich, Rance. Solltest du Samstag auch nur den kleinsten Streit vom Zaun brechen, dann sind wir beide fertig miteinander, und zwar endgültig. Sie ist die erste, die aus dem Haus geht, und soweit es von mir abhängt, wird sie das in Frieden tun. Wenn du Schwierigkeiten machst, bist du draußen – hast du mich gehört?« Sie legte die Hände flach auf den Tisch und beugte sich zu ihm hinüber. »Jahrelang habe ich dich gegen jedermann verteidigt. Immer habe ich dich den andern vorgezogen...« Sie hielt jäh inne, als die Küchentür rasch aufging und Tishy eintrat.
Tishy schloß die Tür hinter sich, lehnte sich mit dem Rücken dagegen und starrte die beiden an; Annie und Rance starrten ebenso zurück. Mit ihren zweiundzwanzig Jahren sah Tishy groß aus, größer als sie wirklich war; das lag an ihrer außergewöhnlichen Magerkeit. Ihr Gesicht hatte sich innerhalb der vergangenen vier Jahre kaum geändert, nur wirkte sie – hauptsächlich wohl aufgrund ihrer Frisur – jetzt bedeutend älter. Sie pflegte sich das Haar straff aus der Stirn zu bürsten und mit einem Band an der Hinterseite des Kopfes zu befestigen. Ihre schmalen Lippen bewegten sich kaum, als sie sarkastisch zischte: »Kostet dich bestimmt viel Mühe, bei dem da zu landen, wie?« Rance kam rasch auf sie zu, knirschte bedrohlich mit den Zähnen und ergriff ihre Handgelenke. Tishy hielt seinem Blick jedoch stand und sagte: »Wenn du irgendwas tust, um uns den Samstag zu verderben – nur das geringste, wohlgemerkt – gehe ich mit Vergnügen zur Polizei und sag' denen, daß ich eine wichtige Information für mich behalten habe, die einen Mord betrifft.«
Sie regte sich nicht, als Annie beinahe über dem Tisch zusammenzusinken drohte, sondern hielt Rances Blick

weiterhin stand. Seine Augen wurden fast schwarz, so sehr schwelte der Haß gegen sie darinnen auf.
Als es draußen klingelte, wurde die beinahe unerträgliche Spannung zwischen ihnen unterbrochen. Tishy drehte sich um und verließ die Küche. Innerhalb kürzester Zeit kehrte sie jedoch zurück und informierte ihre Mutter: »Es ist Mr. Wilkins von nebenan, er möchte dich sprechen.«
»Mr. Wilkins?« Annie erhob sich langsam.
»Ich hab' ihn ins Vorderzimmer geführt.«
Annie verharrte einen Moment und hielt sich an der Stuhllehne fest. Dann warf sie Rance, der mit dem Rükken zu ihr dastand und mit beiden Händen den Kaminsims umklammerte, rasch einen Blick zu. Die kleine Susan Wilkins war vergangenes Jahr Rance nachgelaufen, und zwar derart hartnäckig, daß es schon beinahe lächerlich wirkte. Er hatte sie ein-, zweimal zum Tanzen ausgeführt, aber dann war er ihrer wie immer müde geworden. Seine Verbindungen mit den diversesten Mädchen währten nie lange. Susy lauerte ihm jedoch bei jeder Gelegenheit auf. Sie wußte genau, daß er den Wagen oft am unteren Straßenende stehenließ und den Hintereingang benützte, um ihr auszuweichen: nun ja, sie war eben ein albernes Ding, diese Susan.
Annie durchschritt die von Tishy aufgehaltene Tür, durchquerte den Flur und betrat das Vorderzimmer. Mr. Wilkins stand neben dem Kamin und wandte sich sofort zu ihr um. Auf den ersten Blick konnte sie feststellen, daß er in großer Erregung war. »Es handelt sich um Susan«, begann er. »Sie ist weg – einfach verschwunden. Sie hat eine Nachricht hinterlassen, die meine Frau gefunden hat, als sie heimkam. Sie ist völlig aus dem Häuschen.«
»Oh, das tut mir aber leid, Mr. Wilkins, wirklich. Haben Sie keine Ahnung, wohin sie gegangen sein könnte?«
»Nein, nicht die leiseste. Wir... wir wollten wissen, ob uns Rance einen Fingerzeig geben könnte.«
»Rance?«

»Ja, sie hat doch eine Menge von Ihrem Rance gehalten.«
»Schon. Natürlich. Das glaube ich auch, Mr. Wilkins.«
»Nun, vielleicht hat er sie heute gesehen.«
»Aber... aber Rance war den ganzen Tag über in der Garage, und... nun, wissen Sie, er ist seit Monaten nicht mehr mit Susan ausgewesen.«
»Das ist mir bekannt, aber... ich dachte, er wisse vielleicht, mit wem sie befreundet ist. Uns wollte sie es nicht sagen. Und... und da wäre noch was.« Der Mann senkte beschämt den Kopf und fuhr leise fort: »Sie hat angefangen zu rauchen.«
»Oh« – Annie lachte leicht auf –, »das ist doch kein Verbrechen, Mr. Wilkins. Das tun sie doch alle früher oder später.«
Er hob den Blick und sah sie aus traurigen Augen an, als er sagte: »Nicht Zigaretten. Hasch, verstehen Sie?«
Es entstand eine lange Pause, während der Annies Herz auszusetzen drohte. Und dann sagte sie: »O nein, Mr. Wilkins!«
Er erwiderte: »Doch, ich fürchte, es ist wahr. Es war vorige Woche. Eines Abends kam sie heim, wirkte wie betrunken und benahm sich völlig verwirrt. Wir haben schon ein-, zweimal davor bemerkt, daß sie – nun ja, nicht sie selbst war. Aber gedämmert hat es uns erst, als wir ihr Zimmer durchsuchten. Meine Frau hat beinahe den Verstand verloren, sie hat es richtiggehend aus ihr herausgeschüttelt. Offensichtlich hat alles auf einer Party angefangen, auf die sie vor einigen Monaten mit Rance gegangen ist. Da hat ihr jemand so ein Zeug gegeben.«
»Doch... doch nicht Rance?« flüsterte Annie kaum hörbar.
»Sie hat uns nicht gesagt, von wem sie es hatte. Nur, daß jemand ihr eine Zigarette gegeben hätte, aber es habe ihr zuerst überhaupt nicht geschmeckt. Ich glaube, ihr war schlecht, als Rance sie heimbrachte. Sie wollte es nicht wahrhaben, daß er sich nichts aus ihr macht. Ihre Mutter

hat alles versucht, ihr die Sache auszureden, ihr gesagt, daß sie doch noch so jung sei und daß solche Dinge eben passierten und daß sie schon darüber hinwegkommen werde. Aber... aber anscheinend ist ihr das eben nicht gelungen. Und in letzter Zeit ist es immer schlimmer mit ihr geworden.« Er rieb sich mit der Hand über die Augen, dann übers Kinn, während er mit heiserer Stimme fortfuhr: »Es geht mir um den Schock. Um den Schock, verstehen Sie? Meine Frau wird es nie verwinden. Ich werde zur Polizei gehen, ich muß es melden, aber... aber ich dachte, wenn Rance uns einen Wink geben könnte, dann...«

Er starrte sie sekundenlang an, und schließlich meinte Annie: »Ja, ja, natürlich, Mr. Wilkins. Ich werde ihn holen.«

In der Küche war Rance nicht mehr. Gerade ging Annie die Treppe hinauf, um ihn oben zu suchen, da trat er, zum Ausgehen gekleidet, aus seinem Zimmer. Sie sagte ohne jegliche Einleitung: »Susan Wilkins ist auf und davon gelaufen. Ihr Vater möchte wissen, ob du vielleicht eine Ahnung hast, wohin sie gegangen sein könnte.«

»Ich? Ich habe sie seit Wochen nicht mehr gesehen... nun ja« – er schüttelte vage den Kopf –, »vielleicht seit Tagen. Aber eine Woche ist es zumindest her, seit ich zum letztenmal mit ihr gesprochen habe.«

Annie starrte ihren Sohn an und wiederholte: »Mr. Wilkins möchte wissen, ob du ihm einen Fingerzeig geben kannst, wer ihre Freunde waren. Sie nimmt nämlich Drogen.« Sie beobachtete ihn genau, aber seine Lider flatterten weder noch änderte sich seine Miene, als er wiederholte: »Drogen?«

»Genau das.«

»Also, jetzt frag' ich dich, welchen Fingerzeig ich ihm diesbezüglich geben könnte! Du glaubst doch nicht, daß...!«

»Ich glaube gar nichts. Ich möchte nur, daß du hinuntergehst und ihm Rede und Antwort stehst, ob du den einen oder andern ihrer Freunde kennst.«

»Ich kenne aber keinen. Wie sollte ich auch?«
»Du hast sie doch ausgeführt, du warst mit ihr auf einer Party.«
»Ja, aber das ist unendlich lange her.«
»Red doch keinen Unsinn, Rance.«
»Wenn ich's dir sage, Mam« – seine Stimme war leise und rauh –, »ich weiß nicht, mit wem sie sich herumtreibt, und ich will nichts damit zu tun haben.«
»Dann sag ihm das gefälligst.«
Er drängte sich an ihr vorbei und brummte: »Schön, wenn du es so haben willst, dann tue ich dir den Gefallen.«
Annie beobachtete Rance, als er Mr. Wilkins gegenüberstand. Er hatte eine völlig nichtssagende Miene aufgesetzt, als er zu dem Mann, der ihn fragend ansah, sagte: »Ich wünschte, ich könnte Ihnen helfen. Aber ich weiß nicht, mit wem Ihre Tochter verkehrt.«
»Können Sie sich vielleicht erinnern, wen sie auf der Party kennengelernt hat? Dort hat nämlich alles angefangen – dort hat sie dieses Zeug zu rauchen bekommen. Mein Gott, ich wünschte, der Kerl, der das auf dem Gewissen hat, würde mir in die Hände fallen, bloß für eine Minute...«
»Es war eine große Party, soweit ich mich erinnere. Eine Menge Leute tummelten sich dort, die ich nie vorher oder nachher gesehen habe. Lassen Sie mich nachdenken.« Rance senkte den Kopf. »Da waren Arthur Devlin, Ronnie Mason... aber Ronnie hat vorige Woche geheiratet.«
»Arthur Devlin? Dieser Nichtsnutz! Der stand erst vergangene Woche in der Zeitung.«
»Tatsächlich? Davon habe ich keine Ahnung. Was hat er denn angestellt?«
»Er hat jemanden beraubt und wurde deshalb und wegen schwerer Körperverletzung angezeigt. Das ist es ja, was mir solche Sorgen macht, daß sie dieses Pack kennt. Sie sollten besser darauf achten, wen Sie einem so jungen Mädchen vorstellen.«

»Hören Sie, Mr. Wilkins, Susy ist mir pausenlos damit in den Ohren gelegen, sie dorthin mitzunehmen. Ich hab' sie, verdammt noch mal, garantiert nicht dazu gezwungen.«
»Vielleicht haben Sie das wirklich nicht.« Mr. Wilkins Stimme klang kleinlaut, und er seufzte tief.
»Hatte sie keine Freundinnen?« schaltete Annie sich nun ein, und er antwortete: »Doch, eine – Connie Blackman. Aber sie hatten Streit miteinander.«
»Vielleicht ist sie trotzdem in der Lage, Ihnen zu helfen.«
»Tja, möglich.« Mr. Wilkins ging langsam auf die Tür zu, dann fügte er hinzu: »Es gibt nur eine Stelle, an die wir uns um Hilfe wenden können, nämlich die Polizei. Aber dann gibt es einen Skandal. Und das steht meine Frau einfach nicht durch.« Er drehte sich um, sah sie an und wiederholte: »Es wird sie umbringen. Wo wir doch unser Leben lang geachtete Leute waren.«
Annie folgte ihm in den Flur, und als sie ihm die Haustür aufmachte, sagte er: »Wissen Sie, es ist komisch, aber früher einmal hat sich unsereiner davor gefürchtet, irgendso ein Kerl könne daherkommen und die Tochter herumkriegen. Die Vorstellung, daß so ein junges Ding eines Tages heimkommt und sagt, sie kriege ein Kind, war für uns Eltern ein regelrechter Alptraum. Heute...! Wenn Susan zur Tür hereinkäme und gestehen würde, daß sie schwanger sei, würden wir uns keinen Pfifferling daraus machen. Alles ist besser als Drogen.«
Annie nickte ihm stumm zu, dann trat er auf die Straße. Als sie die Tür schloß, stand Tishy abwartend im Flur. Zögernd trat sie näher und fragte flüsternd: »Ist Susan rauschgiftsüchtig?«
Annie schluckte heftig. »Das... das kann ich einfach nicht glauben. Sie ist von daheim weggelaufen – das ist alles, was man mit Sicherheit weiß«, erwiderte sie.
Tishy drehte sich nun um und sah durch die offene Tür vielsagend auf Rance, der sich gerade vor dem Spiegel die Krawatte richtete. Annie, die ihrem Blick gefolgt war,

zischte ihr zu: »Nein, Mädchen! Nein, diesmal irrst du dich bestimmt. Nein!«
»Wie gewöhnlich, nicht?«
Während Tishy nach oben ging, kam Rance in den Flur, hängte sich den Mantel über die Schultern, sah Annie einen Moment an und sagte: »Zufrieden?«
»Er dachte, daß du ihm vielleicht helfen könntest. Du hast ja gesehen, wie verzweifelt er ist.«
»Und du dachtest, daß ich in die Sache verwickelt sei, nicht wahr?« Seine Stimme war leise, als er hinzufügte: »Wofür hältst du mich eigentlich?«
»Ich habe nichts dergleichen gedacht.«
Er eilte an ihr vorbei und knallte die Tür hinter sich zu, daß das ganze Haus erzitterte.
Ungefähr eine Viertelstunde später entschuldigte sich Annie bei Kathy, Bill und Percy: »Ihr habt doch nichts dagegen, wenn ich mich jetzt zurückziehe, oder? Ich möchte gern ein Bad nehmen, solange es noch ruhig ist. Morgen abend werden das wieder alle tun, da reicht das Wasser nie für mich aus.« Sie lächelte Kathy zu.
»Gehst du dann gleich zu Bett, Mam?« fragte Bill, und sie antwortete: »Natürlich nicht. Wer soll denn den üblichen Berg belegter Brote herrichten, wenn ich...«
»Leg dich nur schlafen, wenn du möchtest, Mam.« Kathy nickte ihr zu. »Wir werden schon selbst für uns sorgen.«
»Besten Dank, meine Gnädigste!« sagte Annie forciert bescheiden, in dem Bestreben, ein bißchen Stimmung in die düstere Atmosphäre zu bringen.
»Gern geschehen, Annie.«
»Ich werd' dir gleich eine Annie geben!« Sie blies die Lippen auf, warf ihrer Tochter einen gespielt wütenden Blick zu und ging dann lächelnd hinaus. Als sie aber die Treppe hochstieg, war ihr Gesicht ernst und besorgt, weil sie sich innerlich unentwegt vorsagte: Jetzt hör schon endlich auf damit! Mir scheint, du fängst tatsächlich an zu spinnen! Er kann nichts damit zu schaffen haben!
In ihrem Schlafzimmer angelangt, nahm Annie Morgen-

rock und Hausschuhe aus dem Schrank – blieb jedoch plötzlich wie angewurzelt stehen, blickte zur Wand und legte den Kopf schief. Es war jemand in Rances Zimmer. Sie fuhr sich mit der Hand an die Kehle. Hatte er sich heimlich ins Haus zurückgeschlichen? Oh, mein Gott! Nein, nein. Der einzige Mensch, der sich hier heroben aufhielt, war Tishy, und nicht einmal zehn Pferde hätten sie dazu veranlassen können, das Zimmer ihres Bruders zu betreten. Sollte sie nachsehen gehen? Wie würde er sich wohl verteidigen, wenn sie ihn in diesem Moment überraschte? Konnte er denn nicht zurückgekommen sein und etwas holen, ohne daß man ihn beschuldigte, er sei in die Drogengeschichte verwickelt? Sie hörte förmlich bereits seine Antwort: er hatte ja stets die passende parat.

Ohne zu überlegen, stürzte sie auf den Korridor hinaus und riß die Tür zu seinem Zimmer auf. Dann blieb sie mit offenem Mund stehen: Tishy stand auf einem Stuhl und tastete mit den Händen die Oberfläche des schottischen Schranks ab.

»Was, um alles in der Welt, treibst du da, Tishy?«

Ihre Tochter drehte sich um, sah sie ganz ruhig an und erwiderte: »Entweder – oder, Mam. Entweder können wir beweisen, daß unsere Befürchtungen zu Recht bestehen, oder wir spielen weiter Vogel-Strauß-Politik, was dir lieber ist.

»Du hast eine vorgefaßt schlechte Meinung, Tishy. Du wirst so lange keine Ruhe geben, bis du ihn hinter Gittern siehst, stimmt's?« Annie trat nun neben den Stuhl und befahl energisch: »Steig herunter.«

»Gleich, Mam, sofort. Es ist schon eine Weile her, daß du hier oben saubergemacht hast. Alles ist voller Staub.«

»Ich bin keine Giraffe. Jede Woche kann ich schließlich nicht da herumklettern – das kommt beim Großreinemachen dran.«

»Gib mir etwas, womit ich den Deckel aufmachen kann.« Tishy ließ die Hand herabhängen. Aber Annie schrie sie an: »Ich werde nichts dergleichen tun! Diese

Bettzeuglade ist seit Jahren nicht mehr aufgemacht worden.«
»Deiner Meinung nach, Mam. Ich bin nicht ganz überzeugt davon. Weil nämlich ein Großteil davon staubfrei ist. Herabhängende Fusseln waren es ja, die mich auf diese Idee gebracht haben. Im ganzen Haus hängen doch bei uns nirgendwo Fusseln herum.«
»Du hättest Detektiv werden sollen, ehrlich!«
»Kann schon sein. Reichst du mir nun die Feile vom Frisiertisch, oder muß ich sie mir selbst holen?«
Annie ergriff die Feile und drückte sie ihrer Tochter ungestüm in die Hand. Während sie dann zusah, wie Tishy versuchte, den Deckel des hohen Schranks, den sie vor Jahren bei einem Altwarenhändler erstanden hatte, zu öffnen, betete sie lautlos vor sich hin.
Endlich hatte Tishy mit ihren Bemühungen Erfolg; sie spähte hinein – wandte sich langsam um und sah ihre Mutter an. Ihre Miene war ein einziger Triumph. Dann zog sie etwas aus der Bettzeuglade heraus und sagte: »Halt das mal.« Sie händigte Annie ein mit Gummiband zusammengehaltenes, flaches Päckchen Banknoten aus: dann noch eins und noch eins und noch eins.
Nachdem Tishy vom Stuhl geklettert war, drehte sie ihn um, deutete drauf und sagte: »Setz dich.« Annie gehorchte und sah ihre Tochter hilflos an. Tishy fragte: »Nun?«
»Er« – sie mußte erst mühsam schlucken – »er könnte es beim Spielen gewonnen haben.«
»Angeblich spielt er doch nicht mehr, Mam. Jedenfalls hat er das behauptet.«
»Wie können wir wissen, was er tut, wenn er ausgeht? Es gibt ja eine Menge Möglichkeiten, zu spielen. Vielleicht wettet er.«
»Glaubst du wirklich, daß derartige Beträge vom Spieltisch stammen? Gib einmal her.«
Sie entnahm die Bündel Annies willenloser Hand, legte sie aufs Bett, zog der Reihe nach die Gummibänder ab und begann zu zählen. Jedesmal, wenn Tishy den Mund

aufmachte, war Annie, als führe ihr ein Messer durch den Leib. Sie hörte: »In dem da sind hundert Pfund – hier fünfundsechzig – hundert in diesem und hundert in dem da. Dazu kommen noch die losen Scheine... Macht insgesamt sechshundert Pfund.«

Tishy setzte sich nun auf die Bettkante und fuhr ruhig fort: »Entweder fälscht er seit langem die Bücher, oder er mischt sonstwo mit. Auf ehrliche Weise ist dieses Geld jedenfalls nicht erworben.«

»Die Bücher kann er nicht fälschen.« Annie schüttelte langsam den Kopf. »Ich führe sie. Das weißt du doch.«

»Vielleicht unterschlägt er hier und da Bareinnahmen? Du bist täglich höchstens ein, zwei Stunden in der Garage. Da bleibt noch Zeit genug für Sondereinnahmen.«

»Das würde er nicht tun.«

»Nun, es wäre immer noch besser, annehmen zu müssen, daß er es auf diese Weise zusammenbekommen hat, als« – sie schob das Geld beiseite – »als daß es in irgendeinem Zusammenhang mit Susan Wilkins und ihrer Drogensucht steht.« Tishys Stimme war messerscharf geworden. Annie zischte in demselben Ton zurück: »Sag das nicht. Sag so was nicht. Willst du mich umbringen, Kind?«

Tishy senkte den Kopf und legte die Hände auf die spitzen Knie. Schließlich sagte sie: »Ich möchte nur eins – daß du die Augen aufmachst und siehst, was sich direkt vor deiner Nase abspielt. Damit du nicht so völlig überrumpelt wirst. Damit er nicht imstande ist, dich zu verletzen. Aber ich weiß, daß das ein Ding der Unmöglichkeit ist. Denn solange er atmet, wird er dich verletzen, wird er dir weh tun.«

»Tishy, Tishy, sieh mich an?« Ein flehender Ton lag in Annies Stimme, und als Tishy den Kopf hob, sagte Annie: »Wenn ich die Augen aufmachen würde, wie du dich ausdrückst, und mir sagen müßte: Schön, er ist in irgendwelche dunkle Geschichten verwickelt – egal, welcher Art –, meinst du denn, daß mich das weniger verlet-

zen würde als die Befürchtung, er handle mit... Drogen? Ich würde so oder so vor Scham sterben.«
Tishy stand auf und sagte nun ganz ruhig: »Es bedarf einer außergewöhnlichen Portion an Scham, um Menschen umzubringen, Mam.« Und während Annie ihre Tochter anstarrte, hatte sie dasselbe Gefühl wie neulich bei ihrem Gespräch mit Kathy: daß ihre Töchter ihr überlegen seien. Keine von ihnen schloß vor offensichtlichen Tatsachen die Augen. Ach Gott, sie konnte sicherlich mit allem fertig werden, was klar und deutlich vor ihr lag – ausgenommen Drogen. Wenn das Geld davon stammte, dann bedeutete das, daß Rance nicht nur selbst drogensüchtig war, sondern auch, daß er damit handelte, daran verdiente.
Von allen niederträchtigen Typen, die es auf dieser Welt gab, waren ihrer Meinung nach diejenigen am schlimmsten, die jungen Menschen Drogen verkauften; sie waren die widerlichsten, verdorbensten, verurteilungswürdigsten Subjekte. Annie konnte es sich nicht vorstellen, es wollte einfach nicht in ihren Kopf, daß ihr Sohn, ihr Rance, zu einer solchen Niedertracht fähig sein könne. Er war schwach, o ja, das gab sie zu. Und ein Lügner. Er konnte einem in die Augen sehen und schwören, daß schwarz weiß sei und umgekehrt. Und man glaubte es ihm – wider allen besseren Wissens. Aber junge Menschen auf den Weg zum Abgrund führen, das würde er nicht tun, schon gar nicht des Geldes wegen...
Tishy durchsuchte derweil die Lade des Frisiertisches. Nun protestierte Annie nicht mehr. Sie beobachtete nur die raschen Bewegungen ihrer Hände und wartete, folgte ihr mit den Blicken, als Tishy zum Kleiderschrank ging und Rances Anzüge der Reihe nach herausnahm, um sämtliche Rocktaschen zu inspizieren. Nachdem sie aus einer derselben eine halbgerauchte Zigarette hervorgezogen hatte, trat sie damit ans Fenster und unterzog sie einer genauen Prüfung. Dann steckte sie sie wieder in die nämliche Tasche zurück. Annie sah zu, wie ihre Tochter Rances Taschenuhr aufklappte und wie sie schließlich

ein zerknülltes Stück Papier aus einer der Taschen fischte, es glattstrich und überflog. Dann hielt sie es ihr hin und sagte: »Vielleicht ist es das.«
Als Annie einen Blick auf den Wettscheinabschnitt geworfen hatte, aus dem hervorging, daß er fünf Pfund bezahlt hatte, schlugen Wogen der Erleichterung über ihr zusammen. Einen Moment war ihr zumute, als würde sie ohnmächtig werden. Sie drückte den Wettschein zwischen ihren Händen zusammen, als handle es sich um etwas ganz besonders Wertvolles, blickte zu Tishy auf und sagte: »Gott sei Dank, Kind, Gott sei Lob und Dank! Das da macht mir gar nichts aus, und wenn er sein letztes Hemd verspielen würde.« Strahlend fügte sie hinzu: »Leg das Geld wieder an seinen Platz, Kind, und zwar so, daß er nichts merkt. Wir müssen alles genauso zurücklassen, wie du es vorgefunden hast. Oh, Gott sei Dank, Gott sei Dank!« Sie half ihrer Tochter eifrig, sämtliche Spuren der Untersuchung zu verwischen.
Als Tishy vom Stuhl herunterkletterte und diesen neben das Bett schob, sagte Annie ungeduldig: »Komm jetzt, komm.«
Am Treppenabsatz blieb sie stehen, sah ihre Tochter an und sagte mit Tränen in der Stimme: »Ich könnte nicht glücklicher sein, und wenn ich das Große Los gewonnen hätte!«
Dann wandten sie sich gleichzeitig voneinander ab, und jede von ihnen ging auf ihr Zimmer. Dort angekommen, blieb Tishy mit dem Rücken an die Tür angelehnt stehen und blickte kopfschüttelnd zur Decke. Ihre Mutter hatte sie nicht getadelt, weil sie versucht hatte, Rance bloßzustellen; sie hatte ihr den Wettschein nicht triumphierend unter die Nase gehalten und geschrien: Da siehst du's wieder! Ich wußte doch, daß mein Rance so was nicht tun würde. Sie hatte sich nur mit all ihren Kräften an diesen schwachen Beweis festgeklammert und damit wieder einmal unterstrichen, wofür sie ihren Ältesten hielt: für den reinsten Unschuldsengel.
Tishy trat an den Frisiertisch, ließ sich davor nieder und

fragte ihr Spiegelbild: »Will ich denn, daß er dabei ertappt wird?«
Nein. Obwohl sie ihn eigentlich jeder Untat für fähig gehalten hätte, ohne Ausnahme. Nur – Rauschgifthandel war etwas besonders Schmachvolles: ihn dabei zu erwischen, hätte ihr keinerlei Befriedigung verschafft. Es ging ihr dabei weitaus weniger darum, ob er selbst drogensüchtig war oder nicht, sondern ausschließlich darum, ob er damit Handel trieb oder nicht.
Und wenn ihr nun der Beweis gelungen wäre, daß er bei derlei Dingen die Hand im Spiel hatte? Hätte es ihr irgendwie genützt? Glaubte sie wirklich, daß ihre Mutter etwa dann plötzlich ihre Zuneigung zu Rance auf sie übertragen hätte? Nein, natürlich nicht. Ihre Mutter würde sie nie mehr lieben, als sie es in diesem Moment tat, und sie wußte genau, woraus sich diese Liebe zusammensetzte: aus von Mitleid durchsetztem, mütterlichem Pflichtgefühl.
Weshalb haßte sie Rance nur so? War es deshalb, weil sie von klein auf gefühlt hatte, daß er die hundertprozentige Aufmerksamkeit ihrer Mutter für sich beanspruchte? Oder war es, weil sie sich seit ihrer Kindheit nach nichts so sehr gesehnt hatte als nach Liebe? Ihr Großvater war der einzige Mensch gewesen, der sie wirklich geliebt hatte. Und auch diese Liebe war vor allem seinem Mitleid entsprungen: das arme, kleine Ding hatte ihm leid getan, weil es so unansehnlich war, eben ein richtiges häßliches Entlein, das sich eines Tages – wie er ihr immer prophezeit hatte – in einen strahlend schönen Schwan verwandeln würde.
»Weshalb bin ich nicht so hübsch wie Kathy, Opa?«
»Weil du so eine Art Spätzünder bist, Kindchen. Wart's nur ab: mit sechzehn, siebzehn wirst du garantiert ein Schwan sein. In deinem Innern bist du es bereits jetzt, das weiß ich. Das muß bloß noch zutage treten.«
Aber es trat nicht zutage; die prophezeite Verwandlung fand nicht statt, wenn sie auch in außergewöhnlichen Momenten heute noch dachte, daß sie innerlich ein

Schwan sei. Sie brauchte nur einen Menschen, der sie liebte, und sogleich würde sie sich in einen Schwan verwandeln.
O Gott, wie sehr sie jemanden brauchte, der sie liebte. Tishy vergrub das Gesicht in den Händen. Sie war bis obenhin vollgepropft mit Liebe. Wenn sie sich nicht bald Luft machen konnte, würde sie noch ersticken. Ob ihre Tage wohl damit enden würden, daß sie diese Liebe irgendwann auf ein Tier konzentrierte? Auf eine Katze oder einen Hund? Wie so viele Frauen es taten...
Vielleicht würde Stanley Stone sie fragen, ob sie ihn heiraten wolle. Er bekundete Interesse für sie, aber schließlich bekundete er für jedermann Interesse, der ihm zuhörte. Nichts konnte seinen Redefluß stoppen. Du meine Güte, was für eine komische Vorstellung, ein Leben lang mit einem Menschen wie Stanley Stone zusammen zu sein. Weshalb Eltern einem Kind wohl den Vornamen Stanley gaben, wenn sie Stone hießen; das war doch zu albern: Stanley Stone, Barry Butcher, Clare Clar, May Minton. Richtiggehend lächerlich. Und wie stand es mit ihrem eigenen Namen, mit Tishy? Konnte man überhaupt einen dümmeren Namen als diesen ausfindig machen? Es hatte mal ein Rennpferd dieses Namens gegeben, das der größte Nichtstarter aller Zeiten gewesen war. Sie selbst war ja auch ein Nichtstarter, und wie!
Allerdings nicht, was ihre geistige Aktivität anlangte. Sie wußte genau, daß sie niemals einen Mann kennengelernt hatte, der genauso intelligent gewesen war wie sie selbst – ausgenommen einen. Als sie sich ausnahmsweise gestattete, an ihn zu denken, war sie sich nicht darüber im klaren, ob der Schmerz, der sie zu überwältigen drohte, aus Liebe oder aus Haß hervorgerufen wurde. Denn sooft er vor ihrem inneren Auge auftauchte, sah sie ihn nicht groß und beschämt vor sich stehen, als er ihnen eröffnet hatte, er werde heiraten, sondern sie sah ihn auf dem Sofa sitzen, die Arme um ihre Mutter geschlungen und mit einem Gesichtsausdruck... Dem Gesichtsausdruck eines Menschen, der von tiefster Sehnsucht erfüllt war.

Einfach unvorstellbar, daß sie jemals wieder auch nur im entferntesten soviel durchmachen würde, wie sie in jenem Moment durchgemacht hatte.

Tishy hatte Alan in den vergangenen drei Jahren zweimal gesehen; das erstemal vor achtzehn Monaten. Sie hatte bei Binns in Newcastle Einkäufe erledigt, als sie ihn bemerkte, sich rasch umdrehte und eine Passage betrat. Von dort aus beobachtete sie ihn und die junge Frau an seiner Seite unablässig. Während sie den Blick nicht von ihr lassen konnte, mußte sie mit neu erwachter Bitterkeit denken: Die ist ja genauso unscheinbar, genauso häßlich wie ich! Dazu kam, daß sie absolut nicht elegant, ja sogar nachlässig gekleidet war. Folglich mußte er sich ihres Verstandes wegen für sie entschieden haben. Was für ein Jammer, daß sie ihm nicht vor ihr über den Weg gelaufen war!

Das zweitemal hatte sie ihn vor etwa drei Monaten auf dem Bahnhof von Newcastle gesehen. Sie war gerade auf dem Weg zu jenem Bahnsteig gewesen, von wo der Zug nach Shields abfuhr, als er aus dem aus London kommenden Zug ausstieg. Einen Moment lang hatte sie ihn nicht erkannt, doch dann blieb sie unvermittelt stehen und starrte zu ihm hinüber. Er sah um vieles älter aus; in seinem Gesicht war nichts Jungenhaftes mehr zu entdecken. Zynisch hatte sie gedacht: Diese Ehe muß eine ganz schön harte Nuß für ihn sein.

Überrascht starrte sie ihr Spiegelbild an. Es war, als erblicke sie ein völlig fremdes Gesicht, denn ihrem Spiegelbild liefen die Tränen nur so über die Wangen. Als ihre Zunge automatisch hervorschoß, um die Salztropfen aufzulecken, murmelte sie hörbar: »Laß mich um Himmels willen bei Kathys Hochzeit nicht durchdrehen. Ich freu' mich doch ehrlich für sie, ich wünsch' ihr doch ehrlich Glück...«

Aber dann ließ sie den Kopf auf die gekreuzten Arme sinken und winselte wie ein Kind: »Ich wollte, Opa wäre nicht gestorben. Opa hat mich lieb gehabt. Aber nun wird es niemanden mehr geben, der das tut – nie mehr.

SECHSTER TEIL

Das Landhaus

I

»Nun, wenn du deinen Namen nicht daruntersetzt, Mam, dann werde ich es eben allein kaufen.«

»Ein Haus für zwölftausend Pfund... Für dich allein! Die Geschäfte müssen ja sehr gut gehen.« Annie schloß den Korb, in den sie die Lebensmittel gepackt hatte, schob ihn zu Rance hinüber und sagte: »Stell ihn bitte in den Kofferraum.«

Rance wollte ihn schon hochheben, hielt jedoch mittendrin inne, stützte sich schwer darauf, sah Annie an, die eben ihre Handtasche vom Stuhl nahm, und sagte: »Mam, ich will das Haus nun mal haben – ob du jetzt mitmachst oder nicht.«

»Dann wirst du es, wie gesagt, allein für dich haben. Zwölftausend, ts!«

Er senkte den Kopf und sah auf die den Korbhenkel umspannenden blassen Hände nieder, deren Gelenke vor Anspannung deutlich hervortraten. Nach sekundenlangem Schweigen sagte er, und es klang ganz so, als verteidige er sich: »Mam, ich bin schließlich siebenundzwanzig. Zeit, daß ich mein eigenes Leben führe, findest du nicht?«

Sie drehte sich blitzschnell um und schrie ihn fast an: »Wer hält dich denn davon ab? Ich habe dir bereits vor Jahren gesagt, daß du aus dem Haus gehen, dich selbständig machen sollst. Nimm dir doch eine Wohnung, hab' ich gesagt. Stimmt's? Ich hab' mich sogar selbst auf die Suche nach einer passenden Bleibe für dich gemacht. Ein eigenes Leben führen! Wage ja nicht, mir damit zu kommen, daß ich dich davon abgehalten hätte, dein eigenes

Leben zu führen. Ich will dir mal was sagen.« Sie beugte sich über den Tisch zu ihm hinüber, so daß ihre Gesichter nur eine Handbreit voneinander entfernt waren. »Geh ruhig weg«, zischte sie ihm zu. »Tu, was du willst, und laß mich gefälligst mein Leben führen. Auch ich will ein Leben nach meinem Geschmack führen, nur daß ich dazu kein Haus mit zehn Zimmern benötige, schon gar nicht, wenn Benny einen Teil davon benützen würde. Denn das würde er doch, oder?«

»Er ist ein echter Kumpel.« Rances Stimme klang so, als verteidige ein Schuljunge seinen besten Kameraden.

»Kumpel!« Sie blies die Backen auf.

»Er hat dir nie was getan.«

»Stimmt. Aber ich mag ihn trotzdem nicht. Er ist viel zu weich, meiner Meinung nach. Und zu durchtrieben. Dazu diese Freunde in London, ich bitte dich! Jedesmal, wenn du von dort zurückkommst, hat man den Eindruck, du hättest ein wochenlanges Zechgelage hinter dir. Ich hab' dich schon mehrmals gefragt, und ich frage dich abermals: Was ist er denn tatsächlich von Beruf? Du kannst mir nicht weismachen, daß jemand einen Wagen fährt, wie er es tut, und lebt, wie er lebt, indem er Kurzwaren verkauft. Vertreter in dieser Branche verdienen nicht soviel.«

»Du hast keine Ahnung, was die alles erzeugen, Mam. Es handelt sich um eine große Firma.«

»Eine große Firma, so!« Sie nickte ihm bedeutungsvoll zu. »Offensichtlich bist auch du daran beteiligt, wenn du es dir leisten kannst, dir ein Haus für zwölftausend Pfund zu kaufen.«

»Ich hab' mir ein bißchen was zurückgelegt.«

»Ein bißchen!« Sie sah ihn fest an.

»Benny wird mit mir dort einziehen, wenn du nicht willst.«

»Gut – schön. Ich ziehe hier nicht aus, um in einem Haus zu wohnen, das zwölftausend Pfund kostet, besten Dank. Stell das jetzt für mich in den Kofferraum, ja?«

»Es wird dir leid tun.«

»Weshalb? Weil ich mich nicht entwurzeln lassen will? Dies Haus ist groß genug für mich. Es ist jetzt schon zu groß für mich. Bill ist fort, also bleiben nur Tishy und ich übrig, und es würde mich nicht überraschen, wenn sie auszöge, noch ehe das Jahr um ist. Es wird nicht an Stanley liegen, wenn sie's nicht tut, das steht fest. Also bleiben nur mehr wir beide übrig. Dann hättest du mehr als genug Platz hier.«

»Unser Haus kann man aber nicht in zwei Wohnungen unterteilen, Mam.«

Nun schlug Annie mit der Faust auf den Tisch: »Wohnungen, Wohnungen! Kauf dir, um Himmels willen, endlich dein Haus und mach soviel Wohnungen draus, wie du nur willst. Aber ohne mich.«

Er stand ihr gegenüber, knirschte mit den Zähnen und schüttelte den Kopf über ihr Verhalten. Dann murmelte er: »Manchmal könnte ich, ich könnte glatt...«

»Was könntest du?«

»Mam« – abermals war er der kleine Junge von ehedem –, »es ist zu groß für uns zwei, ich meine für Benny und mich. Und was das Wichtigste ist: Ich brauche dich, ich will dich um mich haben. Das weißt du doch.«

Ja, sie wußte es, aber es war lange her, daß diese Vorstellung sie glücklich gemacht hatte. Obwohl sie Benny Warlister nicht ausstehen konnte, hatte sie mehr als einmal gewünscht, Rance würde mit ihm nach London gehen und dort bleiben. Und doch wußte sie gleichzeitig, daß sie, wenn Rance diesen Vorschlag gemacht hätte, alles in ihrer Macht Stehende getan hätte, ihn davon abzuhalten – weil ihrer Meinung nach bei diesem Warlister etwas nicht stimmte. Er war zu weich, zu glatt, zu höflich.

Plötzlich sagte Annie: »Und wo ist Tishys Platz in deinen Plänen? Du hast doch bestimmt nicht vor, sie in dein neues Haus mit umziehen zu lassen, oder?«

»Bestimmt nicht.« Rances Miene und Stimme hatten sich verhärtet. »Ich hab' für alle Ewigkeit genug von ihr, das geb' ich dir schriftlich. Sie könnte ja mit ihrem Stan-

ley hierbleiben, nicht? Das heißt – falls sie ihn heiratet. Aber ich gehe jede Wette ein: Die heiratet nie.«
»Dann ist sie eben genau wie du, nicht wahr?«
»Ich werde schon eines Tages heiraten, wenn der richtige Zeitpunkt gekommen ist.«
»Das sagt Tishy auch immer. Das Malheur bei dir ist, daß du niemanden gern hast, keine Menschenseele. Nehmen wir nur mal Bill und sein Mädchen: die kannst du deshalb nicht leiden, weil sie eine Farbige ist, stimmt's? Oder Percy: Es wird nicht mehr lange dauern, und er wird dir eine herunterhauen, davon bin ich überzeugt.«
»Das wird ein Festtag für mich sein.«
»Weil du dann endlich einen Grund hättest, ihn zu verdreschen, wie? Du suchst ja mit jedermann Streit, das ist es. Das ist ja mit ein Grund, daß... Ich meine, hier kann ich sicher sein, daß mich alle besuchen kommen. Aber wenn ich in dein Haus übersiedeln würde...«
»Es wäre nicht mein Haus, es wäre unser Haus, Mam.«
»Nein, nein, dein Haus. Meine Wohnung in deinem Haus. Sag mir eines: Hast du vor, es auf dich oder auf uns beide eintragen zu lassen? Das würde sich gehören, wenn ich mitmache, nicht?«
»Darüber können wir reden.«
»Wir werden darüber reden.« Sie griff nach ihrem leichten Mantel, hängte ihn sich um die Schultern und sagte: »Tishy wird vor Freitag nicht zurück sein, aber bis dahin bin ich ja wieder hier. Was Bill und Alice anlangt, bei denen weiß man ja nie, es könnte jeden Tag sein. Bei Kathy war ich bereits und habe es ihr gesagt. Ich glaube, somit ist alles in Ordnung.«
»In Ordnung? Und wer sorgt für mich?«
Sie blieb auf halbem Weg zur Tür stehen. »Nun, wenn du vorhast, dich auf ein eigenes Leben einzustellen, wird das eine ausgezeichnete Übung sein, nicht?«
»Mam!« Er packte sie nun bei den Schultern, und sein Gesicht wirkte richtig zerknittert, als würde er im nächsten Moment zu weinen anfangen. »Hör mal, verlaß mich nicht auf diese Weise, so kalt, so lieblos. Wenn ein

derartiger Riß zwischen uns klafft, bin ich tagelang erledigt.«
Es war diese offensichtliche Hilflosigkeit, die sie immer von neuem weich werden ließ. Am liebsten hätte sie die Hände gehoben und ihm beruhigend übers sorgenvolle Gesicht gestrichen. Aber sie tat es nicht. Sie erinnerte sich wieder daran, daß sie erst am Tag davor einen Blick in den schottischen Schrank geworfen hatte, wie sie es nun von Zeit zu Zeit tat. Und wie sie dabei entdeckt hatte, daß er zu dem Betrag, den sie zuletzt dort vorgefunden hatte, abermals drei Banknotenbündel hinzugefügt hatte. Manchmal fand sie überhaupt kein Geld in dem Schrank; dann kam nach und nach wieder eine größere Summe zusammen. In seinem Zimmer stand außerdem seit kurzem ein neuer Schreibtisch, aber sie wußte nicht, was er enthielt. Rance hatte ihn ganz allein erstanden, und er war mit einem Patentschloß geliefert worden. Annie hatte verschiedene Schlüssel daran ausprobiert, jedoch ohne Erfolg. Ihr Sohn hatte sich da, das wußte sie, auf etwas Ungeheuerliches eingelassen; was es tatsächlich war, wagte sie nicht auszudenken.
Einer der Hauptgründe dafür, daß sie nun ins Landhaus hinausfuhr, war, von Rance loszukommen; Annie spürte: Wenn sie hierbliebe, würde sie Dinge zur Sprache bringen, ja Beschuldigungen aussprechen, die sie Nacht für Nacht wachhielten.
»Wirst du dir die Sache gründlich durch den Kopf gehen lassen, Mam?« sagte Rance nun. »Du weißt doch, wie mir bei der Vorstellung, von dir getrennt zu sein, zumute ist!«
Sie schloß die Augen, wandte sich von ihm ab und sagte: »Gut, ich werde es mir überlegen.« Da legte er den Arm um ihre Schulter und sagte: »Du wirst sehen, es wird gehen, sehr gut sogar.«
Als sie ein paar Minuten darauf die Straße hinunterfuhr, dachte sie: Ja, ja, ich werde es mir überlegen. Aber herauskommen wird dabei nichts.
Es würde zwei Stunden dauern, bis sie das Landhaus er-

reichte, das heißt, wenn die Fahrt reibungslos verlief. Sie besaß das Landhaus nun über zwei Jahre und war auf äußerst einfache Weise dazugekommen, obwohl sie eigentlich nie vorgehabt hatte, sich eine solche Art Zweitwohnsitz zuzulegen, schon gar nicht inmitten der Wildnis von Cheviot: Als sie eines Tages in der Garage Dienst gemacht hatte, war ein gewisser Mr. Sampson, ein alter Kunde, zu ihr gekommen und hatte gesagt: »Tut mir leid, Ihnen sagen zu müssen, daß ich bald zum letztenmal bei Ihnen tanken werde. Wir ziehen weg von hier.«

»Das tut mir gleichfalls leid«, hatte sie geantwortet. »Sie gehören schließlich zu unseren ältesten Stammkunden, Mr. Sampson.«

»Ja, ich komme vom ersten Tag, an dem Ihr Mann hier angefangen hat, hierher. Und das ist jetzt auch schon ziemlich lange her, nicht? Nun ja, heute muß man dorthin gehen, wohin man geschickt wird, das heißt, wenn man vorwärtskommen will. Noch dazu in einem gewissen Alter, wissen Sie? Da sagt man nicht einfach nein, vorausgesetzt, man ist klug.«

»Da haben Sie ganz recht, Mr. Sampson«, hatte sie gesagt.

»Ich wäre ja schon vergangene Woche abgebraust, kann ich Ihnen gestehen, wenn es nicht wegen dieser verdammten Klitsche gewesen wäre. Unser Haus hier haben wir verkauft, aber mein kleines Landhaus konnte ich bisher nicht loswerden.«

»Sie haben ein Landhaus?« hatte sie gefragt.

»Tja, droben in Cheviot Hills. Jeder möchte es haben, bis ich den Preis nenne. Dann sagen die Leute: ›Was! Fünfzehnhundert für diese Hütte? Sie müssen verrückt sein, Mann.‹ Dabei habe ich vor zehn Jahren selbst siebenhundert dafür und fünfzig für das Grundstück bezahlt. Und gute tausend Pfund habe ich seither mindestens hineingesteckt, weil ich es praktisch neu aufgebaut habe. Von den vielen arbeitsreichen Wochenenden ganz zu schweigen, die meine Frau und ich und die Kinder, als sie noch jünger waren, dort verbracht haben. Und jetzt heißt es einfach: ›Fünfzehnhundert? Sie müssen verrückt sein, Mann!‹ Vergangenes Wochenende habe ich wieder so einen Kerl mit hinausgenommen, der mich derart wütend gemacht hat, daß ich ihn am liebsten eingebuddelt hätte. Er wußte, noch ehe wir losfuhren, wieviel ich verlange. Und dann steht er da und hat die Frechheit, mir achthundert anzubieten und zu sagen, das sei sein letztes Wort. Weil es keine Wasserleitung gäbe und so weiter. Ich sagte ihm, wenn er eine Wasserleitung haben wolle, dann müsse er eben in der Stadt bleiben. Wissen Sie, wenn ich mir da eine hätte hinauflegen lassen, hätte mich das ganz schön was gekostet. Jedenfalls war es gut, daß der Mann seinen eigenen Wagen benutzte. Ich hätte ihn sonst glatt zu Fuß heimgehen lassen.«

Nachdem sie beide darüber herzlich gelacht hatten, hatte sie gefragt: »Ist es abgelegen?«

»Genau das. Und heutzutage gibt es kaum mehr viele abgelegene Grundstücke. Das war meiner Meinung nach immer das Schönste daran. Wir konnten dorthingehen und alles vergessen. Wie oft bin ich todmüde und zerschlagen am Samstagabend hinausgefahren und Sonntagabend wie neugeboren zurückgekommen. Ich will also wahrlich nicht behaupten, daß ich nicht etwas bekommen habe für mein Geld. Wir haben wundervolle Sommer dort oben verbracht. Aber in letzter Zeit ist das Haus nicht mehr viel benützt worden. Meine Frau hat Rheuma bekommen, wissen Sie, und die Jungs haben geheiratet und sind weggezogen. Aber ich sag' Ihnen, Mrs. McCabe, lieber würde ich es niederbrennen, jawohl, das können Sie mir glauben: Ich würde es lieber niederbrennen, als einen Penny vom geforderten Preis nachzulassen.«

»Würden Sie es mich ansehen lassen, Mr. Sampson? Wohlgemerkt, ganz unverbindlich. Ich weiß nicht, ob ich was für so eine Wildnis übrighabe.«

»Würde mich wirklich freuen, Mrs. McCabe. Wie wär's mit morgen?«

»Morgen ginge es ausgezeichnet, Mr. Sampson.«

Am andern Tag fuhren sie zu besagtem Landhaus. Sie mußten den Wagen am Beginn des Unterholzes verlassen und dann über eine verfallene Steinmauer klettern, bis Annie schließlich das auf einer Anhöhe stehende Haus erblickte. Es entsprach nicht den Vorstellungen, die sie sich von einem Landhaus gemacht hatte, es sah überhaupt nicht hübsch und einladend aus. Das ist nichts für mich, dachte sie sofort. Aber zu diesem Zeitpunkt hatte sie das Haus noch nicht von innen gesehen, sich noch nicht in die Aussicht verliebt, hatte noch nicht im Sonnenschein gesessen mit der Teetasse in der Hand, während der Blick über die von Hügeln und Wäldchen umschlossene Bilderbuchlandschaft schweifte.
Als sie den holprigen Rückweg zu ihrem Wagen antrat, hatte es sich Annie nicht nur gründlich überlegt, nein, sie hatte das Landhaus bereits gekauft.

Als Annie durch Gateshead fuhr, war sie versucht, anzuhalten und einen Sprung zu Mollie zu machen, die nun seit einigen Jahren mit ihrer Tochter Winnie zusammenlebte. Aber im Gespräch mit Mollie wäre sie vielleicht in Versuchung gekommen, sich alles von der Seele zu reden. Und so fuhr sie durch, ohne anzuhalten.
Je länger die Fahrt dauerte, desto mehr öffnete sich das Land, und als sie nach ungefähr dreißig Meilen Otterburn erreichte, kehrte sie nicht in ›Percys Wappen‹ ein, wie sie es für gewöhnlich tat, wenn sie allein war und sich zur Feier des Tages mal ein gutes Essen spendierte, sondern fuhr direkt bis Slishaw weiter. Dann bog sie in eine Straße ein, die nicht viel mehr als ein Karrenweg war, und ein paar Minuten später machte sie am Rande des Unterholzes halt. Sie öffnete den Kofferraum, nahm den Lebensmittelkorb und einen kleinen Koffer heraus und begann, den steilen, ziemlich mühsamen Weg zum Landhaus hinaufzuklettern.
Etwa eine Viertelstunde danach war sie nach mehreren Ruhepausen davor angelangt, blieb stehen und blickte sich um, entzückt, dies Bild wieder einmal in sich auf-

nehmen zu können. Denn egal, wie oft sie hierherkam: es vermittelte ihr ein Gefühl tiefsten Friedens.
Als sie die Haustür aufsperrte, strömte ihr ein modriger Geruch entgegen, und sie rümpfte die Nase. Vergangenen Monat war keiner von ihnen hiergewesen. Bis vor einer Woche hatte es unausgesetzt geregnet; erst jetzt, in der zweiten Juniwoche, bescherte ihnen der Wettergott einen richtigen Sommer.
Noch bevor sie Koffer und Lebensmittelkorb ins Haus trug, öffnete Annie sämtliche Fenster, während sie dachte, daß im Grunde alle zwei Wochen entweder sie oder wenigstens eins der Familienmitglieder hier herauskommen und nach dem Rechten sehen müsse. Es war merkwürdig: Im ersten Jahr hatte das Haus zwischen Mai und Ende September so gut wie nie leergestanden: Vor allem Kathy und Percy waren wochenlang hiergewesen. Kathy war damals gerade schwanger und sagte immer, daß es ein Moormännchen werden würde, weil sie während der ersten Monate ihrer Schwangerschaft soviel durchs Moor gestreift war. Etwas Wahres schien dran zu sein, denn der kleine Percy war mit seinen zweieinhalb Jahren ein richtiger kleiner Kobold, stets zu Streichen aufgelegt. Wenn man ihn unter Aufsicht behalten wollte, half nur eins: Man mußte ihn wie einen Hofhund anbinden. Nun erwartete Kathy ihr zweites Kind, und die Fahrt mit dem kleinen Percy war ihr einfach zuviel.
Auch Bill hatte sich im ersten Jahr sehr viel hier aufgehalten, praktisch die ganzen Ferien hindurch. Er und seine Freunde hatten das Landhaus zum Hauptquartier gemacht, und sie waren allesamt so begeistert davon und von der Umgebung gewesen, daß sie's zufrieden waren, zu viert in den mitgebrachten Schlafsäcken in einem Raum zu übernachten.
Und Tishy hatte jedes Wochenende hier verbracht. Oft war sie auf einen Abend herausgekommen, ganz für sich. Sie war gern allein.
Nur Rance hatte sich nie etwas aus dem Landhaus gemacht. Nachdem er es zum erstenmal besichtigt hatte,

hatte er gesagt, dieser Platz würde ihn verrückt machen. Und doch hatten im vergangenen Jahr er und Benny ein Wochenende hier verbracht. Das war ihr gar nicht recht gewesen.

Während Annie die Lebensmittel im Küchenschrank verstaute, stieß sie einen Seufzer der Erleichterung aus. Auch das war merkwürdig: daß sie sich in dieser Küche, so winzig sie sein mochte, mehr daheim fühlte als in der Stadt, wo alles viel bequemer war. Hier gab es weder fließend Wasser noch elektrischen Strom. Wasser konnte nur aus der Regentonne oder aus dem Bach unten entnommen werden, da mußte man aber ganz schön schleppen. Das galt auch für die Behälter mit dem Propangas, das hier Strom und Leuchtgas ersetzte.

Annie bereitete den Tee zu, stellte alles dazu Nötige dann aufs Tablett und trug es ins Wohnzimmer. Nun ja, Wohnzimmer – es war alles in einem, kurz gesagt: der Hauptraum des Hauses. Früher waren es drei winzige Räume gewesen, aber sie fand es so praktischer und schöner. An die angrenzende kleine Küche hatte sie eine Glasveranda anbauen lassen, um mehr Licht und mehr Platz zu haben.

Annie hatte das Landhaus übernommen, wie es war; nicht einmal an der Einrichtung hatte sie etwas geändert, sondern die Sachen nur ein wenig umgestellt. Die schmalen Dielenbretter hatte sie aufgebeizt und vier große Vorleger in Orange und Grün ausgelegt. Die Mitte des Zimmers bildete die Haustür, zu deren Seiten je ein nicht allzu großes Fenster war, deren altmodische Rahmen sie herausnehmen und durch neue ersetzen hatte lassen, so daß die Fenster nun nach außen aufgingen. In der Ecke, linkerhand der Tür, befand sich ein von Natursteinen umgebener offener Kamin.

Die Einrichtung war einfach, aber bequem: Sie bestand aus einer abgenutzten dreiteiligen Sitzgarnitur, die Annie mit neuen Kattunüberzügen versehen hatte, einem Eßtisch, sechs strapazierfähigen Stühlen und einem kleinen Glasschrank, der sicher einmal das Glanzstück

eines Salons gewesen war. Nun fehlten ihm zwar zwei Scheiben, aber er stellte – wie Percy behauptete – immer noch ein wertvolles Stück dar.
Die steil nach oben führende Treppe zur Rechten, gleich neben der Küche, verfügte über kein Geländer, bloß über ein dickes Seil.
Oben gab es zwei Schlafzimmer, notfall sogar drei, wenn man die Vorratskammer ein bißchen zurechtrichtete. Sämtliche Fenster reichten bis zum Boden, und Annie hatte sich noch immer nicht daran gewöhnt, vom Bett aus direkt in den Himmel zu blicken, was ihr beim Einschlafen oft wie ein dahingleitendes Boot vorkam.
Sie nahm nun im Lehnstuhl, den sie sich vor die offene Tür gezogen hatte, Platz, streifte die Schuhe und die enganliegende Hose ab und bewegte die bloßen Zehen genußvoll wie ein Kind auf und ab. Nach einer kurzen Atempause würde sie in den Trainingsanzug schlüpfen, zum Bach gehen, um Wasser zu schöpfen, und Holz hereinholen. Denn egal, wie heiß die Tage auch sein mochten, mit Einbruch der Dämmerung wurde es hier oben immer empfindlich kalt.
Ob sie allein hier leben könnte? Sie schüttelte unsicher den Kopf. Vielleicht... doch, sie glaubte schon, daß sie dazu imstande wäre.
Wenn sie mit einem ihrer Kinder hier oben leben müßte, welches würde sie sich wohl aussuchen? Tishy...?
Ja, Tishy. Aber weshalb gerade sie? Tishy brauchte sie nicht auf dieselbe Weise, wie Rance sie brauchte. Tishy genügte sich selbst. Sie besaß erstaunlich viel Kraft, eine innere Stärke. Also weshalb Tishy?
Weil sie Tishy brauchte. War es das? Ja, ja, sie nahm es an. Auf alle Fälle brauchte sie jemanden. In letzter Zeit hatte sie sich sehr einsam gefühlt. Vielleicht nicht so sehr einsam als allein. Man konnte nicht gut einsam sein, wenn es zu Hause zuging wie in einem Taubenschlag und alle etwas von ihr verlangten. Aber allein konnte man trotzdem sein. Mitten unter ihnen.
Sie dachte an Georgie. Ob es ihm hier oben gefallen hät-

te? Nein; er hätte genau wie Rance gesagt, daß es ihn verrückt machen würde. Man mußte ein ganz bestimmter Typ sein, um sich an dieser Moor- und Hügellandschaft nicht im Handumdrehen satt zu sehen. Sie war nicht auf den ersten Blick zu durchschauen, sondern steckte voller Geheimnisse.
Was meinte sie damit? Oh, anscheinend fing sie zu philosophieren an oder so. Das passierte jedesmal, wenn sie hier saß. Daheim hatte sie niemals derlei Gedanken. Dieser Platz brachte einfach bisher unbewußte Dinge ans Tageslicht, das war es. Wenn man sich dieser Stimmung gegenüber aufgeschlossen zeigte, schien etwas in einen hineinzukriechen, etwas zum Klingen zu bringen; Gedanken entstanden, die man noch nie zuvor gedacht hatte. Und es erfüllte einen mit Freude, daß man so denken konnte. Ja, ja, wirklich.
Als sie plötzlich mit einem Ruck aufschreckte, merkte sie, daß sie halb eingeschlafen gewesen war. So etwas, mir nichts, dir nichts einzuschlafen! Aber sie war hundemüde gewesen, nach dem Aufstieg. Und noch dazu äußerst beunruhigt. Sie hatte Rance versprochen, sich alles gründlich zu überlegen. Nun, das wollte sie auch tun, aber nicht auf jene Weise, wie er erwartete. Annie wußte seit einiger Zeit schon, daß sie einiges ändern wollte, etwas anderes mit ihrem Leben anfangen wollte, ehe es zu spät war. Was genau, wußte sie nicht. Nur eines war ihr in jenen Minuten völligen Entspanntseins klar: Daß sie bis zu ihrem Aufbruch am Freitag genau wissen würde, wie es weitergehen sollte.
Sie schleppte zwei Kannen Wasser vom Bach herauf; dann füllte sie den Korb vor dem Kamin mit Holzscheiten und richtete alles zum Feuermachen her, so daß sie nur mehr anzuzünden brauchte. Sie briet sich ein ordentliches Stück Speck mit Eiern und trank zwei Tassen Kaffee. Danach wusch sie sich in dem weichen Wasser aus der Regentonne, schlüpfte wieder in die Trainingshose und zog eben einen roten Wollpullover über den Kopf, als es an der Haustür klopfte.

Es war nichts Ungewöhnliches, daß jemand an ihre Tür klopfte. Manchmal wurde gefragt, ob sie Eier zu verkaufen hätte, worauf die Antwort stets lautete, daß sie keine Hühner halte. Ab und an tauchte sogar einer jener unverschämten Picknicker hier auf und fragte rundheraus, ob sie ihm wohl ein Pfund Speck und ein halbes Dutzend Eier braten würde oder ob sie Brot oder ein Stück Kuchen übrig hätte. So verhalf sich manch einer zu einer anständigen Mahlzeit, ohne etwas für sie übrig zu lassen. Wenn es sich um junge Menschen oder Wanderburschen handelte, kam sie derartigen Ansuchen nach Möglichkeit nach. Tauchten jedoch Erwachsene auf, so hatte sie ihre eigene Methode, mit ihnen fertig zu werden. Manchmal erntete sie dafür einen finsteren Blick, ja selbst Schmähworte, aber sie war schließlich kein Wohltätigkeitsinstitut.

Als sie die Tür öffnete, stand ihr ein junger Mann in Wanderkleidung gegenüber. »Guten Tag«, sagte er. »Entschuldigen Sie die Störung. Ich möchte nur fragen, ob Sie uns ein bißchen heißes Wasser für unsern Tee spendieren könnten. Mein Freund hat sich den Knöchel verstaucht, so daß wir schon befürchtet haben, die Nacht im Freien zubringen zu müssen. Zum Glück hat sich unser Begleiter bereit erklärt, aus seinem Schlafsack eine Trage für den Pechvogel zu machen. Wir haben da unten unsern Wagen stehen. Wie weit ist es Ihrer Meinung nach nach Horsley?«

»Oh, ungefähr zwei Meilen, wenn Sie die Abkürzung nehmen.«

»Gut. Ich werde es ihm sagen. Es ist erst unsere zweite Tour, wissen Sie.«

»Möchten Sie vielleicht mit ihm heraufkommen und sich eine Weile hier ausruhen?«

Er blickte zu seinen Kameraden hinunter, von denen einer auf dem Boden lag und der andere aufrecht stand, und sagte: »Es ist ziemlich steil hier herauf. Bis wir das geschafft haben, sind wir auch in Horsley. Danke jedenfalls.« Er lächelte sie entschuldigend an. »Eine kleine

Atempause würde ich schon ganz gern machen. Darf ich eine Minute lang hier sitzen bleiben?«

»Selbstverständlich. Bitte!« Annie eilte in die Küche und hörte ihn gleich darauf ausrufen: »Ist das aber ein schöner Platz hier.«

»Ja«, antwortete sie. »Ich schätze ihn über alles.«

»Ein bißchen einsam.«

»Manchem mag das so vorkommen.«

»Ich hätte mir nicht mal im Traum einfallen lassen, daß da heroben noch so was wie eine menschliche Behausung sein könnte. Man sieht das Häuschen ja erst, wenn man um den Hügel herumfährt.«

»Stimmt. Wir liegen ziemlich versteckt. Von wo kommen Sie denn?«

»Aus Wallsend.«

»Ach, aus Wallsend. Ich bin aus Shields.«

»Was Sie nicht sagen?«

»Ja, ja, die Welt ist klein.«

Nach wenigen Minuten trat Annie wieder ins Zimmer und stellte das mitgebrachte Tablett auf den Tisch: Es stand eine einladend dampfende Teekanne darauf, drei Tassen, eine Zuckerdose, ein Krug Milch und ein Teller mit Butterbroten. Für ihren kurzen Aufenthalt hatte sie nur spärlich vorgesorgt; aber schließlich konnte sie ja jederzeit Nachschub beschaffen, sagte sie sich.

»Sie brauchen sich nicht die Mühe zu machen, das Tablett zurückzubringen. Ich komme hinunter und hole es mir.«

»Das ist riesig nett von Ihnen, Missis. Ich bin Ihnen wirklich sehr dankbar.«

»Schon gut. Ich hoffe, Sie machen dasselbe für mich, falls ich mir eines Tages den Knöchel verstauche.«

Sie lachten alle beide. Dann ging er hügelabwärts, und sie sah zu, wie er – kaum unten angelangt – Tee einschenkte und den Teller mit Butterbroten herumreichte. Nach einer Weile winkten ihr die aufbrechenden Drei zu, und Annie machte sich auf den Weg, um ihr Tablett zu holen.

Als sie den Karrenweg erreicht hatte, wandte der junge Mann, der an ihre Tür gepocht hatte, den Kopf und bedankte sich nochmals herzlich.
Dabei drehte sich auch der vorangehende Mann um. Kaum hatte er sie bemerkt, verhielt er abrupt im Schritt. Sie starrten sich über die Entfernung hinweg an. Annie hörte den Jüngeren sagen: »Was ist denn?« Dann sah sie, daß der Vorangehende ungläubig den Kopf schüttelte, jedoch weiterging.
Sie folgte den Dreien mit ihren Blicken, bis sie entschwunden waren. Dann bückte sie sich, hob das Tablett hoch und ging langsam aufs Haus zu. Dort angekommen, stellte sie es im Zimmer einfach neben sich und ließ sich auf die Couch sinken.
Er! Nach all der Zeit. Er war es tatsächlich. Sie hatte ihn auf den ersten Blick gar nicht erkannt, weil er so verändert war. Aber er hatte sie erkannt, und auch sie hatte sich verändert. O ja, sie wußte, daß sie sich verändert hatte in den vergangenen sechs Jahren, und nicht bloß in einer Beziehung. Sie sah älter aus – viel älter.
Annie mußte eine halbe Stunde so vor sich hingebrütet haben, ehe sie aufstand, um das Tablett in die Küche zu tragen. Nachdem sie Tassen und Teller abgespült hatte, ging sie nach oben. Als erstes warf sie einen Blick in den Kleiderschrank. Sie hatte nur ein einziges Kleid mitgenommen.
Sie nahm es vom Bügel und legte es aufs Bett. Dann trat sie vor den Spiegel und betrachtete sich eingehend. Sie hatte noch nicht viele Falten: ein paar kleine unter den Augen und eine schwache, die rechterhand der Oberlippe anfing. Zwar wies ihr Haar ein, zwei graue Strähnen auf, aber am Hinterkopf, so daß sie ihr selbst bisher entgangen waren. Erst der Friseur hatte sie darauf aufmerksam gemacht. Sie drehte den neben dem Bett stehenden Stuhl herum und nahm vor dem Spiegel Platz. Dann holte sie einen Lippenstift aus der Lade des Frisiertisches und zog sich behutsam die Lippen nach. Danach legte sie einen Hauch Rouge auf und wollte sich gerade Lidschatten auf-

legen, als sie innehielt und den Stift lautstark auf den Frisiertisch knallte.

Was hatte sie vor? Nun, er würde sicher zurückkommen, und dann wollte sie halbwegs nett aussehen.

Schön, er würde zurückkommen. Und? Was vor sechs Jahren nicht geschehen war, würde heute noch weniger geschehen, nicht? Benimm dich gefälligst so, wie es deinem Alter entspricht, schalt sie sich, während sie ihr Spiegelbild anstarrte.

Wie sollte sie ihn begrüßen, wenn er kam?

Nun, wie wohl? Höflich, ganz normal, ohne irgendwelche Geschichten zu machen. Sie stand auf, nahm das Kleid vom Bett, hängte es in den Schrank zurück und ging nach unten. Die Uhr zeigte zehn Minuten nach sechs.

Er würde eine halbe Stunde nach Horsley brauchen, ein bißchen mehr, um zurückzukommen; hinzu käme noch jene Zeitspanne, die nötig war, um die beiden Begleiter loszuwerden... Kurz, wenn ihre Rechnung stimmte, mußte er jeden Moment hier sein. Sie schloß die Haustür ab mit dem Gedanken: Wenn er klingelt, bleibt mir wenigstens genug Zeit, mich zu fassen.

Wozu habe ich es nötig, mich zu fassen?

Ach, um Himmels willen, gib schon Ruh' da drinnen!

Es war halb sieben, und er war noch nicht da. Nach einer weiteren Viertelstunde sagte sich Annie: Da haben wir's wieder. Wie sicher bist du gewesen, daß er zurückkommt, vollkommen überzeugt bist du davon gewesen. Und was ist mit seiner Frau? Wahrscheinlich wartet sie irgendwo unterwegs auf ihn, bis er sie später wieder abholt... Sieh dich vor, daß du dich nicht in einen Wunschtraum verrennst, meine Liebe. Es heißt ja immer, daß Frauen um die vierzig leicht den Verstand verlieren, und du bist im Grunde der beste Beweis dafür.

Am liebsten wäre sie in ihren Wagen eingestiegen und heimgefahren. Wenn sie jetzt wegfuhr, konnte sie noch vor Einbruch der Dunkelheit daheim sein. Nun, es galt auf der Stelle eine Entscheidung zu treffen, noch ehe sie

Feuer machte. Sie mußte sich stark beherrschen, um nicht ans Fenster zu treten. Genug jetzt! befahl sie sich. Geh oder bleib. Aber entscheide dich gefälligst.

Als sie in der Mitte des Zimmers stand und gerade dabei war, es sich zu überlegen, hörte sie, wie sich jemand vor der Haustür die Stiefel abputzte. Gleich darauf klopfte es nachdrücklich. Annie stemmte die Hände in die Hüften: Jetzt nur nicht sofort zur Tür stürzen – ganz ruhig bleiben. Und dann erst aufmachen...

Fast eine volle Minute standen sie sich schweigend gegenüber, bis er das Wort ergriff: »Ich wußte, daß Sie es waren. Es konnten ja nur Sie sein. Ich... ich wäre schon früher zurückgekommen, aber diese beiden Burschen wissen über Autos ebenso gut Bescheid wie über lange Märsche, und das ist wenig genug. Sie waren ratlos, als ihr Wagen nicht anspringen wollte, bis ich entdeckte, daß einfach der Tank leer war. Also mußten wir erst Benzin holen.«

Er erklärte ihr dies alles so, als hätte er sie erst vor kurzem verlassen und wäre bloß aufgehalten worden.

»Kommen Sie herein«, sagte sie.

Nach einem kleinen Moment des Zögerns trat er ein. Er blickte sich nicht um, sondern sah nur sie an und fragte: »Wie geht es Ihnen?«

»Oh, sehr gut. Und Ihnen?«

»Gleichfalls.« Er nickte ihr zu und lächelte jetzt leicht. Nicken und Stimme wirkten belustigt, als handle es sich bei ihr um ein Kind, das versuchte, übermäßig höflich zu sein. Dann schwand das Lächeln aus seinen Zügen, und er sagte: »Ich erinnere mich gut daran, es Ihnen bereits einmal gesagt zu haben, und ich muß es wieder tun: Sie verändern sich nicht.«

»Sie auch nicht – Sie lügen noch immer galant.« Annie wandte sich ab, durchquerte das Zimmer und schlug vor: »Wollen Sie sich nicht setzen? Ich wollte gerade Feuer machen.«

Während sie das Papier anzündete, sagte er: »Was für ein außergewöhnlicher Raum. Von draußen deutet nichts

darauf hin. Ich bin schon früher einmal hier vorbeigekommen. Wie lange wohnen Sie hier?«
Annie betätigte den Blasebalg, bis die Flammen aufzuckten und auf das Holz übergriffen, ehe sie sagte: »Beinahe drei Jahre.«
»Wie geht es Ihren Kindern?«
»Oh, sehr gut. Kathy hat geheiratet und ist selbst bereits Mutter.«
»Wie nett. Und... und die andern?«
»Alles ist genauso, wie es immer war. Höchstwahrscheinlich wird Bill ebenfalls bald heiraten. Auch habe ich in der Zwischenzeit meine Eltern verloren.«
»Oh, das tut mir leid. Und Ihre Schwiegermutter – Mollie hieß sie, nicht? Ist sie noch am Leben?«
»Na, und wie! Die ist zum Glück überhaupt nicht unterzukriegen.«
Sie legte den Blasebalg nieder, wischte sich die Hände ab, kam auf ihn zu und fragte: »Möchten Sie eine Tasse Tee? Es ist ja bereits einige Zeit her, seit Sie den letzten getrunken haben, nicht?«
»Ich hätte tatsächlich gern einen.«
»Ich... ich kann Ihnen leicht auch etwas zu essen machen.«
»O nein, bitte, so habe ich das nicht gemeint. Ich habe ja zu essen mit. In meinem Rucksack, wissen Sie? Hätten Sie was dagegen, wenn ich ihn hereinhole? Ich glaube zwar kaum, daß ihn da draußen jemand stehlen würde, aber man kann ja nie wissen. Vor kurzem ist zum Beispiel, während ich mir in einem Bach die Füße gewaschen habe, jemand mit meinen Stiefeln abgehauen. Es hat sich dann allerdings als Streich herausgestellt: Sie hingen gute fünfhundert Meter weiter auf einem Baum. Aber hier herum können schließlich die Füchse etwas wittern, die warten nicht mal, bis es dunkel wird.«
»Holen Sie den Rucksack auf alle Fälle herein.«
»Oh, aber nicht in dieses schöne Zimmer.« Er blickte sich um. »Haben Sie keinen Schuppen?«
»Nein, nein«, sagte sie hastig, denn in ihrem sogenann-

ten Schuppen sah es einfach wüst aus. »Sie können ihn ja hinten auf die Veranda stellen, wo die Liegestühle stehen. Da ist genügend Platz.«
»Gut.«
Annie blickte ihm nach, wie er aus dem Haus trat und die paar Stufen hinunterging. Dann schloß sie die Augen und biß sich auf die Lippen. Sie hatte sich vorgenommen, sich völlig normal zu benehmen. Er für seinen Teil hatte sich jedenfalls ausgezeichnet in der Gewalt. Es war nicht zu glauben! Da platzt nun dieser Alan plötzlich aus heiterem Himmel hier herein! Er war so – selbstbewußt. Das mußte vom Unterrichten kommen. Lehrer waren ja immer selbstbewußt. Wie alt mochte er inzwischen sein? Dreißig? Du lieber Himmel – er sah bedeutend älter aus! Er war so mager geworden, nur mehr Haut und Knochen. Vielleicht kam das vom Wandern und Klettern? Das war sehr anstrengend und ließ Männer dann oft so knochig wirken.
Sie setzte sich auf den nächstbesten Stuhl: das Ganze überstieg im Moment einfach noch ihr Fassungsvermögen. Von dem Tag an, an dem sie Alan das Wiederkommen untersagt hatte, war sie monatelang nicht imstande gewesen, sich ihn aus dem Sinn zu schlagen. Nachts hatte sie sich im Bett herumgewälzt und daran gedacht, wie sie weinend in seinen Armen gelegen hatte. Sie rief sich diese Umarmung immer wieder ins Gedächtnis zurück, dazu den Ausdruck in seinen Augen, als er gesagt hatte: »Wenn ich mich in diesem Haus in jemanden verlieben sollte, dann bestimmt nicht in Tishy.« Und dann dachte sie voll Verzweiflung: O Georgie, es tut mir leid, es tut mir leid!
Auch ihr Verhältnis zu Tishy war während dieser Monate mehr als gespannt gewesen. Tishy konnte tage-, ja wochenlang herumgehen, ohne den Mund aufzumachen. Sie hätte ihr gern alles erklärt: Daß Alan einfach gut zu ihr gewesen war und sich genauso benommen hatte, wie Bill oder Rance sich in einer solchen Situation benommen hätten. Sie war eben am Ende gewesen. Aber Annie

wußte andererseits auch, daß Alans Verhalten mit einem anderen Maßstab gemessen werden mußte.
Tishy hatte Alans Namen seitdem nie mehr erwähnt. Schließlich hatte sie die Geschichte doch überwunden, denn sie hatte sich mit Stanley Stone angefreundet, und nach und nach war sie wieder die alte geworden.
Alan unterbrach plötzlich ihre Gedanken.
»Ich bin richtig überrascht! Was für eine heimelige Küche. Das ganze Haus ist einfach bezaubernd. Wie sind Sie nur dazu gekommen?«
Er stand in der Küchentür und sah sich um. Sie kam ihm nach, setzte das Teewasser auf und erzählte ihm kurz die Geschichte.
»Hat es einen Namen?«
»Mhm: ›Schäferhäuschen‹. Es war einmal die Hütte eines Schafhirten. Nach und nach hat man Anbauten gemacht, bis eben so was Ähnliches wie ein Landhaus dabei herausgekommen ist. Es soll an die dreihundertfünfzig Jahre alt sein.«
»Das glaube ich gern. Früher hat man solid und wetterfest gebaut, anders als heute. Benützen Sie es oft?«
Sie zögerte, ehe sie sagte: »Ja, ziemlich oft, aber nicht mehr so oft wie früher. Im ersten Jahr waren alle davon begeistert, und die Zweistundenanreise bedeutete uns gar nichts. Sie wissen ja, wie Menschen ihre Meinung ändern.«
Sie lächelte ihm zu, während sie das Tischtuch auflegte. Dann fragte sie: »Ihnen sind gebratener Speck und Eier doch lieber als belegte Brote, wenn mich nicht alles täuscht, stimmt's?«
Er bestätigte es lachend.
Als der Speck, eingerahmt von den Eiern, in der Pfanne bruzzelte und Alan es sich am anderen Tischende bequem gemacht hatte und immerzu redete, erschien Annie die ganze Szene langsam weniger unwirklich. Über einen Punkt war sie direkt froh – das betonte sie sogar insgeheim immer wieder. Daß sie ihn nämlich im Grunde genommen nicht mehr mochte. Nein, sie

machte sich nichts mehr aus ihm. Er redete zu viel, zu mühelos, zu ungehemmt. Aber hatte er das schließlich nicht schon immer getan? Und doch war er nun anders. Und sie war froh darüber. Auf diese Weise konnte sie endlich mit all dem Unsinn in ihrem Innern Schluß machen. Es war schon komisch, wie man gewisse Dinge jahrelang geradezu nährte, die richtigen Maßstäbe verlor und winzigkleinen Vorfällen Bedeutungen zumaß, die – gelinde ausgedrückt – einfach lächerlich waren. Ach ja, so verhielt sich das eben mit den Frauen: Kaum waren sie dreizehn, vierzehn, machten sie schon Närrinnen aus sich selbst, und zwar auf hunderterlei Art. Und sie – oh, sie schoß in dieser Hinsicht den Vogel ab. Erst Georgie und dann... Ach, sie wollte nicht auf diese Weise an Georgie denken.

»Da.« Sie stellte den Teller mit Speck und Eiern vor ihn hin, und er lächelte sie an und bedankte sich. Kaum hatte er nach Messer und Gabel gegriffen, da hielt er inne und fragte: »Und Sie? Essen Sie denn nichts?«

»Nein, ich habe erst vor kurzem gegessen. Aber ich werde eine Tasse Kaffee trinken. Das schmeckt mir immer.«

Nicht um alles in der Welt hätte sie jetzt mit ihm an einem Tisch sitzen und essen können. Etwas an ihm beunruhigte sie, aber auf andere Weise als damals. Und doch benahm er sich nicht anders als vor sieben Jahren. Seine Bewegungen, seine Stimme, sein Gehaben waren immer noch die eines Mittzwanzigers. Etwas ließ sich allerdings nicht übersehen: Alan war nicht mehr jener junge Mann von damals. Die sieben Jahre, die seither vergangen waren, hatten sich fest in seinem Gesicht eingegraben. Er kam ihr nun wie ein Mann mittleren Alters vor, der sich wie ein Junge benahm.

Zu Annies Verblüffung sprach Alan plötzlich ihre Gedanken aus. Ernst sagte er: »Wissen Sie, wie mir zumute ist? Als hätte ich eben erst Ihre Küche betreten – wie damals, als wir uns zum zweitenmal im Leben begegnet sind. Erinnern Sie sich?«

Und ob sie sich erinnerte! Würde sie es denn jemals vergessen? Es gab Zeiten, wo sie allnächtlich Georgie die Treppe hinunterstürzen sah, immer und immer wieder.
Alan aß nun schweigend zu Ende. Inzwischen hatte sie den Kaffee aufgebrüht und trug das Tablett ins Wohnzimmer. Sie schob neben den Stuhl vor dem Kamin ein kleines Tischchen und stellte seine Tasse darauf. Dann ging sie mit der ihren zur Couch und setzte sich in die äußerste Ecke, um so eine möglichst große Distanz zwischen sie beide zu bringen.
Als er das Zimmer betrat, bedeutete sie ihm mit einer Geste, auf dem Stuhl Platz zu nehmen. Er setzte sich und griff nach der Tasse. An der Tatsache, daß sie in seiner Hand klapperte, erkannte Annie mit einiger Überraschung, daß er ebenso nervös war wie sie. Das ermöglichte es ihr, ruhig zu ihm zu sprechen. »Unterrichten Sie noch immer in Newcastle?« fragte sie.
»Ich war bis zum letzten Semester dort, dann bin ich weggegangen.«
»Oh!« Sie zog die Augenbrauen in die Höhe.
»Vielleicht gehe ich im August nach Amerika, um an einer dortigen Universität zu unterrichten. Das heißt, ich bin sicher, daß ich es tun werde.« Er lächelte nun und nickte, als er fortfuhr: »Ich habe ein Stipendium in Form eines Lehrauftrags bekommen.«
»Oh, wie wunderbar für Sie!«
»Das bleibt abzuwarten.« Er lächelte abermals. »Möglicherweise macht man mir dort das Leben sauer – was weiß man schon?«
»Sagen Sie doch so was nicht! Obwohl die ewigen Tumulte da drüben arg genug sind, das stimmt schon. Aber dazu brauchen wir nicht nach Amerika zu gehen, davon gibt es auch bei uns bereits ganz schöne Kostproben.«
»Allerdings.«
»Ich kann mir denken, daß Ihre Frau sich darauf freuen wird. Die meisten Frauen sind von der Idee, nach Amerika zu gehen, begeistert.«

Er trank seinen Kaffee, dann stellte er die Tasse ab und sagte, ohne sie anzusehen: »Meine Frau kommt nicht mit. Wir sind seit zwei Jahren geschieden.«
»Ach… das tut mir leid.«
»Es mag taktlos klingen, wenn ich nun sage, daß es mir nicht leid tut. Aber es ist nun mal die Wahrheit.«
Annie hielt es für angebracht, darauf nichts zu antworten. Als ihr Schweigen sie langsam verlegen machte, fragte sie so gleichmütig wie möglich: »Sehen Sie Ihren Onkel noch hier und da?«
»Onkel Arthur? O ja. Erst gestern habe ich mich von ihm verabschiedet. Er ist ein bißchen näher gezogen und lebt jetzt in Hawick. Kennen Sie es?«
»Nein, dort war ich noch nicht… Wie geht es ihm?«
»Sehr gut, wirklich. Sonderbarerweise hat er erst unlängst von Ihnen gesprochen.«
»Ach ja?«
Alan ließ sich nicht darüber aus, was Arthur Bailey gesagt hatte, sondern sprach weiter: »Und wen, glauben Sie, habe ich im vergangenen Jahr gesehen?«
»Keine Ahnung.«
»Mona.«
»Tatsächlich?«
»Und zwar in Paris.«
»Mona. In Paris!«
»Wenn ich's Ihnen sage.«
»Hat sie dort Urlaub gemacht?«
»Zum Teil. Es waren sozusagen ihre Flitterwochen. Sie hatte gerade wieder geheiratet.«
»Na so was!«
»Und sie hat wunderbar ausgesehen, direkt strahlend.«
Annie schüttelte den Kopf. Sie konnte sich Mona einfach nicht strahlend vorstellen.
»Ihr Mann ist Australier und muß ganz schön vermögend sein, nach der Art zu schließen, wie er das Geld ausgibt und in welchem Hotel sie abgestiegen waren. Aber ein netter Kerl. Ich hatte ihn richtig gern. Keiner von denen,

die sich ein Bier nach dem andern hinter die Binde gießen und einem ständig auf den Rücken klopfen, ein Verhalten, wie man es leider Gottes sonst häufig bei Australiern antrifft. Ein recht intelligenter, witziger Mann.«
»Haben Sie die beiden oft gesehen?«
»Das gerade nicht. Wir sind zwei-, dreimal zusammengekommen, haben miteinander gegessen.«
Mona in Paris! In einem eleganten Hotel. Mit einem reichen Australier als Gatten. Komisch, welche Wendung gewisse Dinge oft nahmen. Ein Mädchen, das nur ein Auge und ein sowenig anziehendes Äußeres hatte. Und doch war es ihr gelungen, ein zweites Mal zu heiraten, und einen vermögenden Mann obendrein. Ach, meckere nicht, sagte sie sich. Mona hatte doch bestimmt jeden Anspruch darauf, für jene sexlosen Jahre mit Arthur entschädigt zu werden. Auch sie hatte ihre Schwierigkeiten mit Georgie gehabt; ihre körperlichen Beziehungen hatten allerdings gestimmt. Und in den letzten paar Jahren hatte sie in genügendem Maß erfahren, was das heißt. Mehr als einmal hatte sie da an die arme Mona denken müssen... Und nun war die ›arme Mona‹ abermals verheiratet. Man konnte sie nur dazu beglückwünschen.
»Wie geht es Ihrer Mutter?« fragte Annie nun Alan. »Sie lebt in Amerika, oder?«
»Nicht mehr. Zur Zeit fühlt sie sich mehr zur Schweiz hingezogen und pendelt unentwegt hin und her.«
»Ist sie noch immer...?« Sie hielt inne. Es wäre taktlos gewesen, zu fragen, ob sie noch immer verheiratet sei. Aber er erriet ihre Frage, lachte auf und sagte: »O ja, sie ist noch immer verheiratet, sehr sogar. Und zwar glücklich. Ich bin wirklich froh, das vermelden zu können.«
»Das freut mich aber.«
Alle seine Bekannten und Verwandten schienen glücklich zu sein. Es kam ihr vor, als rücke sie immer mehr und mehr von ihm ab. Sie wünschte, er würde gehen. Sie sah zum Fenster hinaus und sagte: »Der Nebel hat sich zum Glück gehoben. Wenn er liegenbleibt, werden die Nächte hier heroben nämlich sehr kalt. Ich glaube, es

wird heute bald finster werden. Die Sonne ist früh untergegangen. Komisch, wie man das Wetter hier verstehen lernt. An manchen Tagen scheint sich die Dämmerung endlos hinzuziehen, und dann wieder wird es im Handumdrehen finster.«
Er sah sie nur an. Als er aufstand, spürte sie, daß sie rot wurde. Auch sie erhob sich. Sie war taktlos gewesen. Ebensogut hätte sie ihm ins Gesicht sagen können, daß er sich davonmachen solle.
»Ich werde jetzt gehen.«
»Übernachten Sie im Gasthof unten?«
»Ich bin nicht ganz sicher. Wenn die Nacht schön wird und der Mond herauskommt, wie es zu erwarten ist, werde ich weiterwandern. Es ist wunderbar, im Mondlicht über die Hügel zu gehen.«
»Ja, das kann ich mir denken. Ich muß es einmal versuchen.« Sie lachte spöttisch, und er sagte: »Ich wundere mich, daß Sie es noch nicht getan haben, die Wanderwege ringsum laden doch geradezu dazu ein… Darf ich mir jetzt meinen Rucksack holen?«
»Ja, ja, natürlich.« Sie folgte ihm und wartete ab, bis er den Rucksack geholt und vor die Haustür gestellt hatte.
»Fürchten Sie sich nicht, allein hier zu bleiben?« fragte er.
»Nein. Es ist merkwürdig, aber in der Stadt bin ich bedeutend nervöser. Da verriegle ich jede Tür und jedes Fenster, wenn ich daheim bin.«
»Sie sollten auch hier absperren. Vergessen Sie nicht« – er schnitt ein Gesicht –, »es gibt Leute, die im Mondlicht durch die Gegend streifen.«
Sie ging auf diesen Scherz nicht ein, sondern sagte mit ernster Miene: »Bisher hat noch keiner versucht, bei mir einzudringen.«
»Es war nett, Sie wiederzusehen, Annie.«
Er streckte ihr die Hand entgegen, und sie legte die ihre hinein. Er hielt sie nicht länger fest als nötig, sondern sagte nur: »Leben Sie wohl.«
Und Annie antwortete: »Leben Sie wohl.«

Mit einer raschen Bewegung nahm er den Rucksack auf den Rücken und schritt hügelabwärts.

Sie ging ins Haus zurück und verriegelte die Tür. Dann blieb sie am Fenster stehen und sah ihm nach. Er schlug nicht den Weg zum Gasthof, sondern jenen zum Unterholz ein, der auf die Straße nach Otterburn führte. Als er ihren Blicken entschwunden war, nahm sie auf jenem Stuhl Platz, auf dem er noch vor wenigen Minuten gesessen hatte, und sah in die Flammen.

Sie hätte in diesem Moment ihre Empfindungen nicht beschreiben können. Natürlich hatte sie sein Fortgehen gewünscht; aber nun, da er gegangen war, erfüllte sie eine Leere, die größer war als jene, die sie vor sieben Jahren empfunden hatte. Bedeutend größer sogar, denn damals hatte sie sich noch an die Erinnerung an Georgie anklammern können.

Stille und Einsamkeit ergriffen nicht nur von diesem Zimmer Besitz, nein, von dem ganzen Haus. Und er – er wanderte über die Hügel, völlig unberührt davon.

Fang jetzt nicht zu heulen an, um Himmels willen!

Rasch erhob sie sich, stellte den Ofenschirm vor den Kamin und ging nach oben. Und dabei dachte sie: Für eines bin ich Gott wirklich dankbar: daß Tishy nicht da ist.

2

Es war keine kurze, sondern eine lange Dämmerstunde geworden. Annie hatte dagelegen und in den Himmel gestarrt, bis nichts mehr zu sehen war, nicht einmal mehr der Reflex des Fensters, weil kein Mond schien. Alans diesbezügliche Voraussage hatte sich als unwahr herausgestellt. Es war eine sternenlose Nacht.

Sie konnte sich nicht erinnern, wann sie eingeschlafen war, als sie beim ersten Morgenschimmer erwachte und beobachtete, wie die Landschaft aus dem Nebel auftauchte. Die Vögel im Unterholz stimmten ihren Chor an. Aus dem Moor drangen verschiedene Tierlaute und der Schrei einer Eule herüber. Gestern war ich beunruhigt, aber nicht wirklich unglücklich, dachte Annie. Heute bin ich beunruhigt und unglücklich. Dieses Sichunglücklichfühlen ließ den Entschluß in ihr reifen, wegzufahren, irgendwohin, wo man sie nicht erreichen konnte. Nicht bloß auf ein, zwei Wochen – nein, auf ein, zwei oder gar drei Monate.

Tishy konnte selbst für sich sorgen, Bill würde heiraten, und Rance – nun, Rance würde sich ein Haus oder eine Wohnung kaufen, aber ohne sie. Sie würde eine Vergnügungsreise auf einem Kreuzfahrtschiff machen. Zwar hatte sie jene Witwen, die auf Kreuzfahrten auf Männerjagd gingen, stets verachtet, aber bei ihr läge ja der Fall anders. Sie wollte einfach nur eine Zeitlang verschwinden, sich Zeit zum Nachdenken nehmen, um herauszubekommen, was sie mit dem Rest ihres Lebens anfangen sollte.

Die Sonne war bereits aufgegangen, als sie ans Fenster

trat, um zum Corby Pike hinüberzusehen. Es war ein wunderschöner Morgen. Sie beugte sich vor und verfolgte die weichen Linien der gegenüberliegenden Hügel. Alles war so friedlich. Weshalb wollte sie nicht hierbleiben?

Nein, nein! Rasch drehte sie sich um, schlüpfte in den Morgenrock, eilte die Treppe hinunter in die Küche und setzte Teewasser auf. Sie öffnete den Küchenkasten und überlegte, ob sie all die Konservendosen hierlassen sollte. Möglich, daß die Kinder herauskamen. Vor allem Tishy.

Sie brühte den Tee auf, stellte Kanne, Tasse und Zuckerdose aufs Tablett und trug es ins Wohnzimmer. Und dann ging sie zur Tür, um, wie sie es an jedem schönen Morgen tat, Luft und Sonne hereinzulassen. Aber kaum hatte sie die Haustür aufgesperrt, sprang sie auch schon mit leisem Entsetzensschrei zurück.

Alan saß, die Füße übereinandergeschlagen, an die Mauer gelehnt da und sah zu ihr auf, ehe er sich erhob. Sein Haar war zerzaust, sein Anzug verdrückt. Sie blickte auf den Schlafsack nieder, den er zum Trocknen über das Geländer gehängt hatte.

»Es... es tut mir leid, daß ich Sie erschreckt habe.« Er lächelte nicht, seine Stimme war beinahe tonlos und ernst und paßte haargenau zu seinem düsteren Aussehen.

Als sie endlich zu sprechen imstande war, stieß sie hervor: »Sie... Sie sind doch nicht etwa die ganze... die ganze Nacht hier gewesen?«

»Nein, nein, erst seit der Morgendämmerung.«

»Wo haben Sie geschlafen?«

Er deutete aufs Unterholz hinunter: »Ihr Wagen gibt eine gute Schutzwand ab.«

»Sie haben im Freien geschlafen?«

»Natürlich. Ich habe es gestern abend allerdings nicht beabsichtigt. Nur... ich spürte, ich müsse es tun.«

Noch immer stand er in steifer Haltung vor ihr. Nun sagte sie, als spräche sie zu einem störrischen Kind: »Kommen Sie herein, na los doch! Sie müssen ja ganz

klamm vor Kälte sein. Da.« Rasch eilte sie zu dem Abstelltischchen, auf dem das Tablett stand, und schenkte ihm eine Tasse Tee ein. Danach fachte sie mit Hilfe des Blasebalgs erst einmal das Feuer an, was gar nicht so leicht war. Er rief beschwichtigend: »Ist schon gut, bemühen Sie sich nicht. Mir ist wirklich nicht kalt.«
Als sie sich umdrehte, stand er noch immer in der Tür. Resolut forderte sie ihn auf, endlich hereinzukommen. »Setzen Sie sich ans Feuer. Ich mache Ihnen etwas zu essen.«
Er antwortete nicht, kam aber gehorsam näher, nahm auf dem Stuhl vor dem Kamin Platz und streckte die Hände über die aufflackernden Flammen.
Sie machte sich inzwischen in der Küche zu schaffen. »Wie wollen Sie Ihr Ei? Hart oder weich?« rief sie.
»Mittel, bitte. Kann ich Ihnen helfen?«
»Zum Eierkochen braucht man keine Hilfe. Aber Sie können mir trotzdem Gesellschaft leisten.«
Nachdem er die Küche betreten hatte, blieb er stehen und fixierte Annie über den Tisch hinweg. »Ich möchte mit Ihnen reden.«
Sie erwiderte seinen Blick einen Moment, ehe sie sagte: »Dazu... dazu bleibt uns später noch Zeit. Jetzt essen Sie erst mal was.« Sie deutete auf den Platz hin, wo sie für ihn gedeckt hatte. Bevor er sich setzte, kam er jedoch um den Tisch herum und schob ihr den Stuhl zurecht.
Langsam, ja direkt vorsichtig, als wäre sie betrunken, nahm sie Platz. Sie sah nicht auf, als er sich ihr gegenübersetzte. Dann widmeten sich beide schweigend ihrem Frühstück, bis der Geruch von etwas Verbranntem Annie aufschreckte. Hochschnellend rief sie: »Du meine Güte, der Toast!«
Als sie mit Mühe gerade noch zwei Toastscheiben vor dem völligen Schwarzwerden gerettet hatte, lächelte er ihr zum erstenmal zu und sagte: »Bin ich froh, daß auch Sie mal etwas falsch machen können...«
Sie klemmte frische Weißbrotscheiben in den Toaster und schenkte Tee nach. Beim Aufblicken merkte sie, daß

seine Augen auf ihr ruhten. »Warum, um alles in der Welt, haben Sie die ganze Nacht draußen geschlafen?« fragte sie ihn.
»Was hätten Sie gesagt, wenn ich Sie gebeten hätte, mich hier übernachten zu lassen?«
Sie schüttelte den Kopf und antwortete: »Daß Sie in den Gasthof hinuntergehen sollen. Ich war überzeugt davon, Sie würden das tun.«
Er fragte: »Haben Sie geschlafen?«
»Natürlich habe ich geschlafen.«
»Sie Glückliche! Ich nicht.«
Als er sie unverwandt ansah, erhob sie sich eilends, zog den Gürtel ihres Morgenrocks enger und sagte: »Ich muß nach oben gehen und mich anziehen.«
»Weshalb? Sie sehen wunderschön aus – so, wie Sie sind.«
Sie wandte sich von ihm ab, legte die Hände auf den Herdrand, neigte den Kopf und sagte: »Genug davon, Alan. Fangen Sie nicht wieder mit etwas an, das uns nur beide in Verlegenheit bringt.«
»Ich fange mit gar nichts an, Annie. Ich fahre nur mit etwas fort, das bereits vor Jahren angefangen hat. Kommen Sie.«
Noch ehe sie ihn davon abhalten konnte, hatte er ihre Hand ergriffen und führte sie ins Wohnzimmer, direkt zur Couch hin. Nachdem er sich gesetzt hatte, zog er sie neben sich und sagte: »Wenn schon sonst nichts, dann werde ich jetzt wenigstens reden, und Sie werden mir zuhören. Als ich heute nacht da draußen saß, überkam mich das zwingende Gefühl, daß es so etwas wie eine Bestimmung gibt, daß für jeden von uns das Schicksal vom Tag seiner Geburt an aufgezeichnet ist. Ich würde sogar sagen, schon lange vor der Geburt. Zumindest sehe ich das so. Hören Sie« – er drückte Annie, die jäh aufspringen wollte, sanft, aber bestimmt auf die Couch nieder. »Nun seien Sie doch nicht so verkrampft. Entspannen Sie sich, sehen Sie mich an, Annie, und hören Sie, was ich Ihnen zu sagen habe. Die Geschichte beginnt im Grunde ge-

nommen mit Onkel Arthur. Weshalb ist er als Homosexueller zur Welt gekommen? Zucken Sie bitte nicht zusammen: Man soll sich Tatsachen gegenüber nicht blindstellen, das führt zu nichts. Es ist eine Laune der Natur, wenn Sie so wollen. Genauso, wie wir beide eine Laune der Natur sind. Also: Mein Onkel ist, so wie er eben war, Georgie begegnet und...«

Hastig entzog sie ihm ihre Hand, rückte gleichzeitig von ihm ab und rief laut und entrüstet: »Georgie ist nie so gewesen. Das habe ich Ihnen bereits gesagt.«

»Ich weiß, daß er nicht so gewesen ist, Annie, ich weiß es ganz genau. Also regen Sie sich nicht auf. Aller Wahrscheinlichkeit nach geschah dies alles eben deshalb, weil Georgie nicht so war, weil er das genaue Gegenteil davon war, ja im Grunde genommen zu jenen Männern gehörte, die sich für gewöhnlich über derlei einfach lustig machen. Aber Georgie machte sich nicht lustig. Unter seiner rauhen Schale war er erstaunlich feinfühlig. Bis zu jenem Moment, wo mein Onkel Georgie begegnete, hatte er in seelischer Beziehung sehr viel durchgemacht. Für einen Menschen mit seiner Veranlagung muß es eine wahre Höllenqual bedeutet haben, in eine Soldatenunterkunft gesteckt zu werden. Allein schon die Gesprächsthemen können einen völlig normal veranlagten Mann mehr als zu schaffen machen. Nun stellen Sie sich da erst mal jemand vor, der als anormal gilt und derart sensibel ist wie mein Onkel.«

Als Annie verbissen schwieg, schüttelte Alan sie sanft und sagte: »Hören Sie mir eigentlich zu?«

Sie antwortete zwar nicht, sah ihn jetzt jedoch wenigstens an. Er fuhr fort: »Nach allem, was ich gehört habe, war Georgie ein ziemliches Rauhbein gewesen. Dennoch muß er über außergewöhnlich großes Einfühlungsvermögen verfügt haben. Arthurs Dankbarkeit dafür, daß Georgie Mitleid und Taktgefühl bewies, kannte jedenfalls keine Grenzen. Er brachte ihn mit nach Hause, und es war, als wollte er seiner Familie deutlich machen: Seht her, was ich für einen Freund habe – einen ganz normalen Kerl! Sie wußten daheim natürlich längst, daß Arthur sich nicht um gesellschaftliche Schranken kümmerte, ja geradezu darauf pfiff. Aber nach allem, was meine Mutter mir erzählt hat, bin ich überzeugt davon, daß – mit Ausnahme meines Vaters – alle glaubten, zwischen den beiden bestünde eine völlig normale Freundschaft. Wie gesagt: Die Dankbarkeit meines Onkels war grenzenlos. Er bestand darauf, Georgie samt Frau über Weihnachten einzuladen.« Alan hielt inne und sah sie unverwandt an, bis sie den Blick senkte. Mit leiser Stimme fuhr er fort: »Nun lernt ein Junge von fünf Jahren bei dieser Gelegenheit Georgies Frau kennen. Sie ist so völlig anders als die Menschen, die er bisher kennengelernt hat. Und die beiden unterhalten sich, egal, worüber – auch wenn es nur über einen gewissen Ort ist. Darauf kommt es nicht an! Sie unterhalten sich also und verstehen sich auf Anhieb!«

Er lächelte sie an, aber als sie noch immer den Blick gesenkt hielt, sprach er weiter: »Ich höre meine Eltern noch heute miteinander streiten. Sie haben es eigentlich immer getan, solange ich mich zurückerinnern kann. Aber diskret – so, daß ich nicht verstand, worum es ging. Bis zu jenem Vorfall während der Weihnachtsfeiertage. Da verlor meine Mutter die Beherrschung: ›Was für ein Schwein du bist, James Partridge! Billig und dreckig, jawohl, dreckig!‹ Und dann bekam ich nach und nach heraus, daß mein Vater einer sehr gewöhnlichen Familie entstammte. Und daß er, nachdem er meine Mutter geheiratet hatte, jede Verbindung mit seinen Angehörigen abgebrochen hat... Nach diesem Weihnachtsfest habe ich einige Zeit nichts mehr von Onkel Arthur gehört. Erst nach dem Tod meines Vaters habe ich die beiden besucht, bloß ein einziges Mal. Es war keine glückliche Zeit, was mich anlangt. Wiederum vergingen Jahre, bis ich ihn auf einer meiner ersten großen Wanderungen abermals aufsuchte. Da war er allein. Und ab diesem Tag empfand ich dasselbe für ihn, was Georgie für ihn empfunden haben muß: eine echte Zuneigung und Mitleid...

Einmal habe ich ihn gefragt: ›Hast du jemals wieder diese junge Frau gesehen, die einmal Weihnachten bei uns verbracht hat – damals, als es zu dem großen Krach gekommen ist?‹ Er hat mich überrascht angesehen und geantwortet: ›Du erinnerst dich nach all den Jahren noch daran? Damals warst du doch erst fünf.‹ Und ich darauf: ›Natürlich erinnere ich mich. Vor allem an diese Frau. Ihr Name war Annie.‹ – ›Ja, ihr Name war Annie, und sie war wirklich ein nettes Mädchen. Georgie hat Glück gehabt.‹ So hat sich Onkel Arthur damals ausgedrückt.«
Als Annie hierauf wegrücken und ihm ihre Hände entziehen wollte, hielt Alan sie fest und sagte ruhig: »Ich bin noch nicht zu Ende. Großmutter hatte eine Freundin, deren Enkelin Jane hieß. Sie war drei Jahre jünger als ich. Die beiden Großmütter meinten, es wäre nett, wenn ihre Enkelkinder heiraten würden. Sie steckten sehr frühzeitig die Köpfe zusammen und arrangierten alles so, daß Jane und ich so oft wie möglich zusammentrafen, auf alle Fälle während der Ferien. Ich hatte eigentlich ein anderes Mädchen im Kopf. Es war auf dem College, und ich war ziemlich verschossen in sie. Ich wollte mit ihr leben, ohne sie gleich zu heiraten. Mit der Hochzeit wollte ich so lange wie möglich warten, und darin hatte ich ihr Einverständnis. Aber in letzter Minute machte ich einen Rückzieher – als ich nach Hause fuhr und abermals mit Jane konfrontiert wurde. Man erwartete nach all den Anstrengungen von beiden Seiten einfach, daß ich mitspielte. Jane verließ mit achtzehn die Schule. Es hieß, sie studiere deshalb nicht, weil sie so zart sei. Jedermann beschützte das Mädchen, also beschützte auch ich sie. Jane war reizend, nicht, was ihr Äußeres anlangte, sondern in bezug auf ihr Wesen: Sie war sanft, anpassungsfähig, klug und verstand es, Konversation zu machen. Kurz, sie war angenehm in jeder Beziehung. Sonderbarerweise ähnelt sie Tishy in einem wichtigen Punkt: Wenn man derlei Frauen näher kennenlernt, bedeutet einem Schönheit plötzlich nicht mehr soviel. Es ist, als entdecke man mit der Zeit eine andere Art Schönheit an ihnen, eine inner-

liche. Und dann haben wir uns verlobt. Es war unausbleiblich, weil meine Großmutter das Ganze so eingefädelt hatte. Und alles, was Großmutter eingefädelt hat, trug Früchte. Vielleicht erinnern Sie sich noch an meine Großmutter? Für mich ist sie so was wie ein ›ewiger Teenager‹, Sie verstehen schon, nicht wahr?«

Annie sah ihn nun abwartend an; er lehnte sich für einen Moment schweigend zurück, dann ergriff er abermals das Wort. »Als ich keine Lust zeigte, mich in den Ehestand zu stürzen, wurde die Gute ärgerlich. Seit meine Mutter sich wiederverheiratet hatte und ›ans Ende der Welt übersiedelt‹ war, wie sie es ausdrückte, machte sie es sich zur Aufgabe, dafür zu sorgen, daß ich mich ordentlich benahm. Ich glaubte, dieses ihr Verhalten hätte mich dazu veranlaßt, die Stelle in Newcastle anzunehmen. Aber inzwischen weiß ich, daß meine Großmutter nur einen kleinen Part in jenem für mich längst vorgesehenen Plan gespielt hatte. Denn ich war noch keinen Tag in Newcastle, und schon sagte ich mir: Jetzt muß ich diese Frau aufsuchen. Weshalb hätte ich nach all den Jahren so denken sollen? Wenn alles ›normal‹ verlaufen wäre, hätte ich mich doch nicht einmal mehr daran erinnern dürfen, wie sie ausgesehen hatte, geschweige denn, was wir damals miteinander gesprochen haben. Aber ich habe mich daran erinnert, und zwar sehr deutlich. Ihr Antlitz war einfach unauslöschlich in mein Gedächtnis eingeritzt, Annie.«

Sie sah ihn an, ohne mit der Wimper zu zucken; dann biß sie sich heftig auf die Lippen und senkte den Kopf.

»Nun, Sie wissen am besten, was am ersten Abend unseres Wiedersehens geschah. Und der darauffolgende Monat kam mir ebenso lang vor wie ein Jahr. Ich konnte es einfach nicht glauben, daß ich erst vier Wochen an Ihrem Leben teilnahm, ich hatte das Gefühl, alles über Sie zu wissen, alles, was Sie anlangte, zu kennen, selbst Ihre Gedanken. Ich hätte jede Ihrer Handlungen, jedes Ihrer Worte vorhersagen können. Wenn ich zu Ihnen kam und Tishy ausführte, geschah es nur, um Ihnen dabei behilflich zu sein, sie von Rance fernzuhalten. Und auch, um ihr die Möglichkeit zu geben, sich zu entfalten, denn das tut sie in ganz erstaunlicher Weise, wenn sie sich in der richtigen Gesellschaft befindet. Ich spürte direkt, daß ihr diese Zusammenkünfte guttaten. Mir war wie einem Psychiater zumute, der weiß, daß seine bloße Gegenwart für gewisse Patienten das beste Heilverfahren darstellt, weil es aus Introvertierten Extrovertierte macht.«

Er ließ nun ihre Hand los, zog ein Taschentuch hervor und wischte sich das Gesicht ab. Währenddessen sprach er weiter: »Zum Monatsende war ich mit einem Mal gezwungen, Farbe zu bekennen. Janes Vater wollte klipp und klare Verhältnisse haben, ebenso wie Janes Mutter. Und ihre Großmutter war genauso verärgert wie die meine. Jane war zweiundzwanzig, ich dreiundzwanzig – worauf warteten wir also? Alles war bereit. Nun, schön und gut. Ich setzte das Hochzeitsdatum fest, sagte allen, daß ich mich in Schulnähe nach einem Haus umsehen würde, und kam hierher zurück, um es Ihnen mitzuteilen, Ihnen und Tishy. Denn damals war ich mir bereits dessen bewußt, daß Tishy die Wahrheit erfahren müsse. Dennoch, glauben Sie mir: Ich hatte keine Ahnung, wie heftig sie darauf reagieren, wie verletzt sie sein würde. Sie war zwar noch jung, aber ein durch und durch modernes Mädchen, was ihre Ansichten anlangte. Ich hatte nichts getan, das in ihr die Vorstellung hätte erwecken können, unser beider Beziehung wäre mehr als nur Freundschaft. Dann haben Sie geweint, und ich habe Sie in meine Arme genommen. Und da fühlte ich, daß ich bis zu jenem Moment nicht gewußt hatte, was Glück sei... Aber dieses Glücksgefühl erstarrte zu Eis, als Tishy ins Zimmer trat und ich ihr Gesicht sah.«

Alan wandte sich nun von Annie ab, beugte sich vor, stützte die Ellbogen auf die Knie, schlang die Hände ineinander und rieb beide Daumen gegeneinander. »Zwei Monate darauf heiratete ich Jane. Und damit begann für mich eine wahre Hölle. Wissen Sie, es ist viel Wahres dran, was man über den Geschlechtsverkehr sagt. Wenn

es nach mir ginge, würde ich unter allen Umständen für eine Probezeit für jedes Paar eintreten, egal, ob das nun moralisch ist oder nicht. Ja, ich würde eine solche Probezeit direkt zur Pflicht machen.« Es klang nun eine tiefe Bitterkeit aus seiner Stimme. »Jane mochte von Sex nichts wissen, sie fand ihn widerlich. Unsere sogenannten Flitterwochen gestalteten sich zum Alptraum. Das Ende von Lied war, daß ich mich ihr bloß dann nähern durfte, wenn ich ihr hoch und heilig versprach, nur brüderliche Gefühle zu hegen und sie nur streicheln und trösten zu wollen. Und selbst dann blieb sie noch auf der Hut. Weshalb hatte ich dies alles nicht gemerkt, bevor wir geheiratet haben? Ich erkannte, daß sie an meiner Art, ihr den Hof zu machen, Gefallen gefunden hatte, denn sie wollte mich ja heiraten. Was sie sich wünschte, war eine Mischung aus Vater, Bruder und männlichem Beschützer. Ich versuchte, sie zu einem Arztbesuch zu überreden, aber nein! Und so bin ich nach Ablauf sechs derartiger Monate zu meiner Großmutter gegangen, und die ging zu ihrer Großmutter, und beide verlangten danach von mir, Geduld zu haben: Ihre ablehnende Haltung basiere auf bösen Erfahrungen, die sie mit zwölf Jahren gemacht hatte. Damals war sie von einem jungen Onkel vergewaltigt worden.«
Noch immer rieb Alan die Daumen gegeneinander. Annie hob den Blick und sah ihn an, als er fortfuhr: »Ich bemühte mich, so verständnisvoll wie möglich zu sein, ich behandelte sie sanft und rücksichtsvoll. Ich wurde ihr Vater, ihr Bruder und ihr Betreuer. Nach außen hin schienen Alan und Jane riesig glücklich. Im zweiten Jahr unserer Ehe wurde mir klar, daß dies höchstwahrscheinlich auf immer und ewig so fortgehen würde, und ich wußte, daß ich ein solches Leben nicht aushalten würde. Nun war ich es, der Betreuung gebraucht hätte. Ich ging zu meinem Arzt. Er versprach, sich Jane anzusehen, aber sie wollte ihn einfach nicht konsultieren. Ich wandte mich an meinen Anwalt. Er sagte, eine Scheidung sei in einem solchen Fall ganz leicht zu bewerkstelligen. Nun

galt es, meiner Großmutter den Sachverhalt beizubringen. Ihre Reaktion hierauf war echt viktorianisch – als hätte sie nicht jahrelang mit den verschiedensten Männern Liebschaften gehabt. ›Scheidung!‹ sagte sie. ›Nein, das ist doch ganz unmöglich. Jane ist so ein nettes Mädchen.‹ Ja, Jane war ein nettes Mädchen – aber ich wollte kein nettes Mädchen, ich wollte eine Frau. Kurz und gut: Vor zwei Jahren haben wir uns dann eben doch scheiden lassen, aber es war zu spät, um mir einen Nervenzusammenbruch zu ersparen.«

»Oh, Alan.« Es war das erstemal, daß Annie seinen Namen aussprach, seit sie ihn wiedergesehen hatte. Er drehte sich langsam zu ihr um und sagte: »Ich habe einmal jemanden sagen hören, daß er nicht einmal seinem Todfeind einen waschechten Nervenzusammenbruch wünsche. Und ich kann ihm da nur beipflichten.«

»Mein Gott, das tut mir leid.«

Er lächelte nun. »Da mir diese Feststellung die erste freundliche Reaktion von Ihrer Seite eingetragen hat, könnte ich nun behaupten, daß ich dies alles gern noch einmal mitmachen würde, nur um Ihre Reaktion zu erleben. Aber so ritterlich kann ich nicht einmal Ihnen gegenüber sein. Was ich trotz allem sagen kann, ist: Ich weiß jetzt genau, daß alles auf Vorbestimmung beruht. Sehen Sie, hätte ich mich nicht auf diese Tour begeben, um mich von dem Nervenzusammenbruch zu erholen, dann wäre ich wie eine verbrühte Katze außer Landes geschlichen. Denn während dieser schlimmen Zeit schien ich jegliche Initiative verloren zu haben. Mein einziger Wunsch war, mich zurückzuziehen, allein zu sein. Also begann ich eben zu wandern. Das verhalf mir wieder zur Normalität zurück. Und als die Möglichkeit auftauchte, nach Amerika zu gehen, überlegte ich nicht lange und nahm an. Eigentlich sollte ich längst drüben sein und mich ein bißchen umsehen, ehe der Universitätsbetrieb mich auffrißt. Das wollte ich auch. Aber ich konnte mich nicht dazu entschließen. Alles, was ich mir einfallen ließ, war, nochmals durch Wald und Moor zu streifen.

Vor Anfang September brauchst du ja nicht drüben zu sein, habe ich mir gesagt, da lassen sich noch ein schöner Erholungsurlaub und ein Aufenthalt bei Onkel Arthur einlegen, ehe ich das Land meiner neuen Zukunft betrete.«

Abermals ergriff er ihre Hände und sagte, wobei er ihr in die Augen blickte: »Gestern morgen vor dem Aufbruch erklärte ich meinem Onkel, er solle nicht auf mich warten, ich wüßte noch nicht, wann ich zurückkäme. Dann ging ich und stieß auf diese beiden Kindsköpfe, die völlig ratlos waren, weil sich einer von ihnen den Knöchel verstaucht hatte. Da habe ich mir die Sache mit der Trage ausgedacht, und bei den Vorbereitungen dazu wurde uns warm, und wir fühlten uns wie ausgedörrt und wünschten uns sehnlichst eine Tasse Tee. Also machten wir halt, sobald wir Ihr Haus von unten entdeckt hatten.« Er zog sie näher. »Verstehen Sie jetzt, was ich damit meine, wenn ich sage, daß alles vorbestimmt ist? Wären mir diese beiden Burschen nicht über den Weg gelaufen, hätte ich wahrscheinlich keine Pause eingelegt. Und dann hätten wir uns wohl kaum mehr wiedergesehen. Merken Sie, worauf ich hinauswill, Annie?«

»Oh, Alan, nicht, nicht.« Sie versuchte, sich von ihm loszumachen, aber er hielt ihre Hände fest.

»Mögen Sie mich?«

Sie schüttelte hilflos den Kopf, als sie sagte: »Ja, natürlich mag ich Sie. Man kann gar nicht anders, als Sie zu mögen.«

»Das ist keine Antwort auf meine Frage. Also: Mögen Sie mich – ja oder nein?«

»Ja«, sagte sie, und ihr Kopf sank tief auf die Brust.

»Ich liebe Sie, Annie.«

»Nein, Alan, nein.« Ihr Kopfschütteln wurde heftiger. »Das können Sie gar nicht. Sie wissen doch nichts von mir, außer was jenen Monat damals anlangt.«

»Ich habe Sie mein Leben lang gekannt. Ich habe schon mit fünf auf Sie gewartet. Ich habe Sie einfach wiedererkannt. Soll ich Ihnen etwas sagen? Ich halte nicht viel von Religion. Religionen sind meiner Meinung nach nichts anderes als eine Zuflucht für schwache, verängstigte Menschen, die sich ihren Gott selbst geschaffen haben, um ihren unerklärlichen Hunger nach einem höheren Wesen zu stillen. Was das Christentum anlangt, besteht es vor allem aus modernisierten heidnischen Gebräuchen und Riten. Das alles kann man beweisen. Aber als ich vergangene Nacht da draußen war und in die schwarze Unendlichkeit geblickt habe, habe ich plötzlich an Gott geglaubt oder zumindest daran, daß alles seine Ordnung hat und längst geplant ist. Wir beide sind der beste Beweis hierfür. Früher hätte ich über Vorstellungen wie Wiedergeburt und dergleichen höchstens gelacht – aber heute nacht hat mich etwas gezwungen, daran zu glauben. Wie wäre es sonst möglich gewesen, Sie wiederzuerkennen, als ich erst fünf Jahre alt war? ... Wir sind einander sicherlich schon einmal begegnet, Annie.«

Sie hatte aufgehört, den Kopf zu schütteln und sah ihn nun in äußerster Verwirrung an. Sie war keine besonders gute Katholikin, aber sie war eine. Sie glaubte an Gott. Manchmal hatte sie an der jungfräulichen Geburt gezweifelt, aber dann hatte sie sich wieder gesagt, wenn Gott alles zu tun vermochte, dann mußte es ihm auch möglich sein, aus einer Jungfrau eine Empfangende zu machen. Wenn man wirklich darüber nachdachte, war an dieser jungfräulichen Empfängnis im Grunde gar nichts dran. Wo Gott es doch gewesen war, der alles Leben erschaffen hatte.

Das hatte sie sich überlegt, als sie noch in den Kinderschuhen steckte, und seither war sie nie mehr davon abgekommen. Die Kirche befand sich zur Zeit in einer schwierigen Lage. Da war die Sache mit der Pille und die mit den Priestern, die austraten, um heiraten zu können – ein für Annie schockierender Gedanke. Dieses Wissen hatte sie ein bißchen verlegen gemacht, wenn sie beichten ging. Was war, wenn Father Campbell an eine Frau dachte, während sie ihm ihre Sünden anvertraute? Diese

Dinge konnten einen bei intensiver Überlegung schon verwirren. Aber sie hatte sich nicht näher damit auseinandergesetzt, sondern einfach weiter zu Gott gebetet, ihre Familie den rechten Weg einschlagen zu lassen. Und wenn sie an den ›rechten Weg‹ dachte, dann dachte sie auch stets an Rance, vor allem an ihn... Und nun saß sie Alan gegenüber, der an den Fundamenten ihrer christlichen Einstellung rüttelte, indem er die Wiedergeburt als völlig glaubwürdig hinstellte. Konnten sie einander schon einmal begegnet sein? Es klang phantastisch. Und doch war es sonderbar, daß und wie sie nach all den Jahren wieder zusammengetroffen waren.

Was dachte sie da bloß? Das war doch Wahnsinn! Allein der Altersunterschied zwischen ihnen beiden... Aber in ihrem Innern mußte sie sich eingestehen, daß ihr ein solcher Wahnsinn höchst willkommen war. Denn in diesem Augenblick war es ihr bewußter als ihm: Dies war der Beginn einer neuen Existenz, erfüllt von den Wundern der Liebe – jener Art Liebe, von der sie geträumt hatte, ehe Georgie in ihr Leben getreten war.

»Könnten Sie mich lieben, Annie?«

Abermals schüttelte sie den Kopf. Trotz allem, was sie empfand, war sie nicht in der Lage, es auszusprechen. Es wäre ihr irgendwie ungehörig vorgekommen, es in Worte zu fassen.

»Sie lieben mich. Sie müssen mich einfach lieben. Es ist unmöglich, daß ich jahrelang so für Sie empfinde, jahrelang auf Sie gewartet habe, denn das habe ich getan, nur daß Sie mir dann eines Tages mit der Antwort kommen, Sie liebten mich nicht.«

Mit einer raschen Bewegung, die sie verwirrte, nahm er ihr Gesicht zwischen seine Hände. Und dann zog er die Widerstrebende an sich und preßte seine Lippen auf die ihren. Die Leidenschaft, mit der er sie umfing, ließ ihren Widerstand erlahmen, bis sie sich, als wäre etwas in ihr zersprungen, gegen ihn sinken ließ.

Minuten waren verstrichen, und noch immer hielten sie einander umklammert. Dann gaben seine Lippen die ihren frei und wanderten zärtlich über ihr Gesicht. Sie seufzte seinen Namen und ergab sich seinen Liebkosungen.

Gemeinsam erhoben sie sich von der Couch und gingen eng umschlungen zur Treppe.

Als sie ihren Morgenrock auszog und ins Bett schlüpfte, wandte sie das Gesicht von ihm ab, während er sich entkleidete.

Dann lag er neben ihr. Er nahm sie nicht sofort in die Arme, sondern sah sie nur an wie ein Wunder. Als er endlich sanft ihre Brust berührte, sagte er: »Oh, Annie, Liebste – endlich...«

SIEBTER TEIL

Das Band reißt

I

Tishy kehrte in ein völlig leeres Haus heim. Da sich auf ihr Klingeln nichts gerührt hatte, wollte sie den Hintereingang benützen, fand ihn aber versperrt. Hastig durchsuchte sie ihre vollgestopfte Handtasche, bis sie den richtigen Schlüssel gefunden hatte. Nachdem sie das Gepäck abgestellt hatte, ging sie direkt in die Küche. Die machte einen verlassenen, ja geradezu trostlosen Eindruck. Im Ausguß türmte sich schmutziges Geschirr. Das war ungewöhnlich. Ihre Mutter ging nie aus, ohne vorher abzuspülen. Sie konnte es sich nur so erklären, daß Rance allein im Haus war, während Mutter sich wahrscheinlich im Landhaus aufhielt; sie hatte noch gesagt, sie würde eventuell auf ein, zwei Tage hinausfahren. Nun, am besten, sie fragte Kathy.

Tishy zog den hellen Mantel aus und setzte Teewasser auf, denn das erste, was sie brauchte, war eine Tasse starken Tees, um die Nerven zu beruhigen. Im Moment befand sie sich in einem hoffnungslosen Zustand. Die zehn Tage mit Stanley Stone hatten Tishy beinahe dazu gebracht, mit ihm zu brechen. Wie hatte sie ihn bloß all die Jahre über ertragen können? Wahrscheinlich, weil sie ihn nur in kleinen Dosen kennengelernt hatte. Aber zehn Tage Stanley Stone, der über Stanley Stone redete, hatten ihr die Augen dafür geöffnet, was es bedeuten würde, seine Frau zu sein. Nicht daß sie es jemals ernstlich in Erwägung gezogen hätte.

Sie nahm am Tisch Platz und fuhr sich mit beiden Händen durchs Haar, während sie einer inneren Stimme lauschte, die behauptete: Nun mach dir bloß nichts vor, du hast es zumindest in Erwägung gezogen! Sie warf den Kopf nach hinten und lachte kurz auf. Es hatte eine ziemliche Szene auf dem Flughafen gegeben, die zwar recht dezent, aber nichtsdestotrotz sehr eindringlich gewesen war.

Stanley hatte sie gefragt, wohin sie fliege. »Was glaubst du wohl?« hatte sie keck erwidert. »Nach Hongkong? Ich fliege heim, und zwar ohne Begleitung, das bitt' ich mir aus.« Zum erstenmal während ihres zehntägigen Beisammenseins war er sprachlos. Er hatte sie sekundenlang fassungslos angestarrt und dann gestammelt: »Ich versteh' dich nicht ganz, Tishy. Du bist wirklich ein merkwürdiges Mädchen.«

»Ich weiß, daß ich ein merkwürdiges Mädchen bin. Das ist nichts Neues. Also dann, leb wohl, Stanley.«

Damit war sie ihn los. Zumindest bis Schulbeginn.

Als sie aufstand, um den Tee aufzubrühen, sagte sie sich: Was hab' ich schließlich schon verloren? Ich glaube nicht im mindesten daran, daß er beabsichtigte, mich um meine Hand zu bitten. Er hat kein einziges Mal versucht, mit mir zu schlafen. Ich muß heutzutage das einzige Mädchen weit und breit sein, das zehn Tage lang mit einem Burschen beisammen war und Jungfrau geblieben ist. Was wäre gewesen, wenn er es versucht hätte? Hätte ich eingewilligt?

Sie starrte die gegenüberliegende Wand an, und die Antwort, die sie sich selbst gab, lautete: Stanley will keine Frau, er will Zuhörer, das ist alles. Ich muß so was wie ein unverhoffter Glücksfall für ihn gewesen sein, ja, ganz bestimmt!

Während sie ihren Tee trank, beschloß sie, nächste Woche zum Landhaus hinauszufahren. Ihre Mam würde sich bestimmt über den Besuch freuen.

Als sie ihre Tasse in die Spüle gestellt hatte und gerade in den Flur gehen wollte, um Kathy anzurufen, hörte sie, wie die Eingangstür aufgeschlossen wurde. Gleich darauf betrat Rance die Küche. Beide musterten einander verblüfft. Sie sprachen nie miteinander, wenn es nicht un-

bedingt nötig war. Aber nun erkundigte sie sich, indem sie ihn ansah, was denn passiert sei?
»Ach.« Er blickte auf seine bandagierte Hand und den in einer Schlinge liegenden Arm nieder und sagte: »Ich hab' versucht, mir den Daumen abzuschneiden.«
»Wann ist das geschehen?«
»Gegen Mittag.«
»Bist du im Krankenhaus gewesen?«
»Ja, natürlich. Sie haben es mit acht Stichen zusammengeflickt und gesagt, daß mein Daumen damit gerettet sei – er hing nur mehr an einer Sehne.«
Tishy verzog das Gesicht. »Ich habe gerade Tee gemacht. Hast du etwas gegessen?«
»Nur gefrühstückt, danach hatte ich keinen Hunger mehr. Aber im Eisschrank ist noch ein halbes Huhn von gestern.«
Als sie sich daranmachte, ihm etwas zum Essen zuzubereiten, fragte sie: »Wo ist Mam?«
»Im Landhaus draußen. Ich hätte sie eigentlich schon früher zurückerwartet.«
»Wie kommst du denn nun mit dem Wagen zurecht?« fragte sie beiläufig.
»Überhaupt nicht. Einer der Jungs hat mich heimgebracht.«
Danach wechselten sie kein Wort mehr miteinander. Nachdem sie ihm einige Butterbrote hergerichtet und das Huhn für ihn zerteilt hatte, holte sie ihr Gepäck aus dem Flur und ging nach oben. Kaum hatte sie ausgepackt, begab sie sich ins Badezimmer und ließ die Wanne mit heißem Wasser vollaufen.
Zwanzig Minuter später verließ sie erquickt das Badezimmer. Da trat Rance aus seiner Tür und fragte: »Möchtest du mir helfen, die Jacke zu wechseln? Den Arm kann ich abbiegen, aber ich kriege die Hand nicht durch den Ärmel. Auf der einen Seite geht es ja, aber auf der anderen stecke ich fest.«
Annie spürte heftigen Widerwillen gegen ihn in sich hochsteigen. Aber gleich darauf schalt sie sich: Hab dich

nicht so. Er ist dein Bruder. Du treibst es wirklich zu weit mit deiner Abneigung gegen ihn.

»Kannst du mir auch die Krawatte binden?« Im selben Atemzug fügte er hinzu: »Mam sollte längst zurück sein. Was mag sie bloß solange aufgehalten haben?«

Sie vermied es, ihm ins Gesicht zu sehen und konzentrierte sich nur auf seine Krawatte, während sie dachte: Ja, Mam hätte dich von Kopf bis Fuß angezogen. Das hätte dir so gepaßt. O Gott, weshalb war sie nur so bitter, wenn es sich um Rance handelte?

»Geht es so?«

Er drehte sich um, warf einen Blick in den Spiegel und sagte: »Sehr gut, danke.«

In diesem Moment klingelte es an der Haustür. Rance lächelte, nickte Tishy zu und sagte: »Das ist sie. Bestimmt hat sie ihren Schlüssel vergessen.«

Tishy lief nach unten, öffnete und sah sich Percy gegenüber.

»Hallo, Percy. Ich dachte, es sei Mam, die ihren Schlüssel vergessen hat.«

»Hallo, Tishy. War's nett gewesen?«

»Oh... aber ja, Percy. Ich glaube, daß ich das mit gutem Gewissen behaupten kann. Allerdings ist mir, um ehrlich zu sein, England lieber. Wenn man hierzulande wäßrigen Kohl vorgesetzt bekommt, weiß man doch zumindest, daß es wäßriger Kohl ist. Übrigens habe ich ohnehin kaum mit Fremden gesprochen – alle schienen Engländer zu sein.«

»Ist doch meine ständige Rede, Tishy. Wenn du die gewohnten Gesichter überhast, brauchst du bloß ins Ausland zu gehen, da siehst du sie alle wieder.« Percy stieß das für ihn so charakteristische schrille Lachen aus, an das sich Tishy jedoch schon derart gewöhnt hatte, daß sie ohne weiteres mit einstimmte.

Sie ging ihm ins Wohnzimmer voraus, denn ihrer Meinung nach paßten Percy und die Küche nicht zusammen. Er war eben ein förmlicher Typ; Kathy hatte erst neulich erklärt, ihn beinahe zu allem überreden zu können, ausgenommen dazu, die Mahlzeiten in der Küche einzunehmen.

Percy drehte sich zu Tishy um und sagte: »Kathy hat heute schon mehrmals hier angerufen. Sie dachte, daß Mam längst zurück sein würde. Da sie dann weg mußte, hat sie mich damit beauftragt, weiter bei euch anzurufen. Ich habe es bis fünf Uhr versucht, leider ohne den geringsten Erfolg.«

»Stimmt, es war kurz nach fünf, als ich eintraf.«

»Wenn Mam nicht rechtzeitig zurückkommt, würde ich am liebsten dich bitten... Aber das ist wohl eine Zumutung, wo du doch eben erst heimgekommen bist... Es handelt sich ums Babysitten, weißt du. Meine Mutter würde ja sofort einspringen, aber der kleine Percy nützt ihre Gutmütigkeit in unverschämter Weise aus, muß ich dir gestehen. Sie läßt sich von ihm um den Finger wikkeln. Wenn alles nichts mehr nützt, dann stopft sie ihn mit Süßigkeiten voll. Und du weißt doch« – er nickte Tishy ernsthaft zu –, »daß die Zähne unserer Kinder vor allem durch die Nachsicht ihrer Großmütter so entsetzlich Schaden nehmen.«

»Daran ist wohl was Wahres. Na gut, ich werde schon auf den Kleinen aufpassen, Percy. Wann denn?«

»Nun, wir möchten gern um sieben Uhr wegfahren. Ich weiß, daß das viel verlangt ist. Aber die Einladung kam in allerletzter Minute, weißt du. Es geht um einen ungemein wichtigen Klienten, dessen Vater eigens aus Cornwall angereist kommt. Es ist eine verwickelte Geschichte. Mein Klient schlug mir vor, mit ihm und seinem Vater in dessen Hotel in Newcastle zu Abend zu essen. Das würde die etwas angespannte Atmosphäre lockern und so... Aber, wie gesagt, ich weiß wirklich nicht, ob ich dir das zumuten...«

»Ist schon in Ordnung, Percy, mach dir keine Sorgen. Ich zieh mich bloß um und bin gegen sieben bei euch.«

»Bist du auch nicht zu müde dazu?«

»Überhaupt nicht.«

»Ach, Kathy wird dir äußerst dankbar sein. Weißt du, sie

hat im Grunde genommen fest mit deiner Mutter gerechnet – sonst ist sie ja immer daheim.«
»Ihr habt überhaupt nichts von ihr gehört?«
»Nein, gar nichts. Sie hat Kathy nur mitgeteilt, falls sie diese Woche ins Landhaus fährt, würde sie spätestens heute zurück sein. Nun, ich muß gehen. Also, nochmals vielen Dank, Tishy.«
»Schon gut, Percy.«
Als Percy auf die Tür zuging, betrat Rance das Wohnzimmer.
Nach wie vor bestand zwischen den beiden Männern ein Gefühl der Feindseligkeit. Aber Percy überging die Aggressionen seines Schwagers und weigerte sich einfach, mit ihm zu streiten. Das war auch der Grund, weshalb Rances Abneigung gegen ihn sich mit der Zeit nur noch vertieft hatte. Percys kühle Korrektheit brachte ihn zur Raserei. Wenn er ihn jedoch – wie eben jetzt – um einen Gefallen bitten wollte, brachte er es ohne weiteres zustande, sich zivilisiert zu benehmen.
»Fährst du wieder in die Stadt zurück?« fragte er.
»Hatte ich eigentlich nicht vor. Warum? ... Du hast dich an der Hand verletzt?«
»Ja, hab' versucht, mir den Daumen abzuschneiden.«
»Das muß aber weh tun.«
»Ist nicht so arg. Sie haben mir die Geschichte vereist, ehe sie mich zusammenflickten. Im Grunde habe ich mich bereits daran gewöhnt – nur steif ist die Hand, das ist alles.«
Percy erkundigte sich kühl: »Willst du irgendwo abgesetzt werden?«
»Ich möchte wieder in die Garage zurück, weil ich um sieben eine Verabredung dort habe. Falls es dir nichts ausmacht ...«
Percy sah auf die Uhr. »Ich könnte dich jetzt gleich hinbringen, ginge das? Das wäre zwar etwas früh für dich, aber ich muß um acht in Newcastle sein.«
»Ja, das wäre großartig.«
Tishy, die wußte, daß es Percy eine Viertelstunde kosten

würde, Rance dorthin zu fahren, sagte: »Warum bestellst du dir kein Taxi?«
»Nicht nötig, Tishy«, wehrte Percy ab. »Wenn wir gleich aufbrechen, klappt alles.« Mit kurzen Schritten ging er rasch auf die Haustür zu und rief über die Schulter: »Danke nochmals wegen heute abend. Wir sollten kurz nach sieben wegfahren, nicht später.«
»Ich werde rechtzeitig bei euch sein, Percy.«
»Ach...« Er drehte sich zu ihr um. »Soll ich dich vielleicht abholen?«
»Keinesfalls. Ich hab' zwei gesunde Beine. Du kannst von Glück sagen, wenn du rechtzeitig nach Newcastle kommst, so wie die Dinge stehen.«
»Genau, Tishy. Leb wohl.«
»Leb wohl, Percy.«
Rance folgte wortlos seinem Schwager, und Tishy schloß die Haustür hinter den beiden. Sie wollte gerade nach oben gehen, als es fest an die Hintertür klopfte. Wer konnte denn das wieder sein? Dabei war sie im Schlafrock.
Sie durchquerte die Küche, öffnete und sah sich Mr. Wilkins gegenüber – einem merkwürdig zerzaust wirkenden Mr. Wilkins. Aber schließlich war Mr. Wilkins schon seit längerer Zeit merkwürdig; das hatte damals begonnen, als Susan davongelaufen war. Und in den letzten sechs Monaten war es noch schlimmer geworden, vor allem, seit man ihm gekündigt hatte, weil er viel zuviel Zeit dafür aufwandte, Susan zu suchen. Er rannte Tishy beinahe um, als er aufgeregt in die Küche drängte: »Wo ist er? Wo ist er?«
»Wer denn, Mr. Wilkins? Wen wünschen Sie denn?«
»Sie wissen genau, wen ich wünsche. Ihr habt ihn lange genug gedeckt, Sie und Ihre Mutter. Gedeckt habt ihr ihn, alle miteinander!«
Sie brauchte natürlich kein zweites Mal zu fragen, wen er meine, dennoch tat sie es.
»Euren Rance suche ich!« brüllte er. Damit marschierte er kurzerhand in den Flur und schrie weiter: »Kommen

Sie herunter, Sie verdammter Kerl! Kommen Sie sofort herunter, Sie Schweinehund. Na, wird's bald?«

»Mr. Wilkins, hören Sie – so hören Sie doch, bitte.« Tishy packte ihn am Arm. »Er ist nicht daheim.«

»Nicht daheim? Meine Frau hat ihn doch vorhin erst nach Hause kommen sehen.«

»Das war vor einiger Zeit.«

»Sie können mir nicht Sand in die Augen streuen.« Er fuhr herum, stapfte ins Wohnzimmer, von dort ins Eßzimmer und wollte schon nach oben gehen, als Tishy sich ihm in den Weg stellte und ihrerseits schrie: »Er ist nicht daheim, ich sage es Ihnen doch, Mr. Wilkins. Er ist in die Garage gefahren.«

»In die Garage, ach nein!« Er schüttelte wild den Kopf. »Dem werd' ich einheizen, wenn ich ihn erwische. Das schwör' ich Ihnen!«

»Versuchen Sie, sich zu beruhigen, Mr. Wilkins. Bitte.« Erneut ergriff Tishy seinen Arm. »Sagen Sie mir doch, um Himmels willen, was los ist.«

»Was los ist? Weshalb fragen Sie, wenn Sie es ohnehin wissen? Nun tun Sie bloß nicht so unschuldig! Es geht um meine Susan. Sie ist wieder daheim und hat mir alles erzählt. Er war es, der ihr dieses Teufelszeug aufgeschwatzt hat, und nicht nur ihr allein. Wissen Sie, was ich machen werde? Ich gehe zur Polizei. Es dürfte Ihnen ja bekannt sein, mit welchen Strafen Drogenhändler zu rechnen haben. Allmächtiger! Wie viele junge Dinger hat er wohl auf diese Weise ruiniert?«

Endlich war die Wahrheit ans Licht gekommen. Jahrelang hatte Tishy diesen Gedanken verdrängt. Insgeheim hatte sie längst gewußt, was los war, aber ihre Mutter hatte es immer wieder verstanden, ihr diesen Verdacht auszureden, indem sie den damals gefundenen Wettschein ins Spiel brachte.

Als Mr. Wilkins in die Küche zurückstürmte, direkt auf die Hintertür zu, rief Tishy ihm nach: »Warten Sie! Warten Sie, bis meine Mutter heimkommt, Mr. Wilkins, bitte... Bitte!«

»Ich soll auf Ihre Mutter warten?« fuhr er sie an. »Damit sie ihn abermals deckt, wie? O nein. Sie würde alles tun, um ihren Sprößling zu schützen, das kenn' ich schon. Aber wenn sie erst sieht, was er meiner armen Susan angetan hat, dann... Sie ist ein Wrack, tatsächlich ein Wrack. Daheim ist sie zwar – wir haben sie in Doncaster gefunden. Mrs. Nesbitt, die dorthin gezogen ist, hat John Pollock angerufen und ihm gesagt, sie wisse, wo Susan sei. Und John ist sofort zu mir gelaufen gekommen, und dann haben wir sie geholt. Wir sind eben erst zurückgekehrt, vor ein paar Minuten. Und ich habe mir geschworen, weder zu rasten noch zu ruhen, noch auch nur einen einzigen Bissen anzurühren, bis Ihr Bruder nicht bekommen hat, was er verdient.«

»Mr. Wilkins, Mr. Wilkins, bitte!« Tishy lief hinter ihm drein, um ihn aufzuhalten, aber er riß sich wie ein Wahnsinniger von ihr los und stürmte davon.

Sie blieb stehen und blickte ihm nach. Er lief schnurstracks zu einem in der Seitengasse geparkten Wagen. Es war nicht seiner – den hatte er verkauft, als er seine Stelle verloren hatte. Es war Mr. Pollocks alter roter Klapperkasten.

O Gott! Sie ging in die Küche zurück und vergrub das Gesicht in beiden Händen. Ein Rauschgifthändler also! Drogensüchtige waren Opfer, zu schwach, um sich zu wehren. Aber Händler, die damit Geld machten, das Leben Tausender junger Menschen zu ruinieren, waren das ärgste Geschmeiß, das es gab. Sie waren der Abschaum der Menschheit... Tishy wiegte sich kopfschüttelnd hin und her. Ihr fehlten die Worte für solch ungeheuerliche Kreaturen – und ihr eigener Bruder war eine davon.

Ihre Mutter würde... O Gott! Sie ließ sich auf einen Stuhl fallen. Das würde sie umbringen, glatt umbringen. Nicht so sehr der Schande wegen, sondern der Tatsache wegen, daß ihr Sohn das Leben unschuldiger junger Dinger ruiniert hatte, wie Mr. Wilkins gesagt hatte. Wie vieler wohl? Ja, wie viele mochten es sein? Daher stammte also all das Geld da droben in seinem Schrank. Und es war

Jahre her – genau gesagt: drei Jahre –, daß sie es entdeckt hatten.
Sie erhob sich und ging auf und ab, immer wieder. Was sollte sie tun? Mr. Wilkins würde aller Voraussicht nach schnurstracks zur Garage fahren. Es würde zu einem Kampf kommen, ja vielleicht sogar zu Mord und Totschlag, so wie Mr. Wilkins sich vorhin gebärdet hatte. Die Garage war geschlossen, also würde er nur Rance und möglicherweise einen seiner Spießgesellen dort antreffen. Nicht daß sie sich um Rance Sorgen gemacht hätte: sollte er sehen, wie er damit fertig würde! Es war ihre Mutter, um die sie sich sorgte. Mr. Wilkins würde seine Drohung, zur Polizei zu gehen, wahrmachen. Und die handelte in derlei Fällen rasch. Wenn ihre Mutter nur hiergewesen wäre, damit sie es ihr schonend mitteilen hätte können.
Sie mußte sich anziehen. Rasch lief sie nach oben und streifte sich ein Kleid über. Wieder unten angelangt, stand sie unentschlossen im Flur und wußte nicht, was sie tun sollte. Ihre Mutter konnte jeden Moment auftauchen – und wenn sie dann nicht hier war und die Polizei kam… Vielleicht wäre es am besten, Kathy anzurufen. Nein, nein, es war nicht nötig, Kathy oder Percy heute abend damit zu überfallen. Die hatten dieses wichtige Essen und warteten wahrscheinlich schon auf sie. Tishy sah auf die Uhr. In einer Viertelstunde war es sieben. Bis sieben wollte sie hierbleiben. Dann konnte sie immer noch ein Taxi bestellen.
Fünf Minuten vor sieben rief Kathy an: »Hallo, Tishy, wieder im Lande? Hast du's gut getroffen? Ist Percy da?«
»Nein, Kathy. Er war da, müßte aber eigentlich schon daheim sein. Er hat Rance zur Garage gebracht, weil er sich die Hand verletzt hat – Rance, meine ich.«
»Du meine Güte!« Kathys Stimme drückte deutlich Ungeduld aus. »Da hat er sich wieder mal genau den richtigen Zeitpunkt ausgesucht. Ist Mam inzwischen eingetroffen?«

»Nein. Ich wüßte gern, was sie aufgehalten hat. Wie ich hörte, hätte sie schon nachmittags zurück sein sollen.«

»Ja, das hat sie jedenfalls gesagt. Sie wird sicher noch vor Einbruch der Dunkelheit auftauchen. Fahrten in der Finsternis sind ihr ein Greuel! Aber dieser Percy! Der kann sich auf was gefaßt machen, wenn er heimkommt, wirklich... Übrigens: Ist was los, Tishy? Du klingst so komisch.«

»Nein, nein, alles in Ordnung, Kathy. Geh nicht auf Percy los, es war nicht seine Schuld. Unser Rance hätte sich eben ein Taxi nehmen sollen, das hab' ich ihm ohnehin gesagt.«

»Die Garage schließt doch um sechs. Weshalb wollte er denn wieder dorthin zurück?«

»Er hat irgendeine Verabredung dort, keine Ahnung, mit wem. Ich hab' ihn nicht gefragt, du kennst mich ja. Übrigens habe ich für sieben ein Taxi bestellt. Es sollte eigentlich schon hier sein.«

»In Ordnung, Tishy. Danke, daß du in letzter Minute bereit warst, die Babysitterin zu spielen.«

»Ist schon gut. Auf bald also.«

»Auf bald.«

Einen Moment lang blieb Tishy stehen, seufzte dann tief auf, ging in die Küche, holte einen Schreibblock aus der Lade und hinterließ ihrer Mutter eine Nachricht, daß sie bei Kathy sei; sie solle anrufen, sobald sie heimkäme: Sie habe ihr etwas Dringendes mitzuteilen. Die letzten Worte unterstrich sie.

Das Taxi kam tatsächlich um sieben Uhr, und wenige Minuten später betrat Tishy Kathys Haus.

Kathy, die ein grünes Cocktailkleid aus Samt anhatte und darin strahlend schön aussah, kam ihr entgegen und sagte: »Also, ich kann es einfach nicht verstehen. Jetzt ist es zehn nach sieben. In fünf Minuten wollten wir losfahren.«

»Ruf doch in der Garage an«, sagte Tishy ruhig, während sie sich den Mantel auszog.

Kathy wählte die Nummer, aber es kam niemand an den Apparat.
»Dann versuch's eben im Büro«, meinte Tishy nun. »Vielleicht sind sie aus irgendeinem Grund zurückgegangen.«
Kathy rief das Büro an. Auch dort hob niemand ab.
Als ein wimmernder Laut von oben zu hören war, sagte Kathy zu der aufspringenden Tishy: »Nein, nicht raufgehen, sonst läßt er dich nicht mehr los. Er wird in ein paar Minuten eingeschlafen sein, er ist hundemüde. Er hat den ganzen Nachmittag herumgetobt.«
Sie saßen da und starrten einander an, als die Uhr halb acht schlug. »Es muß etwas passiert sein!« rief Kathy und sprang auf. »Ich weiß, daß etwas passiert ist, sonst wäre er längst hier. Schließlich handelt es sich wirklich um eine wichtige Sache, weißt du.«
»Reg dich nicht auf«, erwiderte Tishy. »Überleg mal, was du tun könntest, damit die Leute nicht beleidigt sind. Denn eines steht fest: Bis acht schafft ihr das unmöglich, da hinzukommen. Weißt du, in welchem Lokal ihr eingeladen seid?«
»Ja, im ›Royal Station‹.«
»Nun, ruf dort an und hinterlaß eine Nachricht. Sag, dein Mann sei aufgehalten worden und würde sofort anrufen, wenn er heimkäme.«
Kathy erledigte den Anruf in der von Tishy vorgeschlagenen Form, wurde aber immer unruhiger, bis sie schließlich damit herausplatzte: »Ich werde bei der Polizei anfragen. Es... sie können ja einen Unfall gehabt haben.«
»In diesem Fall hätte man dich längst verständigt.«
Tishy war ganz übel. Wenn nur ihre Mutter hiergewesen wäre. »Warte«, sagte sie. »Ich werde nochmals daheim anrufen.«
Als sich wieder niemand meldete, sagte Kathy: »Ich halte es nicht mehr länger aus, Tishy. Ich rufe die Polizei an.«
Kathy sprach zuerst mit einem Polizisten, dann mit ei-

nem zweiten; sie beruhigten sie alle beide: in den letzten drei Stunden sei keine Unfallsmeldung eingelangt.
»Ich werde in die Garage fahren«, sagte Tishy. »Nur muß ich erst den Schlüssel von daheim holen.«
Es dauerte zehn Minuten, bis das bestellte Taxi kam und sie heimbrachte. Auf der Fahrt betete Tishy, daß ihre Mutter anwesend sein möge, aber das Haus war in demselben Zustand, in dem sie es verlassen hatte. Sie holte die Schlüssel, kehrte zum Taxi zurück und schickte es dann in der King Street weg. Was sie auch in der Garage vorfinden mochte – sie wollte nicht, daß der Taxichauffeur auch noch in die Sache verwickelt würde.
Sie zitterte, als sie das Haupttor aufsperrte. Da es finster war, mußte sie erst Licht machen. Langsam ging sie am Büro vorbei, um die Hebebühne herum. Es stand ein Wagen über der Abschmiergrube, in die sie für alle Fälle einen Blick warf. Dann sah sie, daß die Hintertür halb offenstand; im Hof war jedoch kein Wagen. Sie schloß die Tür, ja verriegelte sie sogar, und auf dem Rückweg erblickte sie in der entferntesten Garagenecke Rances eigenen Wagen. Tishy warf einen Blick ins Wageninnere, dann sah sie sich ratlos um. Sie konnte es nicht verstehen. Hatte Rance Percy dazu überredet, ihn woanders abzusetzen? Nein, Percy war nicht der Typ, der sich überreden ließ. Hinter dem korrektem Äußeren und dem pedantischen Gehaben ihres Schwagers verbarg sich ein eiserner, unbeugsamer Wille. Die Ausdauer, mit der er Kathy seinerzeit den Hof gemacht hatte, war der beste Beweis dafür.
Abermals sah sie sich Rances Wagen an. Der Schlüssel steckte jedoch nicht; aber sie wußte, wo der Ersatzschlüssel vermutlich war. Tishy fand den Schlüssel tatsächlich an dem gewohnten Platz, ging zum eben verriegelten Hintereingang, öffnete und fuhr den Wagen in den Hof hinaus, wo sie ihn stehenließ. Dann verschloß sie die Hintertür erneut, ging um die Garage herum und sperrte das Haupttor ab. Jedem zufälligen Beobachter hätte in diesem Moment ihre Handlungsweise sicher

mehr als fragwürdig erscheinenen müssen. Aber weit und breit war keine Menschenseele zu sehen.
Tishy stieg in Rances Wagen und fuhr los, nun aber nicht in jene Richtung, aus der sie gekommen war, sondern in die entgegengesetzte. Sie war keine fünfzig Meter weit gefahren, als sie unvermittelt anhielt: Denn da, mitten auf einem Parkplatz, hatte sie soeben jenen Wagen entdeckt, der vor kurzem noch in ihrer Seitengasse gestanden hatte und von Mr. Wilkins benutzt worden war: Mr. Pollocks verrosteter alter Klapperkasten.
Tishy spürte, wie sie zitterte. Mr. Wilkins war allem Anschein nach also nicht bis zur Garage gekommen. Wo mochte er sein? Hatte er den Wagen hier geparkt und war dann zu Fuß hinübergegangen? Aber weshalb nur? Rance, Percy und Mr. Wilkins... wo steckten sie bloß? Tishy schüttelte den Kopf, gab Gas und fuhr heim.
Als sie vor ihrem Haus aus dem Wagen stieg, hörte sie Mr. Pollock im Vorgarten des Wilkinschen Hauses mit lauter Stimme zu der unter der Tür stehenden Mrs. Wilkins sagen: »Es ist verdammt unfair, Jenny, alles was recht ist. Ich habe gestern einen gehörigen Umweg gemacht, um ihn dorthin zu bringen. Ich habe zwei Tage dadurch verloren, zwei Tage, das weißt du genau. Und wie zahlt er es mir heim? Indem er mit meinem Wagen spurlos verschwindet, ohne mich auch nur zu fragen, ob er ihn sich ausleihen kann. So was nenne ich einen Menschen ausnützen, das versichere ich dir.«
Mrs. Wilkins antwortete mit tränenerstickter Stimme: »Komm herein, Larry, komm doch herein und schrei nicht die ganze Straße zusammen, ich bitte dich!«
Während Tishy die Haustür aufsperrte, hörte sie Mr. Pollock noch erwidern: »Ich soll nicht die Straße zusammenschreien? Jeder würde die Straße zusammenschreien, wenn...«
Dann war die Tür ins Schloß gefallen. »Mam!« rief Tishy. Keine Antwort. Sie schloß die Augen und sagte halblaut: »O Gott, bring sie zurück, bring sie, um alles in der Welt, bald zurück. Ich will nicht alles allein tun.

Denn dann wird sie mir bestimmt die Schuld geben. Sie wird es mir für den Rest meines Lebens vorhalten. Sie wird sagen, daß ich nur auf eine solche Chance gewartet habe.«

Hastig betrat sie die Küche und schrieb auf den Zettel von vorhin die Worte: ›Es ist jetzt 20.30 Uhr. Bitte, Mam, ruf gleich Kathy an, wenn du heimkommst. Wir haben Schwierigkeiten.‹

Als sie wieder auf die Straße hinaustrat, sah sie Mr. Pollock das Haus der Wilkins verlassen. Sollte sie zu ihm hingehen und ihm sagen, sie hätte seinen Wagen auf dem Parkplatz neben der Garage gesehen? Nein, nein, sie durfte nichts unternehmen, überhaupt nichts, ehe ihre Mutter auftauchte. Obwohl sie inzwischen sicher war, daß etwas Schreckliches passiert sein mußte. Rance war ein schlechter Mensch, durch und durch – das wußte sie seit ihrer Kindheit –, und dazu schlau, verschlagen und geschickt. Er hatte kein Gefühl für Moral. Das war das Problem. Er wußte überhaupt nicht, was Moral ist.

Als sie bei Kathy auftauchte, fand sie die Schwester in Tränen aufgelöst vor. »Es ist etwas geschehen, Tishy, ich weiß, daß etwas geschehen ist, ich spüre es. Und es muß etwas mit Rance zu tun haben. Er verkehrt mit den seltsamsten Typen. Mit diesem Benny Warlister zum Beispiel. Percy hat die beiden erst vor kurzem zusammen gesehen und gesagt, der Kerl sähe wie ein typischer Krimineller aus. Findest du nicht, daß ich nochmals bei der Polizei anrufen sollte?«

»Nein, nein, warte noch, Kathy.«

»Was ist nur mit Mam los? Warum ist sie noch nicht daheim?«

»Das wüßte ich auch gern. Ich kann mir einfach keinen Reim darauf machen.«

Kathy sprang plötzlich auf und sagte: »Wenn ich hier noch länger herumsitzen muß, ohne was zu unternehmen, werd' ich verrückt. Es gibt wohl keine Möglichkeit, Mam da draußen zu erreichen, oder?«

»Das weißt du doch, Kathy. Die einzige Möglichkeit ist,

hinzufahren. Ich könnte es ja tun, aber das würde hin und zurück vier Stunden ausmachen, und am Ende fahren wir noch aneinander vorbei.«

»Wenn sie nicht bald kommt, brauchen wir mit ihr heute nicht mehr zu rechnen. Sie fährt nicht, wenn es dunkel ist.«

»Das stimmt.«

»Was sollen wir tun?»

»Warten. Das ist alles, was wir im Moment tun können.«

»Oh, Tishy, Tishy – ich fürchte mich.«

»Aber, aber!« Tishy legte den Arm um die Schwester. »Es wird bestimmt eine ganz einfache Erklärung geben, du wirst sehen...« O Gott, wenn es nur eine einfache Erklärung gäbe!

Um Viertel zehn klingelte es an der Haustür. Sie stürzten fast gleichzeitig hinaus. Nachdem sie geöffnet hatten, starrten sie den Polizisten und den Mann in Zivil mit offenem Mund an.

»Mrs. Rinkton?« sagte der Mann in Zivil und blickte von einer zur andern.

»Ich bin... ich bin Mrs. Rinkton. Ist etwas... geschehen? Mein Mann...?«

»Dürfen wir eintreten?«

Kathy nickte, und die beiden Männer betraten den Flur. Dann sagte der Mann in Zivil: »Ihr Mann liegt im Krankenhaus, Mrs. Rinkton.«

»Im Krankenhaus? Hat er einen Unfall gehabt?» Kathy umklammerte mit beiden Händen ihre Kehle.

»Von einem Unfall ist uns nichts bekannt, Mrs. Rinkton. Es ist...« – der Mann machte einen etwas verlegenen Eindruck –, »es handelt sich um eine ziemlich komplizierte Angelegenheit. Vor kurzem wurde das Kommissariat telefonisch davon verständigt, daß an einer abgelegenen Stelle ein Wagen stehe, in dem sich zwei Männer befänden, von denen einer blute. Er scheint verwundet worden zu sein.«

»Percy!«

»Nein, nicht ihr Mann. Der war nur bewußtlos. Bei dem Verwundeten handelt es sich um einen Mr. Harry Wilkins. Sie wurden beide ins Krankenhaus gebracht.«

»Ist ja schon gut. Kommen Sie, setzen Sie sich und lassen Sie den Kopf einen Moment lang zwischen den Knien herunterhängen!« Diese Worte des Polizisten waren nicht an Kathy gerichtet, sondern an Tishy.

»Nur fest nach unten, so ist's recht«, sagte der Polizist.

»Genau.«

Nach einer Weile murmelte Tishy: »Es geht schon, es geht schon wieder.«

»Ich will sofort... ich meine, ich kann doch auf der Stelle zu meinem Mann, oder?«

»Ja, ja, natürlich. Wir bringen Sie hin.«

»Bitte... ich muß mich noch umziehen.« Kathy deutete auf das Cocktailkleid. »Wir waren zum Essen eingeladen.«

Die beiden Männer sahen sie ausdruckslos an.

Kathy wandte sich abrupt um und lief nach oben, während Tishy fragte: »Ist... ist Mr. Wilkins arg verwundet?«

»Das weiß ich nicht, Miß. Ich glaube, daß er operiert werden muß.«

»In welcher Beziehung stehen Sie zu...?« Der Mann in Zivil deutete zur Treppe, und Tishy antwortete: »Ich bin die Schwester.«

»Kennen Sie ihren Mann gut?«

»Ja, selbstverständlich.«

»Wissen Sie über seine Privatangelegenheiten Bescheid?«

»Seine Privatangelegenheiten? Was meinen Sie damit?«

»Nun, seine – Gewohnheiten. Wissen Sie, ob er drogensüchtig ist?«

»Percy?« Tishy schluckte heftig. »Nein, nein, bestimmt nicht. Er ist ein angesehener Volkswirt. Außerdem der Sohn von Dr. Rinkton.«

»Das hat heutzutage nicht viel zu sagen. Miß. Auch ein

Vetter der Königin kann unter Umständen rauschgiftsüchtig sein.«
»Wie kommen Sie nur darauf, daß Percy, also Mr. Rinkton...?«
»Weil man Stoff bei ihm gefunden hat. Und er unter der Einwirkung von Drogen steht.«
Um Himmels willen, nein! Tishy ließ den Kopf auf die Brust sinken, während es in ihr aufschrie: Oh, dieser Rance, dieser Rance! – Nun, diesmal würde er nicht so leicht davonkommen. Wenn Mr. Wilkins wieder auf dem Damm war, würde er ganz bestimmt auspacken und... *Wenn* er wieder auf dem Damm war! Und wenn sich sein Zustand verschlimmerte? Dann würde Percy versuchen müssen, allein aus der Patsche zu kommen. O nein, nein, das konnte sie nicht zulassen! Außerdem blieben auf alle Fälle Mrs. Wilkins und Susan übrig, die... Wo war nur ihre Mutter? *Wo war Mutter?*
Kathy kam die Treppe heruntergelaufen und fragte: »Du bleibst doch hier, nicht wahr, Tishy?« Tishy nickte.
Beim Hinausgehen drehte sich Kathy nochmals um und sagte: »Percys Eltern... wir sollten sie verständigen. Sein Vater wird wissen, was zu tun ist.«
»Geh jetzt erst mal. Ich werde bei ihnen anrufen.«
»Sag... sag Dad, daß er ins Krankenhaus kommen soll, Tishy, ja?«
»Mach' ich.«
Als die Haustür hinter Kathy und den beiden Männern ins Schloß gefallen war, ging Tishy langsam zum Wohnzimmerschrank, in dem eine Hausbar untergebracht war. Sie nahm eine Flasche Kognak heraus, schenkte sich ein gehöriges Glas voll ein und leerte es auf einen Zug. Dann ließ sie sich würgend und hustend in einen Sessel fallen.

Dr. Rinkton und seine Frau brachten Kathy um halb elf ins Haus zurück. Kathy wurde von ihren Schwiegereltern gestützt; kaum im Salon angelangt, stürzte sie zu Tishy hin und stammelte mit tränenerstickter Stimme:

»Die ganze Welt ist verrückt geworden. Sie behaupten, daß Percy Rauschgift genommen habe.«
»Mein Percy und Rauschgift!« sagte Mrs. Rinkton völlig verzweifelt. Dr. Rinkton schüttelte nachdenklich den Kopf: »Irgendwas stimmt da nicht. Mein Sohn würde ebensowenig Rauschgift nehmen, wie er nackt über die Straße laufen würde.«
Tishy blickte die drei der Reihe nach an, ehe sie fragte: »Was hat denn er gesagt? Was hat Percy gesagt?«
»Er ist noch nicht zu sich gekommen. Er hat eine Gehirnerschütterung«, sagte Dr. Rinkton. »Aber abgesehen davon steht er auch unter der Einwirkung von Rauschgift. Man hat an seinem Arm zwei Einstichstellen gefunden und eine Packung von dem Zeug im Wagen. Ich kann nur immer wieder sagen: Da stimmt etwas nicht.«
Plötzlich brach Mrs. Rinkton in den Aufschrei aus: »Aber das Unglaublichste von der ganzen Geschichte ist: Percy soll jemanden verwundet haben, mit dem Messer! Das ist so absurd, daß man es überhaupt nicht in Erwägung ziehen kann. Das ist ein teuflisches Komplott. Dieser andere Mann sollte umgebracht und dann der Anschein erweckt werden, daß Percy es... Mein Percy könnte nicht mal einer Fliege etwas zuleide tun.«
Dr. Rinkton näherte sich Tishy und sagte: »Kathy hat mir berichtet, daß Percy Ihren Bruder zur Garage gebracht hat. Haben Sie Rance seither wiedergesehen?«
Tishy verneinte mühevoll.
»Ist anzunehmen, daß er jetzt daheim ist?«
»Ich... ich kann ja anrufen.«
»Das mache ich schon.«
Sie sah ihm nach, wie er in die Halle ging, und wartete reglos, bis er zurückkam. »Niemand nimmt ab«, meldete er und forschte weiter: »Weshalb wollte er in die Garage gebracht werden? Er fährt doch selbst, oder?«
»Er hatte sich die Hand verletzt.«
»Konnte er überhaupt nicht fahren?«
»Das... das glaube ich nicht.«
Der Arzt sah Tishy prüfend an, dann wandte er sich ab,

und Kathy fragte Tishy fast flehentlich: »Was ist mit Mam? Ist sie immer noch nicht daheim?«

»Nein. Es sieht auch nicht so aus, als ob sie heute noch käme.« Tishy hielt einen Moment inne, als überlege sie. Dann sagte sie: »Ich... ich könnte ja hinausfahren und sie holen.«

»Oh, würdest du das tun, Tishy?«

»Natürlich.« Sie stand entschlossen auf. »Ich werde daheim vorbeifahren, und wenn sie da ist, rufe ich dich an.«

Schnell holte sie sich den Mantel, trat nochmals ins Zimmer, lief auf die Couch zu, drückte Kathy einen Augenblick an sich und sagte: »Es wird schon alles in Ordnung kommen, hörst du? Ganz bestimmt.« Dann richtete sie sich auf, sah Dr. Rinkton und dessen Frau an und wiederholte: »Es wird in Ordnung kommen, glauben Sie mir – es wird in Ordnung kommen« Anschließend rannte sie aus dem Haus.

2

Als Tishy Shields verließ, regnete es, doch in Newcastle setzte ein furchterregendes Gewitter ein mit Donnergrollen und taghellen Blitzen. Zum Glück herrschte, bis auf ein paar Fernlaster, fast kein Verkehr. Einmal, nicht weit von Otterburn, fuhr dicht hinter ihrem Wagen ein Blitzstrahl nieder, der sie sich über dem Lenkrad zusammenducken ließ. Der Weg zum Unterholz war der reinste Mühlbach, so sehr goß es.

Dadurch hätte sie den kleinen Wagen ihrer Mutter beinahe übersehen. Mit einem heftigen Ruck bremste Tishy ab, lehnte sich aufseufzend zurück und dachte, daß sie diese Nacht zeit ihres Lebens niemals vergessen würde. Sie langte nach hinten und holte Regenhaut und Taschenlampe vom Rücksitz. Rasch schlüpfte sie in den Mantel, zog sich die Kapuze über den Kopf und kletterte aus dem Wagen, wobei sie ins eiskalte, bis über die Knöchel reichende Wasser steigen mußte. Sie schrie auf, konnte aber über den Sturm hinweg nicht einmal ihre eigene Stimme hören. Mühsam erkämpfte sie sich ihren Weg bis zur zerborstenen Mauer, wo sie, nach Atem ringend, einen Moment lang innehielt.

Zweimal hätte sie der Sturm auf dem Steilweg zum Landhaus beinahe umgeworfen. Tishy war froh, sich endlich am Türpfosten festhalten zu können; sie klopfte, so fest sie konnte, und rief laut: »Mam! Mam!« In der Hoffnung, Annie könnte die Haustür offengelassen haben, versuchte sie, die Klinke niederzudrücken, aber die Tür war verschlossen. Auch die Hintertür war zu; hier zu klopfen, würde erst recht nichts nützen.

Es gab jedoch einen Weg, ins Hausinnere zu gelangen. Tishy öffnete ihre Handtasche, suchte ihre Nagelfeile hervor, kantete mit der Spitze in den Rahmen ein und öffnete das Verandafenster mit einem Ruck. Unter Zuhilfenahme ihrer Taschenlampe kletterte sie ins Haus und wäre beinahe über die Liegestühle gefallen. Als sie wieder fest auf den Beinen stand, drückte sie das Fenster zu, durchquerte die Küche und stand schließlich im Wohnzimmer. Im Kamin glühte noch Asche: ihre Mutter hatte sich also erst vor kurzem schlafen gelegt. Tishy ließ die Handtasche auf die Couch fallen, zog die Regenhaut aus, warf sie über einen Stuhl, nahm die Taschenlampe abermals zur Hand und ging nach oben.

»Mam, Mam!« rief sie, weil sie sie nicht erschrecken wollte.

Als sie die Schlafzimmertür aufgestoßen hatte, blieb sie wie angewurzelt stehen und starrte auf das Bild, das sich ihr im Lichtstrahl der Taschenlampe bot. Noch vor wenigen Augenblicken hatte sie sich gesagt, daß sie diese Nacht zeit ihres Lebens niemals vergessen würde – aber alles, was bisher geschehen war, wurde in diesem Augenblick völlig bedeutungslos: Dort drüben lag Annie im Bett, mit bloßen Schultern und Brüsten – und neben ihr, den Arm um sie geschlungen, lag Alan Partridge.

»Mutter!« schrie Tishy, so laut sie nur konnte; sie kreischte es geradezu heraus. Und abermals: »Mutter!« – ›Mam‹ hätte als Wort nicht ausgereicht, um Scham und Entsetzen, die Tishy in diesem Moment empfand, auch nur im entferntesten auszudrücken.

»W... was... O Gott! O Gott!« Annie setzte sich mit einem Ruck auf und zog die Bettdecke krampfhaft bis unters Kinn hoch. »Wer... wer ist denn da?«

»Was glaubst du wohl!« Tishys Stimme war ein einziger Schrei. Im Lichtkegel sah sie, wie Alan sich aufrappelte, blinzelte und mit einer Hand die Augen abschirmte. Nun kletterte er aus dem Bett, ohne sich der Mühe zu unterziehen, seine Blöße zu bedecken. Tishy drehte sich auf dem Absatz um, lief aus dem Zimmer und stürmte die

Treppe hinunter. Nachdem sie die Taschenlampe im Wohnzimmer lautstark auf den Tisch geknallt hatte, warf sie sich auf die Couch, barg das Gesicht in den Kissen und biß sich auf die Lippen, bis das Blut herunterlief.

Als Annie mit einer Lampe eintrat, rührte sie sich gar nicht. »O mein Gott, Kind, du.. du hättest nicht herkommen sollen. Es... es ist nicht, was du glaubst. Sieh... sieh mich an.«

Als Tishy die Hand ihrer Mutter auf ihrer Schulter spürte, sprang sie hoch. Nun sah sie Annie an, trockenen Auges, wenn die Tränen auch ihre Stimme zu ersticken drohten, während sie rief: »Wie schmutzig du bist, wie abscheulich, wie gemein!«

»Wie kannst du nur so etwas sagen? Oh!« Annie stöhnte auf, wandte sich ab und stemmte beide Hände an den Kopf. Dann drehte sie sich rasch wieder zu Tishy um und sagte: »Es ist alles in Ordnung, Tishy, glaub mir. Wir... wir werden heiraten. Ich gehe nach Amerika. Der Altersunterschied spielt keine Rolle.«

Tishy zog sich langsam von der Couch hoch, starrte ihre Mutter an und entgegnete voller Bitterkeit: »Ich glaube nicht, daß du ausgerechnet jetzt nach Amerika fahren wirst. Denn wenn du es tust, wirst du sehr bald wieder die Rückreise antreten müssen, um deinen Sohn im Gefängnis zu besuchen.«

Tishy sah, wie die Lippen ihrer Mutter zu zittern begannen und wie sie nach Atem rang, ehe sie mühsam hervorbrachte: »Was meinst du damit? Weshalb bist du denn gekommen?«

»Das will ich dir sagen. Ich bin gekommen, um dir mitzuteilen, daß dein Sohn ein Rauschgifthändler ist. Das habe ich dir bereits vor drei Jahren klarmachen wollen, nur bist du damals mit fliegenden Segeln auf den Wettschein hereingefallen. Aber jetzt, nach Susan Wilkins Wiederauftauchen, ist die Wahrheit ans Licht gekommen. Deshalb war ihr Vater wie ein Verrückter hinter Rance her. Und der hat sich nicht gescheut, dem Mann ein Messer hineinzurennen. Aber das ist lange nicht alles.

Der Satan hat es noch zuwege gebracht, Percy als Verdächtigen hinzustellen, nachdem dieser ihn auf seine ausdrückliche Bitte zur Garage gefahren hatte, weil Rance – aufgrund einer Handverletzung – angeblich nicht selbst fahren konnte. Was dort geschehen ist, weiß weder ich noch die Polizei. Aber soviel steht fest: Er war es, der Mr. Wilkins verwundet, Percy zusammengeschlagen und ihm danach Rauschgift injiziert hat. Außerdem hat er Percy noch ein Päckchen davon in die Manteltasche geschmuggelt. So, nun weißt du den Grund, weshalb ich mitten in der Nacht da herausgekommen bin. Ich wollte es dir sagen. Wenn du vor lauter Herumhuren nicht völlig Zeit und Stunde vergessen hättest, wäre das freilich nicht nötig gewesen. Dann wärst du nämlich dort gewesen, wo man dich braucht: daheim!«

»Wenn es nicht wegen...« Annie schluckte, dann setzte sie nochmals an: »Wenn ich nicht genau wüßte, daß du keine Lügnerin bist, dann würde ich... dann würde ich dir mitten ins Gesicht schlagen, auf der Stelle, und zwar aus mehr als einem Grund.«

»Warum tust du es nicht?«

Annie griff sich abermals mit beiden Händen an den Kopf. »Ich... ich kann es nicht glauben.«

Während ihrer letzten Worte war Alan hereingekommen; zwar in Hosen, sonst jedoch nach wie vor nackt. Er legte den Arm um Annies Schulter, sah Tishy an und sagte: »Es tut... es tut mir leid, Tishy, daß Sie es auf diese Weise erfahren mußten. Es ist nicht, was... Sie glauben.«

»O Gott!« Tishy wandte sich mit einer heftigen Handbewegung ab. »Das habe ich bereits zu hören bekommen. Aber was ich glaube oder nicht, steht jetzt nicht zur Debatte. Jedenfalls wird es nicht zu umgehen sein, daß meine Mutter noch einige Dinge erledigt, ehe sie nach Amerika geht. Das heißt, falls Sie sie ein paar Stunden entbehren können!« Sie wandte sich angeekelt ab, konnte jedoch nicht umhin, sich nochmals umzudrehen und ihm ins Gesicht zu schleudern: »Sie werden Ihr

Techtelmechtel mit meiner Mutter einige Zeit geheimhalten müssen. Es würde ein schiefes Licht auf Sie werfen, wenn sich herausstellen würde, daß ein Hochschulprofessor der Stiefvater eines Mörders wird. Sollte nämlich Mr. Wilkins seinen Verletzungen erliegen, dann wird Rance des Mordes angeklagt – falls es ihm nicht wieder einmal gelingen sollte, die Schuld jemand anderem in die Schuhe zu schieben. In diesem Fall wäre das Percy.«

»Hör auf! Deine Bitterkeit wird dich noch eines Tages umbringen, Kind... Ich« – Annie wandte sich an Alan –, »ich muß gehen. Ich muß mich anziehen.« Sie machte sich von ihm los und stolperte zur Treppe.

Alan sagte: »Mir tut diese schreckliche Geschichte mit Rance ehrlich leid, Tishy. Aber etwas schmerzt mich noch viel mehr: Wie Sie sich meinethalben Ihrer Mutter gegenüber betragen. Sie ist für das, was hier geschehen ist, nicht im mindesten verantwortlich. Nichts war geplant. Ich habe eine Wanderung unternommen und zwei Burschen geholfen, von denen sich einer verletzt hatte. Wir haben da unten nur gerastet, und bei dieser Gelegenheit bin ich Ihrer Mutter wieder begegnet. Nichts war geplant. Sie dürfen ihr also keine Vorwürfe machen, glauben Sie mir!«

»Oh, das tue ich nicht, nicht wirklich. Ich meine, welche Chance hätte sie schon gegen Sie! Sie haben ja bereits vor sieben Jahren Ihr Bestes versucht, nicht wahr?«

Sie erwartete eine Antwort, aber Alan schwieg. Erregt fuhr sie fort: »Vierzehn Jahre Altersunterschied! Wie haben Sie sie denn herumgekriegt?«

»Tishy, Tishy – Sie sind grausam!«

»Du meine Güte, so dürfen Sie mir wirklich nicht kommen. Über eines müssen Sie sich klar sein, Mr. Partridge: Ihre guten Manieren, Ihre Glattzüngigkeit, überhaupt Ihre ganze herrliche Beredsamkeit ziehen bei mir nicht. Und lassen Sie sich ja nicht einfallen, mir vorzufaseln, daß wir doch gute Freunde sein könnten und so weiter – ich warne Sie! Mir wird schon bei dem bloßen Gedanken an diese durch und durch widernatürliche Geschichte übel, speiübel, das kann ich Ihnen sagen!«

Der Wind heulte in Orkanstärke ums Haus. Tishy sah, wie Alan sich langsam umwandte und in die Küche ging.

Als sie allein war, krallte sie sich an der Couchlehne fest, wobei sie sich befahl, jetzt nicht nachzugeben, um keinen Preis. Sie durfte sich jetzt nicht übergeben – nur das nicht...

Da kehrte Alan aus der Küche zurück, während gleichzeitig Annie die Treppe herunterkam. Er ging ihr entgegen und fragte: »Soll ich mitkommen?«

»Nein, nein.« Sie schüttelte den Kopf. »Bleib hier. Ich werde... ich werde dir schreiben.«

»Schreiben? Aber ich kann doch nicht hier herumsitzen und warten, bis ein Brief von dir eintrifft. Gleich morgen früh komme ich nach.«

»Nein, nein, bitte nicht. Bleib hier und warte einfach, Alan.«

»Ich werde dich anrufen.«

»Ja, ja, tu das. Morgen nachmittag irgendwann.«

»Mir wäre lieber, wenn du mich mitkommen ließest.«

»Nein«, sagte sie abermals. »Ich muß es meinen Leuten erst erklären...« Sie ging auf die Haustür zu, wo Tishy sich ungeduldig in die Regenhaut einhüllte. Ehe Annie jedoch noch die Tür erreicht hatte, war Alan schon an ihrer Seite und zog sie an sich, als wären sie allein. »Es ändert sich nichts, verstehst du? Die Sache mit Rance ändert nichts daran. Egal, was geschieht – versprich mir, daß es nichts daran ändern wird.«

»Ich verspreche es dir, Alan.«

»Bestimmt?«

»Ja, ja, bestimmt.«

»Nichts wird dich davon abhalten, mit mir zu kommen?«

»Nichts, ich verspreche es dir, Liebling.«

Sie lagen einander in den Armen.

Tishy konnte es nicht ertragen. Ihre Mutter benahm sich

schamlos, einfach schamlos. Sie riß die Haustür auf, und ein heftiger Windstoß hinderte sie für einen Moment daran, die paar Stufen hinunterzulaufen. Mit aller Macht stemmte sie sich dagegen an und rannte los, ohne sich umzudrehen. Gleich darauf sah sie im schwankenden Licht der Taschenlampe, daß ihre Mutter dicht hinter ihr war, und an der geborstenen Mauer hatte sie sie eingeholt. Wortlos lehnten sie sich – sekundenlang nach Luft schnappend – an die Mauer an, ehe sie weiterliefen.
Selbst als sie das Unterholz erreicht hatten, sprachen sie nicht miteinander. Tishy stieg in den Wagen und fuhr mit einem derartigen Ruck los, daß der Schlamm bis zu den Fenstern spritzte.
Sie wartete an der Kreuzung nicht ab, ob ihre Mutter hinterdrein kam. Erst als sie die nach Otterburn führende Hauptstraße erreicht hatten, konnte Annie aufholen, und die beiden Wagen setzten ihre Fahrt in beinahe gleichbleibendem Abstand fort.
Von dem Augenblick angefangen, wo sie das Haus betraten, war es, als hätte sich der Vorfall im Landhaus niemals ereignet; zumindest ließ Annies Verhalten keine Schlüsse darauf mehr zu. Sie schob Tishy einfach ins Wohnzimmer und befahl kurz: »Und jetzt sag mir klipp und klar, was geschehen ist. Von Anfang an und ohne Übertreibungen.«
»Ich habe… ich habe es dir doch bereits gesagt.« Tishy klapperte vor Kälte.
»Nun, dann tust du es eben zum zweitenmal.«
Und so kam es, daß Tishy ihrer Mutter langsam und ohne Spur von Gehässigkeit alles bis ins kleinste Detail berichtete. Als sie geendet hatte, setzte sich Annie und starrte vor sich hin. Warum nur konnte nichts von Dauer sein? Die letzten drei Tage war sie sich wie im Himmel vorgekommen, hatte jede Minute ausgekostet, die sie mit Alan verbracht hatte. Und nun wurde sie mitten in die Hölle gestoßen. Sie glaubte Tishy Wort für Wort. Ihre Tochter war keine Lügnerin, ja sie übertrieb nicht einmal. Annie wußte auch, daß Tishy völlig recht hatte mit

der Behauptung, daß sie selbst die Augen vor der Wirklichkeit krampfhaft verschlossen hatte. Sie rief sich die letzte Zeit wieder ins Gedächtnis, als sie sich in bezug auf Rance schlicht geweigert hatte, der Stimme ihres Verstandes Glauben zu schenken. Sie hatte sich selbst etwas vorgemacht, indem sie sich immer wieder sagte, daß er – wenn er tatsächlich rauschgiftsüchtig wäre – ja seine tägliche Dosis brauchen würde, nicht wahr? Das war doch bei allen so – es wurde ihnen einfach zur Gewohnheit. Aber bei Rance hatte es immer wieder Phasen gegeben, in denen er keineswegs diesen merkwürdigen Gesichtsausdruck hatte, in denen es keineswegs nötig war, ihn praktisch an den Haaren aus dem Bett zu ziehen, in denen sie ihn absolut nicht zur Arbeit antreiben mußte...

Sofort wurde jedoch wieder eine andere Stimme in ihrem Innern laut, die ihr einen Umstand ins Gedächtnis rief, der sie langsam kopfscheu zu machen begann: Seit Jahren hatte Rance sich nicht mehr ohne Hemd vor ihr blicken lassen... Die erste Stimme verteidigte ihn allerdings umgehend: Du weißt doch, wie eigen er in bezug auf seine Person und seine Kleidung ist! Und in der Garage? Nie rollte er sich wie die andern die Ärmel hoch, wenn er seine Arbeit verrichtete, er ließ sie immer zugeknöpft. Aber weshalb sollte er auch – für die Schmutzarbeit hatte er doch seine Leute, sagte sie sich dann wiederum. Sie hatte einfach für alles eine Antwort parat, immer genau die, die sie hören wollte.

Annie blickte auf ihre nassen, kotigen Schuhe nieder und dann auf die von Tishy. Resolut sagte sie zu ihrer Tochter: »Es wird gut sein, wenn du das nasse Zeug da ausziehst.«

Tishy stand auf, ging langsam zur Tür und fragte: »Was wirst du tun?«

Annie wandte sich zu ihr um. »Keine Ahnung – ich werde erst mit ihm reden müssen. Wenn alles, was du mir erzählt hast, wahr ist, glaube ich allerdings nicht, daß viel zu tun übrigbleibt.«

Als Annie die Küche betrat, folgte Tishy ihr. Bohrend fragte sie: »Aber wenn du könntest, würdest du nichts unversucht lassen, stimmt's? Du würdest ihm noch immer helfen, da herauszukommen.«
Annie stand vor dem Herd, warf einen Blick auf das Teegeschirr auf dem Tisch, drehte sich um und wollte gerade antworten, als sie urplötzlich erstarrte. Auch Tishy sah sie mit weit aufgerissenen Augen an, und ihr Blick besagte: Er muß daheim sein...
In der nächsten Sekunde stürzte Annie aus der Küche, durchquerte den Flur und rannte die Treppe hoch.
Sie klopfte nicht erst an, sondern riß die Tür zum Zimmer ihres Sohnes mit einem Ruck auf und machte Licht. Er lag im Bett, den Kopf beinahe völlig unter der Decke. Sie ging auf ihn zu und sagte laut, ohne ihn zu berühren: »Rance!« Dann abermals: »Rance!«
»Was... was ist denn? Oh!« Er drehte sich herum und sah sie an. »Hallo, Mam. Du bist zurück?« Er blinzelte, als hätte er fest geschlafen.
»Ja, ich bin zurück. Und du offensichtlich auch. Steh auf!«
»Was?«
»Ich sagte: Steh auf! Du hast schon richtig gehört.«
»Aber Mam, es ist mitten in der Nacht.«
»Steh auf!« brüllte sie nun, und schon hatte sie seine Decke gepackt und weggezogen. Dann stand sie da und starrte auf den völlig Angekleideten hinunter. Nicht einmal den Mantel hatte er abgelegt. Nachdem sie sekundenlang so verharrt hatte, trat sie einen Schritt zurück, ging schließlich zum Kleiderschrank und öffnete die Tür. Die Bügel waren leer, kein einziger Anzug hing mehr daran. Bloß sein Handkoffer stand im Kasten. Als sie ihn heraushob, spürte sie, daß er schwer war.
Annie drehte sich um und warf einen Blick unters Bett, wo sie die Umrisse seines zweiten Koffers wahrnahm. Langsam kam sie zurück und fragte den nun auf der Bettkante Sitzenden in grimmigem Ton: »Du hast also vor, zu verreisen, wie?«

Er antwortete nicht, ließ aber, nachdem er sie einen Moment lang angestarrt hatte, den Kopf sinken.
Hastig zog Annie einen Stuhl heran, kletterte hinauf und öffnete die Bettzeuglade: leer! Rance beobachtete sie wie hypnotisiert. Sie stieg wieder vom Stuhl, nickte ihm zu und sagte: »O ja, mein Lieber. Ich weiß davon. Ich wußte, daß du auf unredliche Weise Geld verdienst. Aber bei Gott im Himmel«, sie schüttelte nun langsam den Kopf, »nicht, womit! Ich wollte es nicht wahrhaben, daß du mit Rauschgift handelst.«
»Die Menschen brauchen es, Mam.«
»Was?« Sie hatte sein Gemurmel nicht verstanden. Er wiederholte gepreßt: »Die Menschen brauchen es, es ist… es ist eine Art Medizin…«
»Medizin – o Gott! Du kannst einfach dasitzen und dir selber vorschwindeln, daß es… daß es eine Art Medizin sei.« Erst hatte sie leise gesprochen, aber nun schwoll ihre Stimme gewaltig an, als sie schrie: »Ist es vielleicht auch Medizin, einen Mann zu erstechen? Ist es Medizin, alles so zu arrangieren, daß dein Schwager in den Tatverdacht kommt? Wie, um alles in der Welt, konntest du annehmen, daß ich von alldem nichts erfahren würde? Dir muß der Boden schon verdammt heiß unter den Füßen geworden sein, um Percy da hineinzuziehen. Aber das Schlimmste, was du in deinem ganzen Leben getan hast, war, ihn mit diesem Zeug vollzupumpen.« Sie bleckte die Zähne. »Ich weiß, daß du ihn immer gehaßt hast, weil er dir haushoch überlegen war, nicht nur, was die Herkunft anlangt, sondern auch auf jede andere Art und Weise. Aber so etwas…«
Er drehte sich ruckartig zu ihr um und legte zum erstenmal eine kämpferische Miene an den Tag, als er sagte: »Du hast ihn selbst nie gemocht – was regst du dich also auf?«
»Es stimmt, ich habe mir nie viel aus ihm gemacht. Aber in diesem Augenblick liebe ich ihn geradezu, und wenn es nach mir geht, wird dieser Verdacht keine Minute länger auf ihm lasten.«

Nun erhob er sich, stand da und starrte sie an. Sein Gesicht bebte ebenso wie sein ganzer Körper. Er verwandelte sich wieder in den flehenden kleinen Jungen von einst, als er sagte: »Mam, hör mal, gib mir eine Chance. Ich... ich hätte längst fort sein können, meilenweit sogar, über der Grenze, aber... aber ich wollte dich noch einmal sehen. Deswegen habe ich gewartet, stundenlang und im Regen. Ich... ich konnte nicht herein, weil...« Er schüttelte den Kopf, hob ihn wieder und sah Annie an, die bleich und reglos dastand, als wäre alles Leben aus ihr gewichen. Da wurde seine Stimme beinahe zu einem Wimmern: »Ich... ich konnte nicht weggehen, ohne dich zu sehen. Dann, als du einfach nicht gekommen bist, wußte ich, daß ich es doch tun müsse, weil ich ja...« – er schluckte heftig und schloß: »... vor fünf dort sein muß.«
Um ihre blassen Lippen zuckte es, dann fragte sie mühsam: »Wo mußt du sein?«
»Oh, es... das ist ja egal.«
»Wo?«
»Du kennst den Platz nicht, er liegt außerhalb von Newcastle. Ist doch egal, was spielt das schon für eine Rolle?«
»Du willst dich also per Flugzeug davonmachen, nicht? Ich nehme an, daß Benny alles in die Wege geleitet hat.«
Wieder lag in seinem Blick jener Ausdruck eines kleinen, verlorenen Jungen, aber er antwortete nicht, bis sie mit unüberhörbarer Schärfe sagte: »Zieh deinen Mantel aus.«
»Also Mam, bitte! Sieh mal, ich will nicht mit dir streiten.«
Sie war auf ihn zugegangen. »Zieh deinen Mantel aus. Wenn du es nicht selbst tust, reiß' ich ihn dir herunter.«
»Hör mal, Mam...« Er trat einen Schritt zurück. »Ich hab' mir die Hand verletzt.« Als Beweis streckte er ihr seine bandagierte Hand entgegen. Dann fügte er rasch

hinzu: »Nicht, du wirst dir weh tun. Ich sag' dir doch, du wirst dir weh tun.«
»Mach dir meinetwegen keine Sorgen. Zieh den Mantel aus.«
Zögernd kam er der Aufforderung nach und brummte: »Also! Bist du jetzt zufrieden?«
»Noch nicht. Nun das andere.«
»Hör mal, Mam...«
Ihre Hand schoß empor und versetzte ihm einen derartigen Stoß, daß er hintenüber aufs Bett fiel. Als er versuchte, sich wieder aufzurichten, packte sie die auf dem Frisiertisch stehende Statue, die ungefähr dreißig Zentimeter hoch und aus Metall war und einen laufenden Jungen darstellte. Er hatte sie sich vor einigen Jahren gekauft. Diese Statue schwang sie nun über seinen Kopf und schrie: »Zieh dir auf der Stelle die Jacke aus, oder ich schlag' dir den Schädel ein!« Und dann: »Warte, ich werde sie dir ausziehen.«
»Mam...!« Sein Ton wurde schmeichlerisch, beinahe zärtlich. Aber sie herrschte ihn an: »Laß mich gefälligst mit deinem Mam in Ruhe. Zieh deine Jacke aus.«
Rance tat wie geheißen.
»Nun dein Hemd.«
»Nein, Mam, nein... o nein, bitte.«
»Zieh das Hemd aus.« Ihre Stimme war jetzt leise, beinahe tonlos.
»Mam, ich werde dir alles sagen, alles, was du willst...«
»Alles, was ich im Moment von dir will, ist, daß du dein Hemd ausziehst. Und zwar jetzt, auf der Stelle!« Sie packte die Vorderseite seines Hemdes; Rance wehrte sich, sie rangen miteinander.
Keiner von ihnen hatte bemerkt, wie die Tür aufgerissen wurde, bis Tishy schrie: »Mam! Mam! Hör auf!« Mit einem heftigen Ruck gelang es ihr, die beiden zu trennen, aber da hielt Annie bereits ein Ärmeloberteil in den Händen.
Schwer atmend lehnte sie sich an den Frisiertisch, wäh-

rend sie ihre Beute vor der Brust barg. Das andere Ende, das von Rances Handgelenk herunterbaumelte, wirkte wie das Symbol der Schnur, die sie bisher verbunden hatte.
Beim Anblick der Einstichstellen erstarrte Annie und bleckte abermals die Zähne; dann schleuderte sie ihm, als handle es sich um ein widerliches Reptil, den Hemdärmelteil, den sie ergattert hatte, ins Gesicht. »Du drekkiges, widerliches…« Sie schluckte heftig, würgte und fing an zu husten.
»Komm weg von da. Komm.« Tishy führte ihre Mutter aus dem Zimmer, als wäre sie eine alte Frau. Und tatsächlich leistete sie keinen Widerstand, bis sie den Flur erreicht hatten. Aber als Tishy sie ins Wohnzimmer bringen wollte, stieß Annie sie beiseite und ging auf die Haustür zu.
»Wohin willst du? Sie werden dich um diese Zeit nicht ins Krankenhaus hineinlassen.«
»Krankenhaus?« Annie drehte sich langsam um und sah Tishy an. »Dorthin will ich auch gar nicht, Kind. Ich werde das tun, was schon vor Jahren meine Pflicht gewesen wäre.« Ihre Stimme klang brüchig und resigniert.
»Mam! Mam!« Tishy sprach leise und bewegt auf Annie ein. »Solltest… solltest du nicht lieber warten? Geh nicht in dieser Verfassung aus dem Haus.«
»Hach, wenn das nicht komisch ist!« Annie schüttelte den Kopf. »Du sagst mir, daß ich warten soll. Jahrelang hast du mit allen Mitteln versucht, mir die Augen zu öffnen, mich zum Handeln anzutreiben, ja zu zwingen. Und jetzt kommst du daher und verlangst, ich solle warten. Nein, mein Kind. Die Zeit ist reif. Es ist aus mit dem Warten.«
Als Annie ihren Mantel gleichgültig vom Haken nahm, murmelte Tishy: »Warte eine Minute. Ich hole eben meinen Mantel und komme mit.«
»Nein!« sagte Annie nun mit fester Stimme. »Nein, halt du dich aus der Sache heraus. Dies muß ich ganz allein erledigen.«

»Aber Mam!«
»Ich habe nein gesagt, Kind.« Und damit öffnete sie die Haustür und trat auf die Straße.
Tishy sah ihr nach, wie sie sich durch Sturm und Regen zum Wagen kämpfte. Einmal stülpte ihr der Wind den Mantelkragen hoch, und Annie hatte Mühe, ihn wieder umzulegen. Im Schein der Straßenlampe hoben sich ihre geisterhaft bleichen Gesichtszüge deutlich von der nächtlichen Dunkelheit ab: sie wirkten wie eine Kamee, und Tishy hatte das Gefühl, als würde sie sich ewig daran erinnern.
Erst nachdem Annie losgefahren war, schloß sie die Haustür. Sie lehnte sich mit dem Rücken dagegen und blickte zur Treppe. Und alles, was sie hervorbrachte, war: »Lieber Gott, lieber Gott!« In diesem Augenblick war ihr eigener Kummer wie ausgelöscht; sie konnte einfach nur an diese beiden Menschen denken und wußte nicht, welcher von ihnen ihr mehr leid tat: ihre Mutter oder Rance. Daß sie mit einem Mal Mitleid für Rance empfand, verblüffte sie. Er war ein widerlicher, gemeiner Kerl, ein Mörder, dabei feig obendrein. Als sie jedoch vorhin die beiden miteinander ringen gesehen hatte, war ihr plötzlich klargeworden, daß Rance Annie mit Hilfe eines einzigen heftigen Schlags zu Boden strecken hätte können. Aber er hatte nicht einmal die Hand gegen sie erhoben. Sie hatte deutlich gesehen, wie ihre Mutter Rances bandagierten Daumen gepackt hatte. Das mußte äußerst schmerzhaft für ihn gewesen sein. Und dennoch hatte er sie nicht geschlagen.
Tishy stolperte geradezu ins Wohnzimmer. Die Arme um ihren mageren Leib geschlungen, ging sie ruhelos auf und ab. Bald würde die Polizei dasein. Sie würden Rance abführen. Er würde ins Gefängnis kommen. Und zwar lebenslänglich, falls Mr. Wilkins starb. Sie hatte ihren Bruder stets gehaßt – das tat sie noch immer –, und doch wurde sie von Mitleid für ihn erfüllt. Merkwürdigerweise nicht deshalb, weil er vielleicht für den Rest seines Lebens im Gefängnis landete, sondern weil er bereits

jetzt seine Mutter verloren hatte. Wenn er jemals einen Menschen genauso geliebt hatte wie sich selbst, dann sie. Solange sie zurückdenken konnte, war Tishy auf die Liebe zwischen den beiden eifersüchtig gewesen. Um so mehr, als sie wußte, daß ihre Mutter Rances Liebe doppelt und dreifach erwidert hatte. Aber während der letzten Stunde hatte sie mit angesehen, wie diese Liebe sich in eisigen Haß verwandelte.

Sie begann mit den Zähnen zu klappern, ihr ganzer Körper zitterte. Sie mußte was Heißes zu trinken haben. Im Moment durfte sie sich einfach keine Erkältung leisten – auf keinen Fall.

Rasch lief sie in die Küche und setzte Teewasser auf. Ein paar Minuten später hatte sie den Tee aufgebrüht und stürzte zwei Tassen des kochendheißen Getränks in sich hinein, daß ihr Mund nur so brannte.

Außer dem Wind, der durch den Kamin pfiff, war kein Laut zu hören. Was tat Rance da droben? Schmiedete er Pläne, wie er Mutter doch noch herumkriegen könne? Nein, sagte sie sich, selbst er mußte inzwischen eingesehen haben, daß das jetzt nicht mehr möglich war.

Eine halbe Stunde später ging die Küchentür auf und Rance trat ein. Er war wieder völlig angekleidet, aber ohne Krawatte. Nachdem Tishy ihrem Bruder einen Blick zugeworfen hatte, wandte sie den Kopf ab. Aber er kam langsam auf den Tisch zu und sagte mit einer Betonung, die für sie ganz neu war: »Es tut mir leid, Tishy, das mußt du mir glauben!«

Als sie zu ihm aufsah, hatte sie einen Augenblick das Gefühl, ihr Herz würde brechen: Denn nun sah sie ihn so, wie ihre Mutter ihn alle die Jahre über gesehen hatte. Vor ihr stand der verwundbare, schwache kleine Junge, der etwas brauchte, das ihm niemand geben konnte.

»Wo ist sie?« Er deutete mit einer Kopfbewegung zum Wohnzimmer hinüber. Tishy schüttelte nur den Kopf; sprechen konnte sie nicht. Hatte er denn keine Ahnung, wo sie war? Er mußte es doch wissen! Aber schließlich

hatte nicht einmal sie die Absichten ihrer Mutter ahnen können.
Rance, der Tishys Kopfschütteln offensichtlich falsch aufgefaßt hatte, wandte sich um, ging zur Tür, blieb dort stehen, sah seine Schwester an und sagte: »Leb wohl, Tishy. Ich bezweifle, daß wir einander jemals wiedersehen werden. Es tut... es tut mir leid.«
Als Tishy nun seinen Namen aussprach, legte sie eine Betonung hinein, wie sie es bisher noch nie getan hatte. »Rance«, sagte sie leise, »Mam... ist fortgegangen.«
Er drehte sich ganz zu ihr um, stand jedoch still. Sie sah, wie sein Gesichtsausdruck sich veränderte: Angst begann sich darin zu spiegeln.
»Wohin? Wohin ist sie gegangen?«
Als Tishy darauf schwieg, starrte er sie nur an. Dann sah sie, wie er sich in jenen Rance verwandelte, den sie kannte – in jenen, an den sie ihr Leben lang gewöhnt war. Seine Züge versteinerten, seine Kinnbacken bewegten sich heftig, der Zorn ließ sein Gesicht rot anlaufen, puterrot.
»Das würde sie doch nicht tun. Nie im Leben würde sie das tun!« Er schrie sie derart an, daß all ihr Mitleid von vorhin blitzartig verschwand.
»Nun, sie hat es aber getan«, schrie sie zurück.
»O nein, nein!«
Abermals veränderte sich seine Miene, sie wurde geradezu bedrohlich. Tishy bekam es mit der Angst zu tun und trat rasch ans Tischende. Rance sah aus wie jemand, der den Verstand verloren hatte. »Zur Polizei? Sie ist zur Polizei gegangen?« brüllte er fassungslos. Tishy zog es vor, nicht darauf zu antworten. Sie senkte nur stumm den Kopf. Schon war Rance in den Flur gestürzt, kam jedoch gleich wieder zurück und fragte barsch: »Wann? Wie lange ist sie fort?« Er sah auf die Uhr.
Tishy hätte fast gesagt: Lange genug, um sie über alles zu informieren. Aber sie murmelte nur: »Noch... nicht lange.«
Da rannte er hinaus, und erst als der Sturm durch den

Flur pfiff, kam Bewegung in Tishy. Er hatte die Haustür offen gelassen, seine beiden Koffer standen bereits auf der Straße. Als Tishy langsam durch den Flur ging, um die Tür zu schließen, hörte sie Rances Wagen vorfahren. Mit aufkreischenden Reifen brauste er kurz darauf davon.
Abermals schloß Tishy die Haustür; diesmal lehnte sie sich jedoch nicht daran an, sondern lief in die Küche, setzte sich an den Tisch, legte den Kopf in die Arme und fing zu weinen an. Sie weinte ihrer Mutter wegen; sie weinte um Rance, um sich selbst und über die undurchdringbare Einsamkeit, von der sie sich umgeben fühlte. Sie weinte über ihr Aussehen und über den Verlauf, den ihr Leben von nun an nehmen würde.

Mittlerweile raste Rance die zum Glück menschenleere Fowler Street hinunter. Er bog nicht in die King Street ein, sondern fuhr durch eine Seitenstraße, die in die Keppel Street führte, wo sich das Polizeikommissariat befand. Kaum dort angelangt, machten seine Scheinwerfer auch schon Annies Wagen aus, der auf der gegenüberliegenden Seite des Haupteingangs geparkt stand.
Mit quietschenden Bremsen stoppte er in der Mitte der Straße, als er vor diesem Eingang eine kleine Menschengruppe erblickte. Es handelte sich um drei Polizisten und eine Frau. Die Gruppe löste sich gerade auf; zwei der Polizisten gingen zu einem Streifenwagen. Der dritte sprach auf die Frau ein und grüßte dann. Sie wandte sich nun ab und lief zu ihrem Auto, während ihr der Polizist nachsah.
Annie hatte den Kopf tief auf die Brust gesenkt, als das Scheinwerferlicht voll auf sie fiel. Erschreckt hob sie den Kopf und mit einer ruckartigen Bewegung auch den Arm, um ihre Augen abzuschirmen – aber da hatte Rance ihren Gesichtsausdruck bereits wahrgenommen. Also hatte sie es getan... Seine Mutter hatte ihn verraten. Aber nein, das konnte sie doch nicht! Das war einfach unmöglich – sie liebte ihn doch, hatte ihn immer geliebt. Stets hatte sie ihre ganze Liebe auf ihn konzentriert, nichts

war ihr zuviel gewesen! Er wußte, daß er eine geradezu immense Macht über sie besaß. Und deshalb war sie der einzige Mensch, der immer zu ihm halten würde. Vorhin, als sie miteinander gerungen hatten, war Rance ganz sicher gewesen, daß ihr Zorn verfliegen würde, so wie bisher stets. Er hatte insgeheim bereits begonnen, Pläne zu schmieden, wie er sie nachholen würde, sowie er im Ausland Fuß gefaßt hätte. Er würde ja ausgesorgt haben, und dann... Nein, es gab kein ›und dann‹. Hier stand sie, verschreckt, entsetzt.

Rance war sich gar nicht dessen bewußt, daß er den Motor startete. In seinem Innern herrschte eine gähnende Leere – bis er den Stoß spürte, mit dem die Vorderräder seines Wagens auf den Gehsteig prallten.

Annie hatte nur abwehrend die Hände ausgestreckt, als er sie anfuhr. Als sie auf die Motorhaube geschleudert wurde, legte er den Rückwärtsgang ein, schaltete erneut und fuhr wieder los. Sie lag bereits auf der Straße, da erfaßten sie die Räder zum zweitenmal.

Gerade wollte Rance sie zum drittenmal überrollen, da wurde der Wagenschlag aufgerissen und sie zerrten ihn auf die Straße.

Tishy hatte sich nicht gerührt, bis es an der Haustür klingelte, immer und immer wieder. Langsam stand sie auf und durchquerte wie betäubt den Flur. Beim Öffnen sah sie sich einem Polizisten gegenüber. Ein paar Schritte hinter ihm stand neben dem Wagen ein zweiter.

»Miß McCabe?«

»Ja.«

»Ich muß Ihnen eine traurige Mitteilung machen.«

Sie starrte erst ihn, dann den hinter ihm stehenden Polizisten an. Der Sprecher räusperte sich.

»Ihre... Ihre Mutter hat einen Unfall gehabt.«

»Mutter...?« Tishys Stimme klang fremd, als sie wiederholte: »Meine Mutter?«

Sie taumelte und lehnte sich an den Türpfosten. Der Polizist fragte: »Darf ich eintreten?« Nachdem er seinem

Kollegen über die Schulter einen Blick zugeworfen hatte, führte er sie ins Haus.
»Setzen Sie sich lieber«, sagte er.
Es war das zweitemal innerhalb weniger Stunden, daß sie diese Worte aus dem Mund eines Polizisten hörte; aber Tishy reagierte nicht darauf. »Wo ist meine Mutter?« fragte sie.
Er wich einen Moment ihrem Blick aus, wiederholte nur: »Besser, Sie setzen sich.«
»Was ist denn passiert? Was ist mit meiner Mutter?«
»Sie hatte einen Unfall.«
»Das haben Sie bereits gesagt.«
»Ein Wagen hat sie niedergefahren.«
»Meine Mutter ist mitten in der Nacht von einem Auto angefahren worden? Aber wieso denn? Sie war doch auf dem Weg zu Ihnen – sie wollte zur Polizei.«
»Sie war ja bei uns. Aber als sie aus dem Revier kam und über die Straße zu ihrem Auto gehen wollte, hat ein anderer Wagen sie mit voller Wucht überfahren.«
Es lag etwas Endgültiges in diesen Worten: ›mit voller Wucht‹. Nähere Erklärungen schienen nun nicht mehr nötig. Tiefe Schwärze senkte sich über Tishy, eine Schwärze, die den Polizisten einfach einhüllte, so daß sie nur noch seine Stimme vernehmen konnte, als er fortfuhr: »Es war... es war der Wagen Ihres Bruders. Es tut mir aufrichtig leid, daß ich Ihnen das sagen muß, aber... es war kein wirklicher Unfall. Er hat sie mit voller Absicht erwischt. Dafür gibt es Zeugen. Der Inspektor war mit ihr bis zur Tür gegangen und auf der anderen Seite stand ein Streifenwagen und... Es ist eine ganz schreckliche Angelegenheit... Einfach unbegreiflich.«
Unbegreiflich. *Unbegreiflich.*

3

Sie betraten einer nach dem andern das Haus: erst Tishy, dann Kathy, dann Bill. Dabei glichen sie Traumwandlern, alle mit demselben Gesichtsausdruck. Aber sobald die Haustür ins Schloß gefallen war, begannen sie aufzutauen. Kathy fing langsam und schmerzlich zu weinen an. Sie verschaffte sich Erleichterung, indem sie den Kopf in die auf eine Stuhllehne gelegten Arme vergrub. Auch Bill kamen die Tränen; aber da er dies verbergen wollte, zog er sich nach oben zurück.

Nur Tishy weinte jetzt nicht. Als sie vergangenen Abend wieder zu sich gekommen war – war es wirklich erst gestern gewesen? –, hatte ein merkwürdiger Gedanke Besitz von ihr ergriffen. Mam kann nicht auf diese Weise gestorben sein, sagte sie sich: Sie wollte doch heiraten und nach Amerika gehen. Zwar wußte Tishy, daß ihre Mutter im Fall einer Heirat mit Alan für sie gestorben gewesen wäre – aber nun war sie auf andere Weise gestorben. Sie hatte dem Bericht des Polizisten nicht wirklich geglaubt, bis sie die Leichenhalle betreten hatte. Selbst dann konnte sie dieses bandagierte Gesicht und den mißhandelten Körper nicht mit ihrer Mutter in Verbindung bringen: Rance hatte sich nicht damit zufrieden gegeben, Annie zu überfahren; nein, er hatte die am Boden Liegende noch ein zweites Mal überrollt und wollte es eben zum drittenmal tun, als sie ihn schließlich überwältigen konnten.

Während sie »Mam, o Mam!« gestöhnt hatte, spürte sie zur gleichen Zeit, daß ihre Mutter diesem schrecklichen Ende wissentlich, ja in voller Absicht entgegengesehen haben mußte. Sie hatte bestimmt gewußt, daß Rance ihre Handlungsweise nicht hinnehmen würde. Jeder andere Mensch hätte ihn verraten können, aber nicht sie – sie, die ihn gedeckt und beschützt hatte, seit er atmen konnte; sie, die stets fähig gewesen war, den andern um seinetwillen Sand in die Augen zu streuen. Nicht diese Frau, die er geliebt hatte – die einzige Frau von Bedeutung in seinem Leben. Denn für ihn war sie nicht bloß die Mutter gewesen, sondern alles, alles... Und sie mußte sich dessen bewußt gewesen sein!

Im Moment konnte sich Tishy auf ihre Gefühle für Rance keinen Reim machen, ebensowenig, wie sie sich über die Tiefe des Kummers um ihre Mutter klar war. Was sie bedeutend mehr beschäftigte, war eine zunehmende Verstimmung, ja Groll gegen Alan Partridge. Nur seinetwegen war Mutter Freitag nicht hiergewesen. Bestimmt hätten sich die Dinge nie so entwickelt – denn ihre Mutter hätte etwas getan, etwas unternommen, wie immer. Aber statt hier zu sein, war sie mit ihm ins Bett gegangen; er hatte sie dazu gebracht.

Automatisch bereitete sie den Tee zu, rief die Geschwister herbei, und dann saßen sie alle drei um den Küchentisch. Keiner von ihnen wollte etwas essen, sie hatten allesamt das Gefühl, nie mehr einen Bissen hinunterbringen zu können. So saßen sie etwa fünf Minuten schweigend beisammen, bis Kathy sagte: »Was werden sie mit ihm anfangen?«

Es verstrich abermals geraume Zeit, bis Bill antwortete: »Höchstwahrscheinlich wird er lebenslänglich bekommen.« Er fuhr sich mit der Hand durchs Haar, sah Tishy an und sagte: »Was wird nun aus dem Geschäft?«

»Dem Geschäft?« Tishy sprach, als schrecke sie eben aus dem Schlaf hoch. »Ich... ich habe es mir noch nicht überlegt.«

»Dieser Jimmy Lake scheint ein brauchbarer Bursche zu sein.«

»Ja, ja.« Sie nickte. Jimmy Lake war sicherlich recht tüchtig. Oft hatte sie in letzter Zeit gedacht, daß ohne

Jimmy in der Garage nicht viel weitergegangen wäre. Aber weshalb fing Bill jetzt von diesem Thema an? Wo sie doch eben erst aus der Leichenhalle kamen. Sie blickte ihm ins blasse Gesicht. Er sah krank aus. Dann sah sie Kathy an; auch sie hatte sich sehr verändert: seit gestern abend war sie gealtert.

Nach einiger Zeit sagte Kathy: »Es ist besser, ich gehe heim.« Bill stand auf und erbot sich, sie nach Hause zu bringen. Kathy überlegte kurz und schlug dann vor: »Kommt doch mit. Bleibt bei uns, ihr beiden.«

»Nein, nein«, wehrte Tishy ab. »Vielen Dank, Kathy, aber ich möchte lieber hierbleiben.«

»Wir müssen uns damit abfinden«, sagte Bill.

»Bloß für den Augenblick, hab' ich gemeint. Percys Mutter kümmert sich um alles, sie würde...«

»Wir kommen schon in Ordnung«, sagte Bill und ergriff ihren Arm. »Sorg dich nicht.«

»Einer muß es Oma McCabe mitteilen«, sagte Tishy.

Beide Geschwister drehten sich nach ihr um. Dann sagte Bill: «Ich werde später bei ihr vorbeisehen. Ich bleib' nicht lang aus, Tishy. Leg dich ein bißchen hin.«

Sie antwortete nichts darauf, sondern wandte nur den Kopf ab und starrte auf die gegenüberliegende Wand.

Irgendwie vergingen selbst diese Tage. Manchmal klopfte einer der Nachbarn bei ihnen an, um seine Teilnahme zu bezeigen. Das Telefon ging unzählige Male. Als Bill wieder einmal drei Reportern die Tür vor der Nase zugeschlagen hatte, rief er bei der Polizei an, und kurz darauf hielt ein Streifenwagen in der Nähe ihres Hauses und bezog dort Posten.

Gerade wollte Tishy den Flur durchqueren, da klingelte das Telefon abermals. Erschöpft hob sie ab. Der Anruf kam aus einer Telefonzelle, sie hörte die Münze hinunterfallen. Als am anderen Ende der Leitung jemand zu sprechen begann, hielt sie den Hörer ein Stück vom Ohr ab, als stünde sie dem Anrufer direkt gegenüber.

Wieder erscholl die Stimme. »Hallo? Wer ist dort?«

Tishy schwieg beharrlich.
»Hallo? Wer ist denn dort? Hier Alan Partridge... Ich möchte mit Mrs. McCabe sprechen. Hallo... Hallo!«
Langsam und widerstrebend nahm sie den Hörer ans Ohr und antwortete mit leiser, rauher Stimme: »Sie können Mrs. McCabe nicht sprechen. Mrs. McCabe ist tot.« Damit legte sie auf.
Natürlich hätte sie das nicht tun sollen. Nicht auf diese Weise. Aber wie hätte sie es ihm schließlich beibringen sollen? Sanft, verständnisvoll, beruhigend? Wo er doch ein gerüttet Teil Schuld trug an dem, was geschehen war!
Nicht. Nein! Sie beugte sich vor und preßte ihren Kopf mit beiden Händen. Beschuldigungen, Anklagen... wohin sollte das führen? Mam war tot. Nichts konnte sie wieder lebendig machen. Sie war eine wunderbare Mutter gewesen, eine wunderbare Frau, die bis zuletzt wie ein junges Mädchen ausgesehen hatte. O Gott, welche Ausdrücke sie ihr ins Gesicht geschleudert hatte, Ausdrücke, die bedeutend besser auf sie selbst gepaßt hätten. Sie würde ihren Ausbruch im Landhaus nie vergessen – niemals!
Nach einem Augenblick des Zögerns ging sie nach oben. Aber kaum war sie dort angelangt, klingelte das Telefon abermals. Bill kam aus dem Badezimmer gelaufen und sagte: »Laß nur, Tishy, ich geh' schon.«
Kurz darauf klopfte er an ihre Tür. »Es war Alan Partridge«, berichtete er. »Er schien ganz... geschockt zu sein. Wollte wissen, ob er vorhin richtig gehört hätte? Er muß Mutter erst vor kurzem gesehen haben. Seine Stimme klang so merkwürdig – richtig geschockt, wie gesagt.«
Tishy hätte ihren Bruder nun über die Hintergründe aufklären können – aber das war etwas, was nur sie allein wußte und was niemand sonst etwas anging. Ihre Geschwister würden es nicht verstehen, Kathy noch weniger als Bill. Aber sie – o ja, sie verstand, wie ihre Mutter sich in Alan verliebt hatte. Auf der ganzen Welt gab es keinen Menschen, in den man sich leichter verlieben

hätte können. Er brachte alles mit, was dazu nötig war, einfach alles, dieser Alan Partridge.
Als sie den Kopf abwandte, ging Bill hinaus. Während er die Tür hinter sich zumachte, schoß ihm ein vager Gedanke durch den Kopf. Er erinnerte sich daran, daß Tishy nach Vaters Tod damals mit Alan Partridge gegangen war; die Sache hatte eines Tages jäh geendet. Er hatte nie erfahren, weshalb.
Abends fuhr Tishy mit Kathy ins Krankenhaus, um Percy zu besuchen. Er war nun bei Bewußtsein, aber immer noch wie betäubt und offensichtlich nicht imstande, zu begreifen, was mit ihm geschehen war. Tishy verabschiedete sich bald und kehrte nach Hause zurück, wo sie Alice – Bills heftig umstrittene ›Zukünftige‹ – samt Eltern vorfand.
Der grauhaarige ebenholzschwarze Neger, dessen Hautfarbe die seiner Tochter als reine Sonnenbräune erscheinen ließ, zeigte sein Mitgefühl auf einnehmend echte Art, genauso wie seine blasse, stark geschminkte, zierliche blonde Frau.
Es war Tishys erstes Zusammentreffen mit Alices Eltern. Irgendwie rührte es sie, daß diese Leute offen zeigten, daß sie sich mit ihrer Familie verbunden fühlten, mit diesen McCabes, deren ältester Sproß nicht nur ein Rauschgifthändler, sondern noch dazu ein Mörder war.
Als die Besucher aufbrachen, nahm Billy Tishy beiseite und flüsterte ihr zu: »Hast du was dagegen, wenn ich sie heimbringe? Ich bleibe keine halbe Stunde weg.«
»Geh nur, ich komme schon zurecht«, sagte sie. »Sorg dich nicht um mich.«
»Niemand wird dich belästigen. Es paßt noch immer ein Polizist draußen auf, wenn der Streifenwagen auch vor kurzem weggefahren ist.«
Also war Tishy allein im Haus, als es klingelte. Sie überlegte, ob sie öffnen solle. Da hörte sie jemanden fragen: »Was wünschen Sie?« Als Tishy aufmachte, drehten sich der Polizist und Alan gemeinsam zu ihr um.
»Kennen Sie diesen Mann, Miß?«

Sie blickte im Licht der einfallenden Dämmerung in das kreidebleiche Gesicht. Ob sie diesen Mann kannte? O ja, sie kannte diesen Mann. In gewisser Hinsicht hatte sie ihn erwartet, wenn auch nicht so rasch. Sie hatte eher angenommen, daß er am nächsten Abend hier auftauchen werde.

»Ja, Wachtmeister, besten Dank.« Sie trat zurück, und Alan ging an ihr vorbei in den Flur. Tishy ließ sich absichtlich Zeit zum Türschließen; sie wollte die Unterhaltung so lange wie möglich aufschieben. Alans Gesicht sah wächsern aus, und in seinen Augen lag ein Ausdruck, den sie nicht zu beschreiben vermochte hätte.

Aus dem geringfügigen Umstand, daß er sich sofort auf den nächsten Stuhl fallen ließ, während sie noch stand, ermaß sie den Umfang seiner Verzweiflung. In Fragen der Etikette war er stets ebenso penibel gewesen wie Percy, nur daß es ihm leichter gefallen war. Sie legte die Hand auf den Kaminsims, um sich zu stützen, während sie ihn ansah. Er stieß hervor: »Ich kann es einfach nicht fassen. Egal, wie oft ich es mir auch vorsage – ich kann es nicht fassen.« Fahrig zog er aus dem Regenmantel eine Zeitung hervor, faltete sie auseinander, zeigte auf die fettgedruckte Schlagzeile und fragte: »Warum nur? Weshalb sollte er so was tun, wo er sie doch geliebt hat? Sie hat mir von dem Band zwischen ihm und sich erzählt und daß sie es zerreißen wolle.«

Da Tishy langsam den Kopf senkte, fuhr er mit etwas lauterer Stimme fort: »Ich wollte damit natürlich nicht sagen, daß sie es für die einzige Bindung hielt oder daß es ihr leichtgefallen wäre, Sie und die andern zu verlassen. Aber sie zählte auf Ihr Verständnis. Nur bei ihm nahm sie von vornherein an, daß er es nicht verstehen könne. Und er hat es auch nicht verstanden, stimmt's?«

Als sie ihm nun in die Augen sah, erkannte sie, was der Ausdruck in seinem Blick zu bedeuten hatte: Es handelte sich um Gewissensbisse. Alan gab sich in gewisser Hinsicht die Schuld an dem begangenen Verbrechen.

Nun wäre es nur gerecht gewesen, ihn im eigenen Saft

schmoren zu lassen – aber das konnte sie nicht tun. Sie sagte tonlos: »Er wußte nichts von Ihnen.«
Er stand auf, bewegte sich jedoch nicht, sondern starrte sie nur an, indem er mit der rechten herabbaumelnden Hand Greifbewegungen machte, als versuche er etwas zu packen.
»Sie meinen, sie... Ihre Mutter hat es ihm nicht gesagt?«
»So ist es.«
»Dann habe ich auf keine Weise dazu beigetragen, daß...?«
»Nein.« Ihre Stimme war nun laut. »Sie können mit reinem Gewissen weggehen, jedenfalls in diesem Punkt. Was er getan hat, ist nicht in der Annahme geschehen, sie werde ihn Ihretwegen verlassen. Aber ich will Ihnen einmal etwas sagen: Sie sind der Grund, daß Mam Freitag nicht daheim gewesen ist. Sie hätte die Sache auf ihre Art in die Hand genommen und in Ordnung gebracht. Und sie würde jetzt noch leben.«
Hatte sie kurz zuvor noch seine Seelenqualen gelindert, so hatte sie ihm jetzt ein zehnfaches Maß davon aufgebürdet. Als seine Lippen zu zittern begannen, er die Schultern hochzog und sein Kopf auf die Brust sank, schrie es in Tishys Innerem: Weshalb mußtest du das sagen? Alan wandte sich von ihr ab, bedeckte mit einer Hand sein Gesicht und fing hörbar an zu weinen, in kurzen klagenden Tönen.
Auch Bill hatte geweint, aber es war ein lautloses Weinen gewesen. Nie zuvor hatte sie einen Mann derart weinen hören. Es kam ihr nicht richtig vor, daß ein Mann seinem Kummer so freien Lauf ließ.
Als er gar nicht aufhören wollte damit, trat sie hinter ihn und sagte: »Setzen Sie sich. Ich werde Ihnen eine Tasse Tee machen. Es... es tut mir leid, wirklich, Sie auf diese Weise angegriffen zu haben. Das hätte ich nicht tun sollen.«
Ihrer Aufforderung Folge leistend, tastete er sich zur Couch und setzte sich. Die Ellbogen auf die Knie ge-

stützt, das Gesicht in beiden Händen bergend, fuhr er fort zu schluchzen. Es war beinahe unmöglich, diesen Anblick zu ertragen, ohne nicht zu ihm zu treten und ihn zu trösten.

Hastig ging Tishy in die Küche, brühte den Tee auf und betrat ein paar Minuten später mit dem Tablett das Wohnzimmer. Er lag nun auf der Couch und ließ die Hände zu beiden Seiten schlaff herabhängen.

Er weinte noch immer, doch nun still in sich hinein. Seine Augen waren gerötet und sein Gesicht war tränennaß.

»Trinken Sie das«, sagte sie.

Es schien ihm große Anstrengung zu kosten, sich aufzurichten. Er nahm die Tasse entgegen, stellte sie jedoch auf den Tisch, zog ein Taschentuch aus der Rocktasche, wischte sich das Gesicht mehrmals damit ab, stand danach unvermittelt auf, schlug den Kragen seines Regenmantels hoch und ging, ohne Tishy auch nur anzusehen, zur Tür.

Sie fühlte sich völlig verloren und wußte einfach nicht, was sie sagen sollte. Er hatte seit ihrer Anklage von vorhin kein Wort mehr geäußert. An der Haustür drehte er sich jedoch um und fragte mit leiser Stimme, während er noch immer ihrem Blick auswich: »Wann... wann ist das Begräbnis?«

»Mittwoch«, murmelte sie. »Um zwei.«

Er nickte stumm, öffnete die Tür und trat auf die Straße, mit gesenktem Kopf, das Gesicht halb im Mantelkragen verborgen.

Tishy schloß rasch die Haustür hinter ihm, barg das Gesicht in der Armbeuge und stöhnte laut auf.

4

Sie standen in einer kleinen Gruppe in einer Seitenstraße beisammen, wo auch ihre Wagen geparkt waren, nicht weit vom Gerichtsgebäude entfernt. Die Verhandlung war vorüber, und keiner von ihnen schien darüber ein Wort verlieren zu wollen. Das einzige, was Kathy und Percy, Bill und Alice versuchten, war, Tishy dazu zu überreden, mit ihnen zurückzufahren.
Bill wiederholte bereits zum drittenmal: »Was willst du denn dort droben ganz allein anfangen? Du wirst glatt den Verstand verlieren.«
»Nun, wenn das passieren sollte, dann ist's mir jedenfalls lieber, ich bin allein. Aber ich werde völlig gefaßt sein, das hab' ich euch doch schon hundertmal gesagt.« Sie blickte sich im Kreis um. »Ich... ich möchte einfach auf einige Zeit fort von hier.«
»Als ob wir das nicht alle möchten!« Kathy schüttelte traurig den Kopf, sah Tishy an und sagte: »War nicht bös' gemeint, Tishy.«
»Weiß ich doch, Kathy.«
»Ich finde, wir sollten jetzt heimfahren und das Geschäftliche besprechen. Eben, wie alles weitergehen soll, solange wir noch beisammen sind«, sagte Bill nun.
»Was gibt's da groß zu besprechen? Ich habe euch ja gesagt, daß ich das Landhaus als meinen Anteil haben möchte. Das Stadthaus und die Garage sind eure Angelegenheit.«
»Was heißt: unsere Angelegenheit? Sei nicht kindisch, Tishy! Jedenfalls wird es mit der Garage weitergehen.« Bill gab sich optimistisch. »Und sie wird sogar florieren,

wenn wir Jimmy nur machen lassen. Wir sollten über seinen Vorschlag, sie zu vergrößern, wirklich reden.«
Als Tishy kopfschüttelnd die Augen schloß, fuhr Bill in ungeduldigem Ton fort: »Nun, jemand muß schließlich mal das Thema anschneiden. Und da ist noch etwas.« Er hielt inne, wandte den Blick ab und sah aufs Trottoir nieder. »Es handelt sich um *seinen* Anteil. Auch er ist schließlich Erbe und wird ihn eines Tages haben wollen – man weiß ja nie. Lebenslänglich heißt heutzutage längst nicht mehr lebenslänglich. Und... es ist doch immerhin möglich, daß er eines Tages entlassen wird...«
Seine Stimme verflatterte, als Tishy sich ihrem Wagen zuwandte. Nachdem sie eingestiegen war, blickte sie zu ihren eng beisammenstehenden Geschwistern auf. Kathy beugte sich vor und versprach: »Wir kommen Sonntag hinaus – egal, wie das Wetter auch sein mag.«
»Schön.«
»Wie lange willst du denn bleiben?« fragte Bill.
»Ich weiß es noch nicht.«
»Du wirst der Direktion schreiben müssen, wenn du nicht rechtzeitig zum Schulbeginn zurückbist.«
»Ich werde sehen.«
Zum erstenmal ergriff nun Percy das Wort. »Falls du etwas von uns brauchst, ruf mich rechtzeitig im Büro an, Tishy. Jederzeit – hörst du?«
»Wird gemacht, Percy. Lebt wohl.« Die anderen riefen ihr Abschiedsgrüße zu, während sie aufs Gaspedal trat und sich aus der Parklücke hinausschlängelte. Dann brauste sie los.
Als sie Durham hinter sich gelassen hatte, sagte sie laut und bestimmt: »Ich komme nie mehr hierher zurück, so lange ich lebe.«

In Newcastle hielt sie an, um ein paar Lebensmittel einzukaufen – bloß das Nötigste: Milch, Brot, Zucker, Butter, etwas Obst und ein Steak. Da sie danach mitten in die Verkehrsspitze geriet, dauerte die Fahrt eine halbe Stunde länger als gewöhnlich, aber das machte ihr nichts

aus. Sie war kein bißchen ungeduldig – sie hatte ja soviel Zeit vor sich. Das Brausen des ringsum flutenden Verkehrs drang gar nicht so richtig in ihr Bewußtsein.
Der Umstand, daß ihre Familie sich um sie besorgt zeigte, tröstete sie ebensowenig wie die Tatsache, daß sie gerade erst fünfundzwanzig war oder der Umstand, daß selbst unscheinbare, ja häßliche Frauen wie sie häufig noch nach ihrem dreißigsten Geburtstag geheiratet hatten. Und Trost hätte sie – bei dem, was sie vor sich sah – nötig gehabt. Denn was ihr ab nun blühte, war einfach das Leben einer fleißig unterrichtenden Lehrerin mit all den damit verbundenen Schwierigkeiten, die sogar jene nicht bestritten, die das Lehramt als eine Art göttliche Berufung ansahen. Und zu dieser Kategorie hatte sie nie gehört. Tishy sah die eintönigen Jahre klar und deutlich vor sich, die ihr bevorstanden, bis sie in den Ruhestand versetzt wurde. Ganz zu schweigen von der Pensionszeit, die sie im Landhaus verbringen würde.
Weshalb wollte sie nur dahin zurück? Im Grunde genommen hätte es eigentlich der letzte Platz auf der Welt sein müssen, an den sie zurückzukehren wünschte! Irgendwo in ihrem Innern hegte Tishy die schwache Vorstellung, daß sie dort ihrer Mutter näher sein würde – und doch hätte der Anblick ihrer Mutter, wie sie sie damals in ihrem Schlafzimmer aufgestört hatte, eigentlich genau das Gegenteil bewirken müssen, wenn sie es richtig bedachte.
Aber sie vermochte für ihren Wunsch, da hinauszufahren, keinen anderen Grund zu entdecken als den Umstand, daß es der einzige Platz auf der Welt war, wo sie mit ihrem Elend allein sein konnte...
Kaum hatte Tishy den Wagen im Unterholz geparkt, setzte bereits die Dämmerung ein. Sie holte den Koffer und die Tasche mit den Lebensmitteln aus dem Kofferraum und kletterte langsam empor. Als sie die zerborstene Mauer erreicht hatte, blieb sie einen Moment lang stehen, stützte beide Arme darauf und sah sich um. Das bleiche Licht des Moors war nun in ein undefinierbares

Grau übergegangen. Auf den Hügeln ringsum lagen rosafarbene Flecken, während die Täler tiefschwarz zu werden begannen und nur mehr die sanften Mulden an einen grünen Teppich erinnerten.
Tishy holte tief Atem. Das war es, was sie brauchte, dieses sich stets verändernde, menschenleere, einsame, trostlose Bild. Hier würde sie ihren Frieden vielleicht wiederfinden; was jedoch noch wichtiger war: Hier konnte sie sich und ihre Gefühle verstecken, ohne daß unentwegt jemand auf sie einredete und sie ermahnte, sich zusammenzureißen und das Vergangene zu vergessen.
Oma McCabe hatte das erst gestern zu ihr gesagt. Natürlich hatte sie es gut gemeint. »Niemand wird Annie wohl mehr vermissen als ich. Ob Mädchen oder Frau, ich hab' sie immer von Herzen gern gehabt. Sie war das Salz der Erde. Und sie konnte Berge versetzen. Das hat sie bei meinem Jungen am besten bewiesen. Und damals war sie selbst noch ein blutjunges Ding. Trotzdem hat erst sie einen Mann aus ihm gemacht. Gott schenke seiner Seele die ewige Ruhe und der ihren dazu. Sie hat in ihrem ganzen Leben nur einen einzigen Fehler gemacht, und der war völlig natürlich. Ich meine damit nicht, daß sie mit Rance schwanger ging, noch ehe sie verheiratet war. Nein, ihr Fehler war, daß sie ihm – vom Tag seiner Geburt angefangen – das Genick gebrochen hat, wenn du verstehst, was ich damit meine... Nun, es ist vorbei, Kind. Gott hat uns einen tragfähigen Rücken mitgegeben, damit wir mit unserer Last fertig werden. Das ist es, was ich vom Leben gelernt habe. Also Kopf hoch, mein Mädchen! Dein Rücken mag schmal sein – stark ist er! In dir steckt nicht nur was von deiner Mutter und deinem Vater, sondern auch ein klein bißchen von mir, hm?«
Es war merkwürdig, wie Menschen vom Schlage Oma McCabes dem Leben ins Auge zu sehen pflegten. Als Tishy sie gefragt hatte, ob sie sie auf dem Weg zur Verhandlung abholen solle, hatte sie zu ihrer größten Verblüffung geantwortet: »Ich hab' im Moment nur wenig

Zeit, Kind. Aber abgesehen davon würde ich nicht mal für tausend Pfund einen Blick auf ihn werfen wollen, denn Gott allein weiß, wozu ich mich dann hinreißen lassen würde. Nein, Kind«, hatte sie gesagt: »Soll ich dir verraten, was ich heute tun werde? Ich geh' Lotto spielen, damit du's weißt. Außerdem möchte ich dir noch was sagen, was ich bisher nie erwähnt habe – und zwar: Ich hab' mir immer schon gedacht, daß an der Art, wie mein Georgie gestorben ist, etwas faul war. Damals bin ich ihm nämlich kurz vorher im Gasthof begegnet. Es stimmte, er hatte bereits ein, zwei Glas getrunken – aber so betrunken, daß er die Treppe hinunterfallen hätte können, war er wieder nicht. Schließlich ist er früher oft Nacht für Nacht mehr als beschwingt nach Hause gekommen, manchmal war er auch sternhagelvoll. Aber die Hintertreppe ist er deshalb trotzdem noch hochgekommen, und die war steil wie eine Klippe. Nein, Kind, als ich Annie damals so ansah, wußte ich, daß es da etwas gegeben haben muß, was ich lieber nicht nachprüfen sollte. Kannst du mich in diesem Punkt vielleicht aufklären, Kind?«
Und da es nun ja doch keinen Unterschied mehr machte, hatte Tishy geantwortet: »Rance hat Pa hinuntergestoßen.«
Mollie hatte genickt und gesagt: »Ich wußte es, ich wußte ja, daß es so was gewesen sein muß. Tja, wie gesagt, ich geh' jetzt Lotto spielen.«
Abermals ergriff Tishy Tasche und Koffer und stieg langsam hügelan. Die Abendsonne spiegelte sich in den Fenstern des kleinen Hauses und verlieh seinem sonst etwas streng wirkenden Äußeren einen weichen Anstrich. Als sie sich den Stufen näherte, dachte sie: Ich werde das hier zu meinem Heim machen. Kaum hatte sie die Stufen erreicht, stellte sie die beiden Gepäckstücke ab, um den Schlüssel aus der Handtasche zu holen. Als sie ihn jedoch ins Schlüsselloch stecken wollte, merkte sie, daß offen war. Sie stieß die Tür auf und betrat zögernd das Wohnzimmer. Dort blieb sie mit offenem Mund wie angewurzelt stehen.

Alles starrte vor Schmutz. Was war geschehen? Waren Vagabunden hiergewesen oder Wanderburschen? Der Fußboden war total verdreckt. Auf dem Tisch neben der Couch stand schmutziges Geschirr. Die Couch selbst hatte jemand vor den Kamin geschoben. Tishy traten fast die Augen aus den Höhlen, als sie entdeckte, daß sogar Feuer im Kamin war. Langsam durchquerte sie das Zimmer und ging vorsichtig um die Couch herum – immer in sicherer Entfernung, denn mittlerweile hatte sie die in zerknüllte Decken gewickelte Gestalt darauf entdeckt. Wäre nicht die Haarfarbe gewesen, sie hätte den Mann für einen Fremden gehalten. Das Gesicht war durch die Bartstoppeln so gut wie unkenntlich. Da die Couch für seine Körpergröße nicht ausreichte, lag er auf der Seite mit angezogenen Knien da. Er atmete tief, wie jemand, der getrunken hat. Sie sah sich nach Flaschen um, konnte jedoch keine einzige entdecken.
Der Kamin quoll vor Asche über, was bedeutete, daß er seit Tagen nicht mehr ausgeräumt worden sein mußte. Angebrannte Holzstücke lagen in gefährlicher Nähe der Couch. Es hätte offensichtlich nicht viel gefehlt, und das ganze Haus wäre niedergebrannt.
Als Tishy sich aus dem Zimmer stehlen wollte, knarrten die Holzdielen unter ihren Schuhsohlen, und der Schläfer bewegte sich. Er wälzte sich auf den Rücken, und sie sah, wie sich seine Zunge aus dem Mund schob und die offensichtlich trockenen Lippen beleckte. Dann stöhnte er auf und wollte sich schon auf die andere Seite drehen, als er plötzlich innehielt, langsam die Augen öffnete und sie unter flatternden Lidern hervor anstarrte. Er schloß die Augen jedoch sofort wieder und hielt sie sekundenlang geschlossen. Schließlich machte er sie erneut auf, realisierte Tishy und zog sich langsam zu einer sitzenden Stellung hoch. Er wollte gerade zu sprechen beginnen, als ihn heftiger Husten befiel.
Nachdem der Anfall vorüber war, sagte er mit belegter, krächzender Stimme: »Ich... ich kann jederzeit gehen. Ich hatte den Schlüssel und... und habe vor einiger Zeit

hereingesehen.« Abermals schloß er die Augen und sank auf die Couch zurück.
Falls er nicht stockbetrunken war, dann war er krank. Sie zwang sich zu der Frage, ob er sich nicht wohl fühle?
»Was?«
»Ich sagte: Fühlen Sie sich nicht wohl?«
»Nicht ganz stubenrein, das ist alles. Ich... kann jederzeit gehen. Mein Rucksack steht draußen. Und mein Schlafsack ist zusammengepackt... Kann jederzeit aufbrechen.« Er sprach nicht weiter, sondern schien förmlich in sich zusammenzusinken.
Nach sekundenlangem Zögern holte Tishy Koffer und Lebensmittel herein und begab sich in die Küche.
Es hatte den Anschein, als wäre jeder verfügbare Teller benutzt worden. Im Abwaschbecken türmte sich gebrauchtes Geschirr. Auf dem Herd standen drei schmutzige Pfannen, auf dem Tisch lagen die Reste eines Brotlaibs. Daneben stand eine halbgeöffnete Cornedbeefbüchse.
Tishy warf einen Blick in die Pfannen. In der einen befand sich verkrusteter Haferbrei, in der zweiten angebrannte Milch, und in der dritten lagen drei Kartoffeln.
Was sollte sie tun? Heimfahren, ihn allein lassen? Das brachte sie nicht fertig. Er mußte krank sein, anders ließ sich das alles nicht erklären.
Sie schlich zur offenstehenden Tür und warf einen Blick ins Wohnzimmer. Er lag noch genauso da, wie sie ihn vorhin verlassen hatte. Unter normalen Umständen wäre er doch aufgestanden, hätte mit ihr geredet und wäre dann gegangen.
Weshalb mußte ihr so was passieren? Von allen Menschen auf Gottes Erde war er der letzte, dem sie im Moment begegnen wollte. Als ob sie nicht schon genug mitgemacht hätte! Es war nicht fair! Mit einem unterdrückten Aufstöhnen drehte sie sich um, nahm ihren Koffer und ging nach oben.
Am Treppenabsatz blickte sie zögernd zur Schlafzimmertür, aus der sie in jener unendlich lange zurücklie-

genden Nacht davongestürzt war. Schon wollte sie daran vorbeigehen. Sicher befand sich das Zimmer in demselben Zustand wie die unteren Räumlichkeiten. Mit einem Ruck stieß sie die Tür auf.

Alles war so, als hätte ihre Mutter es eben nach einem Aufenthalt hier verlassen. Nett und ordentlich aufgeräumt, schien es nur auf ihre Rückkehr zu warten. Selbst die Gegenstände auf dem Toilettentisch lagen an ihrem Platz, peinlich genau zurechtgerückt, wie es nie die Art ihrer Mutter gewesen war. Weshalb mochte er das getan haben?

Langsam schloß Tishy die Tür. Er mußte sich die ganze Zeit über unten aufgehalten haben. Dabei war er doch ganz sicher nicht mehr hier gewesen, seit sie ihn zuletzt gesehen hatte, oder? Sie würde es nicht eher wissen, bis er es ihr selbst erzählte. Aber so, wie es im Augenblick schien, würde er wohl kaum in der Lage sein, ihr bald etwas zu erzählen. Rasch betrat sie ihr Zimmer und kleidete sich um.

Wieder unten angelangt, trat Tishy an die Couch heran. Seine Augen waren geschlossen, als schliefe er. Sie berührte seine Schulter. »Wie... wie lange sind Sie schon in diesem Zustand?«

Er hob die Lider, sah sie an, schüttelte jedoch nur schwach den Kopf.

»Wann haben Sie zum letztenmal etwas gegessen?«

Abermals nur ein Kopfschütteln als Antwort. Da ließ sie ihn allein und ging in die Küche.

Als erstes machte sie sich daran, die angebrannte Pfanne zu reinigen, etwas Milch zu erhitzen, einen Löffel Traubenzucker hineinzugeben und ihm dieses Getränk hineinzutragen.

»Setzen Sie sich auf«, befahl sie, »und trinken Sie das da.«

Gehorsam, wenn auch langsam zog er sich hoch. Nachdem er halbwegs saß, nahm er die Tasse entgegen und leerte sie auf einen Zug. Dann gab er sie Tishy zurück, bedankte sich und glitt wieder in die Horizontale.

Sie stand da, blickte auf ihn hinunter und sagte: »Sie sollten einen Arzt aufsuchen.«
Er schüttelte den Kopf und murmelte: »Es ist vorüber. Ich fühle mich jetzt besser. Morgen werde ich wieder auf den Beinen sein.« Dann wandte er ihr den Kopf zu, sah sie an und fügte hinzu: »Es tut mir leid... Ich wollte längst fort sein.«
»Wie lange sind Sie schon hier?«
Er machte eine vage Kopfbewegung, als denke er nach. »Zwei, drei Wochen... Ich weiß es nicht.«
Nun war es an ihr, beim Hinausgehen den Kopf zu schütteln. »Was für eine Wirtschaft!« murmelte sie, als sie die Küche wieder betrat. »Aber von allein wird es nicht sauber – also besser, ich fang' gleich damit an.«
Und das tat sie dann auch – mit aller ihr zur Verfügung stehenden Energie. Als sie eben dabei war, den Fußboden aufzuwischen, schreckte sie dadurch hoch, daß er urplötzlich – wie der Mann vom Berg – im Türrahmen stand, sich daran mit beiden Händen festhaltend. Als er in die Küche getorkelt kam und sich offensichtlich gerade noch rechtzeitig an der Tischkante festklammern konnte, schwieg sie erst einmal abwartend und blickte ihm nur nach, wie er über die Veranda zum Hintereingang und von dort in den Garten stakste, an dessen äußerstem Ende sich ein typisches Bauernklosett befand. Es war etwa fünfzehn Meter entfernt. Er hatte Fieber, mußte es seit Tagen gehabt haben, ohne hinausgegangen zu sein.
Sie fuhr mit dem Bodenwischen fort und blickte nicht einmal auf, als er ein paar Minuten später wieder an ihr vorbeikam; ohne ein Wort zu sagen, verzog er sich ins Wohnzimmer.
Gegen zehn Uhr hatte Tishy die gewohnte Ordnung in der Küche wiederhergestellt. Auch hatte sie Alan eine Mahlzeit bereitet – bestehend aus Kartoffelbrei, Corned beef und gekochtem Reis –, die er aber kaum angerührt hatte. Sie hatte Holz hereingeholt, Feuer gemacht und den Ofenschirm aufgestellt. Nun mußte sie sich noch

zwingen, etwas zu tun, das ihr widerwärtig war. Sie ging auf den Dachboden und holte das Zimmerklosett herunter, das Annie für nasse, stürmische Nächte angeschafft hatte, um dann nicht ins Freie zu müssen. Mühsam schleppte sie es über die Stufen, stellte es in die Ecke neben den Kamin und sagte sich mit einem leisen Seufzer, daß ihr der schwierigste Teil des Verfahrens noch bevorstand.

Sie trat ans Ende der Couch und sagte: »Ich gehe… ich gehe jetzt zu Bett.«

Seine Augen waren wieder geschlossen; er schien dahinzudämmern.

»O ja«, sagte er dann, wandte den Kopf und fügte noch hinzu: »Danke – danke, Tishy.«

Sie blinzelte, schnupfte auf und sagte dann in halb abgewandter Haltung: »Äh – dort in der Ecke…« Ihr Finger wies darauf. »Ich habe das Zimmerklosett heruntergeholt.«

Er gab keine Antwort, und sie trat an den Tisch, drehte den Docht herab, bis nur mehr eine kleine Flamme in der Lampe flackerte, eilte in die Küche, löschte auch die dort befindliche Lampe aus, warf einen letzten Blick auf das Feuer und stieg endlich die Treppe hinauf.

Nachdem sie ihr Zimmer betreten hatte, schloß sie die Tür, ging zum Bett, ließ sich schwerfällig darauf nieder, umklammerte das Kissen und fragte sich stumm, weshalb, um alles in der Welt, sie sich die ganze Geschichte aufhalste?

5

Freitag nachmittag machte sich Tishy auf den Weg hügelabwärts. Sie stieg ins Auto und fuhr zur nächsten Telefonzelle. Kaum hatte sie die Nummer gewählt, meldete sich auch sofort Percy. «Hallo, Tishy! Wie geht es dir?« Seine Stimme klang richtig erleichtert.
»Oh, mir geht es... gut, Percy.« Hastig kam sie zur Sache. »Paß auf, hättet ihr was dagegen, Sonntag nicht herauszukommen?«
»Geht es dir wirklich gut?«
»Ja, ja, ausgezeichnet. Mir wäre nur lieber, ihr kämt diesen Sonntag noch nicht.«
»Kathy wird sich Sorgen machen.«
»Bestell ihr, das ist nicht nötig, ich bin vollkommen in Ordnung, ja?«
»Wirst du am Dienstag mit dem Unterrichten anfangen?«
Sie blieb ihm einen Moment die Antwort darauf schuldig, wandte den Kopf, blickte die leere Straße entlang und anschließend übers Moor, ehe sie sagte: »Ich... ich bin noch nicht ganz sicher. Höchstwahrscheinlich werde ich Montag abend zurück sein, aber ich weiß es noch nicht genau. Ich rufe dich Montag morgen noch mal an.«
»Ist wirklich bei dir alles im Lot? Ich meine, fühlst du dich nicht... Hör mal, Tishy, Kathy macht sich ernstlich Sorgen um dich... Wenn wir bloß auf einen Sprung vorbeikommen könnten, damit...«
»Nein, Percy, nein, bitte nicht. Ich bitte dich inständig, es Kathy beizubringen. Es gibt... es gibt einen Grund dafür, den ich euch später erklären werde.«

Einen Moment herrschte Schweigen, dann sagte er: »Nun gut, wie du willst, Tishy. Wir dachten eben nur, daß du einsam sein wirst da draußen.«
»Ich bin nicht einsam, Percy.«
»Da bin ich aber froh, Tishy.«
»Leb wohl, Percy.«
»Leb wohl, Tishy... Ich erwarte Montag deinen Anruf.«
»Du kannst dich darauf verlassen. Wiederhören.«
Nachdem sie eingehängt hatte, eilte sie zu ihrem Wagen und fuhr weiter.
Beim ersten Laden, an dem sie vorbeikam, machte sie halt. Ihre Einkäufe waren derart umfangreich, daß der Besitzer selbst ihr die beiden Kartons hinaustrug und im Wagen verstaute. Wie er ihr versicherte, habe er sich sehr darüber gefreut, ihre Bekanntschaft zu machen und würde ihr weiterhin jederzeit gern zu Diensten sein. Sarkastisch sagte sie sich, daß er offensichtlich nicht jeden Tag solch gute Kunden hatte.
Zweimal mußte sie den Weg vom Wagen zur Mauer und dann von der Mauer zum Haus zurücklegen.
Als sie das Wohnzimmer mit dem ersten Karton betrat und ihn auf den Tisch wuchtete, sah Alan sie über das Kopfteil der Couch hinweg an, sagte aber kein Wort. Auch sie blickte ihn an und verkniff sich gerade noch die ironische Bemerkung, er habe sich ja erstaunlicherweise rasiert.
Er sah nun anders aus, schlechter als mit dem Bart; man merkte jetzt deutlich, wie hohl seine Wangen waren, wie tief seine Augen in den Höhlen lagen und wie grau seine Haut war. Als sie ihn so musterte, konnte sie es kaum glauben, daß er im Grunde genommen ein gutaussehender, ja hübscher junger Mann war – oder es doch zumindest vor nicht allzulanger Zeit gewesen war.
Nachdem sie den zweiten Karton ins Haus geschleppt hatte, sagte sie beiläufig: »Der Ladenbesitzer hat beinahe einen Kniefall vor mir gemacht und mir höchstpersönlich alles zum Wagen gebracht.«

»Es sieht jedenfalls schwer genug aus«, meinte er. Seine Stimme klang dünn, ja tonlos.
»Hier ist Milch, es sind vier Tüten. Und da das tiefgefrorene Huhn. Obwohl es sich Brathähnchen nennt, scheint es mir mehr ein richtiges Suppenhuhn zu sein. Es war das einzige, das er hatte.«
In der Küche angelangt, packte sie die Lebensmittel nicht sofort aus, sondern machte erst einmal Kaffee, stellte danach alles aufs Tablett, trug es ins Wohnzimmer, schob ihm seine Tasse zu, nahm die ihre und setzte sich vors Feuer.«
»Herrliches Wetter heute, nicht wahr?« sagte er.
»Ja.«
»Wenn es morgen auch so ist, werde ich ausgehen.«
Sie antwortete nicht darauf, sondern schlürfte ihren Kaffee. Es war das erstemal, daß er von Ausgehen sprach, und sie wußte nicht, ob diese Bemerkung bedeuten sollte, daß er sich etwas Bewegung verschaffen wolle oder ob er damit seinen Aufbruch meinte.
Ihre Konversation war in den vergangenen drei Tagen größtenteils einsilbig gewesen. Es überraschte sie daher selbst, als sie nun schroff sagte: »Aufstehen können Sie ja, aber weit werden Sie nicht kommen, stell' ich mir vor. Zumindest was die nächsten paar Tage anlangt.«
»Ach ja, ich bin schon wirklich eine Plage.«
Sie widersprach ihm nicht.
»Ich wollte Sie vorhin bitten, ob Sie nicht meinen Onkel anrufen könnten. Aber dann waren Sie schon fort. Es gibt an der Hauptstraße unten nämlich eine Telefonzelle.«
»Ja, ich kenne sie.«
»Er... er glaubt, daß ich im Ausland bin.«
»Im Ausland?«
»Ja, denn als ich ihn das letztemal sah, sagte ich ihm, daß ich wahrscheinlich ins Ausland fahren werde.«
»Wird er sich nicht wundern, nichts von Ihnen zu hören?«
»Er ist dergleichen Verhalten von mir gewöhnt. Auch, daß ich dann plötzlich wieder bei ihm auftauche.«

»Was soll ich ihm denn sagen?«
Alan holte tief Atem, ehe er antwortete: »Sie könnten ihm sagen, er möge mich mit seinem Wagen hier abholen. Und ihm bei dieser Gelegenheit den Weg hierher beschreiben.«
»Gut, das kann ich machen. Aber vergessen Sie nicht, daß Sie bis zum Unterholz hinunter gehen müssen, und das werden Sie wohl noch ein paar Tage lang kaum schaffen. Außer man trägt Sie. Vielleicht ist es am besten, ich schlage Ihrem Onkel vor, eine Tragbahre mitzubringen.«
Er wandte den Kopf und sah sie nun voll an. Nachdem er ihr einen Moment lang ins Gesicht gestarrt hatte, sagte er: »Ich weiß immer, wenn Sie verärgert sind, Tishy. Ich habe diesen Vorschlag nur deshalb gemacht, weil ich Sie nicht gern noch länger belästigen möchte. Es war etwas anderes, als ich noch allein hier war.«
»Das will ich meinen.«
Sein Kopf sank wieder auf die Brust. »Stimmt schon, hier hat es richtig wie auf einem Schlachtfeld ausgesehen. Das tut mir leid. Annie... Ihre Mutter hat immer alles so ordentlich gehalten.«
Es war das erstemal, daß er ihre Mutter erwähnte, und Tishy biß sich auf die Unterlippe. Sie hob die Tasse zum Mund und trank. Da begann er abermals zu sprechen; besser gesagt, es war nur ein etwas lauteres Gemurmel: »Ich... ich wollte zum Begräbnis kommen, aber als ich wieder hier war, wußte ich, daß ich dazu nicht imstande sein würde. Denn dann hätte ich mir ihren Tod eingestehen müssen, und dagegen habe ich mich mit all meinen Kräften zur Wehr gesetzt. Also bin ich hiergeblieben, bis ich wußte, daß es vorbei war. Dann bin ich wieder zu meinem Onkel gefahren, hielt es bei ihm aber nicht lange aus. Anschließend habe ich mich in meine Wohnung nach Newcastle geflüchtet, aber auch dort konnte ich... konnte ich keine Ruhe finden. Da hab' ich meinen Rucksack gepackt und bin wieder hier heraufgekommen. Ein paar Nächte habe ich draußen im Freien geschlafen, da

bin ich ziemlich naß geworden. Gegessen habe ich auch nichts. Ich hab' einfach Tag für Tag darauf gewartet, daß einer von euch hier auftauchen würde. Ich weiß selbst nicht, weshalb.« Er schüttelte den Kopf. »Und dann, als ich spürte, daß ich krank sei, kam ich herein. Ich meinte, wenn ich etwas Warmes zu mir nähme, würde ich schon wieder zu Kräften kommen. Aber dann hat mich mein altes Übel gepackt.«

Er drehte langsam den Kopf um und sagte ganz einfach: »Ich hatte einen schweren Nervenzusammenbruch, dessen Hauptbestandteil Angst war. Wovor, weiß ich nicht. Nun« – er zuckte die Achseln –, »das ist alles. Der Himmel weiß, was geschehen wäre, wenn Sie nicht hier aufgetaucht wären. Ich wußte nur so viel, daß es mit meinen Kräften zu Ende ging. Noch ein paar Tage in diesem Zustand, und Sie hätten mich vermutlich nur mehr tot vorgefunden, nehme ich an.«

»Höchstwahrscheinlich.«

»Wann fahren Sie wieder zurück?«

»Ich weiß es nicht, ich habe mich noch nicht ganz entschieden. Dienstag sollte ich zurück sein, da beginnt die Schule. Aber ich weiß vorläufig noch gar nicht, ob ich wieder damit anfangen will.«

»Sie dürfen sich auf keinen Fall durch mich aufhalten lassen.«

»Dazu sind Sie gar nicht imstande.«

Weshalb hatte sie ihm nun das wieder gesagt? Weshalb mußte sie ihm immerzu alles ins Gesicht speien? War sie denn wirklich nicht in der Lage, wenigstens eine Zeitlang Waffenstillstand zu halten?

Fast schien es, als hätte er in etwa dieselben Gedanken, denn er antwortete nun traurig: »Ich weiß schon, daß ich nicht dazu imstande bin, Tishy. Eigentlich habe ich bloß gemeint, daß ich... daß ich Ihnen keine weiteren Ungelegenheiten machen möchte...«

Sie schloß die Augen, senkte den Kopf und sagte: »Es tut mir leid.«

»Tishy, wissen Sie, was? Eigentlich sollten wir uns einmal aussprechen, finden Sie nicht?« Da stand sie auf und eilte aus dem Zimmer.

Montag rief sie wie versprochen Percy an. Sie teilte ihm mit, daß sie an diesem Abend nicht heimkommen werde und fragte ihn, ob er vielleicht die Schule benachrichtigen könne; sie sei plötzlich krank geworden und werde ein ärztliches Attest nachreichen.

Percys Besorgtheit rührte sie. Was ihr denn fehle? Ob da nicht doch lieber einer von ihnen hinauskommen solle? Auch Bill mache sich Gedanken darüber, daß sie ganz allein da draußen sei.

»Percy«, sagte Tishy hierauf ganz ruhig, »ich bin nicht allein. Ich habe jemanden bei mir und möchte... nun, einige Tage nicht gestört werden. Sorg bitte dafür, daß niemand herauskommt, bitte, Percy. Tu mir den Gefallen, ja?«

»Ja, ja, selbstverständlich, Tishy. Solange du in Ordnung bist, ist uns alles recht. Das ist das einzige, was wir wissen wollen.«

»Ich bin in Ordnung, Percy«, hatte sie gesagt. »Vollkommen in Ordnung.«

Aber als sie wieder in den Wagen einstieg, wußte sie, daß sie himmelweit davon entfernt war, ›in Ordnung‹ zu sein. Sie hatte das Gefühl, sich das ärztliche Attest rasch holen und einschicken zu müssen – daß da drinnen etwas nicht in Ordnung war. Es kam ihr vor wie eine Falle, die jeden Moment zuschnappen konnte. Der ständige Druck auf der Brust, die dröhnenden Kopfschmerzen, die heftige Gemütsbewegung, der sie nicht entrinnen konnte – all das bedrückte sie in zunehmendem Maß. Tishy begann sich langsam davor zu fürchten.

Als sie das Landhaus wieder erreicht hatte, begab sie sich spornstreichs ins Wohnzimmer und ging direkt auf Alan zu, der vor dem Feuer saß. Während sie ihn ansah, sagte sie: »Ich konnte Ihren Onkel nicht erreichen. Ich habe es dreimal versucht.«

»Ach, wahrscheinlich ist er wieder mal unterwegs, auf

einer seiner Wanderungen. Vielleicht klappt es morgen. Oder glauben Sie, daß Sie mich zu ihm bringen könnten? Ich wäre Ihnen sehr dankbar dafür, falls es Ihnen nicht zuviel Mühe machen würde.«

Tishy wandte sich von ihm ab und erwiderte: »Ja, das könnte ich tun. Aber... aber wenn niemand daheim ist, wie wollen Sie sich dann helfen?«

»Oh, keine Sorge. Sie haben mich wieder auf die Beine gebracht. Ich komme schon zurecht.«

Noch während er sprach, ging sie zur Tür und meinte: »Jetzt mach' ich uns erst mal eine Tasse Tee.

Bis das Wasser kochte, setzte sie sich auf die Kante des Küchenstuhls, stützte die Ellbogen auf den Tisch und ließ den Kopf in die Hände sinken. Sie fühlte sich entsetzlich müde, völlig ausgepumpt. Sechs Tage war sie nun hier und fast pausenlos auf den Beinen gewesen, von früh bis spät. Es handelte sich ja nicht nur darum, sich um Alan zu kümmern, für ihn zu kochen und alles sauberzuhalten; sie mußte auch Wasser vom Bach heraufholen und Holz hacken. Gut, daß sie daran dachte, das Brennholz wurde langsam knapp. Das hieß, zum Unterholz gehen und ein paar ordentliche Äste heraufschleppen... Wenn er jedoch am nächsten Tag fortging, kam es darauf auch nicht mehr an. Bis dahin würde es reichen.

Der Teekessel begann zu pfeifen; sie stellte alles aufs Tablett und trug es ins Wohnzimmer. Und nun war sie es, die auf der Couch Platz nahm.

Weder machte sie den Versuch, ein Gespräch zu beginnen, noch sagte er etwas, bis er die erste Tasse ausgetrunken hatte. Dann fragte er plötzlich: »Was ist denn aus Rance geworden? Sie haben es mir nie erzählt. Hat die Verhandlung bereits stattgefunden?«

Es entstand eine Pause, ehe sie antwortete: »Ja, vergangenen Dienstag. Ich bin direkt danach herausgefahren.«

»Ach... Was hat er bekommen?«

»Lebenslänglich.«

»Oh, mein Gott!«

»Tut er Ihnen leid?«

»Nein, nein. Aber ich weiß nicht recht: lebenslänglich... Nun ja, vielleicht bedeutet es bloß eine Anzahl von Jahren.«

»In seinem Fall dürfte es sich um eine Unterbringung auf Lebenszeit handeln, denke ich.«

»Wieso?«

»Sie haben ihn in die Irrenanstalt gesteckt. Nach Broadmoor.«

»Nun, das ist ungefähr das einzige, was sie tun konnten. Er muß einfach verrückt sein... Ist die Geschichte mit Ihrem Vater damals herausgekommen?«

»Nein, wie sollte sie auch, nicht wahr? Nur ich und Sie wissen schließlich darüber Bescheid.«

»Ja, das ist wahr.«

Als sie Tee nachschenkte, verschüttete sie etwas davon. Sie fröstelte bei dem bloßen Gedanken an den Gerichtssaal.

Kurz bevor sie Rance zur Anklagebank geführt hatten, hatte sie noch gedacht: Wenn sie ihn freisprechen, werde ich ihnen die Geschichte mit Pa erzählen. Sie hatte gewollt, daß er lebenslänglich bekäme, weil er schlecht war. Schlecht und böse. Er bedeutete für jeden, mit dem er in Verbindung kam, eine Gefahr; man durfte ihn einfach nicht frei herumlaufen lassen. In dem Augenblick, wo sie ihn erblickte, wußte sie jedoch, daß er niemals frei sein würde. Es ging nicht darum, ob er hinter Gefängnismauern saß oder nicht, sondern darum, daß er bereits längst gefangen war – ein Gefangener seiner selbst. Sie hatte ihn kaum wiedererkannt. Seine Augen waren von Furcht erfüllt, jedoch leer. Er hatte zu ihnen herübergeblickt, offensichtlich aber, ohne sie zu erkennen. Merkwürdigerweise verweilte sein Blick ausgerechnet auf Alice, und Tishy hatte sich gefragt, weshalb? Vielleicht weil er immer gegen sie protestiert hatte und in ihrer Hautfarbe wenigstens etwas sah, das ihm zu hassen übriggeblieben war.

Als der Urteilsspruch verkündet wurde, zeigte Rance

keinerlei Gemütsbewegung. Bill war der einzige, der nachher mit ihm sprach, ehe er endgültig weggebracht wurde. Und dieses kurze Gespräch hatte ihn zutiefst entmutigt. Als Alice ihn danach fragte, was er denn gesagt habe, murmelte Bill sichtlich zutiefst bekümmert: »Es war schrecklich, schrecklich. Wie ein Kind hat er mich gefragt: ›Nun wird's nicht mehr lange dauern, bis ich Mam zu sehen kriege, nicht, Bill?‹ Das war alles!«

Alan fuhr nun mit leiser Stimme fort: »Ich... ich hätte sie sehr glücklich gemacht, wissen Sie, Tishy. Es ging hier nicht um den Altersunterschied. Zwischen uns bestand so was wie Seelenverwandtschaft. Das muß ich bereits erkannt haben, als ich noch ein kleiner Junge war. Wissen Sie, was ich ihr gesagt habe? Seit ich sie kenne, glaubte ich an Wiedergeburt, und nach meiner Überzeugung wären wir bereits in einem anderen Leben beisammen gewesen. Es mag Ihnen albern vorkommen, aber... ich glaube nach wie vor fest daran. Vielleicht wurden wir auch damals auseinandergerissen. Möglicherweise haben wir in unserem nächsten Leben mehr Glück.«
Sie wollte schon aufspringen, als er bat: »Denken Sie nicht schlecht von mir, Tishy. Und eins dürfen Sie auf keinen Fall: schlecht von Ihrer Mutter denken. Sie war von Sorge um Sie erfüllt, glauben Sie mir.«
Er hatte die Augen geschlossen. Eine Weile schwiegen sie beide, bis sie ihn fragte: »Was werden Sie jetzt tun? Ich meine, wenn Sie wieder gesund sind.«
Er hob den Kopf und sah sie an. »Oh, ich habe einen Vertrag mit einer amerikanischen Universität. Heute vor einer Woche dachte ich noch, daß es damit aus sei und brachte es gerade noch vor meinem Zusammenbruch zustande, ihnen zu telegrafieren, daß ich unter Umständen am Kommen verhindert sein könnte... Verhindert!« Er lachte leicht auf. »Wenn Sie nicht gewesen wären, Tishy, dann wäre ich es tatsächlich, und zwar endgültig. Dessen bin ich nun sicher.«
»Wann wollen Sie hinüberfahren?« fragte sie schroff.

»Oh, es sind noch mehr als drei Wochen Zeit bis Semesteranfang. Ich kann also noch gut vierzehn Tage pausieren. Bis dahin werde ich mich sicher wieder erholt haben.«
»Wollen Sie eigentlich hinüber?«
Er antwortete nicht gleich, sondern wandte den Kopf ab, ließ den Blick durchs Zimmer und dann bis zur Treppe schweifen, ehe er sie abermals ansah und sagte: »Ja, ja, ich möchte hinüber. Unbedingt. Wenn ich hier bleibe, werde ich mich niemals erholen können, weder seelisch noch körperlich. Es wird ein neuer Lebensanfang sein. Sie wissen ja – ach nein, das können Sie gar nicht! –, also: Annie hat alles darüber gewußt, über meine schiefgegangene Ehe und die Scheidung und die ganze arge Zeit danach.«
Wie sonderbar: Selbst als ihre Mutter beteuert hatte, alles sei in Ordnung, sie und Alan würden heiraten und nach Amerika gehen, hatte sie nicht gefragt: Und was ist mit seiner Frau? Sie erinnerte sich daran, ihn einmal mit diesem Mädchen gesehen zu haben. Und auch, wie sie sich in diesem Moment betrogen vorgekommen war, als sie feststellte, daß er sich für eine Frau entschieden hatte, die genauso unscheinbar, genauso häßlich war wie sie.
»Es ist merkwürdig«, sagte er nun. »Aber ehe ich an jenem Abend vor sieben Jahren zum erstenmal in Ihr Haus kam, hätte ich mein Leben jedermann gegenüber als ruhig und gemächlich geschildert. Natürlich hatte auch ich Enttäuschungen erlebt, aber keine gravierenden. Wenn ich jetzt jedoch so zurückblicke, dann scheint es mir, daß ich an jenem speziellen Abend ein regelrechtes Erdbeben mitmachte und daß meine Welt seither nie mehr zu schwanken aufgehört hat. Ich glaube nicht, daß sie jemals wieder zur Ruhe kommen wird – nicht, ehe ich dieses Land verlasse und in einer anderen Atmosphäre, in einem anderen Leben untertauche.«
Sie stand auf und hob das Tablett vom Tisch. In entschuldigendem Ton sagte er: »Tut mir leid, daß ich die ganze Zeit von mir geredet habe.«

»Manchmal braucht man das.«
Er sah ihr nach, wie sie das Zimmer durchquerte, hochaufgerichtet. Im Grunde hatte sie eine ausgesprochen gute Figur. Aber sie war schon ein merkwürdiges Mädchen, diese Tishy. Sie verfügte über eine Kraft, die ihn erschreckte. Nichts, so schien ihm, konnte diesen Panzer durchdringen. Sie gehörte zu jenen Menschen, die sich selbst genügten. Wie war es nur möglich, daß Annie sie geboren hatte – Annie, die so weich, so sanft, so voller Liebe gewesen war? Oh, Annie... Annie... wird der Schmerz um dich jemals von mir weichen? Er erhob sich, ging zur Tür, öffnete und rief zur Küche hinüber: »Ich möchte mir ein bißchen die Beine vertreten, Tishy. Üben für morgen.«
Sie kam unvermittelt ins Zimmer gestürzt, blieb dicht vor ihm stehen und sagte: »Seien Sie vorsichtig. Gehen Sie nicht zu weit – Sie haben Ihre Kräfte noch nicht wiedererlangt.«
Er lächelte sie freundlich an, gerührt von ihrer Besorgnis: Sie war also doch nicht durch und durch widerborstig.
Tishy wartete, bis er die paar Stufen hinuntergegangen war, dann trat sie ans Fenster und sah ihm nach. Sie mußte sich mit aller Macht davor zurückhalten, zur Tür zu laufen und ihn zu warnen, nicht hügelabwärts zu gehen, da er ja wieder heraufmüsse. Ihr Blick folgte ihm, bis er zur Mauer gelangt war und dann noch weiter, bis zum Unterholz. Erst als er außer Sichtweite war, setzte sie sich auf den Holzstuhl neben der Haustür und lehnte den Kopf an die Wand...
Als er nach einer halben Stunde noch nicht zurück war, wollte sie ihm schon entgegengehen. Doch da sah sie ihn bereits auf das Haus zukommen. So machte sie sich in der Küche zu schaffen und setzte Teewasser auf, wobei sie an die vielen Male dachte, die sie während der vergangenen Woche Tee oder Kaffee zubereitet oder Milch für ihn gewärmt hatte. Das Tee- und Kaffeekochen war zur reinsten Therapie für sie geworden; sowie ihre Gedanken

verbotene Wege einzuschlagen begannen, hatte sie sich an den Herd gestellt und Wasser aufgesetzt.
Tishy hörte, wie er nach Luft schnappte, als er zur Tür hereinkam. Sie drehte sich zu ihm um und sagte: »Sie sind ja ganz atemlos.«
»Ja, ja, etwas, aber ich bin bis zur Straße hinuntergegangen. Es war ein bißchen weit, aber ich hab's jedenfalls geschafft. Ich habe ein vorbeifahrendes Taxi, das Leute zum Gasthof brachte, angehalten und den Mann gebeten, mich gegen fünf abzuholen. Ich dachte, das würde Ihnen morgen den ganzen Wirbel ersparen, und dann könnten Sie zeitig wegfahren. Was ist denn?« fragte er plötzlich und kam auf sie zu. »Fühlen Sie sich nicht wohl?«
Rasch streckte sie ihm die Hand entgegen, als wolle sie ihn fortstoßen. Mit der anderen fuhr sie zum Mund und sagte mühsam durch die Finger hindurch: »Gehen Sie, lassen Sie mich, ich... ich muß erbrechen.«
»Das macht doch nichts... Was ist denn, was ist denn nur?«
Tishy beugte sich über den Eimer, und während sie würgte und erbrach, hielt er ihr den Kopf. Als ihr Schweiß an seinen Fingern klebte, sagte er: »Von was ist Ihnen denn so übel geworden? Von dem Dosenfleisch?«
Abermals mußte sie sich übergeben. Dann richtete sie sich auf, riß ein großes Stück von der an der Tür hängenden Papiertuchrolle ab und wischte sich damit übers Gesicht. Alan sah ihr einen Moment völlig hilflos zu, ehe er vorschlug: »Kommen Sie, trinken Sie eine Tasse Tee.« Er nahm das bereitstehende Tablett auf und ging ihr ins Wohnzimmer voran. Sekunden später folgte sie ihm. Er hatte das Tablett bereits auf das vor dem Kamin stehende Tischchen niedergestellt und wartete ab, daß sie auf dem bequemen Stuhl davor Platz nähme. Aber sie tat es nicht. Statt dessen hatte sie sich hinter der Couch aufgepflanzt, umklammerte deren Rückenlehne mit beiden Händen und starrte ihn nur stumm an.
»Was ist denn, Tishy?«

»Alan.«

Der Umstand, daß sie ihn beim Vornamen nannte, verwirrte ihn etwas. In all den Tagen, die sie nun hier zusammen lebten, hatte sie niemals Alan zu ihm gesagt.

»Ja, Tishy?«

»Verlassen... verlassen Sie mich nicht, Alan. Gehen Sie nicht weg, bitte, bitte, Alan – verlassen Sie mich nicht!«

Vor Überraschung wurde sein Gesicht lang und länger. Er schluckte, sagte jedoch nichts, sondern starrte sie bloß an. Ihre folgenden Worte veranlaßten ihn, den Kopf auf die Brust sinken zu lassen, denn es war, als würde sie mit einem Schlag ihr Innerstes preisgeben. »Ich muß... ich muß es jetzt sagen, weil es das einzige Mal in meinem Leben sein wird, daß ich es sage... Ich liebe Sie. Ich habe Sie immer geliebt. Sie sind der einzige, den ich jemals lieben werde oder lieben kann. Ohne Sie ist alles nichts. Von jenem ersten Abend vor sieben Jahren an wußte ich, daß ich Sie lieben werde und keinen andern, und als Sie immer wieder kamen und mich ausführten, dachte ich, daß ein Wunder geschehen sei. Ich dachte, daß auch Sie mich lieben – mich, die so gar nichts anzubieten hatte, zumindest, was mein Äußeres anlangt. Denn daß ich unwiderruflich unscheinbar, ja häßlich bin, war mir ebenso klar wie die Tatsache, daß keinerlei diesbezügliche Anstrengungen, kein noch so emsiges Herausputzen daran etwas ändern konnten. Als ich... als ich dann entdeckte, daß mich zu lieben das letzte war, woran Sie gedacht hatten, wollte ich nur eines: sterben. Doppelt und dreifach, weil Sie noch dazu meine Mutter begehrten.«

»Oh, Tishy, Tishy, nicht, nicht!« Es lag Todespein in seiner Stimme, als er den Kopf hob und sie ansah.

Die Tränen strömten ihr übers Gesicht, aber sie fuhr fort: »Ich haßte meine Mutter. Lange Zeit haßte ich sie, nachdem ich jahrelang um ihre Liebe gekämpft hatte. Aber sie schenkte sie Rance. Alles, was sie hatte, schenkte sie ihm. Und dann sah es plötzlich so aus, als hätte sie Sie mir weggenommen. Aber das war natürlich falsch. Sie war nicht schuld daran. Nur... sosehr ich es auch versuchte – Sie konnte ich nicht hassen, nie habe ich Sie gehaßt, bis« – nun war sie es, die den Kopf senkte und murmelte –, »bis ich Sie im Bett mit ihr sah. Da meinte ich, Sie zu hassen, ich meinte es bloß. Denn jetzt weiß ich, daß es nicht stimmte. Ich könnte Sie niemals hassen, Alan, dazu liebe ich Sie viel zu sehr. Bitte, bitte, nehmen Sie mich mit. Ich... ich weiß, daß Sie mich nicht lieben, aber... ich habe Ihnen soviel zu geben und... und Sie haben es so nötig, daß sich jemand um Sie kümmert. Ich verspreche Ihnen, daß ich nicht besitzergreifend sein werde. Ich... ich möchte bloß in Ihrer Nähe sein. Ich bitte Sie nicht, mich zu heiraten. Ich kann auch so mit Ihnen gehen, jedenfalls...«

»Tishy! Tishy!« stieß er hervor. »Nicht! Was kann ich dazu sagen? Ihre Mutter und ich waren...«

»Ich weiß, ich weiß.« Sie schüttelte in wilder Verzweiflung den Kopf. »Und es macht mir nichts aus. Hören Sie? Ich scher' mich einfach nicht darum.« Sie schrie nun: »Ich scher' mich um nichts als darum, bei Ihnen zu sein. Ich habe mir gestern durch den Kopf gehen lassen, daß ich alles tun würde, alles versuchen würde, ehrlich! Ich könnte mein Gesicht verändern lassen, meine Nase – was weiß ich. Sehen Sie sich nur Cilla Black an. Früher habe ich mich über derlei lustig gemacht, aber jetzt würde ich es selbst tun.«

»Tishy! Seien Sie still, bitte, um Himmels willen, so seien Sie doch still!« Rasch hatte er sich von ihr abgewandt und war ans Fenster getreten. Sie beugte sich über die Couch und redete drauflos, als spräche sie mit sich selbst. »Ich bin viel zu lange still gewesen, viel zu viele Jahre. Ich habe immer sorgfältig verborgen, was ich empfand. Um all meine Gefühle habe ich eine starre Mauer errichtet. Von unansehnlichen Menschen wie mir erwartet man keine Gefühle – Gefühle sind nur etwas für gutaussehende Mädchen. Jedes gutaussehende Mädchen erregt das Mitgefühl, die Anteilnahme eines Mannes, aber nicht Menschen wie ich, nein, nicht solche. Ich habe viel zu lange geschwiegen. Und ich werde wahrscheinlich nie mehr reden. Ja, ich weiß es sogar ganz bestimmt. Nie mehr in meinem Leben werde ich derart bitten, ja betteln – aber jetzt tu ich es.« Sie richtete sich auf, drehte sich zu ihm um, und die Tränen schossen ihr aus den Augen dabei. »Ich brauche Sie, Alan, das ist es. Niemand hat Sie vorher jemals gebraucht, nicht einmal meine Mutter. Nicht so jedenfalls, wie ich es tue. Sie hat einen Mann und vier Kinder gehabt, in gewisser Weise war es ein erfülltes Leben. Ich hatte nie etwas, nichts, das ich mein eigen nennen konnte. Kennen Sie meine Zukunft? Können Sie sie sich vorstellen? Ich habe es gestern versucht. Ich habe mich hier gesehen, wie ich in diesen vier Wänden meine Tage beenden werde, nachdem ich Jahre damit zugebracht haben werde, die Kinder anderer Leute zu unterrichten, Zirkel zu gründen, literarische Kränzchen und Töpfereikurse abzuhalten, all diesen gottverdammten Unsinn.« Sie schüttelte nun heftig den Kopf. »Ein Leben im Dienst am Nächsten, ein Leben der guten Werke. Und was wird die Entschädigung, der Lohn hierfür sein? Irgendein Tier, das mit mir meine alten Tage teilen wird. Und natürlich gibt es da ja immer noch das trostreiche, alleinseligmachende Fernsehen.«

Es war ihr nicht bewußt, daß er längst vom Fenster weggetreten war und sich neben sie gestellt hatte. Als er ihren Namen aussprach, schreckte sie auf und blickte aus tränenfeuchten Augen zu ihm empor.

Der Tränenstrom wurde nicht heftiger, aber es war dieser Blick, der sein Mitleid erregte. Aber Mitleid war eben nicht genug. Er sagte sich insgeheim, daß er sich ein Zusammensein mit ihr ebenso gut vorstellen konnte, wie er sich Blutschande vorstellen konnte. Er mochte sie; merkwürdigerweise hatte er sie sogar gern, sehr gern. Deutlich erinnerte er sich daran, wie er die Ausfahrten nach Newcastle, ihre gemeinsamen Streifzüge durch die Museen und Bibliotheken, ihre Debatten genossen hatte. Da hatte sie vor Geist und Witz nur so gesprüht. Aber wenn es darum ging, sie zu heiraten – nein. Nicht einmal

damals wäre ihm das in den Sinn gekommen. Und nun lag die Erinnerung an Annie wie ein unüberwindliches Hindernis zwischen ihm und seinem Mitleid.
Er wußte, daß Frauen, die wie Tishy aussahen und über einen derartigen Intelligenzgrad verfügten, es oft und oft verstanden, eine Ehe zu einem richtigen Erfolg zu gestalten. Auch, daß er, wie sie vorhin gesagt hatte, jemanden brauchte, der sich um ihn kümmerte, mehr als es umgekehrt der Fall sein würde. Die Waagschalen der Liebe befanden sich niemals auf gleicher Höhe. Immer gab es einen Partner, der liebte, und einen zweiten, der bereit war, sich lieben zu lassen, und auch das schien sehr häufig gut auszugehen. Er konnte bedeutend Ärgeres tun, als sie beim Wort nehmen. Und sie brauchte ihn. Es stimmte schon, wenn sie behauptete: Kein Mensch würde ihn jemals so sehr brauchen wie sie. Aber eines durfte er, ja konnte er einfach nicht vergessen: Es war erst wenige Wochen her, daß er hier, in diesem Haus, drei glückselige Tage und Nächte mit ihrer Mutter verbracht hatte. Es würde sich nicht schicken, es wäre anstößig, wenn... Es ging nicht darum, was die Leute dazu sagen würden, denn wenn sie selbst nicht mit ihrer Familie darüber gesprochen hatte, dann wußte außer ihr kein Mensch etwas über seine Verbindung zu Annie. Aber er wußte es... er wußte es!
Sie trocknete sich nun die Augen, während sie ihn weiterhin ansah, und nach einer längeren Zeitspanne beiderseitigen Schweigens fragte sie im Flüsterton: »Nein?« Und Alan antwortete: »Es tut... es tut mir leid, Tishy. Wenn es nur irgendwie möglich wäre, würde ich... würde ich sagen, daß... aber...« Er schüttelte den Kopf.
Sie holte tief und zitternd Atem; dann wandte sie sich von ihm ab, durchquerte das Zimmer, betrat den Flur und ging nach oben.
Er blieb zurück, die Hände zu Fäusten geballt, und krallte sich seine Fingernägel derart heftig ins Fleisch, bis der Schmerz fast unerträglich wurde.

Tishy blieb eine ganze Stunde oben; Alan saß da, starrte ins Feuer und fühlte sich so elend wie noch nie zuvor – nicht einmal am Tiefpunkt seiner ehelichen Schwierigkeiten. Denn seine augenblicklichen Gefühle stellten eine Mischung aus Scham und Bedauern dar, und dieses Bedauern erweckte heftige Reuegefühle in ihm, wenn er an Annie dachte. Wußte er doch, daß er sich in seiner gegenwärtigen Verfassung an den von Tishy gebotenen Strohhalm angeklammert hätte, wenn es nicht wegen Annie gewesen wäre. Aber Tishy war kein Strohhalm, sie war wie ein durch nichts zu beugender Baumstamm, an den man sich festklammern konnte, um am Leben zu bleiben.

Das Schuldgefühl wurde noch heftiger, wenn er sich fragte, ob seine Verbindung mit Annie ihn auf immer davon abhalten würde, eine andere Frau zu nehmen. Es hieß ja, daß die Zeit Wunden heile. Aber nicht die Frage, ob er jemals eine andere zur Frau nehmen würde, war in diesem Moment maßgeblich, sondern daß Tishy eben keine ›andere Frau‹ war: Sie war Annies Tochter... Jawohl, Annies Tochter, die sich in der vergangenen Stunde hundertprozentig als solche ausgewiesen hatte: dort drüben hatte sie gestanden und hatte ihren Gefühlen für ihn freien Lauf gelassen. Es war, als wäre Annie zurückgekommen.

Gestern noch hatte er sich gefragt, wie es nur möglich war, daß Tishy so gar keine Ähnlichkeit mit Annie hatte, charakterlich gesprochen. Und nun erkannte er, wie blind er gewesen war. Denn unter Tishys rauher, zynischer Schale steckte sogar ungeheuer viel von Annie: sie war ebenso ehrlich, großzügig und verwundbar. Und verstand zu lieben. Aber gerade der Umstand, daß sie ein Teil von Annie war, bedeutete das Hindernis. Er sah da weder Umweg noch Ausweg. Je rascher er sich davonmachte, um so besser.

Als Tishy wieder herunterkam, wandte sie sich nicht nach links, um in die Küche zu gehen, wie Alan es erwartet hatte, sondern kam direkt auf ihn zu. Sie hatte sich

umgezogen und trug nun braune Hosen und einen grünen Pulli. Sie hatte sich das Gesicht gewaschen und sich das Haar geglättet, es war noch etwas feucht. Im Moment sah sie sehr jung aus.
Sie sagte: »Es tut mir leid, daß ich Sie in Verlegenheit gebracht habe...« Als er eine abwehrende Handbewegung machte, fuhr sie fort: »Lassen Sie mich bloß noch dies eine Mal frei von der Seele reden. Ich habe Sie in Verlegenheit gebracht, das weiß ich. Aber was ich sagte, mußte gesagt werden. Wenn ich Sie hätte gehen lassen, ohne gesprochen zu haben, hätte ich mir mein Leben lang eingebildet, daß vielleicht alles anders gekommen wäre, wenn ich es getan hätte. Nun, ich möchte weder, daß Sie jetzt ein schlechtes Gewissen haben noch daß Sie mit der Vorstellung weggehen, ich könnte eine Dummheit anstellen, einen Selbstmordversuch oder dergleichen. Dergleichen moralische Erpressungen hasse ich. Darum möchte ich Sie jetzt bitten, die vergangene Stunde einfach zu vergessen, wenn Sie können.« Er sah, wie die Muskeln an ihrem Hals zuckten. Und dann schloß sie: »Ich werde... ich werde Ihnen Tee machen, bevor Sie gehen.«
Alan war nicht imstande zu antworten, kein einziges Wort. Er bewegte verzweifelt den Kopf hin und her, während er an seiner Unterlippe nagte. Dann drehte er sich um und stützte die Arme auf den Kaminsims. »Ich werde keinen Selbstmordversuch machen – dergleichen moralische Erpressungen hasse ich«, hatte sie gesagt. Zumindest einmal wöchentlich hatte Jane ihm ein Jahr hindurch genau damit gedroht. »Wenn du es noch einmal wagst, von Scheidung zu sprechen, dann bring' ich mich um. – Wenn du es wagst, mit deiner Großmutter darüber zu sprechen, bring' ich mich um. – Wenn du es wagst, zum Anwalt zu gehen, bring' ich mich um. – Wenn du mich verläßt, Alan, begehe ich Selbstmord, das schwör' ich dir!« Bis er endlich geantwortet hatte: »In Ordnung, dann tu es.« Tishy hingegen hatte ihm versichert, sie würde keine Dummheiten anstellen, er bräuchte also in dieser Hinsicht keine Befürchtungen zu hegen. Und sie

hatte betont, daß sie nicht besitzergreifend sein würde, sondern nur in seiner Nähe leben wolle. »Ich liebe Sie, Alan», hatte sie gesagt. Das war merkwürdig. Sie war die einzige, die das jemals zu ihm gesagt hatte. Jane hatte es nie gesagt. Sie hatte ihm ab und zu geschmeichelt, das ja, aber niemals gesagt, daß sie ihn liebe. Und wenn er es sich recht überlegte, so hatte auch Annie niemals wirklich gesagt: »Ich liebe dich, Alan.« Sie hatte wunderbare Dinge zu ihm gesagt, wunderbar deshalb, weil sie einfach und bedeutungsvoll waren, aber nie: »Ich liebe dich, Alan.«

Als er Tishy das Zimmer betreten hörte, drehte er sich um und ging auf sie zu, um ihr das Tablett abzunehmen; sie wehrte dies jedoch mit einer Schulterbewegung ab. Nachdem sie den Tee eingeschenkt hatte, bot sie ihm mit Butter bestrichene kleine Kuchen an, aber er schüttelte nur den Kopf und murmelte: »Nein, danke.« So blieb das Gebäck unberührt, während sie schweigend ihren Tee tranken.

Als sie ihm nachschenken wollte, stand er unvermittelt auf. »Ich will... ich werde zusammenpacken«, meinte er unsicher. Sie sah zu ihm auf und sagte: »Es ist alles gerichtet. Ich habe es in die Küche gebracht. Die Sachen sind längst trocken.«

»Tishy.« Er verzog schmerzlich das Gesicht, dann senkte er den Kopf und ging aus dem Zimmer.

Er holte sein Gepäck aus der Küche und stellte es auf die Veranda. Während er sich den Mantel zuknöpfte, blieb er in der offenen Tür stehen und blickte über Moor und Hügel. Er mußte ungefähr fünf Minuten so dagestanden haben, als die Taxihupe ertönte; dreimal ließ er es hupen, ehe er sich umdrehte und sie ansah. Sie hatte sich von der Couch erhoben und hielt die Hände auf dem Rücken, um deren Zittern zu verbergen. Er lief rasch auf sie zu.

»Ich muß jetzt gehen, Tishy.«

»Tja...«

»Danke. Vielen Dank für das, was Sie für mich getan haben, für die Pflege, die Fürsorge und alles.«

»Ist... ist schon gut.«
»Leben Sie wohl.«
»Leben Sie wohl, Alan, und machen Sie sich keine Gedanken.«
Wiederum diese Besorgnis. Alles, woran sie dachte, war, daß er sich Gedanken machen könnte.
»Oh, Tishy, Tishy, ich –« sein Körper krümmte sich geradezu vor Qual –, »ich kann Sie nicht so verlassen, ich kann nicht.«
»Es ist schon gut, gehen Sie, Alan. Gehen Sie jetzt, bitte. So hören Sie doch.« Ihr Gesicht bebte. »Ich sag' Ihnen ja, daß alles in Ordnung ist. Tun Sie mir die Liebe, und gehen Sie rasch.«
»Nein, Tishy«, antwortete er ruhig. Und abermals: »Nein, Tishy, ich gehe nicht. Nicht allein. Ich kann nicht. Ich glaube, daß Annie das nicht billigen würde. Aber... aber eins muß ich Ihnen schon sagen, Tishy. In mir ist nichts übriggeblieben. Ich habe Ihnen nichts anzubieten. Sie verdienen etwas Besseres. Ich bin ausgebrannt – leer.«
»Nicht, Alan, nicht. Es tut mir leid, daß ich Sie in Verlegenheit gebracht habe, wirklich. So hören Sie doch...«
Sie hielt die Hand auf den Mund gepreßt; abermals strömten ihr Tränen aus den Augen, aber als sie zu schwanken begann, legte er die Arme um sie und sagte: »Nun, nun. Es wird schon wieder gut. Alles wird in Ordnung kommen.«
Nach wenigen Augenblicken hob sie den Kopf, sah zu ihm auf und sagte: »Ja, ich weiß, daß es in Ordnung kommen wird. Ich werde alles in Ordnung bringen. Oh, Alan, das verspreche ich dir: Ich werde alles in Ordnung bringen. Du wirst sehen – du wirst sehen.«
Das Taxi hupte inzwischen wie wild. »Ich muß hinuntergehen und es ihm sagen«, meinte Alan.
»Nein, nein, laß das mich tun. Ich kann laufen – ich kann ja laufen.« Und schon stürzte sie davon, kehrte jedoch nochmals um und sagte: »Meine Börse.«
»Hier!« Er zog ein paar Geldscheine aus der Mantel-

tasche und drückte sie ihr in die Hand. »Gib ihm das«, sagte er. Sie lächelte ihn nur an, während sie leicht aufschnupfte.

Er blieb in der Tür stehen und sah ihr nach, wie sie wie eine junge Gazelle über die Wiese sprang, die Mauer erreichte und schließlich das Unterholz, bis sie seinem Gesichtskreis entschwunden war. Da schloß er fest die Augen, als wolle er vor seinem inneren Blick das riesenhafte Hindernis ausschließen, das er in Angriff würde nehmen müssen, wenn er tatsächlich erhoffte, sich selbst wiederzufinden – zu leben.